小峯和明＝監修　目黒将史＝編

【シリーズ】

日本文学の展望を拓く 5

資料学の現在

笠間書院

『日本文学の展望を拓く』第五巻「資料学の現在」

緒言――本シリーズの趣意――

鈴木　彰

近年、日本文学に接し、その研究に取り組む人々の環が世界各地へとますますの広がりをみせている。また、文学・歴史・美術・思想といった隣接する学術領域に携わる人々が交流・協働する機会も増え、その成果や認識を共有するとともに、互いの方法論や思考法の相違点を再認識し合うような状況も日常化しつつある。日本文学という、時を超えて積み重ねられてきたかけがえのない文化遺産を豊かに読み解き、多様な価値観が共存しうる未来へと受け継ぐために、その魅力や存在意義を、世界へ、次世代へ、諸学術領域へと発信し、今日的な状況を多方面へと繋ぐ道を切り拓いていく必要がある。

日本文学とその研究がこれまでに担ってきた領域、また、これから関与していく可能性をもつ領域とはいかなるものであろうか。その実態を俯瞰し、人文学としての文学が人間社会に果たしうる事柄に関して、より豊かな議論を成り立たせていきたい。日本文学という窓の向こうにはどのような視界が広がっているのか。本シリーズは、日本文学研究に直接・間接的に携わり、こうした問題関心をゆるやかに共有する計一一〇名の論者たちが、日本文学あるいは日本文学研究なるもののもつ可能性を、それぞれの観点から展望した論稿を集成したものである。

本シリーズは全五巻からなる。日本文学と向き合うための視座として、ここでは東アジア、絵画・イメージ、宗教、文学史、資料学という五つに重きをおき、それぞれを各巻の枠組みをなす主題として設定した。

各巻は基本的に四部構成とし（第五巻を除く）、論者それぞれの問題意識や論点などを勘案しつつ各論文・コラムを配列した。あわせて、各巻頭には「総論」を配置し、各論文・コラムの要点や意義を紹介するとともに、それらが連環し、交響することで浮かび上がる問題意識のありようや新たな視野などを示した。この「総論」は、いわば各編者の観点から記された、本シリーズを読み解くための道標ということになる。

以下、各巻の概要を示しておこう。

まず、第一巻「東アジアの文学圏」（金英順編）では、〈漢字・漢文文化圏〉の問題を念頭におきつつ、東アジアに広がる文学圏について、中国・朝鮮・日本・琉球・ベトナムなどを視野にいれた多面的な文学の諸相の提示と解明に取り組んでいる。

第二巻「絵画・イメージの回廊」（出口久徳編）では、文学と絵画・イメージといった視覚的想像力とが交わる動態について、絵巻や絵入り本、屏風絵などのほか、芸能や宗教テキスト、建築、デジタル情報といった多様なメディアを視野に入れつつ検討している。

第三巻「宗教文芸の言説と環境」（原克昭編）では、唱導・寺社縁起・中世神話・偽書・宗教儀礼など、近年とりわけ日本中世を中心に活性化した研究の観点から、宗教言説と文学・芸能とが交錯する文化的状況とその環境を見定めようとしている。

第四巻「文学史の時空」（宮腰直人編）では、従来の日本文学史理解を形づくってきた時代区分やジャンル枠を越境する視野のもとで柔軟にテキストの様相を探り、古典と近現代文学とに分断されがちな現況から、それらを貫く文学研究のあり方を模索している。

第五巻「資料学の現在」（目黒将史編）では、人文学の基幹をなす資料学に焦点をあて、新出資料の意義づけはもとより、諸資料の形成や変容、再生といった諸動態を検討することで、未開拓の研究領域を示し、今後の文学研究の可能性を探っている。

以上のような骨格をもつ本シリーズを特徴づけるのは、何といっても執筆者が国際性と学際性に富んでいることである。それは、日本文学と向き合う今日的なまなざしの多様性を映し出すことにつながっており、また従来の「日本文学」なる概念や日本文学史理解を問いなおす知的な刺激を生み出してもいる。

本シリーズが、多くの方々にとって、自らの「文学」をめぐる認識や問題系をとらえなおし、日本文学の魅力を体感し、また、日本文学とは何かについてそれぞれに思索し、展望する契機となるならば幸いである。

目次

緒言——本シリーズの趣意—— …… 鈴木 彰 iii

総論——〈資料〉から文学世界を拓く—— …… 目黒将史 ix

第1部 資料学を〈拓く〉

1 〈説話本〉小考——『印度紀行釈尊墓況 説話筆記』から—— …… 小峯和明 3

2 鹿児島県歴史資料センター黎明館寄託・個人蔵『〔武家物語絵巻〕』について——お伽草子『土蜘蛛』の一伝本—— …… 鈴木 彰 28

3 国文学研究資料館蔵『大橋の中将』翻刻・略解題 …… 粂 汐里 46

4 立教大学図書館蔵『〔安珍清姫絵巻〕』について …… 大貫真実 73

5 『如來在金棺囑累清淨莊嚴敬福經』の新出本文 …… 蔡 穗玲 112

第2部　資料生成の〈場〉と〈伝播〉をめぐって

1　名古屋大学蔵本『百因縁集』の成立圏……中根千絵　125
2　『諸社口決』と伊勢灌頂・中世日本紀説……高橋悠介　139
3　圓通寺蔵『血脈鈔』紹介と翻刻……渡辺匡一　161
4　澄憲と『如意輪講式』——その資料的価値への展望——……柴　佳世乃　200
5　今川氏親の『太平記』観……和田琢磨　215
6　敷衍する歴史物語——異国合戦軍記の展開と生長——……目黒将史　231

第3部　資料を受け継ぐ〈担い手〉たち

1　『中山世鑑』の伝本について——内閣文庫本を中心に——……小此木敏明　247
2　横山重と南方熊楠——お伽草子資料をめぐって——……伊藤慎吾　265
3　翻印　南部家旧蔵群書類従本『散木奇歌集』頭書……山田洋嗣　286
4　地域における書物の集成——弘前藩主および藩校「稽古館」の旧蔵本から地域の「知の体系」を考える——……渡辺麻里子　314

5　漢字・字喃研究院所蔵文献をめぐって――課題と展望――……グエン・ティ・オワイン　329

監修者あとがき……小峯和明　347

執筆者プロフィール　353
全巻構成［付・キーワード］　356
索引（人名／作品名）（左開1）

総論
――〈資料〉から文学世界を拓く――

目黒将史

1　はじめに

本巻は「資料学の現在」と題し、論文十六本を輯録し、全三部で構成されている。第一部は、「資料学を〈拓く〉」とし、扱う〈資料〉の多様性が切り開かれていること、ジャンルを横断した資料分析の必要性を説き、これまで扱われてきた資料の範疇を超えた新出資料に基づいた論考が収まっている。第二部は、「資料生成の〈場〉と〈伝播〉をめぐって」とし、寺社や武家、民間に流布し、現存の資料から、享受されてきた現場や状況、時代背景を探っていき、新しい資料学を提示する論考が集まっている。第三部は、「資料を受け継ぐ〈担い手〉たち」とし、資料を受け継いできた人々に着目し、受け継がれた資料が、どのように読まれ、研究され、今にいたるのかを明らかにする論考となっている。

資料学については、二〇〇五年の中世文学会五十周年記念シンポジウムのテーマのひとつであったように、▼注[1]メディア学と相乗して近年の文学研究の主要な課題となっている。あれから十年以上経ち、本シリーズ全体を見通しても各巻に通底する基礎学であることがよく分かるだろう。扱うべき資料の範囲の拡大にとどまらず、書物に代表される資料の「居場所」を問い直す、研究の深化に欠かせない必須の方法論としてあるのである。文学研究の始まりは目の前にあるテキストと向き合うことから始まろう。例えば、一冊の本があった場合、その本にどのような内容が書かれているのかだけではなく、「もの」としての本がどのように作られたのか、今どのような場所にあるのか、どのように伝来してきたのか、本そのものの辿ってきた歴史を考え、位置づけをしていかねばならないはずである。そのためにも資料学は必要不可欠であり、文学研究において、資料学は常に問われるべき学問としてある。

同時にそうした基礎研究ばかりでなく、書誌学、文献学から文庫学などに到る文化史全体（政治権力、経済、社会史等々）に広がってくる。書物をめぐるネットワーク、人と書物とをめぐる文化総体の追究が資料学の全容である。本巻はそのような様々な資料と観点から資料学を問い直す試みとしてある。

2　資料学を〈拓く〉（第1部）

第1部では、〈資料〉の多様性、時代やジャンルを超えた資料学の論考を収載し、新しい資料学を提示する。資料が置かれている状況、伝来してきた過程、それら全体を見通す眼差しを持つことの必要性、資料学の基本的なスタンスを示す論考がまとめられている。

小峯和明論文は、「説話」という語彙を問い返し、〈説話本〉という新概念を提起する。小峯は、「説話」を口頭言語と文字言語の接点、交差のあわいにあるとする。また、「説話」学を三つの極みに捉え、口承文芸としての昔話や伝説、文字テキストとしての説話集に続く第三の極みとして話芸を挙げる。この第三の極みである速記本や口述筆記本を〈説話本〉として定義するのである。〈資料〉が口承から書承へ、さらに話芸という語りに拡大している様相を明らかにしており、様々な形態の〈資料〉が輻輳して展開する構造の分析は、まさに新しい資料学への一歩が切り開かれたと言えるのではないだろうか。小峯論では、この〈説話本〉の概念を具体化する資料として、明治一六年(一八八三)に和歌山県の浄土真宗西本願寺派の僧侶、北畠道龍がインドに赴いた最初期の仏蹟巡礼の講演筆録である『印度紀行釈尊墓況　説話筆記』を翻刻、紹介している。明治期の近代化によるヨーロッパとの往還の中で、インドもその中継地として踏査されていき、仏伝が可視化されていく。そうして道龍はアメリカ、ヨーロッパ諸国を歴訪し、インドへ到達する。本書は難行苦行の道龍の旅路を劇的に語る資料となっている。仏伝から派生し、道龍の体験を通した講演がさらなる物語を生む現場を体感できよう。

鈴木彰論文では、鹿児島県歴史資料センター黎明館に寄託された、某家伝来の資料群に「武家物語絵巻」として伝わる絵巻を、お伽草子『土蜘蛛』と断定し、詞書の翻刻を行い、その特徴を分析する。黎明館寄託本は、慶應義塾図書館蔵本と細部に至るまで非常に近似した本文とほぼ同様の挿絵の構図を持つとし、同じ系統の諸本が、一定の広りをもって伝播していた状況と、それを踏まえた絵巻作成が複数の時空間においてなされていたことを指摘している。また、慶應本にみられない絵画があるが、それらは本文に見られない絵師たちの裁量によるものであり、そこには『前太平記』のような物語の流布が想定されるとする。小峯和明の論文が〈資料〉の概念の拡大を問題にしたのに対して、続く鈴木彰の論文は、〈資料〉の伝来の構図を明らかにし、伝本の享受の問題を提起するものである。黎明館寄託本は兵書とともに、いつからか受け継がれてきたとされている。寄託された某家伝来の資料すべてを調査し、この『土蜘蛛』の一伝本を位置づけている。単なる伝本の紹介ではなく、〈資料〉を構成する文庫の全体像を捉える必要性を説いており、資料学そのものを問い直していると言えよう。

粂汐里論文は、国文学研究資料館蔵『大橋の中将』の翻刻、紹介と特徴の分析を行っている。『大橋の中将』は早い段階で古浄瑠璃正本が出版された演目であり、さらに豪華な絵入り本や扇面絵も残されているが、お伽草子系統の伝本がいずれも端本であるなど、全容を見渡すことが難しく、作品の成立背景や、お伽草子と古浄瑠璃との本文関係の分析など基礎的な作業が行われてこなかった。また、これまでの諸本研究では、お伽草子系統の『大橋の中将』は上巻か下巻かのいずれかを残すものしか確認されてこなかったが、国文研本は他本に比べると細部を正確に描こうとする特徴があり、挿絵も多く、欠けている箇所はあるものの全巻揃っており、本文全体を通読でき、他の絵画作品の制作背景を明らかにする上でも貴重であるとする。そのため、国文研本を通して、『大橋の中将』の作品研究、絵画的受容の解明を目指す足がかりを探る。鈴木彰の論文に続き、粂汐里の論文では伝本の問題を取り扱う。ここでは、〈資料〉としての絵画がテーマになる。絵の位置づけの必要性、お伽草子や古浄瑠璃といったジャンルを横断した絵画化の分析など、今後の資料学にとって欠かせないテーマであろう。なお、絵画論については、本シリーズの第二巻「絵画・イメージの回廊」に多数の論考を収載している。併せて参照していただきたい。

大貫真実論文は、立教大学図書館に『〔安珍清姫絵巻〕』と題して収蔵される『道成寺縁起』の翻刻、紹介と特徴の分析を行っている。立教本は、十六世紀に制作された道成寺に伝わる『道成寺縁起』の内容に、同じく道成寺に伝わる『道成寺縁起絵とき手文』に類した絵解き台本の内容を与した伝本であり、在地伝承を取り込んだ縁起絵巻を視野に入れた特徴的な絵巻であるとする。粂汐里の論文に続き〈資料〉としての絵入り本が問題となっている。また、大貫真実の論文では在地伝承や絵解きが絵巻に与えた影響が指摘されており、絵解きのための台本が既存の伝本と組み合わさり、新たな〈資料〉を形成することが論じられている。これは先の小峯和明の論文で説く話芸の問題とも連関するだろう。立教本は絵解き台本を継承しながらも、絵巻という形態を有している点に注目すべきであると言う指摘は重要であり、『道成寺縁起』の伝本だけを見ていたのでは解らない、輻輳して作成、享受された本の歴史を明らかにしていかなければならないだろう。そのためにも、多方面に拓かれた資料学が必要となってくるのである。立教大学図書館には、大貫論で翻刻、紹介した立教本の他に三点の『道成寺縁起』が収蔵されており、こちらの紹介につい

ては別稿がある。▼注[2]

蔡穂玲論文では、『如來在金棺囑累清淨莊嚴敬福經』の新出本文について紹介する。本経は、隋王朝時代の法経の『衆経目録』では、「疑偽経類」に分類されている。蔡穂玲の論文で紹介される本文は、ハイデルベルク人文科学研究院の中国仏教石経プロジェクトによる、陝西省麟游縣慈善寺石刻本の調査で発見されたものであるという。今後、偽書などの視点から、ジャンル超えた様々な分野から本資料の分析がなされ、また、〈資料〉の多様性が模索され、新しい資料学を拓いてくれるはずである。

3 資料生成の〈場〉と〈伝播〉をめぐって（第2部）

第2部は、「資料生成の〈場〉と〈伝播〉をめぐって」とし、現存の資料から、寺社や武家、民間に流布し、享受されてきた現場や状況、時代背景を探る。また、文庫の形成の問題、資料の蒐集、所蔵についても、体系化してみていくことの必要性を説いている。従来の資料学を継承しつつ、さらなる新しい資料学を提示する論考が集まっている。

中根千絵論文は、『今昔物語集』の共通話を多く載せる名古屋大学蔵『百因縁集』について、その序文、跋文から名大本の成立について探っている。名大本の序文の末尾には、覚範慧洪の談話を門人本明が筆録した禅籍『林間録』が引用され、『百因縁集』の説話内容と連動する仕掛けがなされている。跋文にも『林間録』の引用が確認できるが、こちらは注釈書の注釈を盛り込んだ内容が本文化している。また奥書には、寛永一〇年（一六三三）に、日蓮宗の布教の拠点となった千葉県本国寺宮谷談所で書写された旨が記され、「越前国猿経書事」条では、意図的に説話の〈場〉が「越前国佐伽郡普廣寺」に変換されており、普廣寺は中世末期に成立した禅宗の寺院であることから、名大本は禅宗の寺院文化圏で成立し、上野国や越後国を支配下に置いた双林寺を通じて関東に流布し、下野国本国寺にも談義のネタ本として伝わったとする。中根論では、寺院という〈場〉における資料をふまえて『百因縁集』の歴史の分析がなされており、宗派による資料の〈伝播〉の一例も提示されている。また、語りの〈場〉における資料の生成という意味でも、第1部につながる。日蓮宗の談義所で禅籍が用いられている可能性についても、今後、様々な視点に立ち資料の総体を俯瞰して見ていくことにより、解明されていくことだろう。

高橋悠介論文は、神奈川県の名高い称名寺における寺院文化圏で形成された、中世神道説をうかがわせる神祇書について論じている。その一資料である『諸社口決』は、応長二年（一三一二）の奥書を持つ称名寺二世釼阿手沢、秀範書写本と南北朝期に素睿が書写した本、二種が残されている。また、断簡聖教調査により、先行論では欠落していた資料が発見され、ここに翻刻、紹介している。『諸社口決』に記される作法、観念は伊勢灌頂と共通する要素が多く、ここから中世密教僧の社参作法を明らかにするだけでなく、いわゆる中世日本紀や中世の神仏説話の生成背景を探ることができる資料であるとする。中根千絵の論文に引き続き、寺院という〈場〉における資料に関する問題提起であるが、高橋論では資料の相承の重要性が指摘されている。『諸社口決』の書写者、秀範は釼阿に多くの神祇書を伝授した人物であるとされる。まさに『諸社口決』から称名寺の蔵書形成の一端を垣間見ることができる。そして、新たな「知」の集積として文庫の形成へつながっていくわけである。資料の〈伝播〉、書籍の伝授を、資料一つ一つから丁寧に読み取っていくことにより、資料を手に取った人々の学問や読書の形態を明らかにしていくことができるであろう。

渡辺匡一論文は、福島県いわき市の真言宗智山派の古刹である圓通寺に伝わる、延徳四年（一四九二）の奥書を持つ『血脈鈔』の翻刻と紹介をする。渡辺は、『血脈鈔』は真言宗小野流の正嫡を地蔵院流と松橋流であると説く。室町時代中期における醍醐寺諸流派の動きや、松橋流の東国伝播の動向を知る上で貴重な典籍であるとする。高橋悠介の論文に続いて、資料の〈伝播〉による書物形成の一端が説かれており、人から人への知と学の流伝を明らかにしていくことから、蔵書形成の様相が垣間見える。これらの〈伝播〉を資料の悉皆的な調査を通して、資料の在り方を探し当てることが必要なのだろう。これは先見の鈴木彰の論文にもつながるが、資料が置かれている状況、伝来してきた過程、それら全体を見通す眼差しを持つことの必要性は、資料学の基本的なスタンスとして、厳に問われているはずである。また、渡辺は、寺院における「知の体系」としての蔵書分析を提唱し、いわき市の寺社など様々な寺院調査を行っており、その一端が『仏教文学』にまとめられている。[注3] 資料学をめぐる論考として見逃せず、ここに紹介しておく。この地域における資料調査、蔵書形成については、第3部の渡辺麻里子の論文とも連関していく。

柴佳世乃論文は、唱導で名高い安居院澄憲の『如意輪講式』の翻刻と訓読を通して、その特質を明らかにする。『如意輪講式』は、澄憲が奥州平泉の藤原秀衡母の求めに応じて作成したものとされ、澄憲自らが播磨書写山に籠って作った伝承を持つという。澄憲と藤原秀衡母という二人の往還が新しい〈資料〉を作りだしたと言える。また、『如意輪講式』を現代の中尊寺において、音声として甦らせる営みを紹介している。実際、『如意輪講式』には対句表現に様々な典拠や故実が用いられ、修辞法も見事に織り込み、澄憲ならではの表現がうかがえ、詠唱による際だった説得力が生み出される様相を想定している。この論文では、法会という現場における資料生成の〈場〉の問題を取り上げ、文字だけでなく、声もまた〈資料〉として取り扱うことの必要性が説かれている。澄憲が実際どのような声で詞を発していたか定かではないが、現代において資料に節付けをする作業から、現場を復元することも文学の営みであり、資料享受の一様であることを考えさせられる。中根千絵の論文から渡辺匡一の論文にかえって見てみても、各論考では資料が伝来、生成してくる〈場〉としての寺院が問題になっていたわけだが、その根底には人が息づき、活動する現場がなくては成り立ちえないものである。これは第3部の〈担い手〉の問題にも通ずる。様々な人々がつながりをもって「知」と「学」を紡ぎ出していき、「本」や「文庫」を形成していく。〈資料〉からその背景を探っていくことこそ資料学の根幹なのである。また、本シリーズの第三巻『宗教文芸の言説と環境』では、様々な寺院資料を用いた論考がなされている。併せて参照していただきたい。

和田琢磨論文は、室町時代における『太平記』享受を今川氏親を例に明らかにする。研究史を整理し、従来、中御門宣胤より今川氏へ送られた『太平記』の抜き書きは、一四世紀から一六世紀に今川氏で『太平記』が強く意識され、今川氏の活躍を抽出したものと捉えられてきたが、宣胤所持の『太平記』の分析の必要性を説き、宣胤の意識は別にあったことを指摘する。宣胤は氏親に「太平記抜書一書」を送るが、そこには今川氏の活躍が描かれてはいなかったとし、守護大名の『太平記』観を改めて考え直していかなければならないとする。和田琢磨の論文では、武家による書物の享受から見た資料生成の〈場〉が問われている。柴佳世乃の論文とは、寺社と武家との違いはあるにせよ、ここでもやはり人と人とのつながりによる「知」の集積が行われている様相がうかがわれる。〈資料〉としての「抜き書き」は今後重要な資料学のテーマになりうるだろう。抄出本として見れば、第1部の粂汐里論文の絵入り本の問題にも波及するだろうし、この第2部で見てきた蔵書の形成、読書の形態を明らかにすることにもつながるだろう。

目黒将史論文は、近世中期以降活発に生み出されていく異国合戦軍記の享受の在り方から、侵略言説が民間に敷衍していく様相に論及する。近世中期以降には、〈朝鮮軍記〉〈薩琉軍記〉〈島原天草軍記〉〈蝦夷軍記〉などの多数の異国合戦軍記が誕生し、多種多様に流布、享受されている。それは江戸中期以降の対外情勢が変化していく時代状況に大きく影響されている。近世中期ころから異国を意識した言説が芽生えていき、幕末に再度それらの言説が語り出されていくとする。また、異国合戦軍記の形成には、当時民間に流布した近松浄瑠璃や近世軍記、実録などが影響している様相を明らかにしている。和田琢磨の論文では守護大名の書籍享受、いわばハイクラスの人々の読書形態が問われていたのに対して、ここでは、一般の民衆の読書や書物享受が問題として取り扱われている。軍記研究や実録研究のみでは異国合戦軍記を捉えることは不可能であり、ジャンルを横断した江戸文芸における位置づけを明らかにしていかなければ、作品の諸相が見えてこないはずである。やはりここでも書物の所蔵、流布の全体を見通す眼差しが問われている。資料生成の〈場〉〈伝播〉を分析していくためには、様々な視点から〈資料〉を問い直す必要性があるのである。なお、同様のテーマのコラムとして、本シリーズ第四巻所収の佐伯真一「〈異国合戦〉の文学史」があり、併せて読んでいただきたい。

4　資料を受け継ぐ〈担い手〉たち（第3部）

第3部は、「資料を受け継ぐ〈担い手〉たち」である。ここでいう〈担い手〉は人だけではなく、文庫や機関といった組織、施設も含まれている。資料を受け継いできた〈担い手〉に着目し、受け継がれた資料が、どのように読まれ、研究され今にいたるのか、資料群がどのように体系化できるのかを明らかにしていく。〈資料〉が様々な人々、文庫、図書館などの手によって、書写、版行、蒐集、研究されていく過程を明らかにしていくことにより、資料学を問い直す構成となっている。

小此木敏明論文は、琉球最初の史書である『中山世鑑』の伝本について、刊行に底本として用いられた内閣文庫本を中心に分析し、さらに明治期における日本政府による伝本蒐集について検証している。『中山世鑑』の伝本研究は、これまであまりなされてこなかった。『中山世鑑』は、横山重が中心となって『琉球史料叢書』として出版されており、その底本には内閣文庫蔵本が用いられた。現在、国立公文書館には三点のテキストが残されているが、横山が底本に選んだのは外務省旧蔵の写本である。この外務省旧蔵本は、明治初期の琉球処分に際して、琉球処分の執行官である松田道之が琉球で書き写したものである。これは外務省が松田に依頼して琉球藩庁所蔵の伝本が書写されたものであり、琉球処分の折り、日本政府が『中山世鑑』を求めていたことが指摘できる。内閣文庫には他に『中山世譜』『球陽』の所蔵も確認でき、日本政府が琉球の史書を蒐集している様相が垣間見られる。横山が『琉球史料叢書』の底本に外務省旧蔵本を選んだのは、松田報告の中に「原書」を写したとする文言があるためであるとする。この論文では、琉球資料やお伽草子などの研究者であり、『琉球史料叢書』を始め、『室町時代物語集』『古浄瑠璃正本集』『説経正本集』など、多数の校本を出版した横山重について、資料を受け継ぐ〈担い手〉として取り上げる。なお、横山重については、次の伊藤慎吾の論文で略歴が示されている。また、ここでは日本政府も琉球資料の〈担い手〉と言える。〈担い手〉としての権力の象徴的な例である。資料の享受の流れを見定め、一つ一つの書物に対して真摯にアプローチすることは、今後の琉球文学をめぐる資料学にとって、大きな恩恵をもたらすものとなりえよう。

伊藤慎吾論文は、横山重が南方熊楠に宛てた書翰などから、横山と熊楠とのつながりをとらえ、横山が熊楠に多大な学問的影響を与えたことについて論じている。横山の出版事業は大岡山書店において行われている。その事業の一環として、熊楠に出版を依頼するものの、実現することはなかった。『室町時代物語集』の出版の後、横山と熊楠との関係性に変化が訪れる。『熊野の本地』のことを調べていた熊楠は、『室町時代物語集』の出版を知り、その後横山から寄贈されることになる。以後、熊楠は横山から様々な資料を送ってもらい、お伽草子に関する知識を集積していく。最終的にお伽草子に関する成果をとりまとめる前に熊楠が没してしまうが、現在その知識の片鱗を、南方熊楠顕彰館に所蔵される熊楠所蔵本の書き込みなどで確認できるとする。小此木敏明の論文とは横山重をめぐる出版事業のテーマで大きなつながりがある。先の小此木の論文では、琉球資料の研究者としての立場が述べられていたが、伊藤慎吾の論文では、出版人として、またお伽草子など室町時代物語研究者としての立場から論が進められている。こうして二つの論考を並べてみても、横山の業績がいかに現在の研究の発展に寄与しているのかが解る。また、横山と熊楠とのやり取りは、出版事業の一環という名目もあったろうが、知識と知識とのぶつかり合いであり、近代における資料の〈担い手〉として注目すべきである。さらにこの論文では、熊楠にお伽草子が話材の豊富さを持つことを認識させたのは、『室町時代物語集』よりも『物語草子目録』であったとする。そこに載る物語諸編の梗概が説話一つ一つであり、目録自体が説話集と同等に扱われていたとする。本巻のテーマである資料学の範囲を広げる指摘として重要であろう。論証に用いられている書簡や書き込みなどに関してもまた同様のことが言える。

山田洋嗣論文は、もりおか歴史文化館所蔵の『散木奇歌集』に付された頭書の翻刻を行う。書誌については、山田の先論ですでに示されている。▼注[4] もりおか歴史文化館には、南部家旧蔵の「群書類従」とそれを書写した写本と二点の『散木奇歌集』が残されており、今回注目するのは、群書類従本の『散木奇歌集』に付された頭書である。これらの書き込みは、群書類従の底本になった小山田与清手沢本にあった記号、傍記、校異、頭書などを版本に写して与清本を再現したものであるとする。小山田与清は、江戸時代の国学者であり、擁書楼という書庫を造り、国学者に閲覧提供した人物として知られる。与清自身が資料の〈担い手〉であるのだが、その〈担い手〉からさらに盛岡藩という〈担い手〉への連環が垣間見える。また、南部家旧蔵に記された頭書は、国立国会図書館蔵本などに同様の頭書が見られる。「群書類従」をめぐる叢書の作成、その叢書の享受、〈資料〉の在り方、読書の問題が問われている。山田洋嗣論文では、南部家における資料の伝来が説かれており、次の渡辺麻里子の論文における弘前藩の諸問題ともつながってこよう。

渡辺麻里子論文は、弘前藩主や弘前藩藩校の稽古館の旧蔵書に注目し、弘前における「知の体系」を明らかにするものである。藩校は歴代藩主の学問を引き継ぎ創設され、藩校では多くの書物が出版された。藩主の所蔵本は「奥文庫」として残されており、漢籍や和歌関係書など多岐に亘っている。先の山田洋嗣論文で翻刻された頭書を見ても、漢籍、和歌関連書、歴史書など様々な文献がうかがえ、藩の学問として享受されていたことが確認できる。藩が主導となり同様の「知」と「学」の集積が行われていたのである。これは盛岡藩や弘前藩だけに留まるものではなく、日本全体に波及していく問題となる。また藩校稽古館の旧蔵書は、現在東奥義塾高校に引き継がれており、さらに弘前藩旧家臣の家々から図書の寄贈が段階的になされているため、藩に関わる様々な蔵書が混在しているとする。先の伊藤慎吾の論文で論じられた横山と熊楠との関係は、個人レヴェルでの「知の体系」の構築と見なされるものであるが、山田洋嗣、渡辺麻里子の論文では、藩の蔵書と寺院資料を合わせた、地域における「知の体系」の解明の必要性が論じられ、地域における資料学が説かれている。地域における資料学としては、第2部の渡辺匡一の論文がある。寺社と武家との資料そのものの違いはあるが、「知の体系」としての資料の生成、蔵書の形成という視点に立てば、同様に論じられるものであり、今問われている資料学の方向性が見えてくるのではないだろうか。

グエン・ティ・オワイン論文は、ベトナム社会科学アカデミーの漢字・字喃研究院の蔵書を基に、ベトナムにおける漢字・字喃の文献について述べ、信頼できる底本の選定など、資料を扱う上での注意点などを喚起している。漢字・字喃研究院に所蔵される古典籍は、由来は様々ながらフランス極東学院の図書館からの寄贈によるものが主な源になっている。フランス極東学院伝来の資料の多くは、阮朝王宮図書の旧蔵本であり、古くからベトナムに伝わってきた資料群である。フランス極東学院は、一八九八年、フランスのインドシナ総督府により、サイゴン（ホーチミン）に設立されたインドシナ考古調査団が前身であり、一九〇〇年、フランス極東学院と改称し、翌年ハノイに移転する。東南アジアの文化、文明研究を専門的に行う機関である。フランス極東学院は古書買上政策を行ったため、古いものに高い価値が付けられ、資料の偽造が氾濫し、ベトナムにおける漢字・字喃テキストの状況を複雑にしてしまった。そのためしっかりとした書誌学、資料学に基づいたテキストの選定と分析が必要不可欠であるとする。渡辺麻里子の論文は地域における〈担い手〉をめぐる論考だったが、ここでは文字の共有、文献資料学を通した国家レヴェルでの〈担い手〉の展望が説かれている。国家施策における古典資料蒐集という観点で言えば、小此木敏明の論文ともつながりがあろう。日本であれ、ベトナムであれ、研究のためのテキストの選定は資料学における基本であり、常に問われている。グエン・ティ・オワインが論じる資料学も、資料の全体像を見定め、一冊一冊の本にアプローチすることの重要性を説いているのである。

5　おわりに

ここまで資料学の視点から、様々な資料を扱った論考を見てきた。やはり資料学には、知識の集合体として〈資料〉全体像を俯瞰し、より深く見据えていく眼差しが必要であり、一つ一つの〈資料〉に向き合う姿勢が問われていることがわかる。また、〈資料〉が作り出される背景には、その根底には人が息づき、活動する現場がある。様々な人々がつながりをもって「知」と「学」を築き上げていき、「本」や「文庫」を形成していく、書物をめぐるネットワーク、人と書物とをめぐる文化総体を探っていくことが資料学には問われているのである。

はじめに述べたように、すべての研究は目の前にある一冊の本からスタートしたはずである。また資料学は未来を見据えてこそ成り立つものであろうと思う。このことを踏まえて、最後に、未来への提言として、資料を次世代に引き継いでいくことの必要性について指摘して筆を擱きたい。資料の保存が難しくなり、資料が移動、売却などにより散逸している例も多い。時代情勢は資料にとって決して芳しくないのかもしれないが、次の世代、また次の世代へと資料学が蓄積され、受け継がれていくことが重要である。しかし、知と知の連環は留まる所を知らず、今後もさらに〈資料〉とその資料学は拡大していくはずである。未来へ資料学をつなげるためにも、〈資料〉そのものの維持は必要不可欠なのであろう。いかに過去の「知」と「学」を残していくのか、これは〈資料〉を維持してきた先人たちも考えたことであり、我々も考えていかなければならないことである。いわば資料学とは過去を知り、未来を紡ぎ出す学問なのだ。

【注】

［1］シンポジウムの内容は下記にまとめられている。第1分科会「資料学―学問注釈と文庫をめぐって」（中世文学会編『中世文学

研究は日本文化を解明できるか　中世文学会創設50周年記念シンポジウム「中世文学研究の過去・現在・未来」の記録』笠間書院、二〇〇六年)。

［2］絵巻の会「立教大学図書館蔵絵入り資料解題（後篇）」（『立教大学大学院日本文学論叢』一七号、二〇一七年九月)。

［3］〈平成二十七年度例会シンポジウム「寺院調査から拓く文学研究」〉（『仏教文学』四二号、二〇一七年四月)。

［4］山田洋嗣「南部家旧蔵群書類従本「散木奇歌集」の輪郭」（『福岡大学研究部論集（人文学）』九―一、二〇〇九年五月)。

第1部

資料学を〈拓く〉

1
〈説話本〉小考
――『印度紀行釈尊墓況　説話筆記』から――

小峯和明

1　「説話」の語誌

「説話」という語彙は今日、学術用語として自明のように使われているが、いつ頃からそうなったのか、「説話」がどのような場でどのように生きていたのか、その意味作用や意義はどうであるのか、といった語誌や語史の如何が問題になろう。そのいくばくかは、旧著『説話の言説』（森話社、二〇〇二年）で明らかにしたが、用例の不断の検証が欠かせない。説話文学会も五十年を越えて、説話研究も確たる一領域を占めたとはいえるが、その分、「説話」語彙は自明の前提として棚上げされ、根本から問題を掘り起こす学的関心が今ひとつゆき渡っていない印象を受ける。その追跡を継続しているが、ここへきて、明治期の例が次第に目に付くようになってきた。

「説話」の語誌のおよそは、中国の唐宋代の話芸を意味する「説話」が底流となり、宋代の話本ジャンルの源となって、明清の白話小説につらなり、それが東アジアに影響を及ぼし、日本の近世期に導入されるに応じて、「説話」や「話説」の語彙が多用され、明治期に及び、落語や講談、講演などの口述筆記、速記などの用語になる、という流れになろう。日本では近世以前にはきわめて用例が限られており、中国に渡った遣唐宋僧や五山の禅僧あたりに限定される。新奇な外来語として一般にはひろまらなかったようだ。白話の流行に応じて近世期から次第に浸透していったとみなせ、幕末から明治期にかけての用例をふまえて、神話学などを皮切りに学術用語として定着していくと看取される。

ここではその一つの試みとして、主に明治期の用例検証とあわせ、近時入手した『印度紀行釈尊墓況　説話筆記』なる小冊を紹介し、〈説話本〉の新概念を提起したいと思う。

2　明治期の用例と〈説話本〉

はじめに幕末から明治期の管見に入った例を列挙しておこう。

① 可喜可咲之説話、鄙俚猥褻無所不至、使人解頤捧腹。（『白痴物語』文政八年〈一八二五〉）

② 説話の簡潔に随ふて記し付たり。（『楽郊紀聞』凡例、安政六年〈一八五九〉）

③ 例言　願くは看官唯、其説話の有益なると、話説に勢を失ふ処は、経済説略にある話説を接合せて訳したるものなり。（渡部温『通俗伊蘇普物語』明治五年〈一八七二〉・二月）

④ 荒唐受駁　〜俗云説話少者実説話多、必失、世間好説話者、当慎之勿忽。（『漢訳伊蘇普譚』明治九年〈一八七六〉）

⑤ 読売新聞「説話」（明治五年〈一八七二〉・七月八日）↓（山田俊治『大衆新聞がつくる明治の「日本」』ＮＨＫブックス、二〇〇二年）

⑥ 「説話」はなし、ものがたり

（『西洋列女伝』明治一二年〈一八七九〉）↓（竹村信治「説話体作家の登場」『国文学』二〇〇一年、同「E.Starling著・宮崎嘉国訳『西洋列女伝』上・下」『プロブレマティーク』1・2号、二〇〇〇・〇一年）

⑦　播州ノ客道フ、我的亦我州ノ故事ヲ説話シテ、衆ノ与メニ聴カシメン、便チ扇子ヲ執テ打下、一拍説キ起シ道フ、

（立教大学図書館・江戸川乱歩文庫蔵『地獄之記』第一、明治一四年〈一八八一〉）

⑧　其活発なる説話の片言隻語を洩さず之を収録して、、、
其筆記を読んで其説話を親聴するの感あらしむるに至りしを以て、、、
予が速記法を以て其説話を直写し、之を冊子と為したらんには、、、
速記法を以て円朝子が演ずる所の説話を其儘直写し、、、
子が得意の人情話なれば、其説話を聞く、恰も其実況を見るが如くなるを、、、
我国に説話の語法なきを示し、以て招来我国の言語上に改良を加へんと欲する、、、

（円朝『怪談牡丹灯籠』序・若林玵蔵、明治一七年〈一八八四〉）

⑨　北畠道龍師印度内地ノ状況釈尊墳墓ノ実践ヲ説話イタサレタリ。、、、
其説タルヤ、政治宗教ノ関係及ヒ釈尊墳墓ノ実況ヲ辨知スルニ足ル実ニ希世ノ説話タリ。、、、
而シテ師、去月来阪セラレタルヲ以テ、有志者説話ヲ請求ス。、、、
余固ヨリ浅識寡聞ナレトモ、其説話ノ大略ヲ筆記シテ梓人ニ授ケ、以テ海内ノ同好ニ公ニセント欲ス。、、、

（北畠道龍『印度紀行釈尊墓況　説話筆記』緒言・森祐順、明治一七年五月）

⑩　ヒキ六此頃、予、妻と説話、声高きときは歌うたひ、又面白くはなしかけ、之をして他に転ぜしめんとす。

（『南方熊楠日記』明治四二年〈一九〇九〉、九月三日条）

ほかに未確認だが、明治三五年に森鷗外の用例があることが指摘されている（本田義憲「今昔遠近」『今昔物語集仏伝の研究』

二〇一六年、初出・一九九九年）。用例は今後さらに増えるであろう。

　ここで注目されるのは、⑦〜⑨の乱歩所蔵本、円朝の落語速記、北畠道龍の印度紀行である。⑧⑨は期せずして、同年の刊行であり、説話の語誌をうかがう上で絶好の対象となる。⑦は以前紹介したことがあるが、乱歩自身の考証の小冊子「明治十四年上期、又ハ中期ノ作ナルベキ歟」（昭和一六年〈一九四一〉）もあり、地獄語りにことよせた当代の世相を諷刺した講釈の筆記で、静岡の者が富士をはじめ、お国自慢を語るのに播磨の者が対抗、「故事ヲ説話シテ」聴かせる。敦盛最期の熊谷直実が呼び返す段などもあり、丹後の者が頼光四天王の酒呑童子退治譚を語る段もある。講釈、講談の筆記本として注目される。

　⑧の円朝速記本では、序で速記者の若林玵蔵が「説話の片言隻語を洩さず之を収録」「其筆記を読んで其説話を親聴するの感」「予が速記法を以て其説話を直写し」「円朝子が演ずる所の説話を其儘直写し」とくり返し強調しているように、円朝の落語そのものを「説話」と呼んでいることが明らかで、速記法によって「直写」し、文章によってその口吻を再演しようとしていることがうかがえる。⑨の北畠道龍の講演筆録も同様で、緒言で筆録者の森祐順が「釈尊墳墓ノ実践ヲ説話イタサレ」「説話ヲ請求ス」「其説話ノ大略ヲ筆記シテ」と力説している（後段の翻刻参照）。

　さらに、この原稿を書いている時点で、偶然あらたな例をみつけることができた。二〇一七年六月一四日の朝日新聞夕刊の記事である。見出しは、「ペリー×ジョン万次郎　講談で実現」というもので、小見出しに「接点のない二人を扱った台本、発見」とあり、従来知られていなかった王笑止著『泰平新話』なる講談の台本であった。その内題の下に「亜墨利加舶来航兼土佐萬次郎説話」と注記されていることが掲載の写真からも判読できる。成立は、黒船来航の嘉永六年（一八五三）九月とされる。明治期につらなる講談本における「説話」の早い例として注目されよう。

　これらによれば、講演、講釈、落語などの速記、筆記本、聞書の類に「説話」の用例が頻出し、「説話」の内実が口頭の語りを指し、しかもそれらが文字化される局面に頻出することがわかる。まさに口頭言語と文字言語の接点、交差のあわいに「説話」があるといってよい。これらの速記本や口述筆記本の類をあらたに〈説話本〉と呼ぶことを提起したいと考える。唐宋代の話芸に匹敵する「説話」「話本」に準ずるごとき用語の復活と言いかえてもよい。話芸の語り手、芸人は「説話人」と呼ばれた。

「説話」学の第一の極が昔話や伝説、世間話などの口承文芸の総称、第二の極が文字テクストとしての説話集形態、であったとすれば、話芸及び〈説話本〉は第三の極といえるであろう。これもまた今後の大きい課題である。実に息の長い「説話」言説の脈々たる潮流をまのあたりに見るような想いがする。

3　北畠道龍の仏蹟巡礼

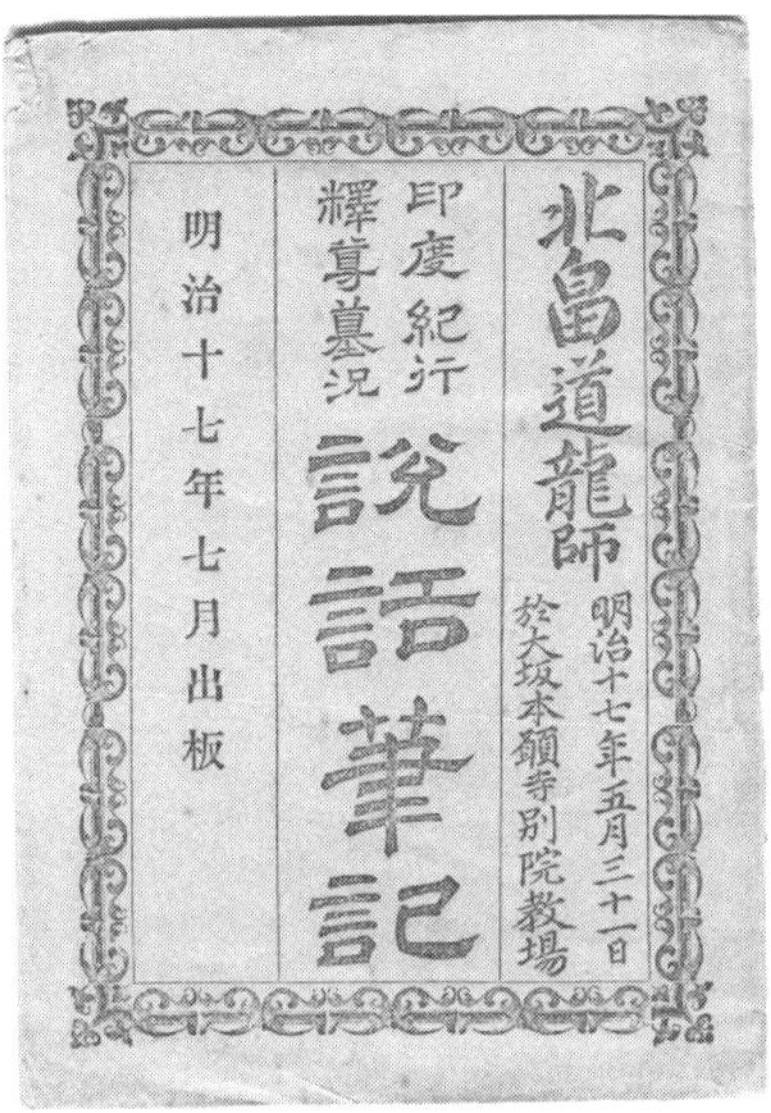

ここで紹介する『印度紀行釈尊墓況　説話筆記』（以下、『説話筆記』と略）は、明治一六年（一八八三）、北畠道龍がインドに赴いた最初期の仏蹟巡礼の講演筆録である。表紙に「明治十七年五月三十一日　於大坂本願寺別院教場」と明記される。刊行は七月二十日である【図】。明治の印度行といえば岡倉天心が特に有名であるが、岡倉のインド行きは明治三四年（一九〇一）、二十世紀の初めで、北畠道龍はそれより一八年も前であった。

明治の近代化は西洋とのつながりだけに止まらず、あらたなアジア世界の発見をもたらした。ヨーロッパ往還の途次、インドも経由地となり、日本人が南アジアの地を踏むことになり、仏蹟を実見できる時代が到来した。釈迦の遺跡が次々と発掘され、ブッダの生涯、仏伝が可視化される時代になったのである。

なかでも道龍の巡礼はいち早く、何も分からないまま、とにかく現地に行ってみるという無謀な探検にも等しいもので、苦労の末に釈迦の聖地ブッダガヤを探し当てたのである。すでに石井公成「明治期における海外渡航僧の諸相―北畠道龍、小泉了諦、織田得能、井上秀天、A・ダルマパーラ―」（『近代仏教』一五号、二〇〇八年）などでも検証されている。

北畠道龍（一八二〇～一九〇七）は、和歌山県和歌浦出身の浄土真宗西本願寺派の僧侶。武術にも通じ、民兵を組織したり、明治大学の創立者矢代操と「北畠講法学舎」を設立したり、北畠大学を造るため奔走したり、本願寺改革に取り組むが反感を買う北畠騒動を起こしたり、最後は宗門を離れるが、数々の活動で知られる明治期の豪傑僧であった。その伝記小説に津本陽『幕末巨龍伝』（双葉文庫、二〇〇九年、初版一九八四年）、神坂次郎『天鼓鳴りやまず―北畠道龍の生涯』（中公文庫、一九九四年、初版一九八九年）などがある。

インド行きに関しては、明治一四年、日本を発ち、アメリカ、ヨーロッパ諸国を歴訪し、明治一六年（一八八三）一一月にインドのムンバイに上陸、ようようブッダガヤにたどりつく。ブッダガヤはすでにヒンズー教の霊場になっていたが、一八七六年から発掘が行われ、一八八一年に金剛法座が発見される。道龍がブッダガヤを訪れたのはその二年後である。大塔が発掘中で、まことに絶妙のタイミングであったといえる。道龍は彼の地を釈迦の涅槃の地と勘違いし、釈迦の墳墓と認定して記念の石碑まで建てる。当時としては無理からぬことで、発掘中の大塔の石片をもらい受け、帰国している。ブッダガヤで「年を経て名のみ残りし伽耶の里今日みほとけの跡を訪うかな」という歌を詠んで石に刻み、その裏には「日本開闢以来、余始詣于釈尊之墓前　明治十六年十二月四日」と記銘したという。

道龍のインド紀行に関しては、同種のものが本書より二ヶ月早く、京都府下京区の西村七兵衛編集兼発行『北畠道龍師印度紀行』（明治一七年五月十九日）として刊行される（国会図書館所蔵本など）。当書の『説話筆記』も、表紙に「明治十七年五月三十一日」大坂本願寺別院での講演であることが明記されるから、それより前に京都で行われた講演をもとにしているのであろうか。西村七兵衛本は講演の具体についてふれることなく、講演内容の記述に終始する。本書『説話筆記』とは末尾が大きく異なり、本書が「嶮ヲ越、難ヲ冒シテ無事ニ帰朝セリ」とあるだけなのに対し、西村本は、

嶮ヲ越エ、難ヲ冒シ、日ヲ重ネテ、凡ソ七百里ノ道ヲ跋渉シ、東印度ニ出テカルカタ港ヨリ小汽船ニ搭ジ、印度第一ノ大河ト称スル恒河ヲ下ルニ、昼夜ニシテサイムノヒナン港ニ着シ、ソレヨリシンガポール港ヲ経テ香港へ達シ、順路帰朝セラレシト云々。

と帰りの行程にもふれている。

さらに二年後、当人の口述にもとづく詳細な筆記本も別に作られ、北畠道龍口述、西河偏称、長岡洗心筆記『天竺行路次所見』（荒浪平治郎、明治一九年）、袋綴じ和装本の全三巻が版行されている。ブッダガヤの大塔の写真や図版も折り込まれている。伝本は、早稲田大学図書館本、慶応大学図書館本、国会図書館本他、複数伝存し、『明治シルクロード探検紀行文集成』第五巻に翻刻が収載される。ほかに『明治文化全集』第一七巻・外国篇に収録されている。

この『天竺行路次所見』全三巻のうち、巻一、二は欧米の行程や種々の見聞で、インドの行程、見聞は巻三になり、『説話筆記』に比べると全体的に簡略な記述になっている。『説話筆記』はやはり釈迦の墳墓発見に焦点をしぼり、旅の苦難や随行の黒崎とのやりとりなど、旅自体の語りに詳しく、劇的な語りとなっている。天竺をめざして詳細な見聞を残した有力な一人に加えられるものであった。さらなる追跡はまた機会をあらためて論じたいと思う。

【参考文献】

小峯和明「説話の輪郭―説話学の階梯・その揺籃期をめぐる」（『文学』二〇〇〇年七月）。

同　「説話学の階梯―近世随筆から南方熊楠へ」（『国文学』二〇〇一年八月）。
同　「説話と説話文学の本質―東アジアの比較説話学へ」（『解釈と鑑賞』二〇〇七年八月）。
同　「天竺をめざした人々―異文化交流の文学史・求法と巡礼」（王成・小峯編『東アジアにおける旅の表象』勉誠出版・アジア遊学、二〇一五年）。
同　「日本と東アジアの〈仏伝文学〉」（小峯編『東アジアの仏伝文学』勉誠出版、二〇一七年）。

4　書誌と翻刻

本書の書誌は以下の通り。

外題　印度紀行釈尊墓況　説話筆記
刊年　明治十七年七月二十日　巻末に刊記あり。裏丁に正誤表貼付。
編輯人・森　祐順、出板人・西岡庄造。
装幀・洋装活字本　序に当たる詩歌二丁分あり、緒言二頁、本文全二四頁。
　巻頭二丁分は、英龍による七言絶句及び短歌などが太字の大ぶりの隷書やくずし字で刻印される。
表紙　洋式模様の縁取り。法量・縦一八・八センチ、横一三・〇センチ。
本文一頁十行、匡郭複。本文・漢字片仮名交じり。漢字にすべて片仮名のルビがつく。
裏表紙左下に「印刷　大坂龍雲舎」。

翻刻にあたって、私意で句読点を施し、旧漢字・異体字は通行の字体にあらため、踊り字は開いて記した。各漢字についた総ルビは省略し、本文の片仮名はそのままとした。濁点標示は原文通りとした。改頁に「」」をつけて頁数を記した。翻刻に際して、中国人民大学大学院修士課程修了・京都大学大学院研究生の李競一氏の助力を得た。記して謝意を表する。

［表紙］

北畠道龍師　明治十七年五月三十一日

　　　　　於大阪本願寺別院教場

印度紀行　説話筆記

釈尊墓況

明治十七年七月出板

［本文］

亜米欧墺海路長

千山萬岳靄茫茫

鐡鞭叩起梵翁睡

欲談回此落日方　」

右隷文者北畠道龍尊者所題印度
実跡之意之詩也乃書以見直諸愚老小子
　不堪惑裁次其韻以謝為
感君鞭撻我眠長驚起慨然意
渺茫仰願告諭実践要徧開
護法済時方
　　七十七翁桑門英龍　」序1

北畠道龍尊者の
釈尊の御墓に詣し
　てよまれし歌
としを経て名のみ残れる
伽耶の里にけふ御ほとけの
跡をとふかな　」

　六年の前より堀初しに漸く今茲
　御墓の霊像現はせし折ふし尊者
　の詣せられしをききて歓喜の余り
名のみきく伽耶をはここに
みほとけの後のしるしと
たつる石ふみ

英龍　└序2

緒　言

去ル五月廿一日ハ諸新聞紙上ニ広告アリテ、本町四丁目本願寺別院教
場ニ於テ、北畠道龍師印度内地ノ状況、釈尊墳墓ノ実践ヲ説話イタサレ
タリ。其日ヤ午前八時頃ヨリ詰掛ル者アリ。已ニ正午ニハ教場ノ内外マ
デ満員トナレリ。午後二時頃、師教壇ニ登リテ暫ク序辨アリ。而シテ本題
ヲ演ズ。其説タルヤ、政治宗教ノ関係及ヒ釈尊墳墓ノ実況ヲ辨知スルニ
足ル、実ニ希世ノ説話タリ。殊ニ釈尊ノ墓前ニ詣至スルガ如キハ、至難中
ノ至難ニシテ、仏法ノ皇国ニ東漸セシヨリ千有餘年ノ久シキニ至ルモ、
未ダ曽テアラサル一大難事ナリ。然ルニ北畠道龍師、明治十四年ヨリ欧
米ノ宗教ヲ視察シ、帰途印度ノ内地ニ入リ、親シク仏教ノ鼻祖釈迦牟尼　└01
仏ノ尊墓ヲ拝シ、本年一月廿四日ニ帰朝イタサレタリ。而シテ師、去月来
阪セラレタルヲ以テ、有志者説話ヲ請求ス。師請ニ応シテ其実践ヲ説述
セラレタリ。余固ヨリ浅識寡聞ナレトモ、其説話ノ大略ヲ筆記シテ梓人
ニ授ケ、以テ海内ノ同好ニ公ニセント欲ス。読者幸ニ其言ノ拙劣ヲ咎ル
勿レ。

明治十七年六月　　森　祐　順　識　└02

説話筆記

森祐順　筆記

凡ソ話術ニ二種アリテ、一ニハ「インドクチオン」ト云フ。二ニハ「デドクチオン」ト云フ。「インドクチオン」ノ話シカタハ、先ツ一国ノ文明ヤ政治等ガ如是ナル故ニ、世界ノ文明モ随テ斯クナケネハナラヌト云テ、一国ヨリ万国ニ張皇スルノ話方ナリ。又「デドクチオン」ノ話シカタハ、世界ノ文明ヤ開化カ如是ナル故ニ、一国ノ文明モ随テ斯クナケネハナラヌト云テ、万国ヨリ一国ニ拡張スルノ話方ナリ。然ルニ今我国モ流石ニ文明ニ歩ヲ進メ速度ヲナスト雖モ、尚未タ纔ニ十七年ノ春秋ナレハ、彼ノ文明国ニ対シテハ後進ナル所以ナリ。而シテ彼[1]海外文明ノ各国ヲ見ヨヤ、或ハ百年或ハ百五十年ノ古ヨリ文明ニ進歩ス。彼レ此レニ対シテハ先進ナル所以ナリ。今我レ彼レニ対シテ、一事ノ皇張スヘキナキモ、実ニ止ムヲ得ザルトコロニシテ、慨歎ニ堪ザルトコロナリ。然リ而シテ、我国ヤ「オリヤンターリ」ノ一小島国ナレド、彼レモ此レモ鬢ノ色コソカハレ、同一種ノ人ニ非スヤ。何ソ唯文明ヲ彼国ノミニ譲リテ可ナランヤ。又彼レ人ノ国ヲ覬覦シ国脈ノ衰弱ヲ待チ、己レニ帰セシメントスル者尠シトセス。已ニ印度ノ内地ヲ見ヨヤ、印度人ニシテ価十銭ノ食塩ヲ購求セントスルニ、七十五銭ノ手証ヲ入レザレハ、売与ヘザルカ如ク、抑制残酷譬フルニモノアランヤ。已ニ我日本ノ人民ニシテ本国ヲ愛セザル者ハ、三千八百万人中ニ於[2]

テ一人モナカルヘシ。苟モ愛国ノ赤心アラハ、何ソ左思右顧シテ上天子ノ偉恩ヲ奉シ下モ、各自ノ知識ヲ磨キ、日ニ月ニ文明ニ歩ヲ進メザルベケンヤ。

夫レ文明ト開化トハ区別アリテ今急グヘキハ文明ナリ。其文明ニ進歩セントスルニ、「エーチツク」ノ道徳ト「ウイツセン」ノ知識ト「フライハイト」ノ自由ト「クラヒレヒト」ノ同権ト「イングライーン」ノ不同等ト云、此五ヲ「ヒンメルレヒト」ノ天然ノ大道理ニ依テ、進歩セネハナラヌナリ。彼欧米ニテモ文明ハ高度ニアリト雖モ、開化ニ至ルハ日尚遠カルヘシ。然ニ東邦ハ未タ文明ニダモ及ハスト云ヘシ。然リ而シテ、文明ナルモノハ政治ノミニテ調フカト云ニ、曰ク否必ズ宗教ト政治ト双行シテ、以テ文明ニ至リ赴クヘシ。看ヨヤ、彼海外文明国ニ於テモ、宗教ト政治トナキトコロ更ニナシ。又我日本ニテモ政治アリ宗教アルハ、他ノ各国ト異ルコトナシ。彼泰西諸国ニ於テモ已ニ政治ト宗教ノ相待シテ、一国ノ隆昌ヲ謀ラントスルナレハ、又我邦モ政治ト宗教トノ二ヲ以テ、一国ノ隆盛ヲ謀ラサルヘケンヤ。而シテ政治ノ宗教ニ於ケル、宗教ノ政治ニ於ケルコト、譬ヘハ轎夫ノ如キモノニテ、一ノ乗輿ヲ前後二人シテ舁テ、意ノ欲スルトコロニ至ルカ如シ。轎夫一人ニテハ乗輿ヲ舁クコト能ハス。之レ政治モ宗教モ孤立シテハ、互ニ文明ニ進歩スルコト能ハサルヘシ。故ニ宗教ヲ以テ人民ヲ文明

4 ニ先導シ、政治ヲ以テ国民ヲシテ治安ノ地ニ住セシメ、以テ文明ニ至
ルヘシ。故ニ政治ト宗教トノ二ハ、須臾モ離ルヘカラサルモノナリ。
然ニ欧米亜細亜亜弗利加ノ宗教ノ現状ヲ観察スルニ、本宗教ハ「ホ
ルトワ」即チ文明ト共ニ立ツモノナルニ、天竺以東ノ「ブラマ」安南
支那朝鮮等ハ宗教カ地ニ墜チ、見ルヘキナシ。又雅典（希臘ノ都府）ヨ
リ西ノ「ホルトワ」ハ大ニ進歩ヲナシ、東西雲泥ノ相違アリ。印度以東
ノ文明ハ地ニ墜テ、欧州ノ文明ハ日ニ進ム故ニ、文明国ニシテ且ツ知
識ノ勝レタル者ガ僧トナルヲ以テ、最卑ノ点ニアルヘキ「ホルトワ」
カ高点ニ進ミ、又此方ハ文明ノ劣ル国ニシテ、且ツ知識ニ富サル者ガ
僧トナルヲ以テ、最高ノ点ニアルヘキ宗教カ卑点ニ墜ル。悲歎ニ堪サ
5 ルトコロナリ。固ヨリ教法ハ自ラ進ムモノニアラス、人能ク之ヲ進ム
ルナレハ、宗旨ハ古往今来盛衰ナキモノナレトモ、亜細亜宗教ノ腐敗
セシハ、之レヲ持ツ人ノ手ガ腐シナリ。此宗教ヲ持ツ人ノ手サヘ善良
ニナレハ、一歩モ彼レニ譲ルヘキニアラス。人能ク之ヲ弘ムルナレハ、
他ニ推シ出ス力ハ宗教者ノ手ノ働キナリ。予ハ嘗テ此改革ニ着手シ
タレトモ、未タ時至ラサリシヨリ、各国宗教ノ景況ヲ視察ノ為、欧米ヲ
巡廻シ、印度ノ内地ニ入リ、無事ニ帰朝セリ。今何卒シテ宗教者ノ手ヲ
改ムレハ、「ホルトワ」ノ原意モアラハレ、政府モ人民モ共ニ文明至安
ノ地ニ住スルナラント存スルナリ。尚前ノ文明ニ就テ五種ノ内訳ヲ

モ説タキナレト、之ヲ略ス。

次ニ印度ノ地理及ビ釈迦牟尼仏ノ尊墓ヲ拝観セシ由来ヲ話スヘシ。」6

却説天竺ニ入ルニハ、支那ヨリハ二途アリ。又欧州ヨリハ西天竺ノ孟買ヨリ入ルカ近道ナリ。其支那ヨリ入ルノ二途トハ、長安ヨリ分レテ一ハ東天竺ヨリ入リ、一ハ北天竺ヨリ入ル。此二途ノ中ニ於テ東天竺ヨリ入ル道ハ、至リテ近ケレトモ、険難多クシテ至ルコト容易ナラス。又北天竺ヨリ入ル道ハ至リテ遠ケレトモ、険難稍少シ。古玄奘三蔵渡天セラレシ道ハ、此北天竺ヨリ入リタルナリ。先ツ東路ヲ云ハヽ、長安ヨリ蜀ニ入リ、蜀ヨリブラマニ入リ、名高キ龍沙河ヲ渡リ、西南ニ進ムト恒河アリ。比類ナキ渺々タル大河ニシテ、宛モ大海カトモ疑フ。四方ヲ望ミ視ルニ、天末ト接シテ其涯際ヲ得ルナシ。然レトモ河水恒ニ泥砂ト共ニ流レテ澄マス。昔時ハ船ノ不便ナルヨリ、之ヲ渡ルコト容易ナラス。加之コノ路ニハ虎狼ノ難アルヲ以テ、之レヨリ到ル者稀ナリ。」7

又北路ヲ云ハヽ、長安ヨリ瀧西玉門陽関ヨリ「ブラマ」ニ入リ、此ニテ龍沙ヲ渡リ、葱嶺ノ裏手ヨリ西蔵等ヲ経テ北天竺ニ入リ、恒河ノ川上ヲ渡リテ中天竺ニ到ルナリ。而シテ予欧州ニ在留ノ時、人ニ逢フ毎ニ天竺ニ入ルニハ何レヨリスルカ便利ナルヤ、又釈尊ノ墳墓ハ何レノ地位ニアルヤト、之レヲ尋ネシニ、仏国ノ博士「ホッテンブル」氏ハサンスクリツト考究ノタメ、天竺ニ七年モ在留サレシ人ナレトモ、釈尊ノ墳墓ハ何レノ地ニアルヘキヤ分明ナラス。又英国ハ已ニ天竺ヲ所属トシテ居ル程ノ国ユヘ、印度ノ地理ハ分明ナルヘシト思ヒ、英国ニ赴キシ節、博士「マクスミレル」氏ニ尋ネシニ、之レ又分明ナラス。サレ」8トモ聆クトコロニヨレハ、中天竺ノガヤニサヘ至リナハ、釈尊ノ墳墓モ自ラ分ルナラン。殊ニ又ガヤハモト京テ大寺アリテ、寺内ニハ五抱モアル菩提樹アリ。諸国帝王ノ寄附シタ塔モアリ、トノコトナレハ、其処ニテ尋ヌレハ宜シカルヘシ、尚又天竺ハ熱国ユヘ十一二月ノ頃ニ到ル方宜シカラン、ト教ヘラレシヲ以テ手ガヽリトナシテ、「雅典」ヨリ汽船ニ搭シ、二十九昼夜ニシテ印度ノ孟買ニ着ス。コノ孟買ハ東天竺ノ「カルカタ」ト相対セル一大都府ナリ。乃チ上陸シテ、モハヤ天竺ノコトユヘ釈迦牟尼如来ノ尊墓モ分ルナラン、ト問合セトモ、印度モ今ハ仏教衰ヘテ婆羅門宗ヲ信スル者多キニヨリ、一向ニ知レス。依テ同行セシ黒崎ト相談ジテ、先ツ地図ニ依テ、北天竺ナル「ゴルデムツ」9ルム」即チ黄金ノ寺ト云ヲ拝観シテ、而シテ後ニ尊墓ヲ尋ント。又之レニ行クニモ二途アル中ノ「カラリー」ノ方カラ進ミ、大小ノ都府凡ソ二十九ヲ経テ、「アルハバト」ニ到リ、此処ニテ恒河ヲ渡リ、「ベナーリス」ニ到ル。之レマテノ路程凡ソ千五百六七十里ナリ。コノ「ベナーリス」ハ人口凡ソ二十八万モアル都府ニテ、「ゴルデムツルム」アリ。此寺ノ高サハ凡ソ八丈ニシテ、廻リハ四丈半モアランカ、都テ黄金ノ板デ屋根ヲ覆ヘリ。黄金ノ寺ト云モ道理ナリ。コノ寺ハ二千五百年前ヨリ存在スル寺ナリ。今所持ノ念珠ノ金剛樹実ハ、其寺ノ門前ニテ求メリ。今其「ゴルデムツルム」ノ寺モ、ブラマ宗ニ変シタリ。コノトコロニテ釈尊ノ御墓ヲ尋ヌレトモ、ヤハリ分ラス。夫レヨリ恒河ノ辺ニア 10
ル天文ノ寺ト云ヘル寺ニ到リ見ルニ、此寺ノ屋根ハ皆石ニテ覆ヘリ。此寺ノ天井ニハ、天文ニ要用ナル器械ヲ陳列セリ。ミナ石造リナリ。中ニ北極星ヲ見ル器械アリ。日時計ナドアリ。皆釈尊ノ時代ニ成レルモノナリトノ事ヲ聞キテ、大ニ驚歎シタリ。其他、綿繰器械綿打器械ナドアリ。粗天竺ト日本ト同シキナリ。叉手コノ寺ニテ釈尊ノ墳墓ノ所在ヲ尋シニ、夫レハガヤヘ行ケハ分ルナラン、風ニ聞ク、今ソノ墓ヲ堀出テ居ルトノ事ナレハ、兎ニ角モガヤヘ行キテ御覧ナサレ、ト教ヘラル。於之躍然トシ喜ヒ、古ヘ天竺ノ「サンスクリツト」ノ言ガ、今ハ皆「バリー」ノ言ニ変ズル中ニ、ガヤノミ古言ノ残シハ、之レゾ釈迦牟尼仏ノ御墓ヲ尋ル手ガ、リナラント、身命ヲモ顧ス、道ニ進ムニ、険難云ベ 11
カラス。第一獅子ヤ虎ヤ毒蛇ナンドガ居ル土地ニテ、虎ハ五六百里モアルナラント思フ藪ニ住ミテ、時々出デ、人ヲ噉フ。毒蛇ハ両方ノ頬ガフクレテ腹部ガ白クテ鼠色ノ紋アリ。嘘ケハ彗星ノ如ク飛ビ来リ、食ヒ付カルレハ即死スルト云フ。印度ニテハ、是等ノ為ニ年々害セラル、者七八百人位ハアリ、ト云フ。而シテ其大ナル藪モ一ヤ二デナク何程アルトモ知ルベカラサレハ、近キ所ヘハ寄リ付ズシテ、遠ク離レタルトコロヲ人カ過ルナリ。其経過スル路ハ沙漠ト云テヨロシキ土地ナリ。然レトモ虎ヤ獅子ニ出逢ナハ、迚モ敵スヘカラサルモ、セメテ毒蛇ノ難ヲ避ント、予防ノ為、股マテモアル長靴ヲ穿キ、拳銃ヲ帯ヒ、殊ニ毒蛇ノ嫌フ太キ鉄棒ヲガラリンガラリント引キ鳴シテ過リタリ。又都 」12

府ニテハ英語タケハ少シハ分ルモ、ガヤ、御墓ノアル所ナドニテハ更ニ分ラズ。加フルニ処々ニ鉄道ノ設ケアルモ、時々クロンボノ為ニ害ヲ被ル者尠カラス。最モ険難ノ多キ国ナリ。又寒暖ノ気候ハ、極暑ノ時ニハ百三十八九度ヨリ四十度位ニマテ昇ルト云フ。予ガ通行セシ時ハ、冬分ナレトモ昼ハ午前十時頃ヨリ午後三時頃マテハアツクシテ、路ヲ行クコト能ハス。而シテ夜ハ又日本ノ寒サヨリモ烈シク、其上蚊多クシテ堪ヘラレス。刺ルレハ忽チ紫色ニ脹レ上ルナリ。種々ノ艱難数フヘカラス。漸クニシテ恒河ヲ渡リ、聞クニ任セテ歩ヲ進メシニ、夜ノ十二時頃ナレトモ、家モ何モナキユヘニ、二里半バカリヲ経テ家アル処ニ到リ、宿泊ヲ請ヘトモ、何ヲ云テモ言カ通ゼサルユヘ、タ、笑 」13

フノミ。夫レユヘ目ヲコスリテ泣テ見セ、腕ヲ枕ニシテ眠ル容ヲ示シ、膝ニ両手ヲツイテ依頼ノ意ヲ形セトモ、更ニ応ゼス。内ニ居ル者ハ刀ヲ持チ、獣ノ皮ナドヲ持ツユヘ、此処ニハ長居ナリカタシト、又進ミ行クコト二里許、一戸アルヲハ幸ニ手真似デ宿ヲ請ヒケレハ、此家ノ主

人ハ点頭テ、納屋ノヤウナル土間ニ藁ヲ敷タルトコロニ、宿ルコトヲ
得タリ。サレト蚊幬モナケレハ蒲団モナシ。故ニ携ヘシ毛布ヲ体ニマ
キ、疲レシマ、熟睡シテ、群蚊ノ襲フヲ知ラス。寤レハ翌朝午前八時頃
起出テシニ、亭主ハ懇切ニ待遇セシカド、言語ノ通セサルニハ困リタ
リ。於之一策ヲ設ケ、宿主ニヂヨント云フ名ヲ付テ、ヂヨンヂヨント呼ベ
ハ、自ヲ呼フコト、覚リ、返事ヲナシタリ。先ツ釈尊ノ墳墓ノ所在ヲ尋
ネシニ、稍通セシニヤ、前途ヲサシテ教フレト、幾千ノ里程ナルヤモ解」14
セサルナリ。足モ疲レテ歩行ニ苦シム状ヲ示シ、車ノ図ヲ画キ、御墓ノ
地マテ雇ヒタキ旨ヲ頼ミシニ、ヂヨンハ諾キ走リ行キ、程ナク牛車一
輛ヲ引キ来ル者アリ。其車ハ宛モ荷車ノ如ク、牛ハ驢馬ニ似タリ。乃チ
ヂヨンニ其労ヲ謝シテ乗車ス。此牛車ノ行歩、大ニ遅ク進マサルニハ
困リタリ。ナレトモ足ヲ休ムル為ニ、忍ヘテ御者ノ逐フニ任セテ行ク
トコロ、黒崎雄二ハ前後ヲ顧ミ、粛然トシテ容ヲ改メテ曰フ。従来ノ艱
苦数フヘカラス。又前途幾千里ナルヲモ知レサルモ、師ニハ釈尊ノ御
墓ヲ尋ルノ目当アリシモ、私シニ於テハ唯従者トナリテ伴フノミ。意
ニ何ノ目的モナク、又本国日本ニハ、老タル母ト幼キ妹カ嘗テヨリ我」15
カ立身仕官ヲ楽シミニ貧苦ヲ忍ビ、学成リテ帰国ノ日ヲ指ヲ屈シテ
待居ル者ニ、若シヤ猛虎ヤ毒蛇ノ為ニ害セラレナハ、死スル此身ヨリ
モ尚二人ノ悲ミモ多カラン。師ニ随従ノ筈ナレト、之レヨリ御免ヲ被

リテ帰途ニ付ン、ト。困難交モ至リ多カル中ニ、言ハ道理、語ルハ実情ナ
レト、此道龍モ年ヲ数フレハ、六十ニ余ル老年ノ身、壮年ノ子ヨリ慰メ
ラル、筈ナルニ、却テ壮年ノ子ヲ慰メネハナラヌトハ、サテモ困タル
コトナリ、ト。凡ソ五六里許モユク間、互ニ話ストコロ、車ハ山手ニカ、
リ、御者ハ前途ヲ指シテ手真似シテ、下車セヨト云。故ニ黒崎ト車ヨリ
下リ見レハ、数十人ノ土人カ何カ堀テ居ルユヘ、黒崎雄二カ走リ進ミ
テ、数十人ノ中ニ衣服ノ完全セシ黒奴ニ近キ、英語ヲ以テ此処ノ地名
└16
及ヒ何事ヲ為スヤト問フニ、幸ナル哉、コノ黒奴英語ヲ解シ、英語ニテ
当所ハ仏教ノ鼻祖釈迦牟尼如来ノ墓ノアル「ブタガヤ」ト云フ地ニ
テ、其墳墓ノ地底ニ埋没セシヲ堀出ス為ニテ、我レ官命ヲ奉ジテ、日々
役夫ヲ監督ス、ト聆ヨリ黒崎ト、御墓ヂヤ御墓ヂャト雀躍トシテ止マズ。然
ルニ黒人ハ我等ヲ見テ大ニ驚キ、不審ノ面色ヲナシ、地理不案内ニテ
此トコロヘハ如何シテ来レルヤ、ト尋ヌル故ニ、コレマテノ艱難ノ様
ヲ語リ、而シテ昨夜宿泊セシ老翁ノ処ノ地名ヲ問ヘハ、其地ハ昔ハガ
ヤト称セシ都府ニテ、即チ釈迦牟尼如来ノ父浄飯大王ノ居住ノ地ナ
リ。路傍ニ高キ丘岡ヲ見ラレシナラン、今尚其大王ノ城蹟存セリ。帰途
ニ就テ見ラレヨ。古ヘハ頗ル宏大ニシテ富貴ヲ極メシモ、今ハ只民家
└17
数軒アルノミ。而シテ他国ノ人ニシテ、仏祖ヲ慕フノ切ナル、実ニ感服
ノ至リナリ。委シクコノ墳墓ノ埋没セシ所由ヲ語ン、ト傍ラノ普請小

屋様ノトコロニ導ケリ。抑モ今ヨリ凡ソ一千八百余年前、婆羅門宗大ニ旺盛ニシテ、仏教次第ニ衰微ヲナシ、日ニ月ニ彼レハ栄ヘ、此レハ枯レテ、仏教ヲ奉スル寺院サヘナキニ至リ、仏教ヲ信ズル者マテ婆羅門宗ニ降伏セラレ、仏教地ヲ払フテ絶滅スルニ至ラントス。然ルニ不思議ヤ、此所ニ聳ヘタル砂山一時ニ崩潰、釈尊ノ御墓ヲ埋没セシム。夫ヨリ已来跡方モナカリシヲ、二十年前ニ塔ノ尖ノ少クアラハレタルヲ、何物ナラント堀出セシニ、何ヤラ知レスモ、土地ノ仏教ノ信徒等ガ釈迦牟尼如来ノ御墓チヤト閑隙アレハ、砂ヲ堀出セシニ、今ヨリ五年前ニ至リテ、石ニ刻ル文字ガ見ユルヤウニナリ、読メハ果シテ釈尊ノ御墓ナルコトガ明ニ分リ、夫レユヘ政府ヨリ人夫ヲ使役シテ堀出スコトニナリ、漸ク此頃ニ至リ、仏像石棺等ヲ見ルコトヲ得ルニ至ル。└18 回想スルニ、当初婆羅門教ノ為ニ此尊墓ヲ破却セラレナハ、今拝シ奉ルコトモ能ハザリシニ、砂山ノ崩レテ地底ニ埋没セシハ、偶然ニアラザルヘシ。而シテ又師等ガ若シヤ数月前ニ来ラレナハ、未タ御墓ノ全形ヲ拝スルコトヲ得ザリシニ、今全ク堀出セシ時ニ来レルハ、幸モ亦甚シ。コレヨリ御墓ヘ案内セン、ト懇切ニ教ユル故ニ、先ツ旅装ヲ脱シテ用意ノ法衣ヲ着シ、珠数ヲ持チ導ビカレテ、御墓所ニ趣キシニ、宛モ雷盆ノ中ヘ入ルガ如クニテ、石階四十余段ヲ降リ、仰キ見ルニ、塔ノ高サ凡└19 ソ八丈其台石ハ方五丈程ニシテ、細密ニ唐草様ノ物ヲ彫刻セリ。而シテ塔ノ中ニ入リ見上ルニ、釈尊ノ黄金ノ立像ヲ安置ス。於之悲喜ノ涙ニムセヒ、三拝シテ三部経ヲ展読セントセシニ、黒人カ其足ノ下ガ即チ御墓ジヤト云フニ、驚キ飛ビ除キテ聞ケハ、履デ居タ所ガ即チ石棺ノ蓋ナリ。其面凡ソ十人ヲ座スヘシ。之レハ已ニ天竺ト日本トハ風儀カ異リテ、天竺ハ人ノ踏ムトコロニ墓ヲ拵ラヘルガ、習俗日本トハ反対ナリ。其天竺ノ風儀カ欧羅巴州ニモ伝リシニヤ、学者博士ナドノ墓ガ諸人ノ履ムトコロニアリ、依テ其蓋石ノ側ニ座シ読経シタリシガ、黒奴ハ支那文字テ書キタル経文ヲ見テ、釈迦如来ノ説セラレタルモノカ此様ナモノニナリテ日本ニ現存セルナリ、トテ見セマハリタリ。

└20

而シテ一心ニ仏像ニ向ヒ、正像末ノ三時ニ付テ仏教興廃アルハ、預言マシマストコロナレトモ、今地ニ墜ントスル仏教ヲ再ビ興隆シ奉ラン、ト心ヲ励ス。仰願ハ仁慈ヲ垂レテ加被シタマヘ、ト与力ヲ乞フ。然リト雖モ、浄土ニ得生スルニ付テ願求イタシタルニアラス。聴者謬ル勿レ、夫レヨリ黒奴ニ就キ種々ノ艱苦ヲ経テ、平素ノ志ヲ今遂シ歓喜、何ソ之ニ如シ。依テ紀念ノ為、碑ヲ遺シオカンコトヲ依頼シケレハ、黒人ハ点頭、日本ノ僧ガ来リテ、此墓前ニ碑ヲ建設イタサル、ハ、甚タ美挙ニシテ、一ノ名勝ヲ加フルナレハ、官ノ允許スルヤ必セリ。宜シク取扱ン、ト云ケルユヘ、石ヲ所望セシニ、相応ノ石ヲ近傍ヨリ取寄セ来ル。夫レヨリ文字ヲ書セントセシニ、大筆ナキ故ニ筆ノ図ヲ示シテ請ヒケ

└21

レハ、漸クニシテ髯ヲ剃ル時ニ、水ヲ灑グ毛刷ヲ持来レリ。其形チ筆ニ類スルヲ以テ之ヲ借リ受ケ、中央ニ道龍ト書シ上ニ、日本開闢以来余始詣于釈尊墓前ト記シ、下ヘ明治十六年十二月四日ト書キテ彫刻ヲ頼シニ、コノ石工ハ皆官府ノ雇ヒ人ナレハ、自由ニ使用スル能ハス。ナレト夜間昼休ノ折ナドニ彫刻セシナハ、五六日ノ間ニハ成ズルナラント語ルユヘ、依頼ヲナシオキ、夫ヨリガヤノ旧趾ヲ一見セントテ出行シニ、昔時ハ帝王ノ城廓アリシモ、今ハタ、少ク高キ丘アルノミ。人戸モ僅カニ十三軒、実ニ寒村トナレリ。而シテ又ブタガヤニ趣キ見ルニ、昨夜頼シ石碑ノ彫刻、早悉ク出来タルニ驚キタリ。何ニトテ斯クハ速ニ成ゼシニヤト問フニ、黒奴ハ此碑文彫刻モカ、ル容易ニ成ルトハ思ハザリシモ、昨夜業ノ終リテ後チ、石工数名ヲ召集シ、日本ヨリ来レル高僧ガ此処ニ紀念碑ヲ建テントノ事ヲ語リ、公務ノ余暇ニ之レヲ彫刻セヨ、ト命セシトコロ、何レモ珍シキコトナリトテ、今宵ヨリ着手セントテ、我ニモ一字彫ラセ彫ラセ、ト打寄リテ刻セシユヘ、斯ク速ニナレルナリ。定メテ字格ヲ彫損スルトコロモアラン、悪クハ鑿ニテ補ハント云。見ルニ案外ノ上出来ナルヲ以テ、其労ヲ謝スレハ、黒奴ハ官府ノ允許ヲ経タル上、御墓ノ右手ノ方ニ建ント云。且ツ又此碑文ヲ摺物ニシテ持帰ン、ト大紙ヲ請シニ、大幅ノ紙ナキヨシニテ、白キ天竺木綿ヲ持来ル、代用シテ碑面ニ墨ヲ塗リ、石摺トナシタリ。而シテ又何卒

22

此尊墓ヲ写真ニ取リテ帰朝イタシタキ旨ヲ告シニ、写真師ハ五六百里外ヨリ呼ザレハ能ハサルコトナレハ、容易ノ事ニアラス。併シ幸ニ我等所持ノ二種ノ写真アリ。之レヲ呈セン、ト小屋ノ内ヨリ持来レリ。抑載テ其報酬ノ為、黒奴三人ニ象牙骨ノ扇子一本ツヽ与フレハ、非常ノ喜ヒヲナセリ。而シテ又、御墓ノ土中ヨリ堀出シタル石片ヲ貰ヒ受ケタシト請ヒシニ、黒奴ハ総テ本塔修繕スヘキ必用ノモノナレハ、望ニ応シ難シト云ユヘ、暫ク黙止セシ。折カラ二人ノ黒奴ハ工事巡廻ノ為立去リタルヲ幸トシテ、一人ノ黒奴ニ強テ石片ヲ請求シ、烟草入ヲ与ヘ切望セシニ、諾キテ二個ノ石片ヲ持来リテ与ヘシユヘ、受領シテ厚ク謝言シテ同所ヲ立去レリ。険ヲ越、難ヲ冒シテ無事ニ帰朝セリ、ト。時ニ拍手ノ響音雷鳴ノ如ク然リ。

⌊23　⌊24

明治十七年六月廿四日御届　定価　金拾銭
同　七月廿　日出版
編輯人　森　祐順
大坂府平民
東成郡天王寺村二百十四番地
超願寺住職
大坂府平民

出板人　西　岡　庄　造
東区高麗橋五丁目五十番地
大売捌所　大坂備後町四丁目　岡嶋支店
西京新京極　太田権七
三府諸県書林新聞絵草紙屋ヘ差出シ置候間、最寄ニテ御求メヲ乞フ」

2

鹿児島県歴史資料センター黎明館寄託・個人蔵『〈武家物語絵巻〉』について

――お伽草子『土蜘蛛』の一伝本――

鈴木　彰

1　はじめに

鹿児島県歴史資料センター黎明館に寄託されている某家蔵の資料群のなかに、一軸の興味深い絵巻が含まれている。外題・内題ともに存在せず、現在は「武家物語絵巻」という資料名で登録されている。

この絵巻は、かつて二〇〇六年十一月十四日から二〇〇七年二月四日にかけて黎明館で開催された企画展「藩政時代の『物語』」において、仮称の「武家物語絵巻」として出展されたことがある。しかし、以後、その詳細な検討は課題として残されたままであった。先年、私は当該企画展を担当された、黎明館の内倉昭文氏からこの絵巻の存在をお教えいただき、その後、同家から寄託されているすべての資料とあわせて、当該絵巻を熟覧する機会をいただいた。

本稿では、その詞書本文を翻刻して紹介した上で、当該絵巻（以下、黎明館寄託本）の性格や意義などに言及することとしたい。あらかじめいえば、本絵巻はお伽草子『土蜘蛛』の一伝本にほかならず、今後はそちらの名称で扱われることが望ましいと考える。

2　書誌について

まず、当該絵巻の書誌を簡潔に示しておこう。


〔整理資料名〕「武家物語絵巻」（仮称）　↓『土蜘蛛』と認定可能
〔所蔵〕個人蔵。鹿児島県歴史資料センター黎明館に寄託。

〔形態・数量〕巻子本。一巻一軸（上巻のみ。下巻欠）。

〔表紙〕原表紙。薄茶色地草花文様。寸法は縦三三・〇糎、横二七・二糎。本文料紙と剥離。

〔外題〕なし。題簽剥落。剥落跡の寸法は縦一五・一糎、横二・六糎。

〔内題〕なし。

〔見返し〕剥落。

〔料紙〕鳥の子紙。紙面には所々に金箔を散らし、金泥で草の下絵を描く。紙背に銀箔を散らす。絵の裏面には細く裁断した紙を縦に並べて貼って料紙を補強してある。

〔紙数〕本文は全十六紙（全七場面）、絵は全六紙（六図）。

〔寸法〕全長一一八六・八糎（表紙含む）。各料紙の寸法は以下のとおり（単位、糎）。

第1紙　詞書1　三二・八×四九・四　　第12紙　詞書4　三三・〇×二三・六

第2紙	詞書1	三三・〇×二四・六
第3紙	絵1	三三・〇×九二・〇
第4紙	詞書2	三三・〇×二四・〇
第5紙	詞書2	三三・〇×五〇・七
第6紙	詞書2	三三・〇×五〇・一
第7紙	絵2	三三・〇×九二・三
第8紙	詞書3	三三・〇×五〇・八
第9紙	詞書3	三三・〇×五〇・八
第10紙	絵3	三三・〇×五一・六
第11紙	詞書4	三三・〇×五〇・四
第13紙	絵4	三三・〇×九二・〇
第14紙	詞書5	三三・〇×五二・二
第15紙	絵5	三三・〇×九二・一
第16紙	詞書6	三三・〇×二八・六
第17紙	詞書6	三三・〇×五一・〇
第18紙	詞書6	三三・〇×五一・〇
第19紙	詞書6	三三・〇×五〇・四
第20紙	絵6	三三・〇×五一・八
第21紙	詞書7	三三・〇×五二・〇
第22紙	詞書7	三三・〇×二八・二

〔用字〕漢字平仮名交じり。

〔一行字数〕十七字前後

〔絵〕濃彩

〔軸〕軸長三五・九糎、直径二・三糎。

〔奥書・識語等〕なし

〔落款・蔵書印等〕第六図の左下に、朱方印「光起／之印」（陽刻）。寸法は縦二・二糎、横二・二糎。

〔備考〕本文第一紙・第二紙は以下と剥離。料紙の継目の裏面下部に、小字で「上ノ二」～「上ノ廿弐」と墨書。これにより、本巻が「上」巻であり、「上」巻の本文・絵に欠脱がないことを確認できる。

3　詞書本文

続いて、詞書の全文を翻刻して示す。その際、適宜句読点を補い、漢字は現在通行している字体に改めた。また、原本の改行部は／で示し、料紙の継ぎ目は（」第1紙）のような形で示した。あわせて、慶應義塾図書館蔵『土くも』（以下、慶應本と略称）との異同を、本文右傍の番号に対応させて末尾に示した（漢字・仮名の宛て方の違いは含めていない）。

〔詞書1〕

一条院の御時、せつつのかみらいくわう、／し[*1]やうくんせんしをかうふり、ふけのとう／りやうとなりたまふ。これはたゝのまん／ちうのちやくなんにておはしけるか、身／すくやかにして、心たけく、ちから人／にすくれ、玉しゐよにこえた／り。弓馬のたつしや、ちほうの／めいしん、うち物、はやわさ、しんへん／をえたまへりしうへ、しいか、くわん／けんの道にもゆふちやうなり。かくの／ことく、文武のとくをかねたる人なれハ、／君、ことにたのもしくおほしめされ、／臣また、これをおもんしたつとめり。／（」第1紙）らいくわう、のたまひけるハ、我ふせう／の身たりといへとも、ふそのよ[*2]くむ／をもつて、ふしやうのくらゐにそなハ／ること、まことにふしんのめいよ、かもん／のひほくなり。それにつき、いよ〳〵／ちうせつをつくして、君[*3]万歳に／あふき奉らんと思ふなり。（」第2紙）

（絵　第1図）（」第3紙）

〔詞書2〕

それ、天下おさまれる時ハ、文をもつ／てまつりことをおこなひ、いよ〳〵世を／おさむるものなり。もし、四いの／みたれ／ある時ハ、ふをもつててきをたいらけ、／あたをしりそけ、世をしつむるもの／なり。されは、て[*1]きくんをしりそけ、き／しんをやふるひしゆつ、第一ハ、めいけん／（」第4紙）のいとくにありと聞えたり。かんかにハ、／きふん、れうさう、ハつこう、せいしやとて、／さま〳〵のめいけんあり。これみな、代々の／こくわうのてうほうにて、とり〳〵に、きとく／ふしきをあらはしたりとうけたまハる。我／朝にハ、あまのはいきり、むら雲、とつかの／つるきと申て、神代よりつたハりしれい／けん、今の代にいたるまて、てうていの御た／からにておハします。そのきすい、れいけん／しゆせうなりしためし、くハしく申に／いとまあらす。こゝにまた、天国と申神人、／やまとの国にしゆつしやうして、はしめて／つるきをつくり出しけり。是、わか朝のか／ちのはしまりなり。其後、また、しんそくと／いへるかち、つくしの国にくわせいして、／太刀、かたなといふ物をうち出せり。是ハ、／りうしんのけしんなり。りけんをわけて、／天地の位にひようしてつくるとそきこえ／〔」第5紙〕し。それよりこのかた、名をえたるかち、／国々に出生す。ハん〳〵として、いくらといふ／数をしらす。中にも、はうきの大はら／の住人、やすつな、さねもりふしハ、きたい／の上作、めいよのかちとそ聞えし。かの／作をもとめ得て、まもりとせはやとて、／すねん心をつくし玉ふといへとも、さ／らにえ給はす。さらハ、当時、名をえたる／かちをめして、つるきを[*2]うたせらるべしとて、／やまと、山しろをハしめて、ひせん、ひつ／ちうの間より、かちともを[*3]めしよせらる。／そのほか、ふんこの国のきしん大夫、さつ／まの国のなみのひら、我とおほしき／かちともか、思ひ〳〵さま〳〵にきたふ／てまいらせたれ共、つゐに、らいくわう／の心にかなふ太刀はなかりけり。〔」第6紙〕

〔絵　第2図〕〔」第7紙〕

〔詞書3〕

其後らいくわう、[*1]いせさんくうし給ける／時、御むさうのつけあつて、太刀を一ふり、／太神宮よりたまハり給ふ。らいくわう、大き／によろこひみ玉ふに、三尺八寸の太刀の／ぬけハ玉ちるハかりなるに、大はらの／太郎大夫やすつなとめいをしるし／たり。日比のくハんまうしやうしゆすと、よろ／こひいたゝき、ひさうし給ふことたくひなし。／此太刀と申ハ、もとは、さかのうへのたむら丸／の御ひさうの物なり。田村将軍、あふしう／のたか丸をついはつし給てのち、伊勢太／神宮にさんろうし、則この太刀をおさめ／奉られしなり。しかるを、今、らいくわうに／たまハること、神の御ないせうにかなひ／玉ふゆへなるへしと、みな人、たつとみ／申けり。またある時に、頼光、ひるねを／〔」第8紙〕し給けれハ、天より影のことくなるもの／きたりて、かたりけるハ、我ハ、もろこし／に名をえたる、やうゆうかむすめ、せう／くわちよといふものなり。我、女性たり／といへとも、父のけいをつき、しやしゆつ／をほとこすこと、しんへんをえたり。しかる／に、今たちまち命つきんとす。つら〳〵／天下をあまねくひきやうしてたつ／ねみるに、わかけいをつたふへききりやう／の仁なし。今、なんちにつたふへし。是／ハ、そのかみ、大しやうもんしゆ、五たいさんの／ふもとにて、やうゆうにさつけ給し／弓矢なりとて、らいしやうとうといふ／ゆみに、すいは、ひやうハといふ、かふらや二／すしあひそへ、まくらかみにたて／をきて、又こくうにとひさりぬ。〔」第9紙〕

（絵　第3図）〔」第10紙〕

〔詞書4〕

頼光、ゆめさめてのち、たちまちにこ／のゆみやをえて、ひさうし給ふ事なのめ／ならす。これすなはち、もんしゆのかんせい／をもつてつくり給しかふらなり。山鳥の尾、／わしの羽にてはきたり。弓ハ八尺五／寸のたらし也。養由、これをもつ／て、しやけいをなす。はくふに／柳のはをたれて、もゝやをいるに、／はつるゝ事なし。されは、やうゆう、／ゆみをとれハ、うんくわいのかり、つらをみたるとそきこえし。七百さ／いをへてのち、椒花女にさつ／く。しかるを、今また、らいくわうつ／たへ玉へる事、きたいふしきなる／ことゝも也。日本ハ、小国たりといへ／とも、きうせんふりやくのみち、／〔」第11紙〕大国にまされる事あきら／けし。こゝに、らいくわう、このゆみや／をもつて、しやけいをなして、／こゝろみ玉ふに、やうゆうかもゝやの／ひしゆつ、ならハすしてえ玉ふこ／そきとくなれ。〔」第12紙〕

（絵　第4図）〔」第13紙〕

〔詞書5〕

か丶りしのちハ、へんけのもの／もおそれをなし、てうしうのた／くひも、とひかけることをえさり／けり。其のち、らいくわう、八まん／宮にさんろうし給て、きせい／し給ふ事あり。きみやうちやう／らい、八まん大菩薩、かたしけなく／も、王城のちんしゆにておハし／ます。ことにハまた、ゆみやをまもら／せ給ふ御事なれハ、ふうん／長久にして、源家のはんしやう／をなし／給へとそ／申されける。（」第14紙）

（絵　第5図）（」第15紙）

〔詞書6〕

其夜、むちうに、大菩薩の御たくせんあり。／むかし、大国にたいこうはうといふもの／ありしか、一くわんの書をもつて、しうのふ／わうにさつく。武王、この書をよみて／すなハち四海をたいらけ、天下の／ぬしとなれり。其のちまた、張子望／といふもの、一巻の書をもつて、かんの／高祖にさつく。かうそ、この書をま／（第16紙）なひて、つゐにらんをしつめ、世をお／さめて、三百よねんをたもてり。我／また、かの書をつたへて、ゆみやのしゆこ／神となつて、四夷のみたれをおさむる／ものなり。なんちはふしやうのくらゐに／そなハり、ていわうをしゆこしたてまつる／ものなり。かるかゆへに、此書をさつく。／此書をよむときハ、きしんをとりひ／しくひしゆつ、たち所にさとりうる／物なり。つ丶しんてこれをまなふへし。／ゆるかせにすることなかれとて、書を／さつけ給ふ。らいくわう、おとろきみ給へハ、／枕かみに一巻の書あり。あらたにふしき／なる事なれハ、いた丶きまつり、らいはいを／なし、ひし、まなひ給ふほとに、ふりやく、ち／ほう、しんへんをえて、こくうをもかけるハかり／にみえ玉ふ。此一巻の書と申ハ、むかし、／ちやうりやう、かかひといふ所にて、くわう／せき公よりつたへたりし兵書なり。／（」第17紙）しんくうくハうこうの御時、もろこしへ、あ／またのてうほうをつかハされ、兵書をもとめ／玉へハ、すなハち、此書をそをくり奉り／ける。皇后、この書をまなひ、ふくし／給てのち、つゐにいくさをおこして、／三かんをうちとり給へるなり。さて、か／の書をハをうしん天わうにさつけ奉／り給ふ。をうしん天わうと申奉るは、／

すなはち、八まん大菩薩におハします。か／やうに、めてたきとくをそなへたる書／なれハ、大菩薩、ひさうし給て、つゐに／さつけ玉はす、千年をすくし給ふ／処に、今にをよんて、まのあたり頼／光のつたへ玉ふ事、まことに、たゝ人にハ／あらさるもの成へし。かの書のたいい／ハ、大将たらん人の心もちを、よく〳〵しるし／たる物なり。それ大将たらん人ハ、まつ、人を／よくみしるへし。人によくをんを／あたへて、それ〳〵に、えたることゝも／〔第18紙〕をおこなハすれハ、大将ハ、手つから、手／をくたき給ハねとも、をの〳〵よく／こうをなすゆへに、利をうることも／すみやかなり。かやうなる大将をハ、大／ゆうとも、りやうしやうともほめ申／なり。我一人かちからをもつはらとして、／左右のたすけなき時ハ、こうなりかたし。／これを小ゆうとも、けつきのゆう共／そしるなり。はいこうハ、三けつのこうを／もつて、天下をとれり。まことなるかな／〳〵。此事をきもにめいして思はれ／けれハ、ひそかに心をつくしてうかゝひ／み給ふほとに、つゐに、きん時、さたみつ、／するたけといふ、三人のゆうし／をもとめ出されたり。〔第19紙〕

（絵　第6図）〔第20紙〕

〔詞書7〕

いつれも、きりやうゆゝしく、玉しゐ／人にすくれたる、かうのものともなり。らい／くわう、かれらに心さしふかく、をん／しやうあつくあたへてめし／つかひ玉ふほとに、いつれも、きしん、／きんせきのことくにして、ちう／せつを、つくすへきありさま、あ／らはに、たのもしけなり。（以下、余白）〔第21紙〕

（余白）〔第22紙〕

＊慶應本との異同を、黎明館寄託本―慶應本、の形で表示。

〔詞書1〕＊1しやうくん―しやうくんの　＊2よくむ―よくん　＊3君―君を

〔詞書2〕＊1てきくん―てきらん　＊2うたせらるべし―うたせるへし　＊3めしよせらる―めしよせる

〔詞書3〕＊1いせ―ナシ

4　本文の素性と性格

本絵巻は、源頼光の武勇譚・異類退治譚のひとつとして知られる、お伽草子『土蜘蛛』の一伝本にほかならない（図版1）。頼光らによる土蜘蛛退治を扱う中世の物語草子としては、鎌倉後期成立とされる古絵巻『土蜘蛛草子』一巻（東京国立博物館蔵。その転写本複数あり）と、いわゆるお伽草子絵巻の『土蜘蛛』の二種が知られている。▼注[1] そして、後者の伝本としては慶應義塾図書館蔵二巻二軸の絵巻『土くも』（慶應本）が確認されており、『室町時代物語大成　第九』（以下、『大成』）に翻刻本文と解題が収録されているほか、すべての挿絵がカラー版で紹介されてもいる。▼注[2] 従来、この慶應本系統の伝本としては、わずかに赤木文庫本『つちくも』（絵入十一行古活字版。断簡二葉）が知られるのみであったが、『大成』解題は「内容から見ると、慶應本に近いようであるが、文章は絵巻と異なり、叙述が詳しい」としており、本文的には決して同一視できないことがわかる。

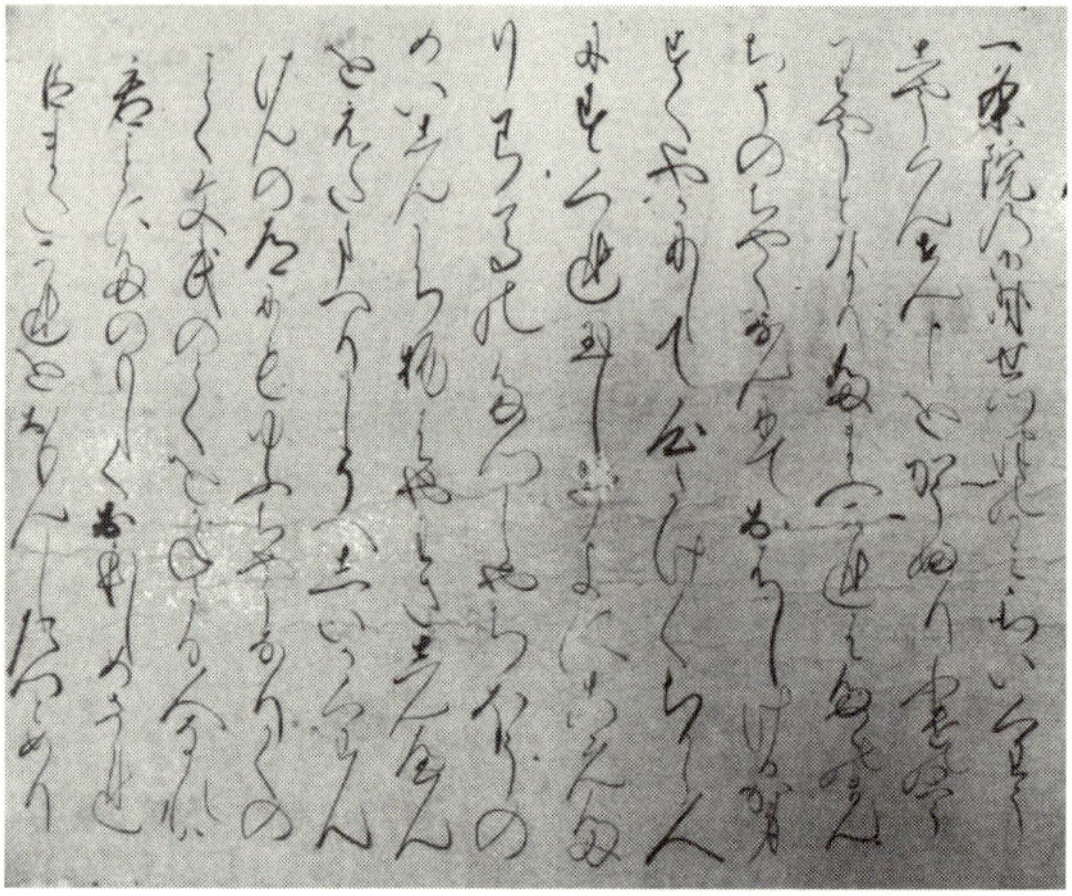

図版1　黎明館寄託本 詞書冒頭部

こうした現状に照らすと、本絵巻が慶應本とほぼ同一の本文を備えていることは、興味深い事実といえよう。両者の間には、展開や設定に影響するような差異は存在せず、異同は用字・表記の違いという範囲に収まる。目立った傾向としては、黎明館寄託本のほうが平仮名表記の割合が高いことを指摘でき、その様子は冒頭部から次のように現れている。

（慶應本）一条院の御時、摂津守頼光、　　　　　将軍のせんじをかうふり、　　　　武家のとうりやうと、なり給。

（黎寄本）一条院の御時、せつつのかみらいくわう、しやうくんせんしをかうむり、ぶけのとうりやうと、なりたまふ。

また、固有名詞についても、慶應本が漢字を当てているのに対して、黎明館寄託本が平仮名表記している例が多数みられる。その一部を例示しておこう（黎明館寄託本—慶應本の形式で示す）。きふん、れうさう、はつこう、せいしや—亀文、龍藻、白虹、青蛇／しんそく—神息／やすつな・さねもり—安綱・真守／やうゆう—養由／せうくわちよ—椒花女／らいしやうとう—雷上動／すいは・ひやうは—水破・兵破／たいこうはう—太公望／ちやうりやう—張良／くわうせき公—黄石公／はいこう—沛公。

こうした表記の違いがあるとはいえ、全七段に分けられた詞書の区切れ目が全く同一ということも含めて、両者は細部に至るまで非常に近似した本文をもっている（前節「慶應本との異同」欄参照）。また、挿絵についても、そのすべてが、無関係とは思えぬほどに類似した構図となっている。ただし、両本を対照してみると、それぞれの詞書筆者、絵師は異なると考えられ、必然的に、両本が製作された時と場は異なるということになろう。このように、画風や筆者は異なるが、同じ系統の本文と基本構図を等しくした挿絵とを備えた写本が複数存在するという例は、他作品の奈良絵本・絵巻についてもしばしば確認されるところだが、『土蜘蛛』もまたそうした作品の一つとして扱うべきものということになる。黎明館寄託本は上巻のみの残闕本ではあるが、慶應本と併せ見ることで、この系統の本文と絵の構図が一定の広がりをもって伝播していた状況と、それを踏まえた絵巻製作が複数の時空間においてなされていた事実を見通すことができる。なお、両本それぞれの画風や筆法などの特徴については、それぞれの専門的見地からの検討にゆだねたい。

5　挿絵の性格――慶應本との比較から

次に、慶應本と比較しながら、黎明館寄託本の挿絵の性格について整理しておきたい。

まず、全体にかかわる事柄として、詞書の区切り方と絵画化された場面（全六場面）が、両本で完全に一致していることと、各図の構図の共通性が高いことを再確認しておく。そして、黎明館寄託本は慶應本に比べて人物を大きく描く傾向にあることが、ひとつの特徴といえよう。また、全場面で描かれる頼光の姿に注目してみると、慶応本の頼光は一貫して緑色の狩衣姿であるのに対して、黎明館寄託本では赤い直垂（大紋）姿を基本としている（第三図の射芸場面を除く）。このように、両本は、各図において類似した構図を踏まえつつ、細部においてはそれぞれに異なる方向へと踏み出していることがわかる。

以下、詞書と対応させながら、全六図における細部の違いを確認しておこう（図版は本稿末尾に掲載）。

〔詞書1〕では、一条院の時代、摂津守源頼光が将軍の宣旨を蒙って武家の棟梁となったこと、頼光は多田満仲の嫡男で、文武の徳を兼ね備えており、武将の位に備わることを武臣の名誉、家門の眉目として、忠節を尽くしたことが語られている。第1図は頼光の邸宅内の様子で、座敷の奥に頼光が座し、その前に侍たちが控えるという構図である。黎明館寄託本は、慶應本に比べて構造的に邸内の奥行きが浅い。そうした中に、慶應本よりも一人多い計九人の人物が配置されているため、比較すると、慶應本のほうがゆったりとした構図となっている。庭の樹木は、黎明館寄託本が梅であるのに対して、慶應本は桜である。また、頼光は慶應本では上げ畳に座すが、黎明館寄託本では上げ畳は描かれていない。さらに、慶應本には、画面右端に二人の子供の姿が描かれているが、黎明館寄託本には子供の姿は描かれておらず、横幅が切り詰められた構図となっている。

〔詞書2〕では、敵を退け鬼神を破る秘術の第一は名剣の威徳だとして、頼光が本朝の多くの名誉の鍛冶のうち、伯耆国の安綱・真守父子の作を求めたが入手できず、全国から名工を集めたが、心にかなう太刀はできなかった、という内容が語られている。第２図に描かれているのは頼光の邸内で、頼光が脇息にもたれて三人の侍たちとともに鍛冶たちの鍛刀の様子をながめる様子である。慶應本では、やはり邸内の奥行きが黎明館寄託本よりも広くとられており、頼光を囲むように計七人の侍が配置されている。慶應本の鍛冶小屋には注連縄が下げられているが、黎明館寄託本にはそれがない。一方で、慶應本にはない刀剣を冷却するための水溜が、黎明館寄託本には描かれている。画面中央に描かれた樹木は、黎明館寄託本では紅葉だが慶應本は桜としており、両本には季節に差が生じている。なお、詞書には季節の情報は示されていない。

〔詞書３〕には、頼光が伊勢大神宮から安綱銘の太刀を与えられて秘蔵したことと、頼光が昼寝していると、中国の弓の名手養由の娘椒花女が天より現れ、雷上動という弓と水破・兵破という鏑矢を枕元に残し、虚空へ飛び去ったことが語られる。第３図に描かれるのは、後者の話題である。昼寝する頼光の姿を、黎明館寄託本は脇息にもたれた姿とするが、慶應本では脇息を描かず、姿勢が大きく異なる。また、夢中に現れた椒花女は、慶応本では吹き出しのような雲に乗っており、黎明館寄託本ではその雲に包まれるように描かれている。その他、黎明館寄託本でのみ椒花女の手に鏑矢二本が握られていたり、頼光の左右に硯箱と燭台が置かれていたりする点、慶應本のみが庭先に水辺を描いている点、頼光の背後の棚上に置かれた品などに目立った相違が認められる。

〔詞書４〕には、頼光がこの弓矢を秘蔵したこと、日本は小国だが、弓箭武略の道が大国に勝っているとする主張、頼光がこの弓矢で射芸を試みると養由の秘術を体得していたことが語られる。第４図には頼光が射芸を披露する場面が描かれている。見守る侍たちの数が黎明館寄託本では六人、慶應本では七人となっており、頼光は前者においては刀を腰に差し、後者では太刀を下げている。慶應本では的の脇の樹木が桜で、画面左下には長塀が描かれており、また頼光の足もとには布が敷かれ、矢が二本置かれているが、これらは黎明館寄託本には描かれていない。黎明館寄託本の頼光は、裸足で地面に立つ。

〔詞書5〕では、頼光が八幡宮に参籠し、武運長久と源家の繁昌を祈誓したことが語られている。第5図には八幡宮に向かう頼光一行が描かれている。馬上の頼光を囲む従者たちの数は両本とも八名だが、持ち物や装束、配置が異なる。慶應本では最後尾の従者が走っているなど、移動の動きある一行が描かれているが、黎明館寄託本では、先頭に手をかざして遠方を望見する侍を描いており、一行は立ち止まった状態にあるとみてよいのではないか。なお、画面左上に描かれた建物が八幡宮とみられるが、両本とも神社とは特定しにくい。また、水辺の描写については、慶應本には波が描かれているが、黎明館寄託本では平板な描写になっている。

〔詞書6〕では、八幡大菩薩の託宣が下って頼光が太公望以来の一巻書を与えられたこと、その由来譚とこれを得た頼光がただ人ではないこと、この書を学ぶうちに、頼光が公時・貞光・末武という勇士を得たことが語られる。第6図には、自邸の内で一巻書を読む頼光と侍たちの姿が描かれているとみてよいだろう。ただし、両本とも巻物を手にしているわけではない。慶應本では六人の侍が描かれているのに対して、黎明館寄託本では四人の侍に加えて、頼光の傍らに若衆が一人描かれている点が特徴的である。黎明館寄託本では、頼光の背後に屏風を描くなど、この場面の描出に力点を置いていたことがうかがえる。

以上、黎明館寄託本と慶應本の挿絵が大枠としては似た構図をもつことを前提として、両者の細部における相違点の重立った点を確認してきた。以上を通観して確認できるのは、まずは、描かれ方の違いは、ほとんどすべてが本文で示されていない要素、すなわち描く際の裁量にかかわる部分に現れているという事実である。例外は、黎明館寄託本の第3図で、椒花女の手に鏑矢二本が描き添えられていたことくらいである。ただし、この点は本文に、

……らいしやうとうといふゆみに、すいは・ひやうはといふかふらや二すし、あひそへ、まくらかみにたてをきて、又こくうにとひさりぬ。

図版２　黎明館寄託本第６図（部分）

とあるのを踏まえた加筆と考えられるが、本文に忠実に描くのであば、「らいしやうとうといふゆみ」も描かねばならなかったはずである。同一本文・類似した構図をもつ二者を比較できることで、本文と絵が綱引きする関係性や、絵師たちの裁量がどのように具象化されていたのかを探るための糸口を得ることができように思われる。

　また、黎明館寄託本の挿絵を特徴づける要素として、第6図において頼光の脇に若衆の姿を描き添えていることは、やはり注目に値しよう（図版2）。この人物は、他の人物たちとは異質な存在として、際だった個性をあらわにしている。この場面にかかわる特定の人物を意識的に描いたものとみてよいのではなかろうか。そして、その場合、公時（金時）とみるのがもっとも相応しいと思われる。たとえば、元禄五年（一六九二）には成立していたかとされる『前太平記』には、天延四年（九七六）三月に上総国から任を終えて上洛する頼光が、足柄山の奥で、「六十余りなる嫗」から、「面ざしは廿計りにもや有るらんか、未だ童形なる」子を託されて主従の約をなし、以後は「酒田公時」と名乗らせて四天王の一人として召し使ったという話が掲載されていること（巻第十六「頼光朝臣上洛事付酒田公時事」）を考え合わせてみたい（挿絵もあり）。公時をこのように描き込む背景には、若き公時が頼光に仕える経緯を語る、こうした物語の流布を想定する必要があるだろう。黎明館寄託本には、こうした物語絵としての独特な展開の痕跡がみとめられるのである。

　なお、慶應本によれば、下巻は、遅れて頼光のもとに仕えたにもかかわらず重用されている綱に対して、「こさん《（古参）》の者」

という自意識をもつ公時が、その扱いに不満をもって襲いかかるという話題から始まっている。このように、『土蜘蛛』は公時の姿を一部で焦点化する物語でもあった。黎明館寄託本第6図の若衆が公時であるとすれば、そうした下巻の話題において、公時がどのような姿で絵に描かれていたのか、少なからず気になるところである。しかし、現時点では、本絵巻の下巻が、将来どこからか発見されることを期待し続けるよりほかはない。

6　伝来の経緯・落款のことなど

所蔵者に伺ったところでは、本絵巻が同家に伝来した経緯は一切不明とのことである。もちろん、近年になって購入したものでもない。なお、同家に伝わる資料には、文化・文政・安政・文久・元治・慶応・明治などの奥書をもつ馬術書・鉄砲書・柔術書・軍配書・槍術書・弓術書などがあり、この絵巻は、それらとともにいつからか同家で受け継がれてきたことになる。すでに見たように、『土蜘蛛』上巻は、特殊な太刀と弓矢、そして特殊な兵書「一巻の書」が頼光のもとに伝えられたことを語る内容で、全国の優れた刀鍛冶に言及する際には、「ふんこの国のきしん大夫、さつまの国のなみのひら」の名のみ、具体的に明示している（詞書2）。薩摩・鹿児島の地で、同家において育まれていた広い意味での兵術・兵書・武具に関する関心が、この絵巻に向けられた機会もあったのではなかろうか。

図版３

なお、第6図の料紙左下隅に、朱方印「光起／之印」（陽刻）が押されている（図版3）。それを信じれば、土佐光起（元和三年〈一六一七〉～元禄四年〈一六九一〉）が絵筆をとったということになる。しかし、あくまでも伝光起筆と考えておくべきで、ここでは、そのように言い伝えられてきた歴史を本絵巻がもっているという点に注目しておきたい。いつ、誰の手でこの落款が押されたのかは、今のところ定かではない。

以上、本稿では、鹿児島県歴史資料センター黎明館に寄託されている個人蔵の『土蜘蛛』絵巻について、その特徴や意義などについて述べてきた。さらなる分析の深化を期したい。

【注】

［１］田嶋一夫「土蜘蛛」（徳田和夫編『お伽草子事典』東京堂出版、二〇〇二年）など。伊藤慎吾「異本『土蜘蛛』絵巻について」（『異界万華鏡　あの世・妖怪・占い』国立歴史民俗博物館、二〇〇一年七月）は、近世に生み出された『土蜘蛛』絵巻（国立歴史民俗博物館蔵）の存在を報告している。

［２］横山重・松本隆信編『室町時代物語大成　第九』（角川書店、一九八一年）。石川透『慶應義塾図書館蔵　図解御伽草子』（慶応義塾大学出版会、二〇〇三年）に全図のカラー図版が掲載されている。

【引用テキスト】

慶應本『土くも』……『室町時代物語大成　第九』、『前太平記』……叢書江戸文庫３『前太平記〔上〕』（国書刊行会、一九八八年）

【附記】貴重な資料の紹介をご許可くださったご所蔵者と、閲覧・調査に際してご配慮くださった鹿児島県歴史資料センター黎明館の関係各位に心より御礼申し上げます。同館の内倉昭文氏には、とりわけ多くのご教示を賜りましたことを申し添えます。

本稿は、二〇一四年三月九日（日）に、鹿児島県歴史資料センター黎明館にて開催された隼人文化研究会・斉興の会合同研究集会「近世島津家と物語・絵巻・芸能―中世文芸の継承と再編―」における研究発表「鹿児島県歴史資料センター黎明館寄託『〔武家物語絵巻〕』について」の内容に基づく。

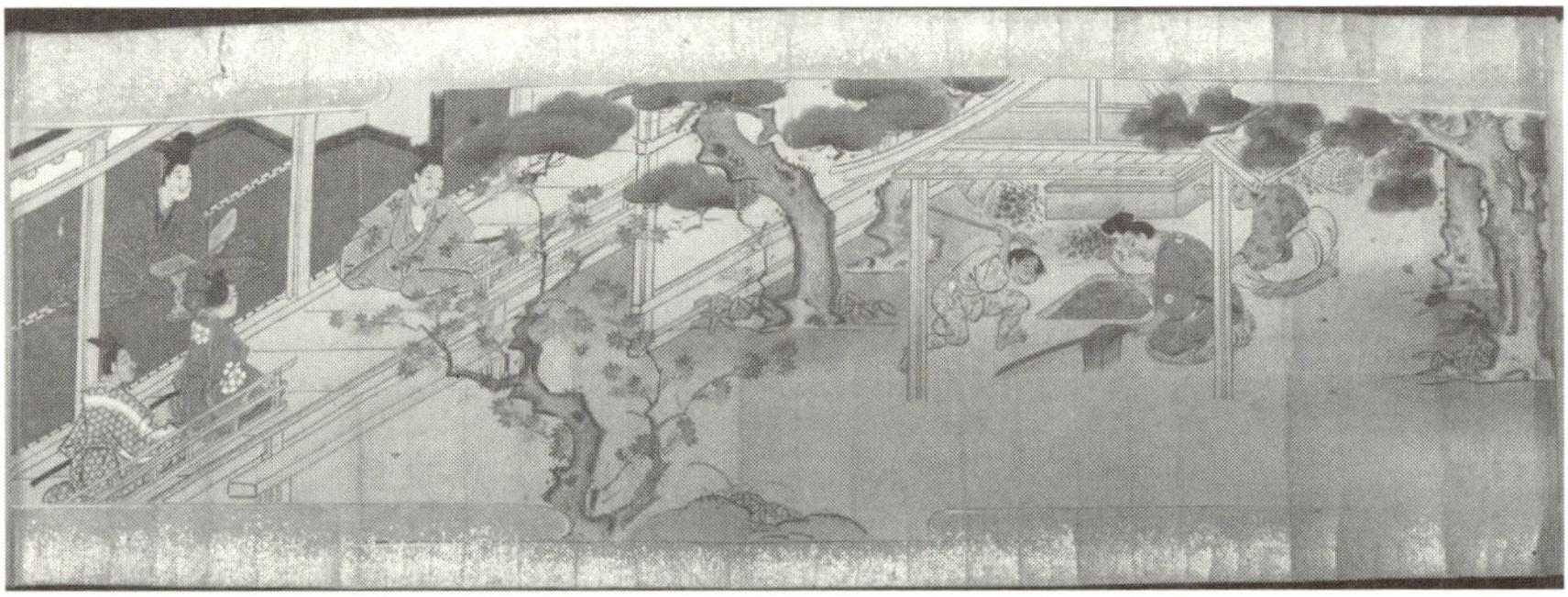

黎明館寄託本挿絵
上：第1図
中：第2図
下：第3図

黎明館寄託本挿絵
上：第４図
中：第５図
下：第６図

3

国文学研究資料館蔵『大橋の中将』翻刻・略解題

粂　汐里

1　はじめに

『大橋の中将』は、鎌倉に幽閉された父に会うため子の摩尼王が九州より下向し、法華経の功徳により父が処刑される寸前で再会を果たす物語である。テキストは、日蓮が南条時允に宛てた建治二年（一二七六）閏三月二十四日の消息『南条殿御返事』にみえる抄出文をはじめとし、お伽草子、古浄瑠璃、長享二年（一四八八）頃成立の『浪合記』やそれらを母体とした家伝類、さらには寺社縁起等のかたちでも広がりをみせ、本物語が多方面で親しまれていた様相を窺うことができる。▼注[1]

これまで筆者は草創期の説経・古浄瑠璃の正本以外の、絵巻・絵入り写本というかたちで伝来したテキストについて調査を行ってきた。▼注[2]その過程で、説経・古浄瑠璃を題材とした絵巻・絵入り写本は同時代芸能である舞曲とは対照的に、版本を粉本として生み出されたものがほぼ存在せず、各作品のありようも一様でないことが明らかになってきた。『大橋の中将』は、早い段階で古浄瑠璃の正本が出版された演目である。▼注[3]一方で、古浄瑠璃の詞章をもつ笹野堅氏旧蔵の豪華な絵入り写本や、古浄瑠璃作品としては唯一の、狩野派の手になるといわれる扇面画が残されている。しかしながら作品の成立背景や、お伽草子と古浄瑠璃の本文関係など基礎的な研究はほとんどなされていない。というのも、お伽草子の伝本はいずれも端本であり、全容を見渡すことが難しいためである。近年、新出の『大橋の中将』のテキストが数点見つかり、あらためて当該作品の諸本を整理する必要が生じてきた。小稿では、現存本中、挿絵に古態をとどめる国文学研究資料館所蔵のメクリ二十枚を紹介し、『大橋の中将』の作品研究および絵画的受容を解明する一助としたい。

2　諸本における位置

まずは簡略に国文学研究資料館蔵本（以下、「国文研本」と称す）の書誌を記す。

【整理番号】ユ3―52―1〜20
【外題】ナシ
【表紙】ナシ
【装訂】元横本
【巻数】上巻・下巻各一部存
【数量】メクリ二十枚
【法量】縦寸、一七・〇〜一七・三糎。挿絵横寸、二二・七〜二三・四。詞書横寸、一六・七〜二二・〇糎。

【台紙】表面は金紙。裏面は帳簿らしき紙が貼り付けられている。

【行数】十五行（最大で）。

【字高】一四・〇糎。一行字詰、一四字内外。

【挿絵】濃彩、全十四図（元は見開き六図、半丁八図）。

【料紙】混漉。一部虫損あり。

【備考】計二十枚のメクリのかたちで保管されている。各々、詞書部分と挿絵とを貼り合わせ、一枚に仕立ててある。挿絵部分の横寸法量がほぼ一定であるのに対し、詞書き部分の横寸は様々であることから、挿絵はほぼ完全な形で遺されたものの、詞書きは傷みの度合いに合わせて裁断され、適宜挿絵と貼り合わせたと思われる。挿絵の横寸を石川透氏の示した絵入り写本の制作年代と照合すると、元は江戸初期に制作された半紙型の横本であったと思われる。▼注[4] なお、第八紙目に錯簡がある。


次に国文研本の諸本中の位置についてみていきたい。『大橋の中将』の伝本は国文研本以外に、次の五点が知られている（《　》内に閲覧媒体を示した）。

A系統

大阪大谷大学附属図書館蔵（中野荘次、友山文庫旧蔵）「大はしの中将」写一冊、上巻のみ、絵なしの奈良絵本「一冊。下巻欠。表紙寸法、縦二四・〇糎、横一七・三糎。列帖。一六丁。挿絵なし。二丁ウ、四ウ、八オ、十一ウ白紙。奈良絵脱のあとと思われる。料紙は鳥の子。表紙、縹色紙水辺草文様。見返し、文様入り銀紙。題簽「上」の文字消しあとあり。江戸初期の製作。」（大阪大谷大学附属図書館HPより）

《国文研マイクロ　ユ2—1—4、大阪大谷大学附属図書館HP》

小野幸氏蔵「〔大橋の中将〕」一帖、下巻後半部分存

「竪一六・七糎、横二五糎。料紙、鳥の子。本書はもと横形の奈良絵本」「元和・寛永頃の制作」「本文字高、約一四糎。丁数、十四丁」「行数、十六行。字数、毎行十六字内外。挿絵、片面二図、見開き三図。計八頁分」（室町時代物語大成補遺一より）

《室町時代物語大成補遺一》

沢井耐三氏蔵「〔大橋の中将〕」上巻一冊

横本。表紙、雲紙。縦寸、一七・二糎。横寸、二六・二糎。一面行数、一六行。一行、一四字内外。挿絵、濃彩、片面六図、見開き三図。

B系統

東京大学国文学研究室蔵（笹野堅氏旧蔵）「大橋の中将」上下二冊、絵入り写本、特大本

《『国語と国文学』9―9、室町時代短篇集、古浄瑠璃正本集一、室町時代物語大成三》

大阪大学赤木文庫蔵「ちうしやう」上巻一冊（一〜四段存）、中本、寛永初年頃刊

《古浄瑠璃正本集一》

いちはやく諸本について言及した中島美弥子氏は、大谷大本・小野幸本は同系統であり、かつ東大本は赤木文庫本と本文が近いと述べた。▼注［5］当時、まだ所在が知られていない国文研本についても、古書目録の情報を元に大谷大本・小野幸本は同系統であると指摘している。

ここに新たに確認できた沢井氏所蔵の一本を加え、あらためて系統を整理すると、A系統と、B系統の二つの系統に分類することができよう。

A系統は、大谷大本と沢井本が上巻のみ、小野幸本が下巻のみ現存し、完本は伝わっていない。上巻の大谷大本と沢井本の前後関係をみると、沢井本の方が一部に長い詞章をもつため古く、大谷大本はその後に続くといえる。なお沢井本と小野幸本は書形がほぼ同じであるが、挿絵の図様をみる限り、明らかに両者は別本である。

B系統をみると、寛永期の古浄瑠璃正本が、大阪大学赤木文庫に所蔵されている。この古浄瑠璃正本を元に制作されたと思われるのが、東大の大型絵入り写本である。古浄瑠璃正本と同系統の本文をもち、欠けた赤木文庫本下巻本文を補完する役割を果たす。詞章は極めて近い関係にあるものの、絵入り写本の全十六図もの挿絵と正本の挿絵は、互いに影響関係にない。なお、『大橋の中将』のように、近世初期に制作された説経・古浄瑠璃の絵巻・絵入り写本の多くは、出版された正本の挿絵と関連していない。

A系統は、B系統にくらべ、法華経に関する逸話が多く含まれている。摩尼王が法華経を読誦する際の法華経の経文をA系統は「その文の心は」として丁寧に説くのに対し、B系統ではそれらを省略する。一方でB系統は各地の社寺参詣の道行を道行文で表現するなど、古浄瑠璃の詞章としての特徴を備えている。以上をふまえ二つの系統を位置づけるならば、A系統をお伽草子系、B系統を語り物系ということができよう。

国文研本は、欠けている箇所こそ多いが、A系統の上巻と下巻を部分的に残している。そのため、上巻下巻と別々に現存していたA系統は、国文研本によって上巻部分と下巻部分を繋ぎ合わせることができ、本文全体を通読することができる。A系統・B系統諸本の本文の有無を物語の展開に合わせて整理したものが【表1】である。▼注[6]

【表1】

		A系				B系
		大谷大本	小野幸本	国文研本	沢井本	東大本（＝古浄瑠璃正本）
		上巻			上巻	上巻
ア	梶原景時、頼朝に大橋の中将の謀反を讒言。	○	（欠）	○ 1	○	○ 景時の名乗り
イ	大橋の中将は池の尼公の御孫。	○		○ 1	○	×
ウ	梶原源太景季、大橋の中将を謀る。	×		（欠）	×	○
エ	大橋の中将と御台の別れ。	○		○ 2・3	○	○
オ	大橋の中将、鎌倉へ向かう。	○		○ 3	○	○
カ	大橋の中将の鎌倉への道行き文。	×		×	×	○
キ	大橋の中将、牢に籠められる。	○		○ 4	○	○
ク	大橋の中将、法華経読誦によって加護を受ける。	○		○ 5	○	×

ケ	摩尼王の誕生。	○		○ 6	○	○
コ	摩尼王、七歳にて学問のため山寺にのぼせられる。	○		○ 6	○	○
サ	摩尼王、下山して自らに父なき理由を母に問う。	○		(欠)	○	○
シ	御台、摩尼王に父の形見の品を渡す。	○			○	○
ス	摩尼王、山に戻り、法華経を熱心に読誦する。	○			○	○
セ	摩尼王、松若とともに身を法師にやつして鎌倉へ向かう。	○		○ 7	○	○
ソ	摩尼王の筑紫～京都までの道行き文。	○ 短文		(欠)	○ 短文	○
タ	誓願寺で法華経薬王菩薩本事品を読誦する。	○			○	×
チ	和泉式部の墓で法華経提婆達多品を読誦する。	×		○ 8 和泉式部 和歌	○ 8 和泉式部 和歌	×
ツ	清水寺で法華経観世音菩薩普門品を読誦する。	○		○ 8	○	×
テ	清水寺で人々の信仰を集めるが、振り切って鎌倉へ向かう。	○		○ 9	○	×
ト	摩尼王の京都～鎌倉までの道行き文。	○ 短文		○ 10	○ 短文	○
ナ	若宮八幡宮で法華経を読誦する。	○		(欠)	○	下巻 ○
ニ	北条政子、摩尼王たちに出会う。	下巻(以下欠)		○ 11	○	○
ヌ	北条政子、頼朝に摩尼王らの事を進言。		○	○ 12	下巻(以下欠)	○
ネ	摩尼王ら、安藤七郎に諭され水干・袴に着替える。		○	○ 13		○
ノ	頼朝一門に対面する。		○	(欠)		○
ハ	頼朝、摩尼王らの法華経を聴聞する。		○	○ 14		○
ヒ	摩尼王、頼朝に自らの出自を述べ、父の赦免を乞う。		○	○ 15		○
フ	大橋の中将の処刑を知り、嘆く摩尼王。		○	(欠)		○
ヘ	梶原は由比ヶ浜へと急ぐ。		○			○
ホ	大橋の中将は最期の法華経を読誦する。		○			○
マ	大橋の中将の処刑が中断される。		○	○ 16		○
ミ	大橋の中将と摩尼王、親子の対面を果たす。		○	○ 17		○
ム	大橋家の本領安堵。		○	○ 18		○
メ	頼朝、自身に起こった二つの法華経の功徳について語る。		○	○ 18		×
モ	摩尼王は「させうしやうはるずみ」となり、筑紫に下向する。		○	(欠)		○
ヤ	法華経の功徳について。		○	○ 20		×
ユ	大橋一家は筑紫に到着、御台と対面を果たす。		○	○ 19		○

国文研本のメクリは計二十枚あり、一枚が詞書きの部分と、挿絵の部分を継ぎ合わせた形となっている。【表1】に付した1～20の番号通り、現在の一～二十枚はおおよそ物語の展開に沿って配置されているが、最後の第十九紙と第二十紙の詞書部分は順序が逆になっている。加えて、「ツ　清水寺で法華経観世音菩薩普門品を読誦する」の第八紙目には錯簡がみられる。子の摩尼王が、父の行方を尋ねて壱岐対馬の領国を出発し、鎌倉へ向かうくだりである。都に入った摩尼王は各地の寺社に父との再会を祈念するのであるが、諸本では誓願寺、和泉式部の墓、清水寺の順で巡るところを、国文研本は清水寺参詣の詞書の途中に、和泉式部の墓の詞書を挿入してしまっている（原文に傍線、句読点を付した）。

第八紙

夜もあけければ、きよみつへまいらせ給ひけるとかや、ひるのあひたのかんきんに、ほけきやうのたい八のまきふもんほんに、めうほうれんけきやうくわんせをんほさつとあり、きやうもんの心は、くわんをんも、めうのちりきをもつて、一さいせけんをすくひまほる事をなすとあるときんは、ちゝちうしやうをまほらせ給ひ候へとてきねんある、たとひちゝをきらるゝと

て、たちとりむかふとも、くわんをん
これはいつみしきふのみはかと
きゝて、まにわう殿、
一しやふとくさほんてんわう、
二しやたいしやく、三しやま
わう、四しやてんりんしやう
わう、五しやぶつしん、うんか
によしんそくとくじやう
ふつと、ゑかうしたまふ

《第八紙・絵》

いつみしきふ
うた

はちすは花
さかねは
さかて
さてはつる
さくほと
なれはみならぬはなし

点線部枠内の詞書は「夜もあけければ」の直前に挿入される方が適当である。錯簡というよりも、《第八紙・絵》にかかる画中詞と不自然に繋がってしまい、錯簡が生じているようにみえるというべきだろうか。この誓願寺、和泉式部の墓、清水寺の詞書の順序の乱れは挿絵にも生じており、誓願寺を描いた挿絵が、第十五紙目に無造作に配置されている。この点については、挿絵の復元・配列を行う過程で改めて言及したい。

3　挿絵について

次に挿絵についてみていきたい。先述したように、メクリ二十枚は、詞書と挿絵を継ぎ合わせたかたちで保管されている。詞書の内容に近い挿絵を継ぎ合わせてあるが、見開きであった挿絵を半丁ずつ離して別の台紙に貼り付けたり、不自然な位置に挿入したりしている。そこで上巻の全ての挿絵をもつ沢井本を参考に挿絵を復元し、通し番号（【挿絵1】〜【挿絵14】）と、小見出しを付した（稿末【挿絵】参照）。以下、問題のある挿絵のみ言及したい。

【挿絵1】

梶原景時が、壱岐対馬を知行する平家方の武士・大橋の中将の脅威を頼朝に説く場面である。画面には侍烏帽子を被った六人の男が着座しているが、どの人物が梶原かは判然としない。頼朝がいない点を考慮すると、元は見開き図で、左片面に頼朝と梶原が対面する様子が描かれていたと考えられる。A系統の中で挿絵を持つ伝本は国文研本のみである。

【挿絵2】

梶原が、使者を大橋の中将の元に向かわせ、鎌倉へ上るよう説く場面である。【挿絵3】の馬上の人物と装束が一致することから、画面奥に着座する男が大橋の中将、手前が使者と判断できる。

【挿絵３】

梶原の狙いに気付いた大橋の中将が、懐妊した御台に別れを告げ、鎌倉に旅立つ場面である。元は第三紙と第四紙に分かれていたが、沢井本に同構図の見開きの挿絵がみえるため、国文研本も見開きとした。

【挿絵７】

成長した摩尼王は松若とともに九州を発ち、父との再会を願って各地の寺社へ参詣する。【挿絵７】は誓願寺、【挿絵８】は清水寺、【挿絵９】は鎌倉若宮八幡宮の場面を描いている。【挿絵７】右面は、第十五紙に貼り付けられていたものだが、錯簡のある第八紙の挿絵と合わせてみると、右面に誓願寺、左面に和泉式部の墓を描いた見開き図であったことが判明する。

【挿絵８】

この挿絵も別々の台紙に貼り付けられていたが、本来は沢井本にある挿絵同様、見開きで清水寺境内を描いた図であったと思われる。

【挿絵９】

鎌倉若宮八幡宮で法華経を一心に唱える摩尼王と松若を、北条政子が見つける場面である。第十一紙と第十二紙は元見開き図で、右面にいる女房が、左面の摩尼王と松若を差し示す構図となっている。

【挿絵12】

頼朝の命をうけた梶原が、大橋の中将の処刑を取りやめるよう、由比ヶ浜にむかう場面である。この挿絵も第十六紙・第十七紙が別に貼り付けられていたが、海岸線を目印に見開きに復元することができる。

【挿絵14】

本領安堵され、鎌倉から九州へむかう場面である。この場面の挿絵をもつテキストは、閲覧することのできない小野幸本を除き、国文研本のみである。

以上、国文研本の挿絵の復元を試みた。登場人物を大きく、かつ素朴に描く沢井本に対し、国文研本は細部を正確に描こうとする傾向がある。本文は沢井本の方が古態をとどめているが、沢井本にない【挿絵1】を持つなど国文研本には沢井本より多くの挿絵があった形跡がある。

4　まとめにかえて——扇面画との関係

最後に、特異な図像をもつ扇面画と国文研本との関係について述べておきたい。『大橋の中将』の扇面画とは、かつて佐野みどり氏が紹介したY家所蔵本である。▼注[7]「大織冠」十五面、「大橋の中将」十四面、「新曲」三十一面、計六十面の折りあてのない扇面画が、画帖仕立てで保管されている。第一面の「休白　名長信松栄直信四男」という付箋や画風によって、狩野長信（休伯、天正五―承応三年〈一五七七―一六五四〉）様式の工房作と目されている。Y家本に通し番号は付されていないが、佐野氏はB系統（語り物系）の東大本を参考にしながら扇面画の順序を、no.16→18→19→20→21→22→23→24→28→25→26→27→30→29とした。しかし、すべての諸本と照合してゆくと、「大橋の中将」の扇面画は十五面あり、また右の順序も訂正すべき箇所がみられる。

さらに佐野氏は、「おそらくは古浄瑠璃であったと考えられる『大橋の中将』の絵画化」としたが、扇面画が古浄瑠璃である確証はなく、中にはB系統の本文と相違する描写をもつ扇面画もみられる。A系統の全文が明らかになったいま、あらためて扇面画と比較してみると、一部にA系統の本文でしか説明出来ない絵があることに気付く。それは、大橋の中将が本領を安堵され、摩尼王・松若とともに鎌倉を発つ場面が描かれた扇面画（no. 30）である。

頼朝の赦免によって大橋の中将と子の摩尼王はめでたく再会を果たす。大橋の中将は本領を安堵され、摩尼王は「はるずみ」という名を与えられて、初冠を行う。扇面画no. 30は、その後めでたく鎌倉を発つ一行を描いている。向かって右の輿には大橋の中将と摩尼王が乗り、その後ろを松若が馬で追従する。その周りには輿をかく男達や、馬で警護をする人々が描かれている。この場面がA系統、B系統、どちらの本文によっているのか確認してみたい。

A系統（小野幸本）

う大しやう殿、御らんして、こはいかにせん、なこりおしき、ちこかな、御身は、くけにて、おはします、よりともは、わつか、ゐ中ふしなれとも、う大しやうに、にんすれは、なにかは、くるしかるへきそ、うゐかふりあれとて、まにわう殿、十三にて、させうしやう、はるすみと、御なを、よはせたまひて、御ひきてものには、ほんりやうに、あひくわへ、四こく九こくを、たひにけり、ちうしやう殿と、はるすみ、りやうこしに、めさるれは、まにわうこ（ママ）はむまにのり、らうとうあまた、めしくし、けいこのつちや、三百よき、かまくらをたち給ふ、

B系統（東大本）

さてよりともは。わづかいなかぶしなれども。させうしやうはるずみと。なをよばせたまひて。しるしなくてはかなはじとて。四こく九こくをとらするとて。あんどをたび給ひ。つちやけいごとありければ。うけたまはると申て。三百よきをもよほして。けいごにぞまいられける。それよりはるずみ。御いとまをたまはり。ちうじやうどのとうちつれて。かまくらをたち。つくしへこそはつかれけれ。

A系統には、大橋の中将と初冠をした摩尼王（＝はるずみ）が「りやうこし」に、「まにわうこ」が馬に乗ったとあるが、この「まにわうこ（ママ）」は誤りで、意味としては「まつわか殿」「まつわか子」とあるべきであろう。つまり、親子が輿に乗り、松若が馬に乗っていたという解釈が正しい。一方、B系統は一行の出発を簡略に記すのみである。no. 30において、扇面画は、A系統の本文に近い情景を描いていると言えよう。

この場面の挿絵は、B系統の東大本にはないが、A系統の国文研本には、【挿絵14】として絵画化されている。親子は輿に、松若は馬に乗って出発する様子が描かれており、A系統の挿絵が、扇面画と同一の描写であることが確認できるのである。扇面画独自の絵もあるため、すべてA系統に依拠しているわけではないが、扇面画が元にしたのは語り物系であるB系統ではなく、お伽草子系のA系統に近いテキストではなかったか。これについては他の場面も含め、別の機会で報告したいと考えている。

国文研本は端本ではあるが、その本文や挿絵には、他の絵画作品の成り立ちを解明する貴重な手がかりが残されているのである。

【注】

［1］『大橋の中将』に関する主な研究は以下の通りである。

・笹野堅「「大橋の中将」と「山中常盤」（上）—御伽草子名義考—」（『国語と国文学』九—九、一九三二年九月）。

・小川武彦「御伽草子から仮名草子へ」鑑賞日本古典文学『御伽草子・仮名草子』角川書店、一九七六年）。

・伊藤慎吾「大橋の中将」（徳田和夫編『お伽草子事典』東京堂出版、二〇〇二年）。

・中島美弥子「『大橋の中将』と法華経信仰—頼朝像への視覚」（『立教大学日本文学』第九十号、二〇〇三年）。

・佐谷眞木人「古浄瑠璃・説経とお伽草子—斬首救済説話をめぐって」『お伽草子　百花繚乱』笠間書院、二〇〇八年）。

・槙記代美「寛永期浄瑠璃における能の受容に関する再検討　『はらた』・『きよしけ』・『小袖そか』」（『神戸女子大学古典芸能研究センター紀要』八号、二〇一四年六月）。

［2］拙稿「説経・古浄瑠璃を題材とした絵巻・絵入り写本制作の一様相—個人蔵『しゆつせ物語（さんせう太夫）』を例に—」（『総合研究大学院文化科学研究』第一一号、二〇一五年三月）。

［3］『古浄瑠璃正本集　第一　増訂版』（角川書店、一九六四年）で横山重は、「寛永年中としても、かなり古い頃の刊本と想像できる。他の諸本と比較して見ると、現存する古浄瑠璃の正本や、説経正本の中では、最も古板に属する本である事に気がつく」とし、

刊行年月のある古い正本『たかたち』（寛永二年〈一六二五〉刊）や、『せつきやうかるかや』（寛永八年〈一六三一〉刊）と比較し、『せつきやうかるかや』よりも、古い刊行ではないかと述べている。

［4］書形のおおよその制作年代については、石川透「奈良絵本・絵巻の制作」（『奈良絵本・絵巻の生成』三弥井書店、二〇〇三年）によった。

［5］中島美弥子「『大橋の中将』と法華経信仰―頼朝像への視覚」による。

［6］古浄瑠璃上巻は東大本上巻とほぼ同じであるため、省略した。

［7］佐野みどり「扇面画における伝統と創造」（『風流・造形・物語　日本美術の構造と様態』スカイドア、一九九七年）。

【付記】本稿作成にあたり、貴重な資料の閲覧をご快諾くださいました沢井耐三氏に深謝いたします。また、末尾ながら翻刻と図版の掲載をお許しいただいた国文学研究資料館に厚く御礼申し上げます。
　本稿は科学研究費補助金（特別研究員奨励費・課題番号17J08167）による研究成果の一部です。

5【翻刻】

凡例

一、翻刻の行取り、用字は原本通りとした。
一、反復記号「〱」「ゝ」「ヽ」「々」はそのまま表記した。
一、文字の位置は原態をとどめるよう努めた。
一、原本の状態により判読が困難な箇所は□で表記した。
一、挿絵のある箇所には《第○紙・絵》と表記した。
一、誤記、誤写と思われる箇所には（ママ）を付した。
一、見せ消ち・補入箇所は正しい形に直し、表記した。

第一紙

さるあひたかちはら心のうちにお
もふやうそも〳〵わかきみよりと
もはてんかのぬしとまし〳〵て御
心のまゝにおさめ給ふしかれは大みやう
せうみやうものこらすわれをたのむ
なりされともつくしいきつしま
りやうこくわれにしたかはすそのゆへ
いかにとたつぬるに大はしの中
しやうの心のまゝにちきやうせり
かのともからはいけ殿の御まこなれ
ばよりとものいのちのおやとおほし

《第一紙・絵》

第二紙

《第二紙・絵》

たてちうしやうめしくしのほせよと
のつかひつくしにつきしかは中しやう
殿に申やうはやくこしらへかまくらへ
のほらせたまへとかちはらかうけたま
はりにて候なりいそかせ給へと申け
りちうしやう此よしきこしめして
かねてこしたる事なれともいま
さらおそとろくはかりなり

第三紙

ちうしやう殿つくしをいてさせた
まふとき御せんにおほせけるはゆみ
やとる身となりてきみの御かん
きをかうむらん事はなけきならす
又御せんにおさあひ時よりめいなれしかは
いまわかれん事こそいふはかりなくかなしけれこれ
はさてをきぬなんしにても女しに
ても一人のこなき事こそなけ
きなれたゝしくわいにんのよしかた
らせたまひしはたいらかなりせは女しにてもやあらんすらん
なんしにてや候はんすらんゆくゑをみ
さらん事のくちおしさよ又かれか人

《第三紙・絵》

第四紙

はら殿に申けれはよろこひゑみ
ふくみらいてうへこそ申されけれ
きみきこしめされてつちのろうに入よ
とそおほせけるすなはちこしらへ
入にけり一とせ二とせのみならす
十二ねんまてこめにけりいたはしや
ちうしやう殿御身のうへはさてをき
ぬつくしにのこり給ひけるみたい所
の御事をなけきたまふそあはれ
なるかのちうしやう殿と申せし
はたゝ人ならぬ事なれはほけ
きやう一ふよみおほえろうのうち

《第四紙・絵》

第五紙

にありなからまい日一ぶよみたまふ
そのくりきにてやおはしけんほけ
きやうのしゆごじん十らせつ女の
日〳〵にしゆはんをあたへたひにけ
りそのうへひかりをさし給へはくら
き事こそなかりけれされはに
や御いのちすこしもさほいなかり
けりこれはかまくらにての事さて
もつくしにはみだいところの御くわい
にん月日すくれは事ゆへなく御さ
んのひほをときたまふ

《第五紙・絵》

第六紙

《第六紙・絵》

とりあけ御らんありけれはたまを
のへたることくなるわかきみにてそおは
します御なをはまにわう殿となつけ□つゝ
七さいと申ときならひのくにやさつ
まかたあふみたうしは山てらのさい

こく一のしないにてがくしやうあま
たあつまれりすなはちこれへの
ほせらるしかれはまつわかとてとう
ねんなるふだいの物のこなりけ
るかみめもかたちもしんしやうなり
かれをあひそへられにけり

第七紙

こしにもかくしたきいてなはあと
にてたつねかねつゝなけきたまはん
かなしさよそれのみならすはゝ
うへのあくかれたまはんうさつらさ
いかゝあらんとおもへとも心よはくて
かなふましおもひきれやとかたり
つゝ夜をこめてらをいてたまふなみ
たはおほくすゝめともこころものそ
てにしめしつゝたちいてたまふすか
たよそのみるめもいからん（ママ）
　たひころもはるけきみちも
　　　とをからす
たつぬるきみに
　　あはんと
　　　おもへは

《第七紙・絵》

第八紙

夜もあけけれはきよみつへまいらせ
給ひけるとかやひるのあひたのかん
きんにほけきやうのたい八のまきふ
もんほんにめうほうれんけきやう
くわんせをんほさつとありきやう
もんの心はくわんをんもめうのちりき
をもつて一さいせけんをすくひまほる
事をなすとあるときんはちゝちう
しやうをまほらせ給ひ候へとてき
ねんあるたとひちゝをきらるゝと
てたちとりむかふともくわんをん

これはいつみしきふのみはかと
きゝてまにわう殿
一しやふとくさほんてんわう
二しやたいしやく三しやま
わう四しやてんりんしやう
わう五しやぶつしんうんか
によしんそくとくじやう
ふつとゑかうしたまふ
《第八紙・絵》
いつみしきふ
うた
はちすは花
さかねは
さかて
さてはつる
さくほと
なれはみならぬはなし

【注】点線枠内は第八紙冒頭にくるべき。

第九紙
にまいらんとてこなたかなたへしやうし
申いつれの人もおもふやうこれは
たうしくわんをんの御りしやうにて
やおはすらんかやうの人をくやうせは
いかなるふつじん三ほうの御かごにもか
なひなんそのうへけんせはあんをん
にこしやうはせんしよにいたるへして
らをつくりてまいらせんわれはぢ
ふつだうにをきたてまつりぢき
やうをよませ申さんとそのふん
〳〵にしたかひておもひをふかく
《第九紙・絵》
第十紙
《第十紙・絵》
まにわう殿はおほしめす一とき

なりともかまくらへいそきゆかんと
おもひたちうたの中山せいがん
じくわさん四のみや十せんし三
川もろともにはしりゐすき
あふさか山とうちなかめわれを
ちゝこのまつもとすきいそかせた
まひけるほとにちゝにあふみとゆ
はゐつゝみのおはりをもうちすき
て三かわにかけし八はしを大は
し殿をとをたうみおやをもよひ
にするかなるふしのけふりはわかむ
ねのけふりくらへとなかめやりめい
しよ〳〵はおほけれといそきのたひ
のみちなれはみる事さらになか

第十一紙

るかかやうにたつとくよみけるかさ
なからかみの御りしやうかとおほえ
させ給ひけりそれ〳〵あんとう
七郎よあのちこかたくあひとゝ
めよきにいたはれあつくるとお
ほせをかれて御せんは御けかうを
こそなされけれ

《第十一紙・絵》

第十二紙

さるほとに御せんよりともへおほ
せけり世にはふしきのさふらうそ
やわかみやの八まんにて夜すから
ほけきやうどくじゆせしとしは
十一二さいなり心ことばもをよ
はれすしゆせうにおほえて候
なりあはれめしよせよませつゝ
ちやうもんあれとそおほせけるより
ともきこしめされていそきつかひ
をつかはさる大くちすいかんこそて
のかすいろをかへつゝひろふたにた
たみかさねてをくまゝにさての

り物は御こしをさう〳〵しゆつし
とおほせけりまにわう殿は御らん
してみつから世にあるときにこそい

《第十二紙・絵》

第十三紙

しやうのり物いるなれやたゝ此まゝ
のたひすかたやつれたるゝこそよ
けれとてかちにてまいられた
りけれはみる人なみたをなかして
そてをしほらぬ人そなきあん
とう七郎申やうたゝそのまゝのた
ひすかたあまりさたうにおはし
ます御しよぢうにての御きやうは
だうみやなとにはかはり候へし
いしやうを御かへ候へといろ〳〵申たり
けれはまにわうけにもとおほし
めし御せんよりもまいりたるいしやう
をきかへ給ひつゝちこのすかたになり
たまふおなしくまつわかいしやうかへお

《第十三紙・絵》

第十四紙

《第十四紙・絵》

御せんにあり
あふ人々も
おなしく
かんしたまひ
けり
みす
きちやうの
うちまても
みな
かんるひを
もよほせり

第十五紙

《第十五紙・絵》

せしをめしよせられて十二ねん
しやうじのほとをうけたまはり
候はすいきてもあらはいま一とたい
めん申候へしし〻て候事ならは
あととひ申さんそのためにはる〲
まいりて候と申あけられたりけ
れはらいてうきこしめされつ〻その
事ならはやすき事ろうしや
せさせてをきたれはやかてとらせん
さらはとてかちはらをこそめされ
けれせんねんおことにあつけたる

第十六紙

《第十六紙・絵》

のへはやと

おもひ

やすらふ

おりから

に

かちはら

むまを

かけなから

それ

きるなとそ

よははり

ける

第十七紙

さつしきともはよろこひてちう
しやう殿をひつたてかくてなわ
をつけなからぐしてまいりて大に
はにひきすゑたりけれはう
大しやう殿此ちこにとらせよと
ありけれはちこはしりおりて
なわをときけり大はしのちう
しやうわか子とはしらずなにな
る事のゆへなるかなともしらさ
りけり

《第十七紙・絵》

第十八紙

《第十八紙・絵》

てさま〳〵の御ふせたひて大はし
のちうしやうをたぶのみならす
ほんりやうをもあんとさせたまひ
けりう大しやう殿おほせあり
けるはほけきやうの御事はむかし
よりさる事とはきゝつたへたれとも
まるか身にあたりて二つのふし
きあり一のふしきはそのいにしへ
ちゝを大じやうにうだうにきられ
御くひをこくもんにかけられて
あさましともいふはかりなかり
しにいかなるかみほとけにか中へ
きとおもひしにそうたうさんの
めうほうよりほけきやうをよみ

第十九紙

《第十九紙・絵》

につかせてたまひてみたひところに
たいめんまし〳〵てゐいくわに
さかへたまひけりたゝこれひとへに
ほけきやうのくりきとくとお
ほえたりまにわう殿おやにかう
〳〵なるゆへにかやうにするゐはん
しやうなされけりこれをみる人
めいほうれんけきやうとなへ
けんせあんをんごしやうぜんしよ
三十ばんじん十らせつ女とあ
さゆふいのりたまはん事かんよう
なり

第二十紙

ほけきやうのとくゆうはこしやうはか
りとおもひしにげんぜのきとくある
事はなに事かこれにまさるへき一さ

いきやうのその中にきやうわうと
申つゝ八しう九しうにいたるまて
此大せうをたもちつゝしんせぬ人
はなかりけりぞくざいしゆつけにいた
るまてみなをしなへてめうでんを
しんかうあるときこえけりされ
ばいまの世までもみなよくうけ
たもちたまひなは此世はあんをん
そくさいにこしやうはふつしよにいた

《第二十紙・絵》

【注】第十九紙と第二十紙の詞書は順序が逆である。

6【挿絵】

第一紙

【挿絵 1】梶原の讒言

第二紙

【挿絵 2】大橋のと対面する梶原の使者中将

第三紙

第四紙

【挿絵 3】御台との別れ

第五紙

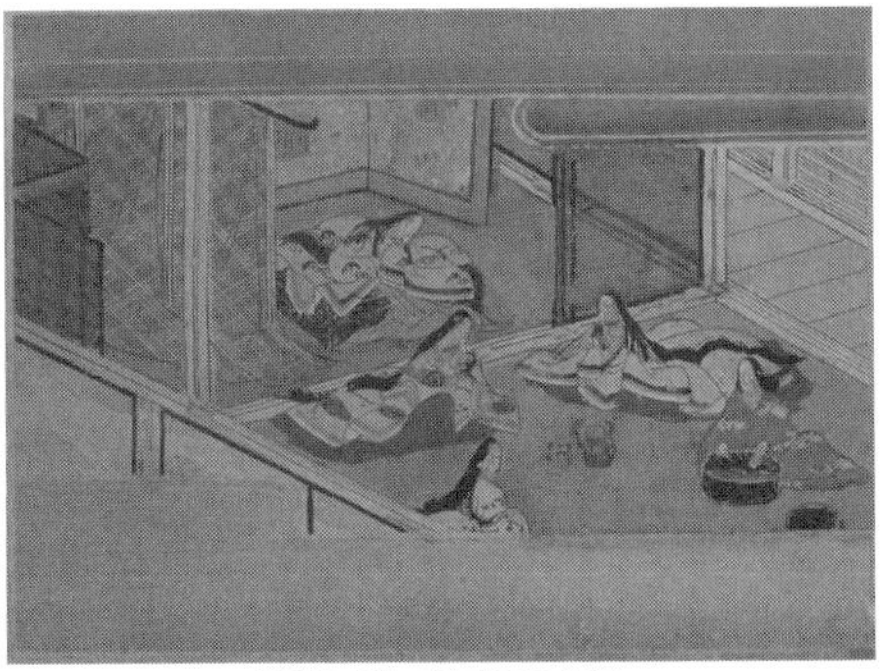

【挿絵 4】摩尼王の誕生

第六紙

【挿絵 5】山寺で修行に励む摩尼王と松若

第七紙

【挿絵 6】旅に出る摩尼王と松若

第八紙　　　第十五紙

【挿絵 7】誓願寺に参詣する摩尼王と松若

第十紙　　　第九紙

【挿絵 8】清水寺に参詣する摩尼王と松若

第十二紙　　第十一紙

【挿絵 9】北条政子、若宮八幡宮で摩尼王らと出会う

第十三紙

【挿絵 10】安藤七郎、衣装を勧める

第十四紙

【挿絵 11】摩尼王、頼朝の前で読経

第十七紙　　第十六紙

【挿絵 12】処刑される大橋の中将

第十八紙

【挿絵 13】再会を果たす大橋の中将と摩尼王

第二十紙　第十九紙

【挿絵 14】本領安堵となり、鎌倉を出発する一行

4 立教大学図書館蔵『〔安珍清姫絵巻〕』について

大貫真実

1　はじめに

ここに紹介する立教大学図書館蔵『〔安珍清姫絵巻〕』は、僧と女の悲恋を語る「道成寺縁起」の一伝本である。立教大学図書館には計四点の「道成寺縁起」が所蔵されているが、▼注[1]『〔安珍清姫絵巻〕』（以下、立教本と呼ぶ）は道成寺に伝わる絵解き台本との関係が深い点が非常に特徴的であるため、その詞書の特色を翻刻と合わせて紹介する次第である。

まず、立教本の梗概を確認しておきたい。

奥州より熊野参詣にやって来た僧・安珍は、紀伊国室の郡真砂の宿の娘・清姫に契りを結ぶよう迫られ、下向の際に清姫の願いを叶えることを約束する。安珍の帰りを待ちわびる清姫であったが、安珍はなかなか下向してこない。そこで、清姫が先達にその行方を尋ねたところ、安珍が約束を破ってすでに下向していたことを知る。清姫はなりふり構わず走り、上野という所で安珍に追いつくが、安珍は人違いだろうと言って逃げ続ける。追いかける清姫の姿は徐々に蛇体へと変化し、ついには大毒蛇となって日高川を泳ぎ渡る。安珍は道成寺に逃げ込み、鐘の中に匿われるが、大毒蛇は鐘に巻き付いて安珍を焼き殺してしまう。その後、道成寺の老僧の夢に、夫婦となった安珍と清姫が蛇の姿で現れ、蛇道の苦しみから自分たちを救ってほしいと頼む。寺でさっそく法華経の書写供養が行われると、老僧の夢に妙衣を着た安珍と清姫が現れ、それぞれ兜率天と忉利天に生まれ変わることができたと礼を述べる。

僧と女の名をそれぞれ安珍と清姫としている点から、十六世紀に制作された道成寺に伝わる『道成寺縁起』（以下、道成寺本と呼ぶ）の内容に、在地の伝承を取り込んで制作されたものであることがわかる。▼注［2］また、立教本には内題・外題が存在せず、『〔安珍清姫絵巻〕』という作品名は、本絵巻が納められている木箱の蓋に貼られた貼紙の記載に拠るものである。

あらかじめ言えば、立教本は、道成寺本と、その道成寺本の構成に沿った内容を有する『道成寺縁起絵とき手文』（道成寺蔵。以下、『絵とき手文』と呼ぶ）に類した本文とを組み合わせた構成となっており、本尊の縁起譚とかつての伽藍についての説明が途中に挿入されている。こうした立教本の構成をめぐる問題については、後に詳述することとしたい。

2　書誌と構成

立教本の書誌は以下の通りである。

【登録書名】　〔安珍清姫絵巻〕

【登録番号】　52097148
【請求記号】　NDC: 721.2 / A46
【形態・数量】　絵巻・一軸
【外題】　なし
【内題】　なし
【奥書・識語】　なし
【表紙・横寸法】　薄茶色、無紋、三十・九糎（後表紙）
【見返し】　白色、無紋
【料紙】　楮紙
【寸法】　縦二十七・〇×横九〇一・六糎
【用字】　漢字仮名混じり
【絵】　淡彩　全十九図
【備考】　木箱入り。箱の蓋の表に「安珍清姫絵巻」と印字された紙が貼られ、箱の底と蓋の裏に墨書で「今井」とある。

先に述べたように、立教本の詞書は、十六世紀に制作された道成寺本と、その道成寺本の構成に沿った内容を有する『絵とき手文』に類した本文とを組み合わせたものとなっている。具体的には、道成寺本の各巻冒頭の詞書（絵を伴う場面に入るまでの詞書）の後に、その詞書の場面に対応する『絵とき手文』系統の叙述が記されており、「〜で御座り升」といった独特な語り口調もそのまま記されている。

また、道成寺本に拠る詞書と『絵とき手文』に拠る詞書の間には、「是縁記（ママ）の席（ママ）で御座り升」・「是下巻の席て（ママ）御座り升」

という一文が挿まれており、立教本が道成寺本を用いた絵解きとの深い関わりを有していることがうかがえる。以下、こうした絵解きが行われた現場との関連を意識しながら、立教本と『絵とき手文』との本文比較を行っていきたい。

3 『絵とき手文』との関係性

まず、「是縁記《ママ》の席《ママ》で御座り升」・「是下巻の席《ママ》て御座り升」という表現について、もう少し詳しく検討しておきたい。以下に、安珍が隠れる鐘に大蛇が巻きつく場面の、立教本と『絵とき手文』の本文をあげる▼注[3]（以下、立教本の詞書を引く際は【立】、『絵とき手文』の本文を引く際は【手】と文頭に記す。また、傍線は筆者による）。

【立】其内に安珍の前行れました堂の弓手馬手を度たびかぎまわり、終には鐘楼へかきあてまして、安珍に影を隠して遣されました鐘は是てござり升。席《ママ》で中升通り、鐘を巻て龍首《ママ》をくわへて尾て叩く三時余り、火焔もへあがり《ママ》つたと申は此事でござり升。

【手】そのうちに安珍のあるかれました堂の弓手馬手をたび〳〵かぎまわりまして、終には鐘樓へかぎ当てまして、安珍に影をかくしてつかわ《はカ》されました鐘は、是で御座り舛。序文で申します通り、鐘を巻いて龍頭をくわえて尾で叩く三とき余り、火焔もえ上つたと申すは、此の事で御座り舛。

立教本に見える「席」という字は、本来は「序」と書かれていたものが「席」と誤写された可能性が高い（傍線部）。なぜならば、立教本で「席」となっている部分が、『絵とき手文』では「序文」となっており（二重傍線部）、且つその「序（文）」とは、道成寺本の各巻冒頭の詞書を指していると考えられるためである。▼注[4]

次に、安珍に騙されたことを知った清姫が、下向する安珍の後を追う場面を比較していきたい。

【立】熊野参詣の旅人に問掛ました詞の体、「のふ先達の御坊に申候。わら我男に法師、かけこ・手箱の候を、取て逃て候。若き僧にて候が、老僧と連ていか程のひ候ひぬらん」と尋候。「左様の人は、今は七八町も延候ぬとそんじ候」次なるは、「いや〲、七八町と云事あらし。もはや十二三町も過候べし」「ヤア〲、先達の御房に申候べき事の候。浄衣くら掛て候若き僧と、墨染着したる老僧と、弐人つれて下向するや候ひつる」と尋ければ、「左様めかしき人は、遥に延候ぬらん」といへは、「あな口惜や。扨は我をすかしにけり。道行たとへ雲の果、霞の間までも、玉の緒のたへさらん限りは尋ん物を」迚、きりん・ほうおふなんどの如く、走り飛行けり。「よき程の事にこそ、恥の事も思はるれ。法師めを追取ざらん限りは、はき物もうせふ方へ失よ」とて走り候。「爰なる女房を御覧じ候か」「アナ〲おそろしや。いまた此法師めは、かゝる人を見候わす」安珍にわ《(ママ)》あはんと申て、驚入て通られ升。「アナ〲、爰なる女房の気も御覧候へ」馬の上にても、「誠にあな〲おそろしけ《(ママ)》しきや」と、人々姫の体を見まして、評判の致して通られ升。

【手】熊野参詣の旅人に問いかけました詞ばの躰、「の《(なカ)》う先達の御坊に申候。わ《(はカ)》らわが男にて候《そうろう》法師、若き僧にて候が、老僧とつれて候。いか程《の》延び候ぬらん」と。「左様の人は、今は七八町も延び候ぬ、と存候」「あとながら七八町とい《(ふカ)》う事あらじ。最早や十二三町もすぎ候べし」「よき程の事にこそ。はぢの事も思わ《(はカ)》るれ。この法師めを追とりざらん限りは、はき物もうせう方へうせよ」とて、走り候。「こゝなる女房は、御らんじ候か」「あなあなおそろしや。いまだ此の法師めは、かゝる人を見候はす、〲」馬の上にても「誠にもあなあなおそろしのけしきや」と、人々姫の躰を見まして評判の致して通られ舛。

「熊野参詣の旅人」に安珍の行方を尋ねる清姫の言葉を見ると、立教本では安珍が懸籠と手箱を取って逃げているとされるが、『絵とき手文』にはそのような表現が含まれていない（傍線部）。他にも、再び道行く人に安珍の行方を尋ねて自身が騙されたことを確信した清姫が、麒麟・鳳凰の如く飛ぶように追いかけるという描写（二重傍線部）、「女房の気を御覧ください」と呼び掛ける道行く人の言葉（破線部）を、立教本のみに見られる表現としてあげることができる。

このような立教本のみに見られる表現は、いずれも道成寺本の詞書（もしくは画中詞）に拠ったものと考えられる。以下に、道成寺本の該当場面の詞書と画中詞をあげる。▼注[5]

「なふ先達の御房に申候。我わか男にて候法師、かけこ・手箱の候を、取て迯て候。若き僧にて候か、老僧とつれて候。いか程のひ候ぬらむ」「さ様の人は、今は七八町延候ぬと存候」「七八町と云事あらし。十二三町も過候へし」「やゝ、先達の御房に申すへき事候。浄衣くら懸て候若き僧と、墨染着たる老僧と、二人つれて下向するや候つる」と尋けれは、「さ様めかしき人は、遥に延候ぬらむ」といゐは、「あな口惜や。さては我をすかしにけり」と追て行。「縦、くもの終、霞の際までも、玉の緒の絶さらむ限りは尋む物を」とて、きりむ・ほうわふなんとのことく、走とひ行けり。「能程の事にこそ、恥の事も思はるれ。此法師めを追取さ覧かきりは、はき物もうせふかたへうせよとて、走候女房は御覧し候か」「あな〳〵恐しや。いまた此法師は、かゝる人を見候す〳〵」「あな〳〵口惜や。いちとてもわれ、此法師めを取つめさらん限は、心はゆくましき物を。能程の時こそ、恥もなにもかなしけれ。うらなしも、おもてなしも、うせふ方へうせよ」「こゝなる女房のけしき、御覧候へ」「誠にも、あな〳〵をそろしの気色や」

傍線・二重傍線・破線を引いた箇所を見ると、立教本のみに見られた表現と道成寺本に含まれる表現が、ほぼ同文であることがわかる。

また、立教本と『絵とき手文』を比較したとき、立教本の方がより道成寺本の表現を取り込んでいると判断できる場面がもう一つある。

【立】老僧ゆめさめて、「扨も〳〵不思議なじや（ママ）。安珍と蛇とてあろふ」と申て、出家中寄られ升て、法華経とんしやの体。観音の仏前荘厳いたしまして、法華経頓写供養の体、一切恭敬てござり升。其後、老僧夢に見るよふ、清浄の妙衣着したる二人来て申。「一乗妙法の力によりて、忽に蛇道ヲ離て、姫を通り天に生れ、僧はとそつ天に生れぬ」。事なし終て、各相分れて、虚空に向ひて去りぬと見へけり。一乗妙法の結縁、いよ〱頼もしくて、人々おこたらず読けり。有かたひ供養によりまして、二人ながら浮みまして、天人の果を得ます。残らず出家中ゑ御礼おつしやつて下さる様にと、又出家中江夢中に礼《(ママ)》あらわれ升。終り升。回向、声を高く揚て読。

正直捨方便　但説無上道

是法華経一の巻の文で御座り升。これで彼記終りましてござり升。

【手】老僧夢さめて「さても〱不思儀《(義カ)》な事じや。安珍と蛇とであろ《(らカ)》う」と申して、出家中よられまして、法華頓写の躰。観音の仏前荘厳いたしまして、法華経頓写供養の躰、一切恭敬で御座り舛。一乗妙法の結縁いよいよ頼もしてて《(くカ)》人々おこたらず読みけり。有かたい供養によりまして、二人ながらうかみまして、天人の果を得ます。残らず出家中にお禮おつしやつて下されまするよ《(やカ)》うにと、又出家中へ夢中にお礼に現われます。

正直捨方便　但説無上道

これ、法華経の要文で御座り舛。

右にあげたのは、道成寺の僧たちが安珍と清姫のために『法華経』の書写供養を行う場面から、物語全体の末尾部分までである。

立教本では、『法華経』の書写供養の様子を描いた絵の説明のあと、老僧の夢に妙衣を着た安珍と清姫が現れ、それぞれ兜率天と忉利天に転生したことを告げて虚空へと去っていく描写が挿まれるが（二重傍線部）、『絵とき手文』にはこのような描写が見られない。続いて、道成寺本の該当場面を見てみよう。

其後、老僧夢に見る様、清浄の妙衣着たる二人来て申す。「一乗妙法の力によりて、忽に虵道を離れて、忉利天にむまれ、僧は都率天にむまれぬ」。この事をなしをはりて、各々あひわかれて、虚くうにむかひてさりぬと見えけり。一乗妙法の結縁、いよ〳〵たのもしくて、人々をこたらすよみけり。声を高くあけてよむ。

正直者捨方便　但説无上道

二重傍線で示したように、ここでも立教本は道成寺本の詞書をほぼ同文といえる状態で取り込んでいる。また、『法華経』の方便品の偈が引かれる直前の一文も、立教本と道成寺本で共通していることがわかる（破線部）。

『絵とき手文』を翻刻紹介した林雅彦氏によると、同書は寺外で伝えられていたものを昭和五十一年（一九七六）に書写した新しいものであるが、江戸時代末期から大正時代にかけて道成寺で行われていた絵解きのための台本であると伝わっているという。▼注[6] また、林氏は『絵とき手文』を「『道成寺縁起絵巻』上下二巻の構成に即した叙述がなされていることやその語り口等から見て、古態を十分に留めている」と評価し、「本書の原初形態は少くとも江戸末期まで遡り得るものと考えられる」と述べている。

立教本は、道成寺本を用いた絵解きのための台本である『絵とき手文』に類した詞書を持つ点、そして、『絵とき手文』以上に道成寺本の表現を取り込んでいる点を特徴としている。さらに、こうした特徴は、僧が安珍を鐘の中に隠そうとする場面にも認められる。

【立】僧には「心安く思ひそゝつ《ママ》」と、安珍に力を添て遣さるゝ体てござり升。「大唐はそも知らず、我朝に取ては其例有とも聞ず、言語なき事かな」と、「其事ニて候。いくたの森に身を捨し女も、しにしは鬼とはなりけると聞へ候へ」。しゆろうの鐘をおろして安珍に影を隠して遣さるゝ体にござり升。

【手】僧には「心安う思へ」と安珍に力を添えてつかわ《はカ》さるゝ躰で御座り舛。（中略）しゆろう《鐘楼カ》の鐘をおろして安珍に影をかくしてつかわ《はカ》さる躰で御座り舛。

『絵とき手文』が「中畧」としている部分は、立教本に見える僧たちの会話に相当すると思われる（傍線部）。この立教本の会話文は、道成寺本の画中詞とほぼ同文である。▼注[7] よって、ここにも『絵とき手文』と道成寺本の本文とを組み合わせようとする立教本の姿勢が表れているといえよう。現在確認されている絵解き台本とのこうした関係性を視野に入れながら、次節では道成寺本と『絵とき手文』には見られない、立教本の独自表現について検討していきたい。

4　絵解きとの関連

立教本の独自表現は、三つの場面で確認できる。まずは、その一つである、道成寺周辺の景観と寺の縁起が語られる場面から見ていきたい。

【立】西にござり升は八幡山、こちらは当山の境内でござり升。見へてござり升通り、只今では此間がすき田地に成てござり升が、其時分には向ふの海より入海でござり升て、其により升て、当山より八幡山江ケ様に橋が掛りてござり升。当寺の本尊様、此橋の下より一寸八分のゑんぶだんごんの千手観音さま、海士のもとりに取付せ御出現被成たは、帝文武天皇様、七堂伽羅《(ママ)》に御建立してござり升。彼一寸八分のゑんぶだんごんの千手観音様、一丈弐尺の立像の御腹の内へ奉納は、当寺の本尊さまでござり升。御脇立は日光菩薩月光菩薩、御長八尺てござり升。是当寺古への二天門の体でござり升。当寺、先年わ《(ママ)》伽羅《(ママ)》地てござり升て、昔の門より西面にケ様にくわいろう抔ござり升。只今ては、本堂一宇残しましたぶんてござり升。

右にあげた記事は、道成寺本の下巻の「序」（立教本の表記は「席」）が引かれた直後に位置している。傍線で示した道成寺の門前に架かる橋の下から本尊が出現したという縁起譚は、道成寺本・下巻の最初の絵を指し示しながら語られたと考えられる。▼注［8］

さて、立教本の独自表現とは、二重傍線で示したかつての二天門とその門から出ていた回廊についての説明である。道成寺本には、門前の橋を渡った先に回廊を有する門が描かれているが、立教本には道成寺本のような門と門前の様子を描いた絵が存在しない。それにもかかわらず、二重傍線部のような詞書があるということは、この文言が絵解きに用いられた道成寺本のような絵の存在を前提としたものであることを意味しよう。

続いて、立教本の書写年代に関連すると思われる独自表現を見ていきたい。立教本には、大蛇と化した清姫が安珍を焼き殺すという事件が起きた年代に関する記述が確認できる。

【立】蛇鐘を巻ましたは、年号醍醐天皇の御宇、延長六年戊子の八月てござり升。夫より当慶応三卯年迄九百四拾壱年に成也。

立教本は、蛇が鐘を巻いたのは延長六年（九二八）八月のこととし、それから慶応三年（一八六七）まで九四一年の時が経過したとする。▼注[9] ただし、注意すべきは、この割注部分は墨の色が他の詞書と明らかに異なっており、且つ本文とは別筆と考えられることである。立教本が慶応三年に書写されたものであるとは断定できない。

道成寺本の冒頭には「醍醐天皇之御宇、延長六年〈戊子〉八月之比、自奥州見目能僧之浄衣着か熊野参詣するありけり」とあり、立教本と同様に延長六年からどれほどの歳月が経過したのかを記す諸本が、在地伝承系の縁起絵巻の中に複数知られている。▼注[10] よって、事件が起きた年号と現在の年号を併記し、具体的に何年前に起きた出来事であるのかを語るという型が、在地伝承系の縁起絵巻を中心に存在していた可能性がある。

こうした点を踏まえて注目したいのは、立教本には、あとから年号を書き込むことを想定して予め設けられていた空欄に、別筆で書き込みがなされているという点である（図版1）。この空欄は、絵解きをする現在の年号を、折々に書き込む（もしくは、あてはめる）ことを想定して、設けられたものと考えられる。このような形態は、明らかに絵解きをしている現在の年号や、事件からの経過年数に、語り手が柔軟に対応できるように配

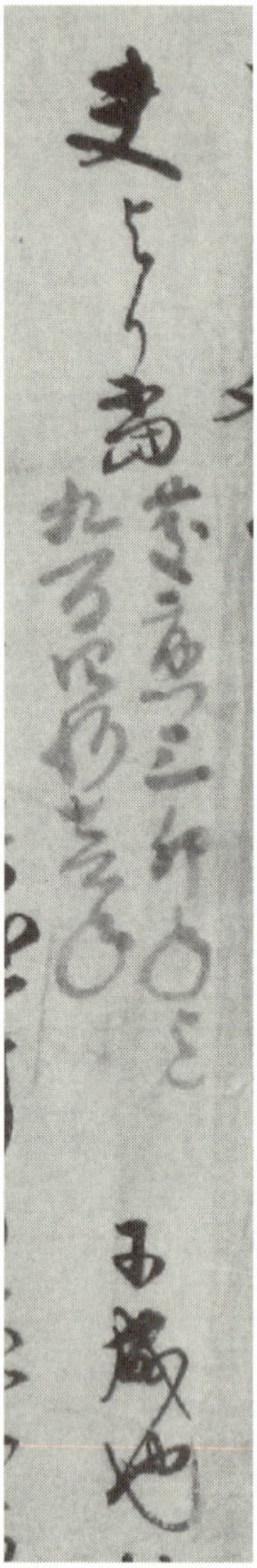

【図版1】割注部分

慮したものといえよう。立教本は、絵解き台本と現場の語りが交差したひとつの痕跡をとどめた伝本といえるだろう。

さて、最後に三つ目の独自表現を見ていきたい。以下にあげるのは、安珍と清姫にまつわる史跡についての説明がなされる場面である。

【立】安珍が骸骨と焼た鐘とは、堂の前な枯たる木の下に葬りまして、アレヲ蛇むろと申ます。其向ふに木の茂りました中のくほき所は、昔の鐘楼堂の跡てござり升。

立教本の独自表現は、傍線で示した鐘楼堂の跡地についての説明である。この鐘楼堂の跡地に関しては、在地伝承系の縁起絵巻のひとつであるサントリー美術館蔵本に、「かねの湯と成る跡は、道成寺へまいれは、右の方にくほみて見へたり」という伝承を見出すことができる。▼注[11]

また、道成寺に伝わるもうひとつの絵解き台本である「道成寺縁起」（千年祭本）では、以下のような伝承が語られている。▼注[12]

出家中の愁嘆《シュウタン》も一《ヒト》《通り》入《シホ》で厶いましたが、遂に焼けた鐘と、骸骨と一緒に葬《ホウム》りまして塚を建てました。それは塔の前の安珍塚で厶います。その向ふの窪地《クボチ》は、その鐘楼の跡で厶います、

鐘と安珍の骸骨を葬った塚（立教本と『絵とき手文』は「蛇むろ」とするが、千年祭本は「安珍塚」とする）と鐘楼堂の跡地についての説明を続けて行っている点が、立教本と共通している。

さらに、立教本と千年祭本との間に共通点が見出せる場面が、もう一つ存在する。それは、先に立教本の独自表現を確認できる場面としてあげた、かつての道成寺の伽藍の様子を語る場面である。千年祭本では、以下のような語りが展開されている。

これは當山その頃の二天門で厶います。只今の仁王門は文明十三年の再建《サイコン》で厶います。この時代には、当山も只今の様な《小《セマ》さ》い構《カマエ》では《ありません《なく》でした》廿八ケ坊の寺中と、百八十町余の寺領《ジリョウ》とを有《イフ》しまして、實に

《盛んなもの《宏壮な伽ラン》》でムいました。

立教本に見える回廊についての言及がないものの、二天門について説明するとともに、かつての伽藍が現状よりも壮大であったことを語る点は、立教本と共通している。

さて、立教本の詞書は道成寺本の詞書と『絵とき手文』に類した本文とを組み合わせたものであると述べたが、『絵とき手文』には見られない立教本の独自表現の存在を踏まえると、立教本が『絵とき手文』と同系統の本文をそのまま使用しているとは考えにくい。むしろ、道成寺本の各巻冒頭の詞書を「序（文）」として有する絵解き台本が他に存在し、立教本はそれを元に書写されたものであると考える方が自然であろう。つまり、現在確認されている『絵とき手文』・千年祭本の他にも絵解き台本が存在した可能性を、立教本の先に見通すことができるのである。立教本は近世以来の道成寺における絵解きの様相を明らかにするうえで、重要な伝本であるといえよう。

5　おわりに――絵巻としての特徴――

これまで立教本が近世以来の絵解きの様相を物語る伝本であることを述べてきたが、立教本が絵解き台本の本文を継承しながらも、絵巻という形態を有している点にも注目すべきであろう。本稿では、立教本のすべての絵に言及することはできないが、海士が道成寺の本尊である千手観音像を発見する場面については、特に興味深い絵であるため、簡潔に取り上げておきたい（図版2）。

この絵は、本絵巻とは別の紙に描かれたものが後から貼り付けられたものであり、大蛇が鐘を巻いた後に血の涙を流しながら去っていく場面の詞書（下巻の「序」にあたる部分）の途中に配置されている。光を放つ像を両手で頭上に掲げる海士と眩しがるような動作をしている海士を中心として、それを取り囲むように像を拝む七人の海士が描かれて

【図版2】本尊発見場面

おり、「当寺の本尊様、此橋の下より一寸八分のゐんぶだんごんの千手観音さま、海士のもとりに取付せ御出現被成たは」という詞書に対応していると考えられる。

　道成寺本は本尊発見の経緯について、「日高郡道成寺と云寺は（中略）吾朝の始出現千手千眼大聖観世音菩薩の霊場なり」と語るのみで、その場面を絵画化していない。また、管見の限りでは、在地伝承系の縁起絵巻の中にも本尊発見の場面を描くものは確認できない。立教本の本尊発見場面については、道成寺の創建を語る宮子姫（髪長姫）説話との関係性を検討していく必要があるが、九人の海士を描いている点に関しては、「九海士の里」の伝承の影響を受けた可能性が高いと考えられる。▼注[13]

　立教本は、絵解き台本の本文を継承する伝本でありながら、そこには在地伝承系の縁起絵巻や宮子姫（髪長姫）説話との関連も見ることができる。道成寺に関する様々な伝承を視野に入れながら立教本の位置づけを探っていくことは、近世以来の伝承の流布や享受の全体像を明らかにするうえで、重要であるといえよう。

【注】

［1］立教大学図書館に所蔵される『〔安珍清姫絵巻〕』以外の「道成寺縁起」は、『〔道成寺縁起絵巻〕』（登録番号：52152034／安永七年〈一七七八〉写）、『〔道成寺絵巻〕』（登録番号：52099158／文政二年〈一八一九〉写か）、『安珍清姫繪入縁起』（登録番号：

52097505／書写年不明）の三点である。これら三点については、「立教大学図書館蔵絵入り資料解題（後篇）」（『立教大学大学院日本文学論叢』十七号に掲載予定）を参照されたい。

［2］徳田和夫氏は、「十六世紀絵巻（引用者注・道成寺本のこと）をベースにして新たに在地の伝説を取り入れた絵巻」を「在地伝承系の縁起絵巻」と呼んでいる（徳田和夫「『道成寺縁起』の在地伝承系の絵巻概観――付・翻刻二種――」『学習院女子大学紀要』一二、二〇一〇年三月）。ただ、後に詳述するように、立教本は、道成寺に伝わる絵解き台本の本文を継承していると考えられるため、「在地伝承系の縁起絵巻」そのものであるとは言えない。

［3］以下、『絵とき手文』の引用は、林雅彦編『人間文化研究機構連携研究「日本とユーラシア：交流と表象」報告書「日本の絵解き」サミット　山岳霊場と絵解き』（人間文化研究機構連携研究「日本とユーラシア：交流と表象」「唱導文化の比較研究」班、二〇〇六年）所収の林氏による翻刻に拠る。

［4］『絵とき手文』には、この記述より前に「大蛇が鐘を巻き、龍頭をくわえて尾で三時余り鐘を叩き、火焔が燃え上がった」という記述がなく、道成寺本でいう「序文」にあたる部分は「序文畧之」として省略されている。また、道成寺本の各巻冒頭の序文としての位置づけについては、出岡宏氏が道成寺で行われる現代の絵解きと関連づけて言及している（出岡宏「「道成寺縁起絵解き」をめぐって――〈かたり〉の場についての試論」『人文科学年報』四四、二〇一四年三月）。

［5］以下、道成寺本の本文の引用は、小松茂美編『桑実寺縁起・道成寺縁起』（続日本絵巻大成一三、中央公論社、一九八二年）の翻刻に拠る（句読点は私の判断で一部改めたところがある）。なお、画中詞を引用する際は鍵括弧を用い、追い込み形式で記す。

［6］林雅彦『増補　日本の絵解き――資料と研究――』（三弥井書店、一九八四年）。

［7］道成寺本には、「大唐はそもしらす、我朝に取てはいたく其例ありともきかす、言語なき事かな」「その事に候。いくたの森に身を捨し女も、しにてこそ鬼とはなりけるときゝ候へ」とある。

［8］続日本絵巻大成の九八頁～一〇一頁を参照。

［9］立教本は延長六年（九二八）から慶応三年（一八六七）まで九四一年とするが、正しくは九三九年である。

［10］前掲注［2］徳田論文。徳田氏によって紹介されている諸本の中では、五例（長享二年〈一四八八〉・一例、貞享三年〈一六八六〉・一例、明和三年〈一七六六〉・一例、享保三年〈一七一八〉・一例、延享元年〈一七四四〉と寛政四年〈一七九二〉を併記・一例）が確認できる。

［11］サントリー美術館蔵本の本文は、徳田和夫氏による翻刻に拠った（前掲注［2］徳田論文）。引用に際し、句読点を私に付した。なお、立教大学図書館所蔵の『〔道成寺縁起絵巻〕』にも、同様の伝承を見出すことができる。

［12］以下、千年祭本の引用は、前掲注［3］林氏文献所収の林氏による翻刻に拠る。引用文中の符号の類もそのまま引用した（引用文中の《　》は底本でミセケチされた語句を示したもので、その傍記は訂正された語句である）。なお、同氏によると、千年祭本は、昭和四年（一九二九）に「鐘巻千年祭」という行事が道成寺で開催された際に、作成・書写された台本であるという。

［13］梅原猛氏が『海人と天皇――日本とは何か』（朝日新聞社、一九九一年）で紹介した『道成寺宮子姫傳記』（文政四年〈一八二一〉制作とされる）や、屋代弘賢が『道成寺考』（『燕石十種』所収）に掲げる「紀伊国日高郡吉田村鐘巻道成寺縁記」（弘賢は「これは文政元年回向院にて開帳の時、印行して弘めし所なり」と記す。文政元年は一八一八年。）では、八幡山の近くに暮らす九人の海士のうちの一人が、海底で光を発していた霊像を発見したと語られる。


【付記】貴重な資料の調査、ならびに翻刻と写真の掲載を許可してくださいました立教大学図書館に、心より御礼申し上げます。

6　翻刻

【凡例】
一、旧字体や異体字は、現行字体に改めた。
一、合字の類は漢字表記、もしくは仮名表記に改めた。
一、底本の仮名遣いは、底本のままを原則とする。また、濁点は底本のままとした。
一、底本で多用される「ムリ升」は「ござり升」と改め、底本で「御座リ升」となっている場合は、「御座り升」と表記した。
一、誤字・脱字があると思われる箇所には「ママ」と、また、底本で補入されている箇所には「〳〵」と傍記した。
一、割注は〈　〉で示した。

【本文】

醍醐天皇の御宇延長六年戊子八月のころ奥州よりみめよき僧の浄衣着したるが熊野参詣するありけり紀伊国室之郡真砂といふ所に宿あり此亭主清次庄司と申人の娘にて相随ふもの数多有けり彼僧に志を尽し痛りけり何の故と云事を怪しくまでにこそ覚へけり然に件の女房夜半計に彼僧の元江行て絹を打掛添列ていふ様わら我家に昔より旅人なと泊らす今宵かくて渡らせ給ふ少縁事にあらす誠に一樹の影一河の流皆是先世の契とこそ承候へ御事を見まいら（ママ）せより御志浅からす何かわ苦敷候へき只かくて渡らせ給ひ候へかしとあなかちに語ひければ僧大に驚き起き直り申年月の宿願在て持戒精進而白雲万里の路を分蒼海満々の浪を凌で権現の霊社に参詣の志を尽し争か此大願を破へきとて更に承引の気色なし

女房痛み恨みければ僧のいふ此願今二三日計なり
難なく参詣を遂奉幣を奉り下向之時いかにも
仰に随ふとて出にけり大方此事思ひ寄ぬことなれは
弥信をいたしけり其後女房僧の事より外は思はず日数を計て
種々の物を貯て待けれとも其日も暮ければ上下の檀那に
しか〳〵の僧や下向し候つると尋ければある上道の先達左様
めかしき人ははるかに過候ぬらんと申も果ざれは扨はすかしに
けりと怒て鳥の飛か如くさけひ行譬深き蓬が元までも
尋行んするものを迚ひた走りにはしりけり道つぎずりの
人々も身の毛よだつてそ覚ける
　是縁記（ママ）の席て（ママ）御座り升

是に見へてござり升は当国
の内牟婁郡真砂の庄司
清次といふ人の家の体
でござり升是にござり升は
奥州白川の僧名を安珍
と申まして此僧には熊野
権現へ宿願のござり升て
（第1図

毎年熊野へ参詣致され
まして此清次の所を定
宿に致され升こちらに
ござり升は彼清次の一人娘
名を清姫と申まして
此姫十三の時又僧の参ら
れまして一宿致されました
によりまして姫此度は是悲
とも夫婦の契約を致さふと
申して姫歌を読体てござり升

先の世の契の
　　程を
三熊野ゝ
　　神の
しるべもなと
　　なかるらん
と読れます安珍には

安珍の
枕元に
座る
　清姫。）

得心ではござりませなんだ
けれと先当座
つくらいの返歌

三熊野ゝ
　神の
しるべと
　　聞からに
猶行末の頼もしき哉

と返歌を致され
升捌明ますれは
安珍には熊野へ参
られ升姫は是迄
門送の体でござり升
必待参らせ候べし
争か偽り事をは申へき
とく〳〵参候へし
必下向の時は爰許江

（第2図
出立する
安珍と、
安珍を
見送る
清姫。）

下向をなさるゝ様にと
しみ〴〵と暇乞の体て
ござり升然とも只今の
分では済ませずニねんころに
おもひ送て暇乞の体で
御座り升安珍には
熊野へ参られ升
姫は跡にて下向を
待兼まして道ゑ
出まして熊野参詣の
旅人に問掛ました
詞の体のふ先達の御坊に申候
わら我男に法師かけこ手箱の候を
取て逃て候若き僧にて候が老
僧と連ていか程のひ候ひぬらん
と尋候左様の人は今
は七八町も延候ぬと
そんじ候次なるは
いや〳〵七八町と

云事あらしもはや
十二三町も過候べし
ヤアへ先達の御房
に申候べき事の候
浄衣くら掛て候若き
僧と墨染着したる
老僧と弐人つれて
下向するや候ひつると
尋ければ左様めかしき
人は遥に延候ぬらん
といへはあな口惜や
扨は我をすかしに
けり道行たとへ雲の
果霞の間までも玉の
緒のたへさらん限りは
尋ん物を迚きりんほう
おふなんどの如く走り
飛行けりよき程の
事にこそ恥の事も

（第３図
走り抜けて行く
清姫を
見る先達たち。
安珍を追いかける
清姫。）

思はるれ法師めを追取
ざらん限りははき物もう
せふ方へ失よとて
走り候爰なる女房を
御覧じ候かアナ〳〵おそろ
しやいまた此法師
めはかゝる人を見候わす
安珍にわ（ママ）あはんと申て驚入て
通られ升アナ〳〵爰なる女房の気も御覧候へ
馬の上にても誠にあな〳〵おそろしけ（ママ）しきやと
人々姫の体を見まして評判の致して通られ升
ま事に先年は熊野路は殊の外深山てござり升
て木の空より虫が落まして ケ様に虫たれ笠
をかこつて熊野参詣の体てござり升当寺より
道四里程下モ切目川といふ川には折節大水が出て
ござり升て姫の行がけに水に構わず渡る体て
ござり升アナ〳〵口惜やいかかわ（ママ）せん〳〵此身は爰にて
はや捨はてし歌

命を思ひ
　切目川
なけきの涙
　深けれは
浮名を流す
　迚もなとか
なき事哉

と身の上をくとき
事抔致して切目川
を渡る体てござり升
是切目五体王子で
ござり升熊野十二社
権現の末社の内で
ござり升只今ては
切部と申升けれと
元は
切目と
申所で

（第4図
切目川を
渡る清姫。
切目王子の
鳥居と社。）

ござり升

当寺より道弐里
程下モ上野と
いふ所で難なく
宮前の安珍に追付升て
ヤア〳〵あの御房に
申へき事有げん
ざんしたる様に
覚候いかに〳〵とゞ
まれ〳〵と声掛
升れは安珍見
かへりましてゆめ〳〵
さる事候はず人違
にてそ斯は承ん中々
自分の事では有まひ
そと申て陳じ
通られますソコデ
たましたがにくい〳〵

（第5図
口から火を
噴きながら、
安珍を
追いかける
清姫。）

儕をばどこ〳〵までも
ゆるすまじき物をと申て
姫の詞の息が忽チ火焔と
成ましてござり升安珍火焔の体を見まするど
是悲叶はぬとそんじまして是へ笈も笠も
ぬぎすてまして南無金剛童子助させ玉へ〳〵
アナおそろしやのつらつふでや元より悪縁と
思ひしが今かゝるうきめを見る事
よ笈も笠も此身にあらずは
おしからめうせふ方へうせよ
欲知過去因　見其現在果
欲知未来果　見其現在因
是因果経の四句の文でござり升
安珍にはケ様に近ふ追詰
られてござり升が右文を
唱へ熊野権現様へ心願を
篭ました其功力によりまして上野から塩屋まて
一里に余て逃延ましてござり升爰で安珍を
見失ふたが無念なと姫の存る

（第6図　笈も笠も捨て、逃げる安珍。）

一念が首から上蛇と成まして
ござり升先の世にいか成
悪縁を作て今生に
かゝる縁に報ふらん
南無観世音此世も
後の世も助させ玉へ
と当寺の本尊様江
祈誓しなから追而
登りましてござり升
爰は塩屋と申まして
其時分は塩焼まして今におきましてしほやと申ます
安珍上野から塩屋へ一里に
余つて逃延まして南無
大悲権現と口ニ唱へ心に
念じて逃たれはこそ
是迄逃延たりと申て
漸跡を見帰る体でござり升
爰わ（ママ）日高川てござり升
其時分には船渡の名は知慶次
（第7図
岩に腰掛ける
清姫。）

と申まして安珍は知慶次を
頼み舟渡し上り上り升て又頼
置ますには後より相好の簪り
たるもの追て参る程に
かならす舟渡して玉はるなと
頼置ましてござり升姫程なふ
追而参りまして急き舟渡
すよふにと申たれは女人
は此舟渡す事ならぬこと
に以相好の簪りたる
ものいよ〱以渡す
事ならぬと申たれ
は姫是悲なく存
まして身に懸たる
衣を是ゑぬいで捨
まして日高川へ
飛入まして大毒
蛇となりまして
ござり升此体で当山江

（第8図　舟で川を渡る安珍。）

追て登まして
　　御座り升

（第９図　大蛇となり、川を渡る清姫。）

（第10図　武装して大蛇を待つ僧と童たち。）

日高郡道成寺と言寺は文武天皇の勅願紀大臣道成公奉行して建立せられ吾朝の初出現千手千眼大聖観世音菩薩の霊場也件の僧此寺に参詣の子細を大衆に歎きけれは衆僧あわれみをたれ大鐘を下して僧を中に篭御堂を立けり此蛇跡を尋て当寺に追来堂のめくりを度々行廻て僧の居たりける戸に至て尾にて叩破て中に入て鐘を巻て龍首（ママ）をくわへて尾を以てたゝくさて三時余り火焔もへあがり人近付べき様なし身の毛よだちてぞ覚へける四面の戸を開寺中寺外の人々舌を振り目を細メつゝ中々言葉なくてそ侍りけり扨蛇両眼より

血の涙をを（ママ）流シ頭を高くあげ舌をひらめかし

（第11図　海士によって海から引き揚げられる千手観音像。）

元の方へ帰りぬ其時ちかく寄て見るに火いまだ
消ず水を掛て鐘を取除て見れは僧は骸骨計
り残りて墨のことし目も当られぬ有様哀の
涙せきあへず老若男女近も遠も見る人は哀を
催さぬはなし其後日数経てある老僧の夢に
見るやう二ツ蛇来りて我は鐘にこめられ参らせ
たりし僧也終に悪女のため夫婦となれり
吾先生の時妙法を持つといへとも薫修年浅くして
いまだ勝利にあつからす先業限りあれば此悪
縁にあふ願くは一乗妙法を書供養しまし〱（ママ）
て回向し玉へ然は吾菩提を証し得脱を遂ん事
疑なし僧も後生を成就せん事子細有べからす
と夢現ともなく見へける則信を致経を供養
しけり此事を倩私に案るに女人の習ひ高き
も賤きも妬心を離たるはなし古今ためし

申すべきにあらずされは経の中にも女人
地獄使能断仏種子外面似菩薩内心如夜叉
と説るゝは心（ママ）は女は地獄の使なり能仏に成事
を止めうへにはほさつの如くして内の心は鬼の
よふ成べし然とも忽に蛇身を現する事は
世にためしなくこそ聞へけれ又立かへりおもへば
かの女も唯人にあらず念の深けれはかくそと
いふ事悪世乱末の人に思ひ知らせん為
権現と観音と方便の御志深きもの也且は
釈迦如来の出世し給しも偏に此経の故なれば
惶ながら書留るもの也
開き御覧の人々は必熊野権現の御恵にあづかる
べきもの也又念仏十へん観音名号三十
三へん申さるべし
　　是下巻の席（ママ）て御座り升

西にござり升は八幡山こちらは当山の境内でござり升
見へてござり升通り只今では此間がすき田地に
成てござり升が其時分には向ふの海より入海で

ござり升て其により升て当山より八幡山江ケ様
に橋が掛りてござり升当寺の本尊様此橋の下より
一寸八分のゑんぶだんごんの千手観音さま海士の
もとりに取付せ御出現被成たは
帝文武天皇様七堂伽羅《（ママ）》に御建立して
ござり升彼一寸八分のゑんぶだんごんの千手観音
様一丈弐尺の立像の御腹の内へ奉納は当寺
の本尊さまでござり升御脇立は日光菩薩
月光菩薩御長八尺てござり升是当寺古への
二天門の体てござり升当寺先年わ伽羅《（ママ）》地て
ござり升て昔の門より西面にケ様にくわいろう
抔ござり升只今ては本堂一宇残しました
ぶんてござり升是最前の安珍でござり升安珍
当寺へ逃込まして只今此所江相好の簪りたる
者おふて参りますに依て早々私の身の影を
隠して被下まする様ニと頼升れは出家中
ちごなそケ様に打物抔持て出升て何とさへ
けるそ誠しからぬ事かな只おけ切なくて
見せん物々しい僧には心安く思ひそゝ《（ママ）》つと安珍

に力を添て遣さるゝ体てござり升大唐はそも
知らず我朝に取ては其例有とも聞ず言
語なき事かなと其事ニ
て候いくたの森に身を捨し
女もしにしは鬼とはなり
けると聞へ候へしゆろうの
鐘をおろして安珍
に影を隠して遣
さるゝ体にござり升
其鐘を御堂の
御内へ入よ戸を
立べしケ様の
事を各々には（第12図
得言わて鐘引　慌てふためく
かずけあや　僧たち。）
まちすなと
鐘へ御心を
添て遣る
体て

ございり升
其内に
向より追而
参りました
蛇が難なく追而
参りましてござり升
あの表の石檀が六
十二檀ござり升アレヲ次第に拍子取を致まして上り升
に依而最前広言の申升た出家中此体見ます
ると是悲叶ぬと存升てほうぼうへ逃散
まして寺中には
人壱人も御座りませ
なんだげにござり升
其内に安珍の前行れ
ました堂の弓手馬手
を度たびかぎまわり
終には鐘楼へかきあて
まして安珍に

影を隠して
遣されました
鐘は是てござり升
席（ママ）で申升通り
鐘を巻て龍首（ママ）
をくわへて尾て
叩く三時余り
火焔もへあがり（ママ）
つたと申は此事で
ござり升

（第13図　火焔を上げながら鐘に巻き付く大蛇。）

蛇鐘を巻ましたは年号醍醐天皇の
御宇延長六年戊子の八月てござり升
夫より当〈慶応三卯年迄／九百四拾壱年〉に成也蛇鐘を
巻まして本望を遂ましたによつて
当山与八幡山との橋の下タに入て果まして
今に置まして田地中に少キ塚がござり升

アレヲ蛇塚と申ます
蛇のかれましたに
依而水を掛て
鐘を取除見れば
僧は骸骨計残りて
炭の如くになられ
ましてござり升

（第14図　鐘に水を掛け、安珍を出そうとする僧たち。）

扨も〳〵若ひ僧
不便なる事
致したと
申て出家中
寄れまして
愁歎の体で
ござり升安珍が
骸骨と焼た鐘とは
堂の前な枯たる木の

（第15図　黒焦げになった安珍を見て、

下に葬りましてアレヲ蛇　涙する僧たち。）
むろと申ます
其向ふに木の茂り
ました中の
くほき所は
昔の鐘楼堂の
跡てござり升

其後老僧休みて居まする
枕元へ姫安珍ケ様に女蛇
男蛇と成まして未来て
夫婦に成今生去まして
未来縁の通り僧も蛇道へ
落まして蛇道の苦けんを
受まして迷惑いたし　（第16図
升　僧の夢中に
我一生の　現れる
間法花経を書て　二匹の蛇。）
お吊ひなし被下まし

たら浮みましようと
二ツの蛇老僧の夢に
告ます老僧ゆめさめて
扨も〳〵不思議なじや（ママ）
安珍と蛇とてあろふ
と申て

（第17図　法華経を書写する僧たち。）

出家中寄られ升て
法華経とんしやの
体観音の仏前
荘厳いたしまして
法華経頓写供養の体
一切恭敬てござり升
其後老僧夢に見るよふ清浄の
妙衣着したる二人来て申一乗
妙法の力によりて忽に蛇道ヲ離て
姫を通り天に
生れ僧は

とそつ天に

生れぬ事
なし終て
各相分れて
虚空に向ひ
て去りぬと
見へけり
一乗妙法の
結縁いよ〳〵
頼もしくて人々
おこたらず読けり
有かたひ供養
によりまして
二人ながら浮み
まして天人
の果を得ます
残らず出家中ゑ

（第18図
書写供養の
法会の様子。）

御礼おつしやつて下さる
様にと又出家中江夢
中に礼（ママ）あらわれ升終り升
回向声を高く揚て
読
正直捨方便
但説無上道
是法華経一の巻の文で御座り升
これで彼記終りましてござり升

（第19図
頬杖をつき、眠る僧。
天人となって
僧の夢に現れる
安珍と清姫。）

（以上）

5　『如來在金棺囑累清淨莊嚴敬福經』の新出本文

蔡　穂玲

1　新出本文について

周知の通り、『如來在金棺囑累清淨莊嚴敬福經』（以下、『敬福経』と略称）は中国で著された仏教典籍である。このテキストは当初、隋王朝（五八一〜六一八年）時代の五九四年に法經が著した『衆經目錄』の内にある「疑偽経類」に入っているものであり、▼注[1] この経典はおそらく隋王朝時代より前に著されたものと推測される。▼注[2]

撰者は仏陀の名において、信徒が功徳を積む過程で仏像の作成、経典を写す作業、斎会などにおいて犯した重罪を非難している。これらの内容は、仏教の儀式の重要な根拠であり、また中国仏教の社会及び経済の歴史を学ぶ上においても必要不可欠な資料である。

現在、この経典には次の七点の版本が存在している。▼注[3]

一、山東省汶上縣所蔵『章仇禹生造經像碑』石刻本、隋開皇九年（五八九年）。
二、陝西省麟游縣慈善寺石刻本、無紀年、七世紀後半頃。
三、北京房山雲居寺第九洞石刻本、唐開成四年（八三九年）。
四、敦煌写本S208號、『大正蔵』第八十五巻所収底本。冒頭部分の一五一文字のみ現存、時代不詳。
五、敦煌写本俄蔵Дx1619號。末尾部分のみ現存、時代不詳。
六、河南省泌陽市紫陵鎮懸谷山千佛堂所蔵『金棺經』石刻本、八十六文字のみ現存、隋代。
七、兗州金口壩石刻本、五十五文字のみ現存、唐開元十一年（七二三年）。

現在までには魯迅[注4]（一九八七）、李靜杰[注5]（一九九七）、常青[注6]（一九九七）、侯旭東[注7]（一九九八）、東野治之[注8]（二〇〇二、二〇一一）、曹淩[注9]（二〇一一）、徐可然[注10]（二〇一二）等の複数の学者がこの経典を詳細に研究し、重要な成果をあげている。これらのうち、侯旭東の研究は、特に入念な、そして詳細なものとなっている。氏の研究は『藏外佛教文獻』第四輯に収録されており、「CBETA電子佛典集成」にもそれが反映されている。ただし、氏は、良好な保存状態にある房山の石経本を基礎本文として利用しているが、石碑の側面に刻まれている経文を見過ごしてしまっているため、その翻写本文は完全なものではない。その上、房山の石経本の末尾の一部分（「章仇禹生造經像碑」石刻本、慈善寺石刻本及び敦煌写本ロシア所蔵Дx1619號に保存されている経文）は欠落している。

そのため、筆者は、他の研究者が研究を進めるための、さらに詳しい研究資料を提供することは重要な仕事であり、新しい翻写本文を作成することが必須だと考える。

最近、ハイデルベルク人文科学研究院（Heidelberger Akademie der Wissenschaften）の中国仏教石経プロジェクトによる陝西省麟游縣慈善寺石刻本の新たな調査で、筆者が発見したのは、慈善寺石刻本は、ひどく風化しているものの、内容としては現存中最長の、そして字数においても最多の記録を誇るものだということである。そのため、後掲の新出本文は慈善寺石刻本を底本として作成した。
この新しい『敬福經』から、少なくとも三つの新しい見識を得ることができた。

一、個々の文字を改めて調査すると、新たな本文解釈を得ることができる。例えば、これまでの本文で「道徒喜生」と理解されていた文字は、今回の調査の結果、「道従喜生」という形に理解が改められる。また、「經主、像主……悉是過去人士」は、新たに[注11]「經生、像主、師……悉是過去大士」と改められ、「耽着惡識」は、新たに「耽着愚識」と改められる。

二、新たな本文の調査を行った結果、古き時代に使用された引用を正確に理解しなおすことが可能になった。例えば、『法苑珠林』巻十七引中において「敬福經云、善男子、經生之法不得顛倒、二字重點五百世中、墮迷惑道中、不聞正法。」とある。[注12]しかし、今回の調査の結果、原文は以下の通りであったと判明する。「經生之法、不得一字顛倒、重字、着點、五百万世、墮地獄中、不聞正法。」

三、常青と侯旭東は、「章仇禹生造經像碑」の石刻本が『如來在金棺上囑累經』の完全な版本であり、「章仇禹生造經像碑」が『敬福經』の原型であるという推測をしている。両氏のテーゼはかなり論理的であるが、更なる研究、そして討論が必要とされるだろう。上述の通り、房山の石経本の末尾においては、一部分（「章仇禹生造經像碑」石刻本や、慈善寺石刻本、及び敦煌写本ロシア蔵Дx1619號に保存されている経文）が欠落している。そして、その内容は「善男子、經生、像主、師□、□□、行檀、崇善者、悉是過去大士、但由耽着愚識、不記宿命、吾今欲說、永劫不盡。」というものである。慈善寺の石刻本完整版にみえる『敬福經』を参照すれば、その文脈を理解することが可能である。「過去大士」と「宿命」という二つの単語は、経本内の前述の本生とは深い関係にある。また、石刻本完整版においてしか存在が確認されない。しかし、「章仇禹生造經像碑」石刻本のみを参照した場合、この段落が不可解なものに映るため、文脈を理解することができないのである。そのため、筆者は「章仇禹生造經像碑」石刻本は省略されたものであり、不完全な本文であると考えている。

上述の通り、筆者が作成した新出本文は慈善寺石刻本に基づくものである。そして、風化によって詳細に解析することが不可能である場合は、他の版本を利用して不完全な部分を補っている。そうした補足した部分は傍線を引いて強調して示し、また脚注で詳しく説明した。行頭の数字は、原本に基づく行数である。

2　『如來在金棺囑累清淨莊嚴敬福經』（慈善寺石刻本）

1　如來在金棺囑累清淨莊嚴敬福經一卷[注13]

2　如是我聞、一時[注14]、佛在拘尸那城娑羅雙樹間、説涅槃訖竟、垂入金棺、欲焚其身、偏坐金棺楯上、雙目出淚、放光動地。无量大菩薩衆、天龍八部等悉皆生疑。

3　尒時、須菩提白佛言、「世尊、今欲普為大衆仰請決疑、不審聽不?」佛言、「任汝所請。」須菩提白佛言、「世尊、如來恒説涅槃常樂、永无生死。何由今坐金棺楯上、涕淚交流、

4　令衆疑也?」佛言、「須菩提、吾今欲説、汝已請問。吾亦不為涅槃生苦而懐泣耶。汝等諦聽!善思念之、吾今為汝等説。我去世後、當來末劫之時、比丘、比丘尼、優婆塞、

5　優婆夷等所寫經造像悉不如法、是故愍之。」須菩提言、「世尊、何者是法、何者非法?」佛言、「若未來世四衆、善男子[注15]等所寫經造像、望顏逐意、濫取匠手、雖寫經造像極

6　多、獲福甚少。若有精誠、所造雖少、獲福甚多。」須菩提白佛言[注16]、「世尊、何故造多福少、造少福多?」佛言、「善男子、寫經造像法、嚴治淨室、香湯灑地、懸繒幡蓋。經像之師、

7　別作淨衣、大小便利、澡浴入室、燒香礼拜、然後捉筆、捉鑿之具、寫典刊容。造幡華亦尒清淨。是法、酒肉五

辛永不得近、妻室之宮、亦莫近之。歳三、月六、不得有闕、
8 長齋最上。如是經像之師、真是大士、合消供養。注[17]像主莫論道雇、經像之匠莫云客作。造訖布施、二人獲福、不
可度量。欲説其福、窮劫不盡。受吾約制、是佛真
9 子。如是精誠、造少福多。」　須菩提白佛言、「世尊、比丘、居士之中作經像師、合取直不?」　佛言、「不
得取價直!賣父母取財者、逆過三千、真是天魔、急離吾佛法、非我眷
10 屬。比丘尼、優婆夷亦如是。其若還直、得罪无量。何以故?由吾出家、得免王役故。注[18]善男子、安經案處、安像
處、方圓百由旬、諸天擎華香、四葙供養、肉眼不見。若寫經造像、
11 精誠敬心、經至一偈、像如拇指、其福最大。佛不妄語。善男子等若欲寫經造像、先誦持此典、然後營造、得福
无量。善男子、當來末劫五濁惡世、四眾、善男子、善
12 女人等、所寫經造像直欲解願、所有匠手覓財。不取上勝賢善之人、直取不識法相者以為師匠。飲酒、食肉、五
辛之徒、不依聖教、雖寫經如微塵數、造像如微
13 塵數、其福甚少、蓋不足言。劫燒之時、不入海龍王藏。注[19]勞而功少、不敬之坐、注[20]死入地獄。主匠二人无益、諸天
不祐、不如不造。直心礼拜、得福无量。如向所列、造多
14 福少。」　須菩提白佛言、「世尊、經像、邑義所有財物、牛驢、合生息不?」　佛言、「不合。其若取者、時還得
福。稽留得罪、邑人有愆、不如不造。」　須菩提白佛言、注[21]「邑人有物、若多
15 若少、或豐或儉、一人欲得寫經作像、注[22]一人不欲得作經像、待物貴造作、是理合不?」　佛言、「不合。遮止、注[23]
世世惠目。止得進造、莫問多少、造成得福。若規世利、死入地
16 獄。人身不恒、劫變不定。脱有水火、盗賊、虚失福物、結果不就、幾許誤哉!第一速造、慎莫出息。」　須菩
提白佛言、「世尊、若有國王、注[24]宰相、貴勢之徒抑於細民、所造

17 經像、不還施直、得福德不？」　佛言、「若免其王役▼注[25]、即是細民價直。其若不免王役、必還布施、當經像師心、
得福无量。若欲具說、窮劫不盡。」須菩提白佛言、「世尊、經像
18 師不論價直、經像主不還布施、得德福不？」　佛言、「善能具問。道從喜生、現孤人情者、何名修福人也！」佛言、
「善男子、吾直以方便、使二人獲福、不使論其價直、遂即不酬布施、
19 敗人善心、善何獲乎！量其巧功、依法施之。吾先餘經中說、『一點一畫、價直娑婆』、何得賤寶虛施？」　須
菩提白佛言、「世尊、末世惡人雖有福物、自多潤用、所有
20 財者无多。經像師營福以訖、布施不稱匠心、又无券書可記、福就不還、有善果不？」　佛言、「譬如有人无耳无鼻、
眼復 眫瞎、▼注[26]何用明鏡、睹其面像？必有地獄重受、何待
21 問也。」　佛言、「善男子、吾今囑累、專為末世眾生食經像時返逆者。眾營多虛少實、道心華薄、福財覓利、
多求名聞。我今造福、勝於餘人割截福物所造齋會、羅門
22 斷戶、望意食人。吾見此末世、垂淚說此遺言。善男子、當來末世、劫欲盡時、割截福物人不用聞此言。比丘、
居士客作經像師、不用聞此言。吾慮眾生 隋 苦者多、
23 出溺者少。在六畜身多▼注[27]、▼注[28]人道者少。▼注[29]在飢貧者多、富樂者少。殘患者多、具相者少。短命者多、長壽者少。愚癡
者多、黠利者少。造惡者多、作善者少。在地獄居者多、生
24 天者少。何以故？實由眾生前業、不敬三尊、雜行不善、致有差別也。汝須菩提、汝向所問寫經造像、本无券書、
又不布施、善哉有理。後代惡人、虛假无實、敗善根人
25 所寫經造像、雖不置券、仰好作施名。不得論物多少、▼注[30]已防有虛。凡夫根淺、未得實根。善男子、我本在定光佛
末法之中作遊行經生、至天▼注[31]羅城邑、寫經不論價
26 直。其時、經主許施金錢一万寫《般若波羅蜜》。我寫經已訖、其經主名那梨、違本自心、施我半錢。吾心歡喜、

祝願受之。那梨在後、本契不具、落在地獄[注32]千劫、寫《般若》因緣、
27 得出惡趣。善男子、雖不作券、但置施名、異於俗法、得福无量。善男子、所寫經造像、不置券書、不仰作施名[注33]、
一心和合、心心相赴、果就不遠也！善男子、經生之法、不
28 得一字顛倒、重字、着點、五百万世[注34]、墮[注35]地獄中、不聞正法。像師造像不具相者、五百万世中諸根不具。第一盡
心、為上妙果、先耳[注36]。善男子、經生[注37]、像主、師□、□□、
29 行檀、崇善者、悉是過去大士、但由耽着[注38]愚識、不記宿命、吾今欲說、永劫不盡。」須菩提白佛言、「世尊、當
何名斯經、云何奉持？」 佛語須菩提、「此經名《如來在金棺
30 涕泣囑累[注39]》、亦名《清淨莊嚴敬福經》、如是受持。今涅槃時至、不得久居、略說遺言。大眾流通、莫生懈怠。」
說此語已、金棺忽開、火起焚影。菩薩、大眾悲號咽絕。於即
31 如來聲止滅去、大地傾動、眾生失蔭。大眾奉行。佛說敬福經一卷[注40]

【注】

［1］『衆經目錄』巻四：「敬福經一卷」(CBETA, T55, no. 2146, p. 138, b27)。牧田諦亮『疑経研究』（京都大学人文科学研究所、一九七六年）三三五頁。

［2］侯旭東「〈敬福經〉雜考」（『藏外佛教文獻』第四輯、宗教文化出版社、一九九八年）三七三―三八五頁、曹凌『中國佛教疑偽經綜錄』（上海古籍出版社、二〇一一年）二二四頁。

［3］侯旭東は、一～四番の版本を用いて論じ、曹凌は、一～五番の版本を用いて論じた。曹凌『中國佛教疑偽經綜錄』（上海古籍出版社、二〇一一年）二二一頁。張總は、六番の版本の存在を補っている。張總「石刻佛經雜考數則」http://fo.ifeng.com/special/yunjusi/lunwen/detail_2011_04/21/5893540_0.shtml（二〇一七年四月八日に確認の上、参照）。徐可然は、七番目の版本を出版した。徐可然『兗州金口壩佛教碑刻研究』（曲阜師範大學、二〇一二年）二八、二九、六八頁。

［4］魯迅『魯迅輯校石刻手稿』（上海書畫出版社、一九七六年）第二函、第五冊、一〇八三～一〇八七頁。

［5］李靜杰「六世紀的偽經與僧團整頓」（『敦煌學輯刊』一九九七年一月）八七頁。

［6］常青『陝西麟游県慈善寺南崖佛龛与《敬福经》的调查』（『考古』一九九七年1期）五三～六一頁。

［7］侯旭東「『敬福經』雑考」（『藏外佛教文獻』第四輯、宗教文化出版社、一九九八年年九月）三八四～三九三頁。

［8］西北大学考古专业・日本赴陝西佛教遺迹考察团・麟游県博物馆『慈善寺与麟溪桥：佛教造像窟龛调查研究报告』（科学出版社、二〇〇二年）一一三～一一七頁、東野治之『大和古寺の研究』（塙書房、二〇一一年）四六九～四七六頁。

［9］曹凌『中國佛教疑偽經綜錄』（上海古籍出版社、二〇一一年）二三一～二三四頁。

［10］徐可然『兗州金口壩佛教碑刻研究』（曲阜師範大學、二〇一二年）二八、二九、六八頁。

［11］CBETA, ZW04, no. 43a, p. 377, a15。

［12］CBETA, T53, no. 2122, p. 415, c1-3。

［13］以上の現存する七例の伝本では、『大正蔵』所収の底本及び兗州金口壩石刻本に残されている文字が少なかったため、参照するに足りない。また、泌陽市の『金棺經』については十分な調査報告がないため参照できない。慈善寺石刻本の文字が風化により判読できない場合は、本新出本文では、「章仇禹生造經像碑」、房山石経本、敦煌写本ロシア蔵Дx1619號の本文に基づいて補充し、注釈を付して説明している。

［14］「如是我聞一時」の梵語文法の句読点の問題については、船山徹（2007）参照。

［15］「子」は房山石経本では「女」とある。

［16］房山石経本では、ここに「白佛」の字がない。

［17］「像」は房山石経本では「経像」とある。

［18］「役」は房山石経本では「使」とある。

［19］「而」は房山石経本では「如」とある。

［20］中國國家圖書館蔵『章仇禹生造經像碑』拓片では、「坐」の左上に破損があるが、判読はできる（『北京圖書館藏拓本匯編』第6冊、一八〇頁）。房山石経本でも「坐」とある。侯旭東が指摘するように、『諸經要集』巻八、『法苑珠林》巻三十三に『敬福經』を引用し、「罪」とする。『大正蔵』本『諸經要集』（T2123, 54: 75c16）、『法苑珠林』（T2122, 53: 540a20）参照。

[21] 房山石経本では、ここに「世尊」とある。
[22] 「寫」は房山石経本では「造」とある。
[23] 房山石経本では、ここに「其若遮止」とある。
[24] 「王」は房山石経本では「主」とある。
[25] 「役」は房山石経本では「使」とある。
[26] 「用」は房山石経本では「假」とある。
[27] 「身」は房山石経本では「者」とある。
[28] 房山石経本では、ここに「在」とある。
[29] 房山石経本では、ここに「在」の字がない。
[30] 房山石経本では「巳」とある。「巳」は「以」の俗字である。
[31] 「行經生、至天羅」の六字は同じ時期に刻まれたもので、その下には明らかに縦向きに磨かれた形跡が見える。新しく刻まれた書法の様式は、もとの文字と一致しており、刻まれた過程での修正と考えられる。後代の人の所為ではないと判断できる。
[32] 「千」は房山石経本では「五千」とある。
[33] 房山石経本では、この二字は磨き損じられていて、はっきりしない。本新出本文では、敦煌写本ロシア蔵Д x1619 號により、「不」字を補い、さらに文脈から「仰」字を補った。
[34] 房山石経本では、ここに「中」とある。
[35] 「地獄」は房山石経本では「迷惑道」とある。
[36] 「耳」は房山石経本では「昇」とある。
[37] 「經生」は「章仇禹生造經像碑」石刻本では「經主」とある。房山石経本ではこの経文が見えず、参照できない。
[38] この字の上半分ははっきりしていない。房山石経本にはこの句がみえない。魯迅は『章仇禹生造經像碑』の録文を作成したとき、この字を「惡」という字と判断した。魯迅（一九八七）一〇八六頁。本新出本文は中国国家図書館の拓本により、この字を「愚」字に改めた（『北京圖書館藏拓本匯編』第6冊、一八〇頁）。
[39] 房山石経本では「說此經說巳」とあり、敦煌写本ロシア蔵Д x1619 號は「說此語巳」とある。本新出本文は、慈善寺石刻本の欠

けている文字の字数で文言を判断し、敦煌写本ロシア蔵Дx1619號によって補充したものである。

［40］慈善寺石刻は風化で判読できない。房山石経本と和敦煌写本ロシア蔵Дx1619號の結尾には、「佛說敬福經一卷」とあり、本新出本文もこれにより補充した。

【参考文献】

牧田諦亮『疑経研究』京都大学人文科学研究、一九七六年
魯迅『魯迅輯校石刻手稿』上海書畫出版社、三函、十八冊、一九七六年
北京圖書館金石組『北京圖書館藏中國歷代石刻拓本匯編』一〇一冊、中州古籍出版社、一九八九～一九九一年
俄羅斯科學院東方研究所聖彼得堡分所 俄羅斯科學出版社東方文學部 上海古籍出版社（編）『俄羅斯科學院東方研究所聖彼得堡分所藏敦煌文獻』上海古籍出版社、一九九二～二〇〇一年
常青「陝西麟游县慈善寺南崖佛龛与『敬福经』的调查」『考古』、一九九七年
李靜杰「六世紀的偽經與僧團整頓」『敦煌學輯刊』、一九九七年
侯旭東整理「如來在金棺囑累清淨莊嚴敬福經」載『藏外佛教文獻』第四輯、宗教文化出版社、一九九八年
侯旭東「『敬福經』雜考」『藏外佛教文獻』第四輯、宗教文化出版社、一九九八年
中國佛教協會、中國佛教圖書文物館石經組『房山石經』三〇冊、華夏出版社、二〇〇〇年
西北大学考古专业、日本赴陕西佛教遗迹考察团、麟游县博物馆「慈善寺与麟溪桥：佛教造像窟龛调查研究报告」科学出版社、二〇〇二年
船山徹「『如是我聞』か『如是我聞一時』か——六朝隋唐の『如是我聞』解釋史への新視角」法鼓佛學學報、二〇〇七年
曹凌『中國佛教疑偽經綜錄』上海古籍出版社、二〇一一年
張總「石刻佛經雜考數則」『紀念房山石經開洞拓印55周年研討會』二〇一一年四月二十一日 http://fo.ifeng.com/special/yunjusi/lunwen/detail_2011_04/21/5893540_0.shtml（二〇一七年四月八日に確認）。
東野治之『大和古寺の研究』塙書房、二〇一一年
徐可然『兗州金口壩佛教碑刻研究』曲阜師範大學、二〇一二年
中華電子佛典協會『CBETA電子佛典集成』台北、二〇一六年

【付記】

『釈氏源流』などの資料を快く提供してくださった小峯和明教授に深く感謝する。この文章の日本語訳を作成したヤン・ミューレンベルンド（Jan Mühlenbernd）にこの場にてお礼申し上げる。

第2部

資料生成の〈場〉と〈伝播〉をめぐって

1　名古屋大学蔵本『百因縁集』の成立圏

中根千絵

1　はじめに

『今昔物語集』研究史上、『今昔物語集』所収説話の類話を載せる貴重な資料の一つとして、しばしば言及されてきた書物に名古屋大学蔵本『百因縁集』がある。『今昔物語集』と共通する話について、かつて論者は、翻刻を試みたことがあるが、▼注[1] 実は、その時見落とした共通話がある。かつて指摘した共通説話は、すべて天竺部のものであったが、見落とした話の一つに本朝部の話、すなわち、日本の話があり、それは、地名の違いゆえに見落とした共通話であった。本論では、その話を翻刻して紹介しつつ、名古屋大学蔵本『百因縁集』がいかなる成り立ちの書物であるのか、その地名の違い、また、名古屋大学蔵本『百因縁集』に付された序文、跋文から考えてみることにしたい。

2　『今昔物語集』と名古屋大学蔵本『百因縁集』の共通話

まずは、名古屋大学蔵本『百因縁集』の目次を示して、全体の内容を概観すると共に、ここで今一度、かつて指摘し、翻刻した『今昔物語集』との共通話を確認しておきたい。（共通話には、▼を付すこととする。）

▼一　国王求大法事付提婆品
二　一人罪人免地獄付地蔵
▼三　五人后事付聞法
▼四　鳩尸那国抜提河事付闍王
▼五　天竺道行事不修善根悔叓
▼六　迦毘羅城無佛法事付尺迦
▼七　舎衛国五百盗人五百羅漢之叓
八　深山僧誦経事付蛇狼狐免
▼九　満財長者事付尺迦教化
▼十　目連尊者弟事修善可生天叓
▼十一　迦毘羅国卒都婆叓付尺迦因縁
▼十二　摩訶陀国貧女老母事成王后叓
十三　僧念阿弥陀仏事子教母ニ孝叓
▼十四　舎衛国俗家仏宿叓知因果
十五　伯耆大山事知因果叓
十六　俗被教妻射母事付不孝叓
十七　長者家人物負事
十八　八人打犬令哭事知因果事
十九　舎衛国憍梵事
二十　閻魔王宮僧尋同法僧叓
二一　天和事負物不反作馬叓十三才
▼二二　迦旃延事教化女人弘仏法
二三　山寺百人僧叓修行成羅漢
二四　寺曳材木牛叓借掲仏返叓
二五　俗人母負物徴事付不孝
二六　太子抜眼事付提婆品尺迦事
二七　絵師以金修善叓作国王叓
▼二八　百二十歳事付羅漢
▼二九　和頼事付出家修道
三〇　恒河側貧女事付出家天人叓

▼三一　五百人王子叓付五百羅漢
▼三二　内裏火災叓付離欲
三三　西国俗人事付観音
▼三四　国王菓子叓付仏法望
▼三五　舎衛国勝義女事付慈悲
▼三六　山里俗人叓付妻叓出身□
▼三七　人天蓋叓笠恵叓
▼三八　摩訶陀国五百人王子叓付不降油事
三九　大臣之子事付正直盗人
四〇　玄遙紫丹二人后叓付仏法
四一　以千両金買一行文叓
四二　鷹放鳩叓付不知恩者
四三　波羅奈国貧女叓貧身供仏僧叓
四四　屈太以慈悲破地獄
▼四五　舎僧妻叓付二帰事
四六　法性寺住僧事付仏物不返事
▼四七　波羅奈国被抜眼叓付法華経
▼四八　俗人国王被免頸事信仏法現神反
四九　越前国猿経書事
五十　貧女仕地蔵菩薩叓
五一　貧女仕吉祥天叓
五二　誦経延命事付尺迦弥勒
五三　南天竺五百人鈎人叓付五百羅漢
五四　鳩槃弥国持経者事助奴叓
▼五五　天竺賢直事
五六　猟師取鷹事付五百羅漢

以上が名古屋大学蔵本『百因縁集』の目次である。本論文では、『今昔物語集』との共通話として、さらに、「四九　越前国猿経書事」を付け加えることとしたい。話の詳細については、後に述べることとするが、ここでは、全体を通して、『法華経』「提婆品」、孝、羅漢に関わるものが集められていることに注目しておきたい。

冒頭の説話、「国王求大法事付提婆品」の付されたタイトルである『法華経』「提婆品」は、悪人、女人往生を説くものとして、平安時代以来、法会の際に重要な役割を果たしてきた経典である。「二六　太子抜眼事付提婆品尺迦事」も提婆品の話として位置付けられている。また、他に『法華経』に関わる話としては、「十五　伯耆大山事知因果叓」、「二十閻魔王宮僧尋同法僧叓」、「四七　波羅奈国被抜眼叓付法華経」、「五五　天竺賢直事」がある。孝行に関しては、不孝も含めると、「十二　摩訶陀国貧女老母事成王后叓」、「十三　僧念阿弥陀仏事子教母ニ孝叓」、「十六　俗被教妻射母事付不孝叓」、「十七　長者家人物負事」「二一　天和事負物不反作馬叓十三才」、「二五　俗人母負物徴事付不孝」が該当する。羅漢は、阿羅漢果を得たものという意味で、釈迦を含む輪廻を解脱したものを指す。それに該当するのは、「二　一人罪人免地獄付地蔵」、「七　舎衛国五百盗人五百羅漢之叓」、「二三　山寺百人僧叓修行成羅漢」「二八　百二十歳事付羅漢」、「三一　五百人王子叓付五百羅漢」、「四〇　玄遙紫丹二人后叓付仏法」、「五三　南天竺五百人鈎人叓付五百羅漢」、「五六　猟師取鷹事付五百羅漢」等である。

冒頭の釈迦と提婆達多の前世譚としての国王と仙人の話と対応するかのように、最後の話は、釈迦の前世譚としての鷹の話であり、釈迦の前世の姿を含む五百の鷹が現在の羅漢であるという由来話となっている。本話は、畜生が輪廻解脱した話として位置付けられているといえ、全体を通して、どのような悪人、畜生も孝行等の善根を修することにより、成仏できるという話の流れになっていることが見えてこよう。二つ目の話は、罪人が地獄で誦文するや地蔵が現れ、阿羅漢果を得た話となっており、これもまた、地獄に落ちた者も経典の力により、成仏できることを示した話といえる。さて、これは、どのような場で成立したのだろうか。次節では、序文と跋文からそのことについて考えてみることにしたい。

3　名古屋大学蔵本『百因縁集』の序文と跋文

名古屋大学蔵本『百因縁集』の序文は、次のような文章で始まる。

居位高人遂催無常風、隠形。貴女定趣黄泉道。生者必滅之理何物非帰無常。仍以聴聞之功、成後世之因。記孝養之文、

結菩提之縁耳。（位に居る高人も遂に無常の風に催し、形を隠す。貴女も定めて黄泉道に趣かん。生者必滅の理何者か無常に帰すに非ざる。仍て聴聞の功を以て後世の因と成す。孝養の文を記して、菩提の縁を結ぶのみ。）

ここには、どのような位の高い貴人も、いずれは死を迎えるのであり、仏法の話を聴聞した功徳により、極楽往生の因とし、孝養の話を記すことで、菩提の縁を結ぶしかないといったことが叙述されている。前節で確認した説話の内容が、後世の菩提を願う為とするこの序文の内容と一致していることが理解されよう。さらに、「三五　舎衛国勝義女事付慈悲」、「三八　摩訶陀国五百人王子叓付不降油事」、「三九　大臣之子事付正直盗人」には、国王の徳と仏教の関係が記され、また、「四〇　玄遙紫丹二人后叓付仏法」には、后が阿羅漢果を得た話が記されており、貴人、貴女の往生を説くのにふさわしい内容ともなっている。

この序文に続くのは、覚範慧洪の談話を門人本明が筆録した禅籍『林間録』（大観元年〈一一〇七〉序文）の引用である。「林間録云、衛獄楚雲上人生唐末、有至行嘗刺血写妙法蓮華経」という文章から始まるこの逸話は、同一の文章で『林間録』一二三話に該当話が載っており、忠実にその文章を引き写している。▼注[2]衛獄の楚雲上人が『法華経』を自らの血で書き写したことが記されており、『法華経』の内容を説くところから始まる本説話集にふさわしい逸話が選びとられているといえよう。この逸話は、冒頭の文に続けて、衛獄の楚雲上人が『法華経』を上人の血で書いたというのは妄言なのではないかと疑った貴人が、経を納めた栴檀の箱を開けさせたところ、天地が動じ、貴人が懺悔したという話が挟まれ、最後に、貫休（八三二〜九一二）という僧の詩に、「剔皮刺血誠何苦、為写霊山九会文」があることを述べ、「後来求法、更無君」として、『林間録』に収められた文章と一句も違えることなく、後に、編者の言葉が挿入されることもなく、その序文は閉じられている。貴人の登場、また、羅漢画で知られた貫休の詩といい、選び取られた『林間録』の逸話には、幾重にも、『百因縁集』の説話内容と連動するような表現がちりばめられており、序文の最後は、引用文そのままでありながら、本説話集の内容全体を示す様な仕掛けが施されているものとして機能しているといえよう。

さて、次に跋文の方を見てみることにしたい。跋文の方も説話の後に『林間録』一一四話に該当する文章が引用されている。まずは、こちらを翻刻して左に記す。

林間録云、譚州道吾山有湫。北人呼水池成湫。毒竜所蟄随業触波、必雷雨。連日過者不敢喘。慈明与泉大道同游。泉牽其衣曰、「同可浴。」慈明掣時経去。泉解衣躍入、霹靂随至腥風吹雨、林木掀播。慈明蹲草中、大驚意泉死矣。須臾晴斉。忽引頸出波間、笑呼曰、「回」。／又嘗夜坐融峯頂、有大蟒、繞盤之。泉解衣帯、縛其腰。中夜不見、黎明策杖、徧山尋之、帯縛桔松之上。蓋松妖也。

本話は、禅僧、慈明と共に修行したといわれる谷泉のエピソードを二つ載せたものである。最初のエピソードは、谷泉が毒竜の棲まうところで水浴びをしたところ、なまぐさい風が吹き、雨が激しく降ったので、一緒にいながら水浴びの誘いを断った慈明は草むらにうずくまり、谷泉は死んでしまっただろうと思っていると、すぐに晴れわたり、谷泉が波間から笑顔で顔を出したという話である。また、次のエピソードは、ある夜、峯の頂で座っていると、大きな蛇がまとわりついてきたので、谷泉は、衣の帯を解き、それで、蛇の腰をしばった、明け方、見てみると縛った帯が松の上にあったというものであり、最後は松の妖怪であったかという結語で結ばれている。ここまでが、『林間録』の引用部分であるが、「北人呼水池成湫」は、冒頭文章の最後の語「湫」の注釈であり、原文には見られない。本文の引用にあたって、『林間録』の注釈書の注釈部分を本文化して載せたものと思われる。本エピソードは、どちらも、序文に見たような説話集の内容との一致は、見られない。ただ、『林間録』にはこの後、谷泉が後洞から南台まで一つの石の羅漢像を負うていったという話が書かれ、南台では、現在、この羅漢像を「飛来の羅漢」と呼んで伝承しているエピソードが続くので、谷泉もまた、羅漢に関わる僧として認識されていたことは間違いなかろう。

このあと、跋文には、編者自身の言葉が記される。

誠是無為閑道人家風如斯。豈是凡愚之所及耶。

「無為閑道人」とは、『証道歌』（永嘉玄覚禅師・唐代初期）に「君見ずや　絶学無為の閑道人　妄想を除かず真を求めず」[注3]とあるように、修してきた道も忘れてしまうほどののんびりした境地を有する人であり、ここまでくれば、特に妄想を除こうと努力したり、真を求めようとしなくても自然体で仏の境地に至れるという人を指す。これが谷泉のような禅僧に付した編者の評価である。跋文は、凡愚の及ばないところであるとして閉じられる。これは、どのような場所で記されたのであろうか。この本には最後に次のような奥書が記されている。

寛永第十（一六三三）癸酉四月四日　宮谷談所言之

この奥書には、今野達氏の論があり、「宮谷《みやさく》檀林」は、千葉県の本国寺宮谷談所が日蓮宗の布教の要となった談義所で、勝劣派学林の母胎となった所であり、『百因縁集』はそこで書写され、そこの談義説法に供されたと述べている。[注4]本説話集が日蓮宗の学問所で作成されたものだとすれば、なぜ、そこに禅籍の『林間録』が引用されているのか、はなはだ疑問ではある。あるいは、初期の日蓮宗の学問形成にあたっては、禅籍も用いられたということなのだろうか。

この疑問については、一旦留保し、次節においては、その解決の糸口になるかもしれない説話を翻刻し、紹介すると共にその出典を考えてみたい。

4　「四九　越前国猿経書事」と出典

まずは、名古屋大学蔵本『百因縁集』の四九話を次に翻刻しておきたい。

四九　越前国猿経書事

昔越前国在伽郡普廣寺住僧書法華経、時獮猿一疋来、僧前良久居。僧問云、「汝若欲書此経」云、獮猿領之。「若然求穀来」云、獼猿去経一両日、剥木皮、持来。時此僧吾書経指置、此木皮料紙先書獼猿所望経。獼猿喜之、日々入山、穿野老、穿山芋、取菓子、供養此僧。已五巻書了、次日午時施主獼猿不来。僧恠求山峰、岩畔芋掘穴指入頸死。僧流涙、懃訪之還。其獼猿経力故生天、三年其国守護成。有奇瑞故、先至彼寺、遇彼僧陳語昔本懐。彼僧年九十余也。僧与守護、倶哭取出件経見朽損、云へリ。「此本経書読之、又千部法華経書供養。畜生已如是。況於人間乎」。

本話の内容は、以下のようなものである。昔、越前国普廣寺の住僧が『法華経』を書写している折、猿が一匹やってきて、僧の前にやや長く座っていた。僧が「もし、お前がこの経を書写してほしいのか」と聞くと頷くので、「ならば、穀をもってこい」というと、猿は一、二日を経て木皮を剥いで持ってきた。僧が此の木皮を料紙にして先ず猿の望む経を書いてやろうというと猿は喜んで日々、山に入り、野老や山芋や菓子を取ってきて、僧に供養した。五巻を書いた次の日の午の刻、施主の猿は来なかった。僧が不思議に思って山の峰を探すと、岩の畔で芋掘りの穴に頸をつっこんで死んでいた。僧は涙を流し、懇ろに弔って帰った。その猿は、経の力によって生まれ変わり、其の国の守護になっていた。守護は九〇才になったかの僧に会いに行くと、僧は共に泣きながら、経を取り出す。見てみると、朽ち損じていたが、僧はその法華経読誦と新たな千部法華経供養をしようと言った。畜生ですらこのような利益があるのだから、ましてや人間であれば、なおさらであるという話である。『法華経』の力により後世に利益がある、それは、たとえ、動物であっても同じであるというのは、序文や第一話から連なる一連のテーマに合致する話の内容である。

この説話の類話には、『今昔物語集』▼注[5]巻十四第六話、『法華験記』▼注[6]下・一二六、『元亨釈書』▼注[7]一七、『古今著聞集』▼注[8]巻二〇がある。話には、多少の異同がある。まずもって、名古屋大学蔵本『百因縁集』以外の話は、猿が一匹ではなく、二匹登場する。『今昔物語集』、『元亨釈書』では、それを受けて、国司夫妻に猿が生まれ変わったとする。また、名古屋大学蔵本『百因縁集』以外は、国司の名前を明記している。『今昔物語集』が「藤原子高」（「越後守」『尊卑分脈』）

を記す以外は、どれも『二中歴』に舞人として名が載る「紀躬高」の名を記している。名古屋大学蔵本『百因縁集』では、寺院の設定を変えて固有名詞を記しているが、国司については、「国守」とのみ記し、そこに固有名詞を与えていない。国司については、猿を一匹とすることで、生まれ変わった国司一人との整合性を保っている。本説話は、『法華経』を書写した僧が『法華経』の力によって、浄土に生まれたことを付け加えて終わる『法華験記』の型と、それを付け加えながらも、「畜生也ト云ヘドモ、深キ心ヲ発セルニ依テ、宿願ヲ遂ル事如此シ」として、畜生の発心に焦点をあわせた『今昔物語集』の型、また、『法華経』を書写した僧の後世についてはまったく触れず、「昔の猿は、これわれなり。経の力によりて人身を得たるなり」として、『法華経』の力そのものを称揚する『古今著聞集』の型（『元亨釈書』はこれに含まれる）があるが、名古屋大学蔵本『百因縁集』では、「猿ですら、人身を得ることができたのだから、人間ならさらなる利益がある、それ故に法華経供養をしよう。」と僧が前世、猿であった国司に語るところで話が閉じられている。国司が『法華経』の利益を語られる形で背景に退く形となり、僧の法華経供養が前面に浮かびあがる。いわゆる地と図の関係性が最後に反転することで、僧の法華経供養による往生を予期させる物語として成り立っているといってよく、『法華験記』の型に近いものとなっているといえるだろう。本話の最終場面からは、国司の固有名詞はさして重要ではなかったともいえる。

ただ、これらの考察から出典が見いだせるかといえば、畜生ですら人身を得ることのできる『法華経』の力を強調している点は、『法華験記』以外の他の説話集の型とも共通の部分があるともいえ、内容からのみでは、表現が近いものを指定するのは難しく、出典が何であるとは言いがたい。

ここで第一話の出典の引き方について述べ、名古屋大学蔵本『百因縁集』における出典との関係性を考えておきたい。

第一話は、目次では、「国王求大法事付提婆品」が題として示されているが、本文の方では、「求法　　大荘厳論云」と題が示されている釈迦の前世の説話である。話の内容は以下のようである。国王が求法の為に王位を捨てて山林に入り修行をしていた。すると一人の仙人が現れ、国王に向かって私は大乗の法門をもっている、私の云うことに従えば、教えてあげようという。法を聞くことができるならと国王は承知する。仙人は、九〇日の間、五〇度ずつ針を身に打てという。途中、痛くないか、聞かれるも、所獄に堕ちた痛みに比べれば、さしたることもないと答え、修業に耐えた国王は、八字の法門「諸悪莫作諸善奉行」を得た。国王とは今の釈迦であり、仙人とは今の提婆達多である。この話の類話は、『賢愚経』、『経律異相』、『仏説菩薩本行経』、『大智度論』のような経典の他、『今昔物語集』巻五第一〇話、『三国伝記』巻一―四話、『注好選』中三があるが、表現として一致するのは、『今昔物語集』である。このことから判断するに、『今昔物語集』を名古屋大学蔵本『百因縁集』の出典の一つとして考えてよいように思われる。但し、『三国伝記』の表題の下に「明八字法花　依大荘厳論」とあり、その題目には、『三国伝記』の影響も見てとれるかもしれない。というのも、『大荘厳論経』巻二には、多少似た話があるが、本話はそれに依ったものとは思われず、それにも関わらず、『三国伝記』と名古屋大学蔵本『百因縁集』の両方の題目に『大荘厳論経』が引かれることは、こちらの影響関係も見ておくべきことを示唆していよう。話中の地獄の名前に関しては、『今昔物語集』が「銅燃燼火」となっているのに対し、『三国伝記』では、「銅燃猛火」となっており、これも『三国伝記』の表現の方が一致する。全体として、『今昔物語集』の表現を用いながら、ところどころ、『三国伝記』の表現を採り入れているように思われる。

そう考えると、四九話の出典については、『今昔物語集』があることを認めつつ、その他のものも参照した可能性が高いと思われる。

5　「四九　越前国猿経書事」説話の成立圏

前節で類話との様々な異同について言及したが、本節で問題にしておきたいのは、最初の土地の設定である。この話では、「越前国普廣寺」となっているが、他の類話では異なる設定になっている。『法華験記』では、「越後国乙寺」とあり、『今昔物語集』には「越後国三島郡国寺」、『古今著聞集』には「越後国乙寺」、『元亨釈書』には「越後州三島郡乙寺」とある。『今昔物語集』が出典『法華験記』の「乙」を「々」の字と見間違えて書写したと考えれば、いずれも「越後国乙寺」で一致する。つまり、名古屋大学蔵本『百因縁集』のみが土地・寺名の設定を変えているのである。ここには、当時、実在した寺の名を入れるという意識が見てとれないであろうか。説話の土地の設定は、その説話が語られる時・場に応じて自在に変化する。話の内容を変えないまま、説話を語る文化圏の中で、「越前国佐伽郡普廣寺」に説話の〈場〉を変換したのは、名古屋大学蔵本『百因縁集』の編集者にとって、その寺が特別な意味をもっていたからではなかったろうか。

ところで、普廣寺とは、どのような寺なのだろうか。そもそも、「越前国佐伽郡普廣寺」というのでは、郡そのものが存在しない。従って、越前、越後の範囲内で普廣寺を探すと、該当するのは、新潟県柏崎市北条にある寺である。ここは、かつて、刈羽郡という場所に存在し、様々な説話集に載る「越後国三島郡」は、そもそも刈羽郡も含む地域であり、場所としては、問題のない寺である。すなわち、語り伝えてきた乙寺を普廣寺に置き換えたとしても場所的には問題ないのである。『日本歴史地名大系』「北条村」によれば、北条景広（一五四八〜一五七九）を中興開基とするという。▼注[9]『越後名寄』によれば、鎮守は雷宮大明神であり、昔、当所の領主、毛利太万之助を風呂に誘い入れ、焚き殺したために、その霊魂が雷電となって常に鳴り渡り、北条城が穏やかならざる状態であったので、寺の四代の住職が加持をしてこれを鎮めたという。▼注[10]当初は、城中の怨霊を鎮める役割を果たす菩提寺であったようである。永正元年（一五〇四）、群馬県群馬郡白井村双林寺の曇英恵應和尚を開山とし普廣寺と命名された。普廣寺は、中世末期に成立した比較的新しい禅宗の寺院であるといえる。双林寺は、江戸時代には幕府との特別な関係を保ち、上野国・信濃国・越後国・佐渡国にある曹洞宗の寺院を支配する寺院であった。

普廣寺には、猿と法華経供養の話は伝えられてはいない。従って、在地の伝承が反映されてこの寺の名前が記されたわけではなさそうである。一方、乙寺については、『法華験記』（日本思想大系）の注にすでに記されているように、猿供養寺とも呼ばれる新潟県胎内市乙にある真言宗智山派乙寶寺に、猿と法華経供養の話が伝えられている。但し、本寺の縁起である貞和三年（一三四七）書写奥書をもつ『乙寺縁起』▼注[11]には、仏舎利出現の話しか載っておらず、こちらも後世に寺の伝承として当初からあったかのごとく関連づけられた可能性はあろう。だが、後世にしろ、少なくとも略縁起が出来上がる頃には、その場所、寺名の連想からその伝承は地域の人に受け入れられていたのである。

成立事情から、平安時代からの伝承をもちえない普廣寺が、その説話の場所にひかれて登場したのは、次のような理由が考えられよう。それは、領主の菩提寺としての役割と国司の前世譚としてのモチーフが土地の支配者の後世菩提を祈る意味で重ねあわされたのであろうことである。しかしながら、それを編集・書写したのは、あまり土地名に詳しくない関東の人間であろう。そうでなければ、国郡名を間違うはずはないと思うからである。

さて、ここで、第二節で留保した問題を考えてみたい。奥書には、日蓮宗の檀林の記述があったが、実は、名古屋大学蔵本『百因縁集』はそもそも、禅宗寺院で成立したものではなかっただろうか。それは、序文、跋文に禅籍『林間録』が引用されていること、そこから敷衍した羅漢の説話、また、ここで新たに付与された寺院名が禅宗のものであることがそれを十分物語るように思われる。話の内容という点においては、孝・不孝の説話もまた、江戸時代の白隠禅師の法語集に、不孝は、悪因悪果のモチーフをもって描かれており、禅においても孝・不孝の問題は書かれるべきテーマの一つであったと考えられる。

また、群馬県の双林寺が越後国の普廣寺を支配下においていたことを考えると、その説話集が関東で流布し、千葉県所在の本国寺宮谷談所に談義のネタ本として渡ったとしても、さして不自然なこととも思われないのである。名古屋大学蔵本『百因縁集』にはしばしば、イ本注記があるので、この本が幾つか書写されて存在していたことは、間違いない。

6　結び

本論文では、名古屋大学蔵本『百因縁集』の序文、跋文、説話に付与された地名を通じて、本説話集が禅宗寺院の文化圏の中で成立した可能性について論じたものである。最後に、禅宗寺院内で成立した本説話集が日蓮宗の談義ネタになり得た理由を考えておきたい。

建治元（一二七五）年四月、五四歳の日蓮が下総国、国分村曽谷（現在の千葉県市川市）の郷主であった教信（法蓮）に与えた御消息に『法蓮抄』[注12]というものがある。そこには、法蓮が亡父追善のために、『法華経』を転読した追善供養こそが真実の孝養であると記されており、「今法華経と申は一切衆生を仏になす秘術まします御経なり。」と記している。原槇定氏は、「日蓮教学における「孝養の一考察」において、文永九年（一二七二）に日蓮の五大部の一つとして、撰集された『開目抄』には、『法華経』を「此の経は内典の孝経也」と記しており、「儒教における孝養に対して、法華経による孝養の在り方が強調されている」と論じている。[注13]日蓮の著した書物には、名古屋大学蔵本『百因縁集』目次の「付」に示されたテーマ、『法華経』、追善菩提、孝養と響き合う言葉が連ねられている。

そもそも、冒頭話は、目次の「付」によって『法華経』提婆品が想起される仕組みになっているが、話の内容を見る限り、『法華経』は関係しない。説話部分の題目の上には、「求法」とあり、当初は、禅宗の「求法」の厳しさを冒頭話で示すための話だった可能性もある。『続高僧伝』一六[注14]を出典として、雪舟が最晩年に描いた画、「慧可断臂図」にも見られるように、禅宗においては、達磨に弟子入りを断られ、その決意を示すために、自らの腕を切り落とすほど、求法というのは厳しいものであった。そう考えると、目次に付された付のテーマと説話本文の題目のずれは、最初に成立した禅の文化圏と後からそれを享受した日蓮宗の文化圏のずれがそのまま現れた格好になったものなのかもしれない。序文に引用された『林間録』もたまたま『法華経』を書写する話にはなっているが、その眼目は最後に「後来の求法、更に君なるものなし」と示されたように、求法の厳しさを説くところにある。

名古屋大学蔵本『百因縁集』は、禅宗文化圏の中で出来上がったものであり、そこに『法華経』、孝、追善菩提のテーマが日蓮宗文化圏の中で見いだされたことにより、宮谷檀林所において説教のネタ本となった可能性が高い書物であると思われる。

【注】


［1］中根千絵『今昔物語集の表現と背景』（三弥井書店、二〇〇〇年）。

［2］『国訳禅学大成』一〇巻（二松堂書店、一九二九年）。

［3］西谷啓治・柳田聖山編『禅家語録』（筑摩書房、一九七四年）。

［4］今野達「語園漫考（一）」（『横浜国大国語研究』一、一九八三年三月）。他に、宮谷檀林の研究として、中村孝也「上総宮谷檀林に於ける什門陣門の交流」（『大崎学報』通号一三二、一九七九年三月）がある。

［5］池上洵一校注『今昔物語集　三』（新日本古典文学大系、岩波書店、一九九三年）。

［6］井上光貞・大曽根章介校注『往生伝・法華験記』（日本思想大系、岩波書店、一九七四年）。

［7］『日本高僧伝要文抄・元亨釈書』（新訂増補国史大系、国史大系刊行会、一九三〇年）。

［8］永積安明・島田勇雄校注『古今著聞集』（日本古典文学大系、岩波書店、一九六六年）。

［9］『新潟県の地名』（日本歴史地名大系、平凡社、一九八六年）。

［10］『越後名寄　四』（早稲田大学図書館蔵［古典籍総合データベース］）丸山元純（一六八二～一七五八）写。

［11］『絵詞・史伝』（丹鶴叢書、国書刊行会、一九一三年）。

［12］『法蓮抄』宝暦六（一七五六）年刊、同志社大学図書館蔵。

［13］原槇定「日蓮教学における「孝養の一考察」（『印度学仏教学研究』四五―一、一九九六年一月）。

［14］『続高僧伝』（新国訳大蔵経中国撰述部、大蔵出版、二〇一二年）。


【付記】本論文を作成するにあたり、資料の閲覧を許可下さった同志社大学図書館にお礼申し上げる。

2

『諸社口決』と伊勢灌頂・中世日本紀説

高橋悠介

1　はじめに

称名寺（現横浜市金沢区）に伝来した、主に鎌倉後期から南北朝期にかけての聖教の中には、寺院文化圏で形成された中世神道説をうかがわせる貴重な神祇書が含まれている。古く櫛田良洪の研究によって概要は知られていたが、津田徹英が県立金沢文庫で手がけた「金沢文庫の神道資料」展（一九九六年）及びその図録や、近年の伊藤聡の一連の研究によって、その具体的な内容の解明が格段に進んできた。こうした状況を受け、私も称名寺聖教の神祇書のうち幾つかの重要な本を紹介してきた。その中に『諸社口決』という四帖からなる折本があり、応長二年（一三一二）二月の奥書を持つ称名寺二世長老釼阿の手沢本（秀範書写本）と、南北朝期に素睿が書写した本が存在する。

以前、拙稿「金沢文庫の中世神道資料『諸社口決』一結―翻刻」[注1]（以下、前稿と称す）で本文を紹介した際、底本とした釼阿手沢・秀範書写本については、四一八函三二に『諸社口決』二〜四に相当する帖があることにしか気付かなかった。しかし後に、断簡聖教調査を行っていた際、これらと同筆・同寸法の折本断簡に出会い、素睿書写本と比較したところ、秀範書写の『諸社口決』一に相当する折本の一部と、翻刻紹介時に後欠としていた『諸社口決』二の末尾部分にあたることがわかった。そこで本稿では、その新たに見出した部分を紹介すると共に、特に伊勢灌頂（諸社大事）という社参作法との関係を検討する。また、あわせて『諸社口決』が中世日本紀説の展開に関わっている一面をみておく。前稿では、釼阿手沢本は外題のみ釼阿が書いており、本文の筆跡は秀範によるものであることを指摘した。秀範は鎌倉後期に釼阿に多くの神祇書を伝授している。室生山での活動も知られ、御流神道の祖とも目されている僧である。『諸社口決』と同様、外題を釼阿が書き、本文を秀範が書いている聖教は複数存在するが、神祇書では『大神宮宀一長谷秘決』（二本存在するうち、三一七函三二）や『日本得名』（二九五函四—三）が挙げられる。このうち、特に『日本得名』と『諸社口決』の関係について、考えてみたい。

2　『諸社口決』の伝本と新出部分

称名寺聖教には、書写時点から長い年月を経る間に、本来一結だった写本が別々の函に分かれて伝わったものも多くあるが、聖教が群としてまとまりを持って伝わっているだけに、装訂・筆跡や内容に基づいて少しずつ復原が進んできた。『諸社口決』の場合も、秀範が書写した本と、素睿が書写した本の二種が存在するが、いずれも複数の函に分かれて収蔵されているため、以下に整理しておく。

○秀範書写本

折本。一五・五×一三・六糎。『諸社口決』二～四はいずれも共紙表紙左肩に外題「諸社口決寸人水」（釼阿の筆跡。「寸人水」は朱筆、後述するように「尊念流」の意であろう）、右肩に「二（～四）」と墨書。各帖とも内題「諸社口決」。毎半葉七行十二字前後。朱で首頂点・合点・一部竪線を施す。応長二年（一三一二）写。

四二六函六六（『諸社口決』一相当部の一部。全長三五・七糎の断簡一紙。）

四二六函七〇（『諸社口決』二相当部の末尾。全長四六・九糎の断簡一紙。）

四一八函三二（『諸社口決』二～四の三帖存。『諸社口決』二の後欠部分は、四二六函七〇にあり）

○素睿書写本

折本。一五・七×一二・九糎。『諸社口決』一～三のいずれも外題はなく、内題「諸社口決」（『諸社口決』四は前欠）。毎半葉七行十二字前後。朱で首頂点・合点・一部竪線を施す。南北朝時代写。

三四六函七〇（『諸社口決』一に相当）

四一八函三一（『諸社口決』三に相当。紙背の仮名書状は次々項の金沢文庫文書と接続。）

金沢文庫文書（一三二七／二七九一）を紙背にした部分（『諸社口決』二の前半に相当する二紙。各全長四二・七、四九・七糎。）

金沢文庫文書（二八四二／三一五五）を紙背にした部分（『諸社口決』二の後半に相当する一紙。全長五〇・〇糎。）

金沢文庫文書（二八四三／三一五六）を紙背にした部分（『諸社口決』四の一部に相当する一紙。全長四九・八糎。）

金沢文庫文書（二八四四／三一五七）を紙背にした部分（『諸社口決』四の前項に接続する末尾の一紙。全長五〇・六糎。）

前稿においては、秀範本のうち、四一八函三二（『諸社口決』二～四の三帖）の本文を紹介した。その際、『諸社口決』二は後欠として紹介したが、その後、断簡聖教の調査を行う中で、四二六函に『諸社口決』一相当部の一部、及び、

『諸社口決』二相当部の一部（四一八函三二に接続する末尾部分）を見出すことができた。そこで、秀範本については『諸社口決』一の一部を除き、現存が確認できた。『諸社口決』二〜四の三帖は表紙右肩に二〜四の数字が振られ、共紙表紙の裏面から本文初行が始まる形態である。ただし、四二六函七〇の『諸社口決』一相当部は、本文冒頭を有する折本断簡でありながら、その裏側には外題がなく、代わりに本文末尾の「一交了」までが書かれている。そして、二本確認できる折目のうち、表面最初の山折線の前の面には文字が書かれておらず、その白い面は他に比べ汚れが目立つので、長期間外側に露出していた面とみられる。その前に表紙が付いていた痕跡は確認できないが、秀範筆の同寸法の折本という点では共通するので、秀範書写本として合わせて考えておくことにする。

素睿本は、『諸社口決』一と三がそれぞれ三四六函と四一八函に分かれて存在するだけでなく、現在、金沢文庫文書として整理されているものの中に『諸社口決』二と四が分かれて存在している。この背景には、昭和の初め頃の称名寺聖教・金沢文庫文書の調査で、聖教の紙背文書の復原に重点を置いていたという事情がある。当時は聖教の形を崩して紙背文書を復原し、金沢文庫文書として整理していた。素睿は仮名書状を上下で半切した紙に『諸社口決』を書写していたことから、『諸社口決』の二・四は紙背の仮名書状を表側にして台紙に貼られた形で現存している。素睿本『諸社口決』二は二通の文書を合わせると全てが復原できるが、『諸社口決』四は二通の文書を合わせても途中から末尾までしか揃わず、最初の一部分が現在のところ見当たらない。なお、文書としては整理されていない素睿書写本の三四六函七〇と四一八函三一も、紙背は仮名書状である。

素睿は釼阿から伝授を受けて多くの神祇書を書写しており、本書もその一部と推測される。称名寺聖教の神祇書のうち、三四六函一〇二『汀《（灌頂）》印明』の奥書に、「印明相承事／建武三年三月十七日於称名寺長老坊傳受／沙門素睿卅二才」とみえるのが、素睿が神祇書を伝授された時期を考える手掛かりとなる。秀範本は『諸社口決』一の一部、素睿本は『諸社口決』四の一部が見当たらないが、両者を合わせて考えれば、称名寺に伝わった『諸社口決』四帖の全体が復原できることになる。

なお、この一結は四帖で完結しているのかどうか、という疑問もあろう。これについては、神宮文庫蔵・道祥写『神道切紙』▼注[2]の中にも第五として「諸社口決四帖」を収める一巻（理由は不明ながら、四・二・一・三の順に書写する）があることから、四帖一結と考えて良いであろう。また、素睿本は現存部分に外題が確認できず、元々外題がない素朴な折本と推測される。

さて、以下に示すのが秀範本『諸社口決』一・二の新出部分（四二六函六六・七〇）である。『諸社口決』の一部に過ぎないものの、『諸社口決』の基本的性格が最もよくうかがえる部分でもある。『諸社口決』一は裏面にまでわたって書写された折本の断簡のため、冒頭の断簡の裏には末尾の記事があり、中欠の形となっているが、中欠部分は素睿本で補って示した。素睿本は「大日如来ノ本國」以下の大日本国説から本文が始まり、後半に鳥居・円鏡・神躰への印明等が記されるが、秀範本は順序が異なり大日本国説の後に「一交了」とある以上、鳥居以下への印明等から始まっていたはずで、これが『諸社口決』一の本来的な形であると考えられる。翻刻に際しては、適宜読点を補い、傍記の（　）も私に加えた。また、朱の合点を╲で、折本の折目を」で示した。

▽『諸社口決』一

（朱点）・鳥居　╲日　╲𑖀字　╲台界　╲迹門
（朱点）・印無所不至　（朱点）・明𑖀𑖪𑖰𑖨𑖮𑖳𑖽𑖏𑖽
可観　以鳥居ハ八葉院、其四方ニ
十二大院云々
（朱点）∴円鏡　╲月　╲𑖪𑖽字　╲金界　╲本門

印外五古　(朱点)・明𑖀𑖪𑖰𑖨𑖮𑖳𑖽𑖏𑖽
可観　此御正躰ハ一印會大日ノ心」
月〇、自此一出生八會一ヲ云々
(朱点)∴神躰　／明　／𑖀𑖽𑖾字　／蘇悉地　／不二門
印合掌　(朱点)・明𑖀𑖽𑖾
付合掌一、有両部不二本迹不二ノ
口決一、深義問文一ヲ、」
（以下九行、三四六函七〇素睿本ニヨリ補ウ）
(朱点)・大日如来ノ本國ナルカ故ニ名ク日本國一ト、以何一
名二大日ノ本國一ト、謂ク我國者ハ日天子ノ
開闢也、然ニ日天子者、即チ三部大
日、此三部ノ大日ノ内證意密者、又
以佛為迹、以神本、深秘口決也
伊勢乃至諸社也、大日ノ神《タマシヰ》也
故云神一ト、両部不二ノ極也故号明一ト、
此以テ神國ト呼ハ、即大日ノタマシヰノ
州ト云意也、
(朱点)・即以三千世界水〇(輪)ノ種子𑖪𑖽字一ヲ
（以下、四二六函七〇断簡裏面）
地盤トシテ、其上ニ所建立一スル吾州也、其𑖪𑖽

字ハ在今ノ伊州下一ニ、其ノ上ニ大神宮御
鎮坐アリ、故大師云、伊勢大神宮者
三千世界ノ中心ノ諸佛如来ノ神智、一切」
衆生ノ父母也文、故天地人三才倶ニ
我国ヲ為本一ト以諸州一ヲ為末一ト也、小
国ハ肝心義也、金界𑖪𑖽字ノ上所立一
台界𑖀字ノ日本也、台蔵界會ノ
万タラ此ヲ名本《日》国ト也、五畿七道
王城者、十三大會ノ蜜意也、蜜厳
花蔵全無外一、只吾国即是也、三」
部氵丁（灌頂）道場、又不可求他所一ニ、諸
神ノ霊社即其也、

（二行アキ）

一交了

▽『諸社口決』二の末尾（四一八函三二―一末尾「但大神」に接続する部分から）

宮等ノ木ナリノ様ハ、且天地一躰ノ御
表示也、午方ノ日ハ且ク白色ニテ見給也、

（朱点）・サテ天地ヲ一躰ニ兼タル者、人才（是ノ字口決可合之）我等カ
心也、以此心一名天地鏡一、天地万像
浮我一心二故也、天地南方ハ我等カ
胸中表示也、神明日天者、我」
等一心ノ理智反作也、大神宮以八
葉一為御座一、此八葉亘真言法花一、
即我等衆生ノ方寸ノ肉團ノ八
葉也、所座一金色蛇也、金色表
台一ヲ、蛇者意識ノ種子字躰也、
（朱点）・天諸星ハ日天所反（星字口決思之）、地諸神ハ々明ノ（社字口決思之）
反作也、日天神明ハ両部大日ノ意」
密、我等一心ハ不二大日ノ意密也、
大師云、以心傳心相續法中爾成
就文、相續法者肉團也ト注セリ、能々
思之一、誠一心ヨリ所開一天地也、故
我等カ所拝一天地佛神者、還
拝反作一也、還我頂礼心諸佛ノ
文思之一ヲ、」
（以下裏面）

（朱点）
・ミサキノ事
日天子ヨリ始メテ諸社皆以鳥一ヲ為
使者一ト、日在三足烏一云々、三足ハ一佛
二明三弁宀（宝珠）朱也、三弁馬ノヒツメノ
アトニ似ト云々、南方寶部午方思
之一ヲ、烏黒色𑖎字風大ノ色也、形
又似𑖎字一ニ、和語又カラスト名ク」
自然ノ名字、自叶深義一ニ者歟、
所囀一者三部也、
𑖀𑖪𑖮𑖎、𑖀ハ台、鳥居、
𑖪ハ円鏡、金、𑖮蓮花合掌ノ
印、𑖎ハ神躰ノ明也、於蘇悉地一、
印明倶ニ誦ス本意、在二レハ不二一ニ両部ニ
コトニシタル意也、」

3　『諸社口決』の内容

ここで、『諸社口決』四帖の内容を要約して以下に示しておく。本書には神社の鳥居・円鏡・神体という三者に対する作法と観念が説かれており、作法については、一に鳥居・円鏡・神体に対する具体的な印明が、四に合掌して「南

無自性心壇内護摩道場、十界不二本覚法身微妙如来」と三反誦することが記されている。また、一は主に金胎両部不二の観念と大日本国説、二は𑖮𑖳𑖽（吽）字の神体を通して凡心と仏心の相応を観念すること、三は社頭を人の生死の表示とみなす胎生学的な観念、四は諸社を内護摩（観相的護摩）の密壇とする観念が中心的主題となっている。

○『諸社口決』一

鳥居・円鏡・神体の三者に対し、それぞれ日・月・明、𑖀（阿）・𑖪𑖽（鑁）・𑖮𑖳𑖽（吽）三字、胎蔵界・金剛界・蘇悉地の三部、迹門・本門・不二門を配当し、対応する印明を記した後、三部大日の内証の意密が伊勢神宮と諸社であるとして、いわゆる大日本国説を説き、日本を三部灌頂道場と位置付ける。印は、鳥居に無所不至印、円鏡に外五古印、神体に合掌印が配され、三部は、鳥居が胎蔵界、円鏡が金剛界、神体が両部不二の蘇悉地に配される。日本国土にも同様の観念が敷衍され、三千世界水輪の種字𑖪𑖽字の上に伊勢神宮が鎮座していること、金剛界の𑖪𑖽字の上に胎蔵界の𑖀字が立つのが日本で、五畿七道・王城は胎蔵界曼荼羅の十三大会に相当することなどを説く。

○『諸社口決』二

鳥居を花蔵世界、円鏡を大日の密厳浄土とした上で、神体に関して、凡心と仏心の相応と、阿弥陀・愛染明王・不動明王の一仏二明王の口決を説く。神の種子と尊形は意密を示す𑖮𑖳𑖽字であり、地神を胎蔵界本有大日の凡心の意密とする一方、天上の日天を金剛界修生大日の仏心に相当するとし、日輪の三要素（円体・赤色・炎熱）に一仏二明王を配する。また、この金／台の両部曼荼羅に相当する天／地を一体に兼ねるのが人の心であり、神明／日天を一心の理／智の反作とする。そして、伊勢神宮の御座の八葉は人の肉団（心臓）の八葉に相当し、そこに座す金色の蛇は意識の種子𑖮𑖳𑖽字の体であるという。さらに、天の諸星／地の諸神は、それぞれ日天／神明の反作であり、日天／神明は両部大日の意密であるとし、人の一心は不二大日の意密であるとし、一心より開く天地なので、天地仏神を拝むのは一心の反作を拝むことであるという。

○『諸社口決』三

鳥居・円鏡・神体を胎生学的に意義付ける。鳥居での阿字は人が出胎する際に鳴く音に相当し、円鏡は胎内五位の最初のカラランの体であり、神体は中有の識支に相当するという。そして、社頭に表されているのは人の生死そのもので、命終の際も阿字に帰することから、生死不二の道理は明らかであるとする。

○『諸社口決』四

諸社はみな内護摩の密壇であり、合掌して「南無自性心壇内護摩道場、十界不二本覚法身微妙如来」と三反、誦すことを説く。この内護摩は、一切衆生の火輪中に住して自性自然の護摩をなす南方の光菩薩の三摩地であるとし、金剛界三十七尊が悉く光菩薩の赤色三昧の三摩地に入り、我等の火輪中に住するのが神体の𑖮𑖳𑖽字であるという。そして、鳥居・円鏡・神体を口・息・心、護摩壇の爐・炎・火、𑖀・𑖪𑖽・𑖮𑖳𑖽の三字に配する。また、伊勢の内宮・外宮についても胎金両部本迹の密壇であるとし、伊勢の小車御文と、内宮・外宮の八葉・五輪の御座も、顕と密の意味があるという。後者の八葉については、内宮（天照大神）が宝志和尚に示したように、法花・真言の肝心であり、真言では八葉心蓮、法花では妙法蓮華の蓮華に相当するという。一方の妙法蓮華の妙法は神体に相当すると共に一心の規範でもあるとして、心・𑖮𑖳𑖽字・神体の一体性を説く。天照大神は我等の胸中の八葉に常在する本有の心体であり、この心体を顕すことを以って三世諸仏成道と号するという。

以上の内容に続き、『諸社口決』四の末尾に口決の由来が記されている。それによれば、この「渡天口決」は真然僧正の御伝であり、聖宝が真然より相伝し小野流に伝わり、尊念が伝えたという。そして、書写者は去々年（延慶三年）の夏、ある人の教示により、尊念の流を引く信州の某が達磨門下に交わりつつ神道説を伝えていたところに行き、最終的に許しを得て檜尾秘密灌頂大事、印信十五巻と共にこの口決を伝授されたという経緯が書かれ、「應長二年二月日記之、一交了」という奥書がある。前稿では、この応長二年（一三一二）奥書を本奥書としたが、これは秀範が応長二年に書写したそのものと考えて問題ないため訂正する。國學院大學図書館宮地直一コレクション蔵『諸大事』（真福寺四世政祝の切紙を整理した本の転写本）中の「諸社口決」末尾にも、「応長二年二月日記之、金剛資秀範」の本奥書がみえる。▼注[3] 尊念については、安祥寺流、及び範俊の弟子筋のうち静誉方の血脈を引き、親厳（東寺長者・随心院大僧正）の師にあたる尊念と思われる（仁禅―尊念―親厳と相承）。秀範本の外題に「寸人水」とあるのも、「尊念流」を意味するのであろう。秀範が伝授された神祇書には複数の系統があり、信州の某から伝授された本書の内容は、円海から伝授された一群の神祇書とは別の系統に属する。

なお、『諸社口決』四で、内護摩を説明する際に、南方の光菩薩という尊が登場するが、これは金剛界曼荼羅のうち、南方の宝生如来の四親近菩薩のうち東方に配される金剛光菩薩を指していると考えられる。光菩薩だけが特筆される意味はわかりにくいが、折本の裏面に記された「南方光菩薩即天照大神ノ御躰也、此菩薩以[illegible]為種子一ト、以日輪一ヲ為三形一ト、所持ノ日輪即日天子、吾州ノ神明也、尤可秘之、々々々」という注記が手がかりになる。金剛光菩薩は日輪を持っており、三昧耶形も日輪であることから、『諸社口決』二に詳述される日輪・日天子や天照大神と重ねつつ、護摩の炎の意義を説くのにふさわしい尊とされたのであろう。

4　『諸社口決』と伊勢灌頂（諸社大事）

『諸社口決』の内容からまず想起されるのが、社参作法としての伊勢灌頂（諸社大事）で、作法・観念の両面にわたり共通する要素が多い。伊藤聡▼注[4]によれば、伊勢灌頂に関する切紙・印信のうち、「伊勢御神躰事」を付記する系統の伝本は「伊勢灌頂」と題され、付記されない伝本は「諸社大事」「諸社灌頂」と題されることが多いというが、この後者の名称も「諸社口決」と近い。真福寺三世任瑜が叡瑜に伝授した『諸社大事』（真福寺蔵、以下真福寺本と略称）の血脈の前に弘長二年（一二六二）六月の古い相伝識語がみえることなどから、伊藤は伊勢灌頂が鎌倉中期には成立していたと指摘している。ただし、伊勢灌頂に関して詳細な内容を記す文献は室町期写本まで下るため、『諸社口決』は、僧侶社参の作法とこれをめぐる観念の成立・展開を考える上で重要な資料となる。そこで比較のため、次に神宮文庫蔵『神道関白流雑部』（大永三年（一五二三）写）所収「諸社大事」（以下、神宮本と略称）の記事の一部を挙げておく。

「諸社大事

口云、於神社ニ一々外相顕其深意。先諸社参詣之時、至於鳥居之前、結率都婆印一ヲ印門一ヲシテ、誦𑖀明ヲ。此鳥居者、阿字門形故、胎蔵也。仍用胎印明一ヲ。次参社前一ニ、奉懸奉向御玉躰鏡、結外五古印明一ヲ、誦𑖪𑖽明一ヲ。此鏡者心月輪故、用金印明。次御殿内、奉想像神躰給、合掌之印、誦𑖮𑖳𑖽明。此合掌ノ内ニ、可観二𑖮𑖳𑖽字一。合掌ト者、蓮華合掌也。此八分之肉段也。明𑖮𑖳𑖽字者、是能住質多心、即御神体也。仍合掌ノ内観此字。如レ此結印、誦明観念畢、応奉礼拝。其詞曰、南無本覚□□（法身）本有如来自性心壇内護摩道場。如此唱テ三□畢テ可観念。諸社御神体者𑖮𑖳𑖽字也。是𑖨𑖐（羅誐）ノ種子、是種子蛇形、々々者表三毒。（後略）」▼注[5]

まず作法から確認すると、ここでは神社参詣時に鳥居の前、社前、御殿の内へと進みながら、各所で鳥居・鏡・神体の三者に対して印を結び明を誦すことが明示されており、印明はそれぞれ（鳥居）率都婆印・𑖀明、（鏡）外五古印・𑖪𑖽明、（神体）合掌印・𑖮𑖳𑖽明とされている。『諸社口決』一では、実際の社参か、運心（観想）の社参か判然としないが、この三者に対してほぼ同様の印明が示されている。『諸社口決』では鳥居に無所不至印が配されているが、率都婆印は無所不至印の異名であるから、鳥居・鏡・神体に対して結ぶ印は『諸社口決』に示される印と一致している。また『諸社口決』では、鳥居・円鏡・神体に𑖀・𑖪𑖽・𑖮𑖳𑖽を配す一方、それぞれに胎蔵界大日真言𑖀𑖪𑖰𑖨𑖮𑖳𑖽𑖏𑖽（阿毘羅吽欠）、金剛界大日真言𑖪𑖕𑖿𑖨𑖠𑖯𑖝𑖲𑖪𑖽（縛日羅駄都鑁）、それに𑖮𑖳𑖽明も示しており、印と明を続けて書いていることからすると、印を結ぶと共に誦す明は後者のようにもみえるが、『諸社口決』全体では鳥居・円鏡・神体に配される𑖀・𑖪𑖽・𑖮𑖳𑖽の関係性が重視されており、その点も伊勢灌頂の作法と共通する。この印明作法は、神体において両部不二を観念することと直結している。

神宮本「諸社大事」では、印明に続いて「南無本覚法身本有如来、自性心壇内護摩道場」の詞を三度唱えて礼拝するとされているが、これも『諸社口決』に三反誦すことが示される「南無自性心壇内護摩道場、十界不二本覚法身微妙如来」の詞と共通性が高いのは明らかである。「自性心壇内護摩道場」という語の意味については、「諸社大事」より『諸社口決』四の方により詳しい背景をうかがうことができる。『諸社口決』には、室町期の「諸社大事」を遡る古態に相当するような社参作法が示されていると考えてよいのではないだろうか。一方、真福寺本「諸社大事」では、「南無本覚法身本有如来」以下の詞の後に、「ちはやぶる我が心よりするわざをいづれの神かよそに見るべき」という歌を詠ずるとされるが、『諸社口決』にも神宮本にもこの歌がみえないことからすると、これは後から加わった作法の可能性が高い。

次に観念の面を検討すると、神宮本「諸社大事」では、神体を前に八葉蓮花の心臓を象徴する合掌印を結び𑖮𑖳𑖽字を誦す際、𑖮𑖳𑖽字が質多心であり、識大の種子であり、愛染明王の種子であり、神体でもあると観念することが中心になっている。前掲の引用に続く記事中には、「我心蓮即諸社ノ神殿、自性心壇内護摩道場能住ノ心法ハ是諸社ノ御神体、本覚法身本有如来、鎮ニ住心壇一ニ、修内護摩一ヲ、利益衆生一ヲ給」、「神者心法、々々即識大、々々即𑖮𑖳𑖽字、々々是𑖨𑖯𑖐（羅識）の種子」といった観念もみえる。一方、『諸社口決』では質多心という語はみえないものの、意識（六大の一つ、識大）の種子として𑖮𑖳𑖽字を観想しつつ神を心中に捉えるのは同様で、この点は主に『諸社口決』二に説かれている。

ただし、「諸社大事」のように𑖮𑖳𑖽字を𑖨𑖯𑖐（羅識）（愛染明王の梵名）の種子とし、神体と愛染明王を関係付けるような発想は『諸社口決』には確認できない。神宮本「諸社大事」には「諸神皆[梵字][梵字]三摩地ト習」といい、真福寺本の本文も「口云、諸神本地者皆愛染王也。種子ハ皆[梵字]字」と始まるように、愛染明王が強く意識されており、両者とも愛染田夫法に言及する。伊藤聡はこうした点に注目し、伊勢灌頂を「愛欲染着即浄菩提心なることを示す愛染明王を本尊とする作法」と位置付けている。しかし、『諸社口決』では、愛染明王は『諸社口決』二にその名はみえるものの、一仏二明王の一尊としての位置に留まっており、単独で神体と結びつけられてはいない。その代わりに大日の意密として神を捉える思想が顕著である。

真福寺本「諸社大事」には、愛染明王の儀軌である『瑜祇経』の偈「常於自心中、観一吽字」が引用されており、この偈が心中の吽字という観念の根拠のようにもみえるが、伊藤聡が指摘するように、空海の『即身成仏義』が識大の種子を吽字に配当している。心中の吽字という発想は、当初は『瑜祇経』を媒介にせずに成立した可能性がある。『諸社口決』二前掲部分では「蛇者意識ノ種子[梵字]字躰也」とあり、『諸社口決』一にみえる「タマシキ」「意密」という語も、この「意識」に近い意味で用いられている（『類聚名義抄』等に「識」に「タマシヒ」の古訓が確認できる）。『諸社口決』一では、「三部ノ大日ノ内證意密」を伊勢神宮と諸社とした上で、神明を字解し、「大日ノ神《タマシヰ》」なるゆえに「神」といい、両部不二の極みなるゆえに「明」というとし[注6]、大日本国を「大日ノタマシキノ州」の意であるとしている。「意密」という語は、『諸社口決』二に「神ノ當躰即吽字也、此吽即意密示本也」とあるように、神の当体としての吽字と関係付けられる一方で、「我等一心ノ理・智反作」である「日天・神明ハ両部大日ノ意密、我等一心ハ不二大日ノ意密也」とされる。日天・神明を両部大日の意密と捉えると共に、ここで神仏を一心に包摂して観念しているのである。

この一連の記事の後に引かれる「還我頂礼心諸佛ノ文」とは、「帰命本覚心法身」から始まる本覚讃の末尾の句である。これは、「心諸佛」に神の要素を加えたところに、心中に内在する神、大日の意密としての神を礼拝する作法と観念が成立したことを示唆している。合掌して三反誦す詞、特に「本覚法身微妙如来」は象徴的だが、『諸社口決』四において、金剛界三十七尊が我等の火輪中に住するのを神体の𑖮𑖽字とし、「妙法蓮華」の妙法を神体にあてるのも、本覚讃の「常住妙法心蓮台」「三十七尊住心城」の偈を想起させる。これまで中世神道説の展開における本覚思想の影響は様々に論じられてきたが、本口決は心中に神が内在するという観念に本覚讃が関わっていることをよく示している。また、『諸社口決』一の前掲記事に「以佛為迹、以神本、深秘口決也」とみえる注記は、僧侶の社参作法・神観念の中に生じた「大日ノ神《タマシヰ》」「大日ノ意密」という発想が神本仏迹説に結びつくものであったことを示す点にも注意しておきたい。

続いて、蛇形神体観も比較しておく。神宮本「諸社大事」では、諸社の御神体の𑖮𑖽字が蛇形であり、それは貪瞋痴の三毒を表すとした上で、一仏二明王を三毒に配当し、その三尊の種子がいずれも蛇形の𑖮(訶)字を父字とすることをいう。真福寺本「諸社大事」でも「諸神通変形皆蛇也。是亦𑖮𑖽字ノ字躰ノ𑖮字ヲ展タル形也」という。また、高野山真別処本「伊勢灌頂」などに付記される「伊勢御神体」では、内宮を八葉蓮花上の金色の生身の蛇、外宮を五輪塔上の白色の生身の蛇であるとする。一方、『諸社口決』二前掲記事では、伊勢神宮（内宮）の八葉の御座を衆生の心臓の八葉と重ねると共に、そこに意識の種子𑖮𑖽字の体である金色の蛇が座すとしており、内宮（天照大神）を八葉蓮花上の金色蛇形として捉える点は共通するが、蛇形について𑖮𑖽字を作る𑖮字と結びつけるような記事はうかがない（𑖮字をめぐるこうした観念が田夫愛染法にみえることは示唆的である）。そして『諸社口決』では、神体が直接には三毒と結びつけられず、神が地神と日天に分けられ、地神は胎蔵界「本有」大日の「凡心」の意密、日天は金剛界「修生」大日の「仏心」の意密であり、一心においてその不二を観念するという、やや複雑な構造を持っている。

なお、前掲『諸社口決』二末尾に付された「ミサキノ事」は、日天子から諸社に至るまでの神の使者たる烏に関する口伝で、日輪中の三足烏の三足に一仏二明を配当し、烏の黒色は𑖮字風大の色で、烏の形も𑖮字に似ているとし、烏の囀る声𑖀𑖪𑖨𑖮を胎金両部と蘇悉地の印・明に配当する内容である。室町後期の類聚的性格を持つ神祇書『日本記三輪流』（真福寺本・石川透蔵本）[注7]では、三重のうち第一重の五番目に、「ミサキノ事」と、これに続く大師御入定の勤行に関する記事（本来は『諸社口決』二の「南方」に関する注記）に相当する文が混入し、『諸社口決』全体の文脈から切り離された状態で享受されている。しかし、「ミサキノ事」は本来、神体に両部不二を観念し、日輪に一仏二明王を観念する『諸社口決』の思想と密接に関わる同書の一部分である。神宮本「諸社大事」でも、諸神の通使である烏の形を𑖮字とし、黒色を風大の色とし、烏の詞𑖀𑖪𑖨𑖮のうち𑖀𑖪を胎金にあてる点は共通するものの、𑖮については「暗不覚」とし「私了見」を記しており、『諸社口決』「ミサキノ事」が崩れた形のようにみえる。こうした共通要素を全体として検討すると、『諸社口決』にみえる記事を経ずして神宮本「諸社大事」が成立したとは考えにくい。

観念面の変容について、現在確認できた資料に基づく限りで推測すると、まず意識（識大）の種子𑖮𑖳𑖽字を観想しつつ神を心中に捉える発想が本覚讃の影響下に成立し、その後、𑖮𑖳𑖽字を媒介にして田夫愛染法や『瑜祇経』の思想が加えられて神宮本や真福寺本「諸社大事」の内容が成立したこと、また、蛇形の神体が三毒を示すという発想は田夫愛染法の影響に伴って後に顕著になり、大日に加え愛染明王をめぐる思惟の面が重視されていったという展開が想定される。

観念面は作法の成立より遅れて体系的に整えられたり、増補・変容を経る可能性がある。伊藤聡は、伊勢灌頂成立について考える際の鍵となる人物として、真福寺蔵『伊勢灌頂』の血脈にみえる廻心房真空（一二〇四〜六八）を重視しているが、秀範書写本に伊勢灌頂と関わるここまで整った内容が記されているとすると、尊念や信州某の周辺は大いに問題となってくる。『諸社口決』の骨格が尊念以降のどの段階で成立したのかは別に考える必要があるが、真福寺の政祝が諸印信・血脈を集成した『諸流灌頂秘蔵鈔』の「安祥寺流内唐橋親厳僧正方」の血脈には「仁禅─尊念─親厳─良印─真空─頼瑜」という、尊念と真空をつなぐ相承がみえる（真言宗全書）。また、牧野和夫は信州某が継承した尊念の流について、「『受法用心集』に撰者心定の師加茂空観上人如実が高野の道範から受けた「尊念僧都の流」と同じ流を指すもの」と推測している。▼注[8] この如実は三輪流の法脈を引くと共に、田夫愛染法を相承しており（金沢文庫古文書六三五五）、如実の口決の中には愛染明王と関わる形で[梵字]字の意義を説くものもみられる（称名寺聖教三一二函一四『實賢流／三寶院大事』）。伊藤聡は真福寺本「諸社大事」の血脈が慶円を祖とする三輪流神道の血脈の一伝と一致することを指摘しており、三輪流の周辺で尊念流の神道説に田夫愛染法の説が加えられた可能性も一案としては考え得るが、詳しい経緯は未詳である。

5　『日本得名』――『諸社口決』と中世日本紀説の展開

ここまで『諸社口決』に示された作法と観念を検討してきたが、これは単に中世密教僧の社参作法を明らかにするだけではなく、いわゆる中世日本紀説や、中世の神仏説話の生成背景を探る一環でもある。最後にみておきたいのが、神道大系・論説編一『真言神道（上）』にも所収されている『日本得名』という神祇書である。『日本得名』と『諸社口決』の密接な関係については別稿に書いたので、▼注[9] 前章の考察をふまえた補足に留めるが、『諸社口決』に示される説を、天照大神の神鏡や伊勢鎮座をめぐる日本紀説に応用したのが『日本得名』である。

神道大系の底本は、『神祇秘抄』と『日本得名』を合写した応永二十九年（一四二二）の奥書を持つ高野山三宝院文庫本だが、称名寺聖教中の伝本は鎌倉後期写の釼阿手沢本である。▼注[10] 奥書には「一交了」としかないが、表紙に釼阿の梵字署名があり、『諸社口決』と同じく釼阿が外題を、秀範が本文を書いており、高野山三宝院文庫本が欠いている末尾の本文を有する。内容は、前半は日前宮の神主国相《（国造）》が相伝したという、日本の国号、日前宮と天照大神の神鏡、天照大神の伊勢鎮座などに関する秘伝で、「已下別傳也」という朱注以下の後半では、伊勢内宮の神体を衆生の心蓮上に居す蛇形としている。『諸社口決』との密接な関係は、次に挙げる後半の別伝に顕著である。

「〓字者衆生神識也、即此神識ヲ号神一ト、サレハ本朝ノ諸神者ハ全ク是レ一心ノ上ノ秘密也、天照皇大神ハ一心ノ々王、四方諸神ハ一心ノ心所也、高祖云、（朱）大神宮啓白 神ハ意密云々、無邊諸神ハ以二我心地一為法楽霊場一ト、我等ハ又以无量霊社一為一心垂迹大悲壇一ト、任運无作ノ利益、此ニ即チ極成セリ、

彼ノ内宮ハ金色ノ蛇形ニシテ、居玉ヘリ赤色八葉ノ上ニ、八葉者即衆生心蓮、々々ノ上ニ在心法一、彼ノ御神躰ハ即チ此ノ心法也リ、心ハ以〓字ヲ為種子一ト、彼御蛇形ハ又此ノ〓字形也」

内宮の神体を心蓮上にあって〓字の形をした金色の蛇形とするのは、『諸社口決』二・四に詳述される説で、霊社を「一心垂迹大悲壇」とするのも『諸社口決』四をふまえて初めて理解できる。ここでは神を意密とする典拠として、空海に仮託された「大神宮啓白文」を挙げている。「大神宮啓白文」は如来の身口意の三密に舎利・経巻・神明を充てる句で、中世には神仏の一体性や舎利と神の同体を説く際にしばしば用いられた。▼注[11] 同筆の『諸社口決』との密接な関係をふまえれば、逆に『諸社口決』で神を大日如来の「意密」とする背景にも「大神宮啓白文」が想定できよう。また、ここで衆生の「神識」を神と号すると明記しているが、▼注[12] 例えば『日本霊異記』下巻第三十八には、火葬される景戒自身の身体を「景戒の神識《たましひ》」が見つめる夢が記されている。これらをふまえると、神体が『諸社口決』一で「大日ノ神《タマシヰ》」とされ、『諸社口決』三では「中有の識支」とされること、「意識ノ種子〓字」に重ねられることも相互に結びついてくる。『日本得名』の内容が伊勢灌頂と深く関わっていながら、愛染明王に関わる要素が見えない点にも注意しておきたい。

『日本得名』の前半と後半は「各別ノ人ノ相傳ノ口決」とされるが、両者とも『諸社口決』と関わりが深いため、別伝とされる背景はわかりにくい。しかし、仮に『諸社口決』の一部であったとしても違和感がない程の後半部に比べると、前半部は神鏡の由来と伊勢鎮座に関する記事に『諸社口決』の説が幾分か追加された形のようにみえなくもない。この別伝が「彼ノ國相々承ノ義ヲ、今マ一重入眼シテ為三備二一心ノ理趣一、連続シテ記加之一ヲ」とされることに注意する

ならば、もともと『諸社口決』とは直接関わらない日本紀説の記事中に、後から『諸社口決』に関係する説を書き加え、『諸社口決』に基づく別伝をも増補した、という経緯も想定し得る。後半の別伝は『諸社口決』奥書にみえる、尊念の流を引く信州の某から伝授された内容と考えるのが自然だが、では、異なる人物から相伝されたという前半部にも『諸社口決』と重なる記事がみえることをどのように考えたらよいか。以下、検討しておく。

前半部では、日神の霊体としての鏡が伊勢に留まった理由が二つ挙げられる。一つは、金輪際まで徹する岩根の上に、日本開闢時の「天サチホコ」が立て納められている地であること、もう一つは、伊勢の蓋見浦《（二見浦）》（＝札見浦）の海底に大日本国と銘のある独鈷形の金札＝大日の印文があることである。称名寺聖教『大神宮宀一長谷秘決』（三一七函三二）は外題を釼阿が、本文を秀範が書いた神祇書である上、『日本得名』と同じ寸法の折本で、一結であった可能性も想定されるが、同書に「又、二見ノ浦ノ印文ノ在所口決有之」と言及される口決こそ、この『日本得名』の金札説である。金札は、金剛界三十七尊の種子を連ねた独鈷形で、大日本国という銘があるとされるが、称名寺本では金札について「金胎蔵《コカネハ》、種子ハ金界、獨古形ハ獨一法界不二妙成就也」と解釈する本文の脇に、同筆の朱の注記がある。「金胎蔵《コカネハ》」の左右に「𑖀」「鳥居」、また「種子ハ金界」の右に「𑖪𑖽」「御性躰」、そして「獨古形」の右に「𑖮𑖳𑖽」「神躰」と傍記されているが、これは『日本得名』だけでは理解不能であり、『諸社口決』をふまえて初めて理解できる。さらにその後、同筆の朱の割書に「口云、札ハ三神ノ種子、三鏡ハ三摩耶形也、諸社ノ作法ハ即チ建立ス彼札ノ深秘一ヲ、可秘之々々々」とあるのは、『諸社口決』に示される作法が金札の深秘を示すという口伝とみられるが、これらがいずれも朱の傍記・割注であり、高野山三宝院文庫本にないのは、朱注が後から追加された経緯を物語るようである。前半部の別の朱注の中には、鎌倉亀谷の釈迦堂の真言僧定仙の口伝もみえるから、これらの記事は鎌倉文化圏で秀範自身が加えたものとみられる。

一方で『日本得名』前半部に、日前宮神主の伝として、日本の国号の所以を三部大日の本国とし、三部大日とは諸冊二神（両部）と天照大神（蘇悉地）の三神であるとするのも、諸冊二神の要素は独自にしても、前掲『諸社口決』一の大日本国説をふまえるようにみえる。また、伊勢神宮の霊体たる鏡を「備ヘル二両部一ヲ諸仏ノ神智、衆生ノ父母ナリ」とするのも（「諸仏ノ神智」以下の句は、二箇所にみえる）、『諸社口決』一で日本の地盤の𑖪𑖽字が伊勢にあることを述べた後、「大師云、伊勢大神宮者三千世界ノ中心ノ諸佛如来ノ神智、一切衆生ノ父母也文」とするのをふまえていよう。これらは前半部の本行に書かれているが、後半部が「別ノ人ノ相伝ノ口決」とされるのを素直に受け取るとすれば、あるいはこうした記事が増補される前の日前宮神主国相《（国造）》相伝とされる口伝があり、「今マ一重入眼」した際、前半部の中にも、増補記事が本行化したものと、詳しい背景が説明されないままに朱注として傍記されたものとの二種があったとも想定されようか。

6　おわりに

本稿では『諸社口決』を通して神社に関する密教僧の作法と重層的な観念の変容を確認し、こうした作法をめぐる観念が神観念の変容や、国土観、神鏡に関する日本紀説の展開に関わっている実態をみてきた。これらは筆跡や装訂の共通性から複数の神祇書の関係性が浮かび上がったことで初めてみえてきたことである。しかもそれが称名寺二世釼阿に神道説を伝えた秀範という重要人物の自筆本であるだけに、秀範のもとで別系統の神道説が練り合わされていくような成立事情にも迫り得るものであった。本書が中世の神観念を考える重要資料であるだけでなく、『沙石集』等にみえる大日本国説や日本紀注釈、宝志和尚説話などにも関わる興味深い記事を持つことも改めて確認しておきたい。

【注】

［1］高橋悠介「金沢文庫の中世神道資料『諸社口決』―結―翻刻」（『金沢文庫研究』三三五、二〇一五年一〇月）。

［2］伊藤正義「九世戸縁起―謡曲『九世戸』の背景」（『叙説』一二、一九七九年一〇月）に言及がある。

［3］大東敬明「神道切紙と寺社圏―國學院大學図書館所蔵『諸大事』を通路として」（『中世寺社の空間・テクスト・技芸』（アジア遊学一七四、勉誠出版、二〇一四年七月）。

［4］伊藤聡『中世天照大神信仰の研究』（法藏館、二〇一一年）第三部第二章「伊勢灌頂の世界―変容する神観念」。

［5］前掲、伊藤聡『中世天照大神信仰の研究』。

［6］これは、鳥居／円鏡という胎／金の対に「日」／「月」を、神躰に「明」をあてることと関わる解釈である。日・月の配当は、『菩提心論』の「令修行者、於内心中、観日月輪」（「白月輪」とする伝本もあるが、古くから「日月輪」の形での引用が多い）の句と関わっている可能性があろう。

［7］『真福寺善本叢刊　第七巻　中世日本紀集』（臨川書店、一九九九年）、牧野和夫「『〈日本記抄〉』翻印・略解―『日本記三輪流』系神祇書の一伝本」（『実践国文学』五一、一九九七年三月）。

［8］牧野和夫「談義所逓蔵聖教について―延慶本『平家物語』の四周・補遺」（『実践国文学』八三、二〇一三年三月）。

［9］高橋悠介「称名寺の神祇書形成の一端」（福島金治編『生活と文化の歴史学九巻　学芸と文芸』（竹林舎、二〇一六年八月）。

［10］高橋悠介「金沢文庫の中世神道資料『日本得名』―翻刻・解題」（『金沢文庫研究』三三九、二〇一二年一〇月）。

［11］高橋悠介「円満井座の舎利と禅竹」（『ＺＥＡＭＩ』三、二〇〇五年十月↓『禅竹能楽論の世界』二〇一四年）。

［12］識については、小川豊生『中世日本の神話・文字・身体』（森話社、二〇一四年）に詳しい。また、仏典において魂の意で使われる「神」については、河野訓「『普曜経』における「神」の観念」（『印度學佛教學研究』五一―一、二〇〇三年三月）参照。

【付記】本研究はJSPS科研費JP16K02394の助成を受けたものである。

3 圓通寺藏『血脈鈔』紹介と翻刻

渡辺匡一

1 圓通寺藏『血脈鈔』の書誌情報・書写者について

本稿は、光明山観音院圓通寺（福島県いわき市遠野町上遠野根小屋）所蔵の『血脈鈔』の紹介と翻刻である。『血脈鈔』は恭畏『密宗血脈鈔』の重要な典拠資料となったことで知られる。[注1] 圓通寺は、大同二年（八〇七）徳一の開山、永享一二年（一四四〇）宥徳の再興とされる、真言宗智山派の古刹である。江戸時代には、歴代将軍より御朱印三十石を拝領し、末寺二十八箇寺を有した。[注2]

圓通寺藏『血脈鈔』は、延徳四年（一四九二）写、袋綴一冊。法量縦二四・五糎×横一五・六糎。外題・内題ともに「血脈鈔下」、表紙右下には「金資宥弁之／光明山不出」と記されている（「光明山不出」は別筆）。墨付三十五丁。一面九行、一行二〇〜二五字の漢文体で書き記されている。書写奥書には、

醍醐居住時行真宿房也／延徳四天壬子南呂二十七日書写畢宥弁

とあり、延徳四年（一四九二）八月、醍醐寺の行真房において宥弁によって書写されたことが確認できる。宥弁については未詳であるものの、書写年代には、松橋流の伝播が磐城地方にも及んでいたことから、磐城の僧侶であった可能性も高い。▼注[3]

2　『血脈鈔』の伝本、著者について

『血脈鈔』の伝本については、管見の限り以下の三本を確認できる。

①圓通寺蔵　一冊　下巻　延徳四年（一四九二）八月写
②金沢文庫蔵　一冊（下巻）　室町時代中期写
③善通寺蔵　二冊　上下巻　寛永六年（一六二九）九月写▼注[4]

金沢文庫本には書写奥書はなく、善通寺本は、寛永六年九月に高野山において、讃州根香寺の良傳によって書写されたものである。善通寺本のみが上下二巻の完本であるが、本書の特徴が醍醐寺三宝院流の正嫡を地蔵院流・松橋流と説く下巻にあること（後述）、金沢文庫本が外題を「三宝院流相伝聞書就房玄方」とし、下巻部分で独立した体裁をとることから、下巻のみで流布した可能性も考えられる。▼注[5]

著者照海（一三八九～?）は、本書によれば、七歳で慶誉大徳の室に入り九歳で出家、十九歳で薬師寺弘秀より伝法灌頂を受け、二十一歳の頃、武蔵国で学問修養をしていた際に、醍醐寺乗琳院の俊海と出会い、以後行動を共にしたという（34ウ～36ウ）。本書は俊海や光明心院の弘鏤による教示や、『小野纂要』、勅験記などの古書をもとに執筆された（33オ）。成立は、本奥書に、

応永三十二年十二月日於下総国下河辺宝生寺
書之権少僧都　照海在判

とあるように、応永三二年（一四二五）に下総国下河辺の宝生寺においてである。[注6]宝生寺は現存しないが、正福寺（埼玉県幸手）に照海の松橋流印信が確認できることから、近在の寺院であった可能性もある。[注7]

3 『血脈鈔』の特徴

『血脈鈔』上巻は、真言八祖に始まり真雅・源仁・聖宝・観賢・淳祐・元杲・仁海・成尊・義範・勝覚・定海を経て成賢に至る、小野流（醍醐三宝院）の正嫡二十三代について記されている。[注8]それでは、成賢の次は誰なのか。『血脈鈔』下巻は、「当代醍醐ニ繁昌法流」、報恩院流の憲深ではなく、地蔵院流の道教を二四代として挙げ、弘鑁（一三六二〜一四二六）までの相承を記した後、報恩院流についても憲深から隆源（一三四二〜一四二五、報恩院）、憲深から満済（一三七八〜一四三五、三宝院）までの相承を記し、両流の優劣について言及する。優劣の根拠は、成賢から相伝した聖教の有無である。道教が早逝した後、三宝院門跡は報恩院流の相承となってしまったが、五百余合に上る成賢の聖教は地蔵院に、成賢の付法である深賢の聖教は、清浄光院の房玄を経て光明心院の弘鑁が相伝していることを明らかにし、地蔵院流こそが正嫡であることを主張するのである（「当流之事」、「弘鑁法印」）。報恩院は勿論のこと、三宝院にも聖教が遺されていないことを歎いた満済が、地蔵院の道快に重複している書籍があれば是非お預け願いたいと懇願したという逸話も載せられている（「憲深僧正付法事」[注9]）。

しかし、『血脈鈔』の本当の目的は、さらに続く、松橋流の記述にある。流祖である小野流正嫡二〇代元海は、三宝院の聖教を自ら書写し、松橋流の要としたというのである。三宝院で引き継がれた聖教と松橋流で相伝された聖教は、少しも異なることなく、「松橋・三宝院、如二車両輪、鳥両翼」なのであり、地蔵院流とともに、松橋流こそ小野流の正当な後継者であることを高らかに宣言するのである（「松橋法流事」）。元海以後も、一海・雅海・全賢・浄真・俊誉・公紹・俊賀・賢秀・俊豪・俊盛・俊憲・弘意・顕祐・俊増（一三九〇〜一四五七）と続く松橋流の相承を記し、東国伝播の礎を築いた俊海の伝を最後に付して、本書は幕を閉じる。本書は室町時代中期における醍醐寺諸流派の動きや、松橋流の東国伝播の動向を知る上で、重要な典籍であると言えよう。

【注】

[1]『続真言宗全書』開題。『密宗血脈鈔』では「或鈔云」として引用される。

[2] 圓通寺の蔵書については、福島県地域文化研究会「光明山圓通寺蔵書目録」（『むろまち』一〇、二〇〇六年三月）を参照のこと。

[3] 表紙右下に「光明山不出」と墨書されるが、本文とは別筆であり、本書が圓通寺へ伝来した経緯については明らかではない。醍醐寺と東国との関わりについては、坂本正仁①「醍醐寺所蔵「澄恵僧正授与記」「授与引付澄恵」」（『豊山学報』四五、二〇〇二年六月）、②「醍醐寺所蔵「授与引付俊聡」「授与引付天文二年六月十二日 俊聡」」（小野塚幾澄博士古稀記念論文集『空海の思想と文化』二〇〇四年）、藤井雅子①「付法史料の語る醍醐寺無量寿院と東国寺院—醍醐寺尭雅僧正の付法活動を通して—」（『古文書研究』五一、二〇〇〇年四月、後『中世醍醐寺と真言密教』に収録）、②「『尭雅僧正関東下向印可授与記』」（『醍醐寺文化財研究所紀要』一九、二〇〇二年）、③「醍醐寺僧と地方住僧」（『中世醍醐寺と真言密教』勉誠出版、二〇〇八年）、渡辺匡一①「地域寺院と資料学」（中世文学会編『中世文学研究は日本文化を解明できるか』笠間書院、二〇〇六年）、②「関東元祖俊海法印—松橋流の東国展開と地蔵院流—」（『中世文学と寺院資料』竹林舎、二〇一〇年）などを参照のこと。

[4] 金沢文庫蔵本、善通寺本の法量等については、以下の通りである。

金沢文庫蔵本　二三・四糎 × 一六・七糎 袋綴 墨付四十丁　書写奥書なし。

善通寺蔵本　二七・四糎 × 一九・九糎 袋綴 墨付五十一丁（上）・四十三丁（下）

書写奥書「于時寛永五年九月下旬和州長谷寺住山之時小池房京識房秀筭御直本ニテ書写之畢／武州豊嶋郡平塚予楽寺住侶願専房卅才／寛永六年菊月上旬比南山初住之砌染筆／金剛三昧院長老坊御本申請蓮華谷迎／部局ニテ書

之後見願求敷者也／讃州香西根香寺内暁音実名良傳」（上）

［5］金沢文庫本は内題なし。小口に「血脈地流」と墨書。外題は『血脈鈔』の特徴の半分を伝えるものでしかないことから、後に付された題と思われる。

［6］善通寺本では「室寺」とする。照海の生年については、二十七歳の時に俊海とともに地蔵院流を伝受（35オ）したのが、応永二十二年（一四一五）と目されることから（正福寺蔵『松橋流印信』（『真言宗智山派所属寺院聖教・史料撮影目録』真言宗智山派宗務庁、二〇〇七年』）、逆算して嘉慶二年（一三八九）の生まれと考えられる。

［7］前掲注［6］正福寺蔵書による。

［8］善通寺本では、二〇〜二二代の正嫡（元海・実運・勝賢）について記されていない。元海については、後に松橋流について述べる際に取り上げられるので重複を避けたとも考えられるが、意図的な削除であったとは断じきれない。

［9］地蔵院流の内でも、房玄方の正当性を説くことに力点が置かれている（「当流之事」）。

【付記】本書の紹介・翻刻をご許可くださった、圓通寺御住職相川昭憲師に感謝申し上げる。

4　【翻刻】『血脈鈔』

〔凡例〕

一、漢字は現行の字体に直し、適宜句読点等を付した。仮名のうち、「メ」↓「シテ」、「ヿ」↓「コト」などのようにした。

一、会話文には「　」、書名には『　』を付した。

一、章段名の下は一字空けた。

一、改行は原文通りとした。

一、脱文の可能性が認められる箇所には、善通寺本の文章を丸括弧書きで補った。

表紙

血脈鈔下

金資宥弁之

光明山不出

第二十四祖師地蔵院道教大僧都事　凡此師三宝院正嫡故、門跡付法共相違事无之。然間、此御代、聖教等一帖一巻余第子分譲事无之。雖然、作法潅頂等終不被行。其故三十七才時逝去。故仍作法・潅頂、此代絶事自門歎。但親快法印、深賢法印対被受潅頂。故必潅頂絶云事不可云也。付其、成賢僧正、意教・道教・憲深・光宝四人上足御座共、道教独正嫡也。其故、意教上人已去本寺、遁世有故、宗大事雖相承、大法・秘法等習无相承。又宗大事付正嫡数間悉伝之、（1オ）

傍流一隅示也。上人已遁世者事故、一辺有相承云。何道
教相承比之乎。又光宝事、公方気色不快間遠流セラレケリ。
是付宗大事謬相承事有之。仍冥慮感応薄、終関東下向。
然間、此二人流ハ本寺ニハ断絶。故本寺盛法流、道教・憲深両流也。就
中、道教流不共習在之。憲深終ニ不知之、仍テ道教不共、但意教
流不共云事在之歟。雖然、此道教知。仍正不共云事、道教
流有之。自余憲深・光宝・意教等不知也。此事甚
深也。嫡弟一外不伝之。
一『遍口鈔』事　此書此僧都説也。三宝院重書也。付之真偽事、（1ウ）
三巻ノ本ニハ真書也。是或ハ四巻、或ハ五巻本有之一。此等ハ何モ偽云ト可
知。此事、別書之一。
第二十五祖師事　号親快法師一ト。道教大僧都入室也。但シ道教
三十七ニシテ御早逝ル故ニ、親快法印未タ金剛界ノ加行タル間不及力一。大僧
都病床ニ乍臥、被授ニ親快ニ印可一ヲ。仍テ行ヲハ深賢法印ニ申置。
聖教大事等ヲハ御薗ノ浄尊被申置。随深賢領状返事有之一。
御園浄尊本貧道、遍智院部屋栖御座。或時道
教召浄尊言、「今度所労難平癒。仍可侍一大事。然親快
未受法間、灌頂深賢法印申置。大事汝宿置。親快灌頂以後（2オ）
可被授。此大事ハ予一人相承之一。我汝一人可授一云云」。此子細浄尊

承仰天一。此事急返部屋、中間法師召、行水用意其
沙汰畢。此箱一合付封請取畢。爰親快道教御遺
言任、深賢灌頂被受畢。然浄尊親快受法相待処、
浄尊无受法。其比報恩院憲深僧正寺務タル上ハ、宣陽
門院御信仰无双ニシテ、行劫勝諸人一給貴僧御座。門院
彼此礼節受法（無）不レ遂之。仍親快報恩院受法申、剰門
弟親尊律師彼弟子分被推挙一。然間、浄尊雖レ経ニ才
月一、親快受法事不ニ思寄一、无音信也ケレハ、浄尊、「我是道教ノ　（2ウ）
遺言ニ任テ此聖教大事ヲ預置テ、昼夜守護スル事、如レ守ニ眼肝一。
仍受法等早々ニ可レ有処、愚僧貧者ノ間、存外振舞
无念ト」覚食、三宝院聖教等悉人馬ニ負セテ、一夜間山科ノ或ル禅
院被移、空禅房筐鈒契約シテ、被レ授ニ彼大事等一ヲ。然間、此
事俄親快聞玉ヒテ仰天以外也。仍時尅不移一山科ニ被参、
此子細様々申サレケリ。浄尊述懐此事也。雖レ然、終違恨ヲ被已一セ
間、伊与国金丸ノ庄三百貫ノ所ヲ、為ニ印可御布施一進上申テ、終ニ
印可遂、大事相承、預置所箱相伝之。仍三宝院定済ノ
奏状云、親快者受灌頂於深賢、伝大事於浄尊一ニ云云。然間、（3オ）
親快ハ道教ノ嫡弟トシテ、灌頂大事等一言モ不残相伝之。剰報恩院ノ流ヲモ相
承シ玉ヘリ。故ニ対深賢法師ニ所習口伝ヲハ記六之一、号『土去抄』一ト。報恩院憲

深ニ所口伝ヲハ記六之、名『幸心鈔』一ト。幸ハ報ノ字ノ篇、心ハ恩ノ字ノ下心也。『土去鈔』ハ、土ハ地蔵院ノ地ノ字ノ篇、去ハ深賢法印ノ法ノ字ノ作リ也ト可知之一。但報恩院ニ受法ノ事モ、四度並ニ印可マテ也。大都才覚・公界ノ法則等ハ、三宝院中ニハ不可違一。仍テ依覚之給ヘトモ、本流ノ浅ト云事ニハ非ス。諸流ヲ習テ一流ヲ立ルト云事也。事相才覚ヲハ、縦ヒ他流ノ疏釈也トモ可レ有二稽古一。況ヤ三宝院ノ同法ノ流、不可相違一。

一親快相承ノ聖教等事　凡ソ三宝院ハ代々正嫡ノ御坊ナレハ、随テ法流聖教（3ウ）等モ、正嫡ノ道教ノ法流可レ案置之一。然ルニ三宝院ニハ、憲深ノ流安置シ、道教ノ流ヲハ地蔵院ニ被住地（ママ）事如何。答、親快ハ道教ノ早逝ニ憲深ニ重受ヲ申シ、師弟ノ御事也。然間、憲深座主ヲハ補任セラレシ時、親快御弟子タル間、彼ノ三宝院我カ住坊タルヘキ由、親快ニ御借用アリ借状于今地蔵院ニアリ。親快ハ内々无心ニ覚食雖、奉惜シ一故、憲深三宝院ニ移レシ時、親快同ク彼坊ニ住フ。然シテ後、憲深僧正隠遁ノ極楽坊ニ移シ時、親快ノ方ヘハ三宝院ヲハ无シテ二御返一モ、定済ニ譲与玉フ。故ニ親快ハ堅ク返シ可レ給由雖レ被レ申、宣陽門院御口入ノ間、不レ及レ力。其上親快ハ御弟子分ノ事ナレハ、旁以難辞退一モ。故ニ道教流ハ地蔵院ニ移リ、憲深ノ流ハ三宝院ニ被安。

▲一義云、彼ノ三宝院ト申ハ、必ス道教ノ流ノ人非可相続一。彼院家ハ昔ヨリ座主タル人、何レノ人（4オ）也トモ、彼坊ニ可住謂也。其故、公坊ノ御願所ナレハ、何ト道教独リノ法流ニ限テ彼ハ坊ニ可住乎。然ニ誰人也トモ座主ヲ持ン人住センニ、有何ノ相違乎云云。依此義ニ、報恩院ノ座主ノ時借玉フ事ハ雖无一ト、彼坊ニ移玉ヘリト云云。但此義ノ時ハ、借状有リト云事難得意一。付

レ其、憲深僧正ハ座主職ヲハ辞退シテ、三宝院ト座主トヲハ共ニ定済ニ被譲。此時親快ハ返々非ト本意一ニ思召、宣陽門院ノ勅奉テ戴テ、後嵯峨ノ院歎被申処ニ、御帝偏《カト》ニ定済僧正御ヒイキナルニ依テ、无ニトモ道理文証、猶々且ク借申候ヘト云宣旨ナル間、不及力一。爰親快想ラク、「此寺ニ住シテ蒙恥辱ヲ事ヲ无甲斐一。女神ヲ憑ム故也トテ」、清瀧ニ中違《タカイ》申トテ鳥羽ノ御所ヘ被移一ラ、念々ニ君ヲ恨ミ申サル。或時、遂ニ受所労一ヲ給ヘハ、自門ノ々徒ノ歎キ此（4ウ）事也。親快異念ヲ起玉フ。即居シ魔界ニ入玉ハン事一定也。仍歎千万也。然間、此旨ヲ奏聞申ス。仍醍醐ノ座主タルヘキ勅使ヲ鳥羽ノ御所ヘ被立一。此由親快起ヲキ真ナヲテ勅書ヲ取リ不及二一見一ニ、「自世安楽ノ時ハ座主ヲハ不補一セ、只今死スル我身ニ座主持トハ一向朝露至極也トテ」、引破ヤフテ宮人ヲ貌タヲ被投当テ。然シテ後、无幾程遂ニ入滅シ玉フ。七日ノ中ニ内裏ノ夜中ニ、主上ノ御宸所ニ近ク足ノ音荒クシケレハ、肝ヲ減、何物ソト尋玉ヘハ、親快法印ト答。時帝ハ冠ヲ落、仰天以外也。御悩四五日也。是正ク魔界落玉フ。偏ニ此法流ヲ執心玉フ故也。可有用心也。

第二十六祖　師名親玄僧正一ト。親快法印入室写瓶也。此僧正ハ意地柔軟ニシテ法機ノ人也。然間、清瀧権現ニ備ヘ法味一ヲ、日夜朝暮社参（5オ）等勤行不怠一タラ、神妙ノ人ニテ御座。実勝法印トハ同朋也。彼法印ハ北山ノ太政大臣ノ御子、公家一番ノ大明也。仍テ小桜会ノ時ハ、九間ノ客殿ニ色々ノ小袖ヲ天井ニ付ク程ト重テ、「誰モ随所望一ニ被着一セ候ヘ」ナント被シ申人也。仍テ公方様ノ御意モ目出度有ケレハ、威勢随分也。爰親玄僧正思ケルハ、「彼ノ実勝法印ハ

定テ此ノ法流聖教等任セ二我意ニ一管領シナント」被ケレハ存、鳥羽ノ御所ヘ参シテ、親
快法印ニ被ケルハ申一、「今度御所労如何様ニ有候哉。无二心本一奉
レ存。付ハ之一付法ノ事ヲハ誰トカ覚食被定一候哉。但シ愚僧俗縁ニ一依テ付法ヲ
非ス二望申ニハ一。宜クハ可レ為二御意一候。但シ可ニテ付法ス一候者、生涯ノ可レ為二思ナル
出一候。且ハ任ル冥慮ニ事ニテ候ト」サメ〳〵被レハ申一、親快仰云「此事愚ナル　（5ウ）
言事也。御辺ノ事、一向ニ所レ憑无余念一也。対シテ誰レ人ニ一思案ヲ可ス一廻乎」。即起直テ
自筆ニ付法状ヲ慇ニ記シテ、親玄被レ渡也。仍即示シテ云、「実勝法印ハ雅
意ノ者也。我入滅ノ後ハ、定テ御辺ヲハ押シノケテ門跡等ヲ管領スヘシト覚ル
間、急キ御辺ニ付属スル也。是々ノ聖教肝要、窃ニ取リ認テ可置。我
露命幾モ不レ可レ有。我大事見ハテハ、頚ニ懸タル舎利ヲハ取テ、聖教ニ副ヘテ
可ト安置二」、様々ニ被リ付法セ一。誠ニ親玄僧正冥慮所致歟ト覚タリ。
「方ニ当テ付法ノ人ニ一、最後雅訓ヲ受ル事、広劫ノ宿縁也トテ」、歓喜涙ヲ
浮二左右眼ニ一、愁无レ極云云。然シテ親快遂入滅給。然間、門跡聖教
等凡ソ執リ認テ未タ荼毘儀式ハ无之一。此時実勝、親快御入滅ノ由ヲ聞　（6オ）
及、北山乗車一、童撲等数輩供奉シテ、鳥羽ノ御所被参一。然間、実
勝ハサウレイノ体誰人不及談合ニ一、親快荼毘奉葬礼儀式奉
行シ、其後入醍醐山一、地蔵院管領シ七々日忌辰満ケレハ、一廻ノ後、公
方ヨリ大法ノ勅使ヲ被レ下サ。不レ及ニ左右ニ一、実勝請ケ状有テ、欲遂御願ヲ一。此
時、親玄僧正ハ被実勝ノ方ヘ申サ一。「御願始テ勤メ候事、先以目出

度候。但シ我等様ナル者ヲハ不頷二御催促一ニモ候哉。又一往ハ御色代モ可レ有候者ヲ、不審此事ニ候云云」。実勝ノ遍事ニ云、「サテハ御付法ニテ御渡候ヤラン。此事返テ難得意一。加様ノ違乱ニ付、但シ誰我等ヲ付法ニ可疑乎。門徒公方皆存知事也云云」。如此互ノ問答ニテ无（6ウ）落居。所詮此事於御前二可トテ決一、両人被参内一セ。実勝法印我付法ノ由ヲ、委細被ケレハ申一、親玄僧正ハ一言モ兎角不レ申。但此付法状ヲハ可トテレ有二詠覧進覧有ケレハ、君ハ披キ詠覧有テ、此上ハ何ト実勝申トモ、无ク理運一、御前ニテ此沙汰ニ負テ失二面目一畢ヌ。其後親玄僧正ハ地蔵院ニ移住シテ、実勝法印ヲハ被ニ追放一セ。依之一門徒悉ク親玄奉帰、至マテ于今ニ相承事无子細一。然ルニ処、実勝法印ハ沙汰負テ、无念ト被ケル思一。聖天供ヲ行シ、親玄ヲ被ケレハ呪咀一、或ル時、夢中ニ聖天親玄ニ告言ク、「汝チ不レ知乎。実勝カ我ヲ憑ミ汝ヲ呪咀セリト云云」。親玄夢覚テ此事怪シク、「我天等ノ御告誠貴事哉。サラハ聖天ヲ可トテ憑申二ス」、上醍醐北尾ノ聖ヲ急キ請ノ、夢相ノ様ヲ語リ、聖ヲ奉憑。（7オ）親玄ノ云ク、「天等ノ供ヲ修シ候ヘ。我彼ノ大事ヲ授申サントテ」、一ケ口伝ヲ被示。此聖即屡《シハ〳〵》被レケレハ修、親玄僧正ノ門徒日々繁昌セリ。凡ソ此時、地蔵院ノ法流興行随分也。

一実勝法印ノ法流断絶事　実勝・頼喩・聖雲・聖尊ト相承セリ。聖雲、頼喩ニ雖レ有レ灌頂、彼アサリヲサケ玉ヒケルヤ、親玄ト重受アリ。付其、聖尊マテハ実勝ノ聖教等相続有。然ルニ聖尊後ハ稽古ノ弟子无之一。仍弘顕法印、聖尊ニ印可ヲ受玉フ。

故ニ実勝聖教、弘顕渡玉フ。然後、光助僧正、弘顕ニ灌頂ヲ受玉ヘリト。此潅頂ハ房玄流也。然ルニ弘顕ノ云ク、「我処ニ実勝法印ノ聖教雖有之一、多本所持シテ无所用二」間、光助僧正ニ渡玉フ。光助又定忠ニ渡ルニ、然ルニ定忠ハ无正（7ウ）无智ニシテ无下ノ人ナレハ、義満《ミツ》将軍時、醍醐背キ御意一退出セリ。仍実勝聖教等ヲハ、退出ノ尅ニ今ノ光明心院弘御方ヘ隠密シテ被進。仍其比ハ東坊ニ安置セリ。然ルニ当座主満斉此事ヲ聞召テ、実勝ノ聖教等召シ出テ、上醍醐普門院ニ令レ置給フ。或ル時、普門院焼失ス。仍彼ノ聖教等悉ク焼了。依実勝ノ法流ハ聖教等俱ニ於本寺一ニ断絶畢ヌ。

第二十七祖師覚雄大僧正事　此僧正、親玄付法入室。雖レ然、徳行无指事一。仍関東鎌倉ノ二階堂ノ別当職ニ依テ、関東ニ下テ在鎌倉数年ナリ。醍醐ヘ帰寺時、世諦計会ニ依テ、一裹ノ宝珠其（8オ）外随身聖教二百巻、極楽寺ニ質物ニ置。何時ニテモ可二受返一云案書。雖レ然、上洛ノ後モ我在世ニハ遂ニ不二シテ受返一、空入滅。然間、当寺道快大僧正時、御舎弟法蓮院僧正相覚、鎌倉ノ遍照院僧正ヨリ被レケルハ申、「我身ハ付法事ヲカキ候。乍レナカラ恐法蓮院御下候者、付法憑可レ申。関東ヲモ護持候ヘカシト」、度々所望被レ申。于時、道快云、「此院家ノ可レ為二付法一。依何一ニ関東可レ下ヘキトテ、无御領掌一。但一裹ノ宝珠、本尊・聖教等、未タ本寺一ニ不帰一ラ。然ラハ加様ノ次テニ法蓮院下リ候テ、此等ノ重宝ヲモ本寺ニ被上一候ヘ。サ様ナラハ可下申一ス」仰ケレハ、不レ可レ有二子細一由シ御返事有リ。仍鎌倉ニ被下向一セ、聽テ極　（8ウ）楽寺ヘ使者ヲ立、任二セ文書一ニ可返受一仰有ケレハ、「契約状ハ去ル事候ヘトモ、年季良懸ニ過候間、不レ可渡一ス」、難渋被レケレハ申、及異義一ニ間、此子細永安寺殿ヘ被申一。仍テ早々ニ使者ヲ極楽寺ヘ被立一間、不叶一帰了。仍料足ハ一銭モ不沙汰一セ。嗚呼カマシク覚ケレハ、自レ其以来、本尊・聖教、地蔵院ニ被安畳一。然間、地蔵院ノ門跡法流繁昌ハ、併ラ此本尊ノ擁護也。然ルヲ此宝珠于レ今極楽寺ニ在之一云事、傍儀也。不可正一ト云云。　第二十八道快大僧正事　本ハ号道快ノ、後ニハ名賢快一ト。凡ソ此僧正ノ時、門跡モ興成セリ。稽古随分ニシテ繁昌无是非。庭儀ノ灌頂度々被レ行。覚雄大僧正寫瓶也。雖レ然、受職灌頂　（9オ）无之内作法也。仍後弘顕法印奉レ遇、印可受。但法流不レ残伝玉フト云云。凡地蔵院門跡相承分、大概記レ之。近代祖師徳行効験事、中々眼前ノ事也。仍不レ能委之一云云。

一当流之事　深賢相承。凡ソ成賢御弟子ハ深賢・道教也。然ニ道教早逝之間、親快灌頂受法ノ深賢法印ニ申置玉ヘリ。仍テ相承之条勿論也。此事上書之。然間、当流ハ道教流ト全无二別異一故、門跡付法ヲ本トセハ、道教・親快ヲ可列一ス。又作法ノ灌頂ヲ本トセハ、深賢・親快ト可レ列。仍当流灌頂行時、道教ヲ除テ深賢法　（9ウ）

印ノ影ヲ被レ懸也。此レ当流ノ得意事也。予於光明心院一ニ授与ノ時モ、
如レ此被レ懸也。付其、深賢法印ノ事、彼ノ法印御坊ハ長命自
在目出度人テ御座。金剛王院ノ本願聖人モ弟子分也。終ニ成
賢入室付法也。付之、道教方ニハ、深賢ノ流正ク付法ト云ヘキ事
多之一。其故ハ、般若寺僧正自筆正教モ当流相承之一。不
空三蔵所持ノ金剛線モ彼院家ニ伝タリ。付中、観賢僧正ノ
淳祐ニ授被申一自筆ノ印信、此モ深賢相承也。此ハ当流第
二重ノ分也。此等ハ中ニモ不思儀ノ相承。此外、勝賢僧正自筆
四度次第、成賢僧正自筆ノ四度次第、是皆当流相承シテ　（10オ）
上醍醐光明心院被住持一。尤規模ノ事也。然間、勝賢僧正御
時ハ、台皮古二荷ニ認ム。修法之時ハ寸モ不放身一ヲ随身セラレシ事、三宝院不共ノ
事也。此今ハ地蔵院ニ在之一。当流ニハ深賢法印移シテ之一、朱ノ唐櫃ヲ二荷ニ
被二ル認メ。於ハ納物一ニ、台ノ皮古ノ朱ノ唐櫃ト、全体不足ノ事无之一。台皮古ノ目六
別在之一。可レ見之。惣シテ三宝院ノ聖教ハ五百余合也。於モ当流一ニ、一書モ不
レ残相承之。然間、当流門跡、譬ハ如二車ノ両輪・鳥ノ二翼一ノ。其故、親快
法印ノ時、正ク深賢ノ聖教、道教ノ聖教ト並テ相承シ玉フ。同ク一巻モ不紛失一セ。
並テ親玄僧正ニ被レ譲。又親玄ノ時、深賢ノ聖教ヲハ房玄ニ譲。道教ノ
聖教ヲハ覚雄ニ被付一セ。此時、聖教等委細ニ交合シテ、一方ニ不足ノ聖教有レハ　（10ウ）
副テ之、両流ヲ被レ立也。仍当流・地蔵院ニ一具ニシテ、不レ可レ有二勝劣一。就中、於当

流ニ一者、道教ノ方ヲハ被扶持セ一事、数度在之一。故ニ親快ハ道教ノ早逝ニ依、深賢法印受灌頂一流相承之。此事如上書。是一。次親玄僧正御早逝□依、覚雄僧正稽古未練也。依之大法・秘法等習事、一向清浄光院ノ房玄ニ被申置。其時親玄ヲハ御状在之一。但印可等事无之一歟是一。次又当門主道快今賢快僧正ハ、依无ニ二覚雄指セル稽古モ、照阿院ノ対弘顕法印ニ一委細相承之一。仍テ地蔵院ハ門跡ト申セトモ、法流ト繁昌ノ事ハ、代々深賢ノ方ヨリ扶持被申一。尤於当流ニ一美名事、此等ノ三ケ度也。能々可得意事也。（11オ）

一当流ハ深賢・親快・親玄ト相承セリ。深賢法印制作ノ『実帰抄』ノ事、此ハ遍智院ノ成賢僧正ノ受口決ヲ一記玉ヘル書也。此レ三宝院ノ重書也。尤可信用一。此レ本ハ『遍口抄』ト被レ号。雖レ然、道教僧都ノ『遍口抄』混乱ノ間、親玄僧正改テ被レ号『実帰抄』一ト。此抄ハ月抄、『遍口抄』ハ日抄也。次親快制作ノ『土去抄』事、当流ノ重書也。此事上如書ル一。此師『土去抄』ト『幸心抄』ト書玉ヘリ。親玄僧正ハ此等ヲ悉ク相承セリ。

一房玄事　此師ハ法機随分人ナル故ニ、親玄僧正ハ深賢ノ聖教悉ク譲与玉ヘリ。道教相承ノ聖教等ノ中ニモ多本有ヲハ相製テ被譲之一。仍テ道教不共ノ一ケノ大事ヲモ、此時一具ニ被相承一也。

一弘顕法印事　房玄入室写瓶也。此法印御房、近代ノ名人也。凡ソ初（11ウ）報恩院方ヲ稽古相承有。然ルニ後ニハ房玄ノ入テ室ニ一、専ラ当流ヲ依覚、剰終ニ付属ニ当玉ヘリ。然間、此ノ法印御時、房玄ノ聖教ヲモ深賢ノ聖教ヲモ並テ相承玉ヘリ。

然ルヲ、弘顕ノ付属弘済ノ時、房玄聖教、清浄光院ノ民部卿堅弘（ママ）
済ノ方ヘ渡ニ、深賢ノ聖教ヲハ、今ノ光明心（ママ）按擦法印弘鑁ノ方被レ譲也。中
就、当流繁盛ハ此法印時也。稽古勝余人一ニ、勤修不レ怠也。世一
人ノ人ニテ御座ス。凡ソ入玉フト魔界一ニ事モ有リキ。是ハ法流ノ稽古勝諸人一ニ故ニ、慢心ノ
所以歟。此旨可レ有二用心一歟。
一弘済　弘顕法印ノ付法也。此師ハ能書テ御座ス故ニ、事相ノ書籍等
新調ニ書置ル。其外徳行等ノ事ハ、近代事ナレハ不レ能記之一。（12オ）
一弘鑁法印　弘済ノ付法写瓶也。按擦法印弘鑁ト名ク。予ニハ照海、灌頂ノ直師
也。深賢相承ノ聖教・本尊等、一巻モ不失相伝之。稽古随分ニシテ、
声明・筆芸等、其外内外才覚事教兼才人ニテ御座。仍テ道
快僧正モ、常ニハ以御参会一ヲ密談有キ。爰ニ愚僧、先年高野籠
時、依二不慮ノ冥鑑一ニ、俊海僧都於二テ彼光明心院一ニ当流重受ノ時、馳
参シテ、奉レ受灌頂畢。付レ之別義、御芳情中々絶ル言心一ヲ処也。此事
委細別状書之。仍閣筆者也。
一八祖相承秘密道具事　付之一疑云、凡ソ小野・広沢不同ナレトモ、正嫡ナル
事治定也。又小野ノ中ニモ三宝院ハ嫡流也。又三宝院ノ中ニモ同法ノ流、数』（12ウ）
流雖レ有之一、道教大僧都流ハ正嫡ナル事不レ及二異《ヰ》義一ニ。何秘密ノ道具等ヲハ当
流ヘ不シテ相承一セ（報恩院ノ憲深ノ流ニ相承来ル乎。答、親快法印マテハ相承）之条分明也。然ルニ親快法印、憲深ニ重受時、押ヘテ召籠ラレ
遂ニ不被返一サ。是ノ恨ミ第一也ト雖、師主ノ御事ナル故ニ不及力一ニ。自其以来、親

快ノ方ヘハ不返預。此レ我意ノ分也。非二ズ相承本意一ニハ。付之、東寺、山門ノ不同ナレトモ、彼ノ八種道具ハ東寺一宗ニ伝タリ。又顕密殊異ナレトモ、堅陀穀子ノ袈裟ヲモ真言宗独リ伝。釈尊ノ袈裟禅宗ニ雖伝之一、彼留鶏足二ニ、我朝不伝一。何ノ宗カ於我朝一ニ、伝ニ大日如来秘密道具一ヲ、釈尊ノ大聖ノ袈裟ヲ相承センチ乎。故ニ今ノ世二ニモ後七日ノ阿闍梨ハ、懸テ皮ノ袈裟一ヲ、祈天下安寧一ヲ。於本寺一ニ授与ノ人ハ、拝二彼ノ道具一ヲ。此我宗面目何」（13オ）事如之耶。爰愚僧照海依二テ不思議冥慮一ニ、彼ノ道具ノ紙形ヲ移シ得テ、所持之一。彼ノ道具ニ押当テ、直ニ移タル紙形也。冥慮所感不思議此事也。此ノ正本ハ、現上醍醐水本ノ経蔵ニ在之一。

一報恩院憲深僧正法流事　於本寺一ニ、道教・憲深ノ二流繁昌无是非一、光宝モ成賢ノ弟子四人内也ト云ヘトモ、成賢ノ気色モ无指一モ。仍大事印名等ノ事モ有レ誤。是レ『建保記』ニ見タリ。剰ヘ公方ヲ調伏申ト云事風聞有ル故ニ、終ニ寺住不叶一、関東ヘ下ケリ。仍不邪正一ニ。又意教上人四人ノ中ナレトモ、早々遁世有シ故ニ、此又傍正ハ沙汰无之一。然間、憲深僧正ハ行劫勝レ諸人一、清瀧ノ冥助モ一身ニ蒙也。又道教早逝ノ故ニ、威勢モ无双也。満寺ノ衆徒悉ク』（13ウ）幡ヲナヒカス者也。仍テ頼瑜・教舜等、随分学匠達シ成二テ御弟子一ト、受口伝一ヲ、蒙二テ師受一ヲ、四度・灌頂・大法・秘法等、尊法・口決等記録玉フ之一ヲ。効験・奇瑞等、随分ノ御事也。此等ノ記録等外ニ、近代委細聖教无之一。

一憲深僧正付法事　先定済大僧正ニ被レタリ定。其故ハ彼僧正ト顕密博《ハク》覧、内外兼才ノ人也。剰ヘ後嵯峨院ノ乳母護也。仍威勢无比肩人。然間、十八才時、後嵯峨仰云、「我レ治世時ハ、汝可レ為二持僧一」、深ク御契約也。如レ此君ノ御意无是非一故ニ、遂ニ為二醍醐ノ座主一。然処ニ蓮蔵院ノ実深法印、福祐勝人、心操穏便ノ人也。就中、憲深僧正御前ニ祇候、致給仕奉公一ヲ事不懈一ヲ。然間、憲深老後時分、殊ニ」（14オ）付二真俗ニ致奉公一ヲ間、御意ニ无不叶ハ云事。依之、憲深内々ニ覚召ケルハ、凡ソ続法命一ヲ、悉（ママ）深切二ニ可依一。如此奉公慇懃ナル事、如何様ニ望付法一ヲ歟ト覚召ス処ニ、定済、公方ノ御意無双ナル故、常住ニ居二シテ法闕一ニ、音信ヲモ不申細々ニ、无寺住故ニ、无益ナルハ上臈ノ交也思召ケルハ、所詮実深ニ付嘱セハヤ覚召ケリ。仍御所労ノ時、実深ヲ召テ言ク、「汝此間ノ其（ママ）深切也。世間ノ財宝ハ不二可レ有ニ不足一。何様付嘱ノ所望有歟、正直ニ可レ申」云云。時ニ実深申ケルハ、「愚身狭肖ノ身申シ、且无稽古。望千万ナレトモ不及申一ニ候処ニ、只今如此御意候事ハ、冥慮令レ然処、无是非一候。如仰一ノ世俗ノ事一言モ不存候ト」申ケレハ、「神妙也。此間ハ定済付法ノ存ル処ニ、此上ヘハ自今以後ハ、汝付属ストテ」一、即自筆ニ付』（14ウ）属状ヲ被レ賜之。即チ示云、「我最後ハ今四、五日ノ覚ル也。此等ノ聖教眼肝也。及夜中一ニ、汝カ院家ヘ密カニ可レトテ送」一、即其夜ニ以下人一ヲ羯摩山ト云山越ノ閑道ヨリ被レ越之畢。重示云、「我一大事ノ後、此門跡ニハイクワイセハ、定済定メテ御返ヲ疑ヒ、公方ヘモ悪申成事出来歟。可レ有二其用心一」云云。然間、実深法印ハ如レ此付属ノ御志ニ歓喜ノ涙銘肝一ニ、報恩院ノ聖教之中ニ眼肝ヲ抜テ取テ安然思也ケリ。然間報恩院僧正、弘長三年癸亥九月六日入滅。七十二才也。僧正入滅ノ由聞召テ、定済テ即驚テ、京ヨリ俄醍醐ヘ入寺シテ、先ツ経蔵等封ヲ付テ、管領ノ気色也。其後公方ヨリ付法ノ様ヲ御尋アリ。于時定済申シテ云、「付法ノ事ハ不レ及左右一ニ。可二愚僧一間」、含宣旨一ヲ公請参処、実深被ルレ申、「報恩（15オ）院付法ハ愚身也。然ルニ定済ノ申事誤此事也ト」、度々ノ問答ニテ不レ及決ニ不（ママ）一ニ。仍此事私難決故、御前両人参内。定済自レ元上位御気色也。无レ憚間理運由奉聞。于時実深一言返答不レ能。所詮様々ノ間无益ニテ候トテ、肝要タル末《マツ》後ノ付法状ヲヲ捧申ケリ。主上即詠覧有テ言ク、「何カニ定済不便ニ思トモ、此上ハ不レ叶云云。但、汝稽古ノ分斉ヲ九知之。設定済ハ非トモ付法ニ、稽古等、実深劣ル事不レ可レ有。仍三度ノ時、一度ハ定済僧正修法等可レ勤之」理リ給フ故ニ、朕ノ一言依テ二難キニ黙一シ、至マテ于今一マ、定済法流不断絶一。就中、三宝院ノ々家焼失セリ。門徒等、誰モ不レ及二造立一ニ。然間、定済ノ云、「我此院家再興シ、他門ノ方ヘ不レ可レ渡之。縦ヒ座主也トモ非二我門徒一ニ』（15ウ）者、不二ト次第相承一ス」、奉聞申ス処ニ、尤モ建立ノ人可レ為レ主申シ宣下有。仍テ急キ被二造立一、其後結縁灌頂被取行一。自レ尓以来、定済・定勝・定任・賢助・賢俊・光済・今満済マテ、三宝院ノ所領六万貫分、悉ク知行セリ。此外所々ノ末寺悉ク管領シテ、当代マテ三宝院称ル事是也。雖レ然、道具・聖教等ハ、此院家ニ无之一。今ノ満済僧正、此事悔玉フニ、今ノ地蔵院道快ニ奉レ遇、内々御受法有也。満済ノ云ク、「三宝院ト云院号斗ニテ、三宝院モ无之一。仍空ノ名字計不レト可然一」、地蔵院ニ被ケルハ申一、「五百余合シテ聖教ノ中ニ多本有ラハ、哀々被預ケ置一候ヘト」被ト申承及也云云。以上ハ定済ヨリ以来門跡相承次第也。

一実深付法次第事　実深ハ覚雅・憲淳・隆勝・隆舜・経深・隆深（ママ）」（16オ）也。是正ク報恩院ノ付法ノ正嫡次第也。当代醍醐ニ繁昌法流ハ専是也。彼ノ実深僧正源家人也。福祐ナルコト如長者一ノ。以テ二御弟子真海僧正一ヲ令入唐一セ、在唐数年也。仍テ庭幡八流被渡之一。是ハ毛幡也。唐幡ナレハ結構无レシ極。並ニ十二天ノ為ニ図絵一ノ、唐ノ絵具製撰シテ渡シ之一ヲ、大師ノ御筆ヲ為レシテ本ト、以皮絵具一ヲ令書。此真海僧都ハ无双能筆ナル間、致シテ精誠一ヲ書畢。凡モ此ノ筆ノ仏ハ何モ皆霊カ入ト云云。奇特此事也。三宝院ノ山水ノ屏風並ニ十二天ノ屏風此筆也。於内外ノ道具二、日本第一也。尤報恩院ノ法流ヲ此等規模事也。実深僧正ヲハ蓮蔵院ノ名ク。終ニ御年七十二才ノ申建治三年丁丑九月六日入滅也。付法ハ覚雅法』（16ウ）印也。道具聖教等悉ク相承。一生ノ間徳行効験事不レ及見聞一ニ。終ニ正応五年壬辰八月二十五日入滅。五十才也。

一憲淳僧正事　此師覚雅法印付法正嫡也。此人ハ雖平僧也一ト、被レ補二僧正一ニ。其比ハ後宇多院御宇也。此院又ハ号大覚寺殿ノ。吉野ノ宣帝ニハ御舎兄也。然ニ院モ幼少、又憲淳モ幼少ニシテ、朝暮友《トモ》ト成テ遊玉フ時、折節シ戯ノ終、以左海モテ院御手ニ僧正食付給ヘル。歯ノ跡于今在之。院ハ常ニ御物語有テ令咲給ト云云。然後互相ニ御生長セリ。

仍有時院仰云、「朕灌頂ヲ被授候ヘト云云」。僧正申、「自今以後、俗家御振舞不レ可レ有候者、可二授申一。然ラハ可有御罰状云云」。院尤モ可トテ然、（17オ）御罰状有、灌頂受玉ヘリ。彼罰状于今報恩院（在之。仍冠ヲ乍被）被行。識衆灌頂両度有之一。一度ハ堂上灌頂也。於報恩院ニ一行識衆八口也。一度ハ庭義灌頂也。於東寺被行一。識衆八十口也。付之、俗体ニシテ受灌頂ヲ一、其例在之歟ノ御尋有リ。僧正即検テ申云、「尓也。唐ノ玄宗皇帝ハ俗形ニシテ不空三蔵ニ御灌頂有ト云云」。然間、「唐朝彼ノ例然也。朕何ソ不然哉トテ」、御灌頂受玉ヘリ。凡ソ院ハ広沢ノ正嫡トシテ独歩无畏ノ御事ナルニ、剰又入テ二小野室ニ一報恩院ノ法流御信仰有事、无双ノ旨趣也。仍如大師御遺告一ノ、彼ノ院ニ遺告ヲ被記也。此モ二十五ケ条也。予於本寺ニ一拝見ニ畢。（17ウ）

一憲淳僧正付法事　御弟子隆勝・道順二人中ニ、道順ハ大覚寺殿ノ御気色目出度間、御前ニ常ハ祗候ス。仍君モ内々ハ道順ニ附属ソト覚食ケリ。然モ僧正ノ御意、隆勝ヲ可信ノ者ト覚食シテ、付法ノ事ヲ被決一セ。然間、面ハ道順ニ付属ノ事ヲ申置由ヲ後宇多院ヘハ被申、内々ニハ隆勝僧正ニ被レ補也。然間、僧正覚食ケルハ、「件道具聖教等、終ニハ大覚寺殿被ナント召出一サ覚。相構々々不可出二経蔵ニ。御所用候者是行幸ヲ可申被仰付、経蔵ノ事ハ一向ニ隆勝ニ可守ル一云云」。然シテ遂ニ五十一才申セハ、徳治三年戊申八月二十三日入滅也。仍憲淳入滅ノ後チ、大覚寺殿仰云、「道順以テ聖教等為披覧被ケリ召」。然トモ隆勝ハ不進。先師ノ掟ノ由ヲ一被申。然間、隆勝ハ大覚寺

殿御意ニ背コト仍、京ノ若宮別当識ニモ不被補一セ。此隆勝ハ无念トヤ覚」（18オ）
食ケン。鎌倉ニ被下一之。此先代ノ御時ナルニ、関東ノ護持ヲ可レ致ス由被申。一流ノ
正嫡ナレトモ、当君ノ御意ニ仍背一ニ、理運職ヲモ取被上一ケ。仍隆勝ハ偏ニ関東ノ
御指南仰テ、彼別当識ヲモ可申給一ル歎ナケキ被申。先代云「如此一事ハ連々ノ
事、先ハ月待程ノ手スサミトテ、伊豆ノ別当識ヲ被補セ。此ノ三千貫ノ所
知也。何様在鎌倉候者、若宮別当ハ可申立一テ被仰畢。仍隆
勝ハ院ノ背キ御意一ニ、鎌倉ヘ下向ノ時ハ、付法ニハ、舎弟隆舜ニ被レ譲。然間、
道具・聖教等眼肝ヲ抜取テ、上醍醐釈迦院ニ被移シテ、如シテ此後、隆勝
鎌倉ヘ被下。于時又道順モ追鎌倉ヘ被下。其時隆勝被ケリ申。
「院ノ仰セテ候。法流ヲハ愚僧ニ被付法セ候ヘト云云」。隆勝ノ云、「院ノ為ナラバ二転翼一ノ、為ナル二（18ウ）
付法写瓶一愚僧ヲ転翼ニハ不シテ被請、道順付法属セヨ、転翼ニ為セント、
云仰、无謂不レ可レ叶申二」。故ニ不レ及力、道順又上洛シテ、残ル所ノ簡エル残ノ
不重宝一ナラ聖教等計拾取テ持之。仍彼ノ八祖相承ノ道具、自余ノ聖
教等ハ隆舜ノ方ヘ相承ス。仍ノ彼聖教等、其後ハ水本ノ御経蔵ニ移シ、于
今住持セ。道順ハ知恵広才ノ人ニテ、院ノ御気色モ能也。隆勝ヲハ号釈
迦院ノ僧正一ノ。御年五十一才ノ正和三年甲申十一月二十六日御入滅
也。隆舜ヲハ名地蔵法務一ト。生年七十四才ニシテ文和二年癸巳正月十
四日御入滅也。
一正覚院法印経深事　隆舜付法也。其吉野帝御時、文観　（19オ）

房ト云ヘル者、本ハ西大寺ノ律僧也。後ニハ醍醐座主ニ被補一セ。弘真ト名ク。朝
暮先帝ノ御前ニ祇候セリ。仍或時帝ニ申云、「報恩院ノ秘密道
具ト申ハ、八祖相承ノ道具也。被テ召出一セ詠覧可レ有也ト」、奏。仍テ経深
法印ノ方ヘ持参可ト申ニ被宣下一セ。于時法印申云、愚僧ニ灌頂之被
受一候者、尤持参一セ可申」、奏ス。朕嗔テ、「奇快ノ者也トテ」、度々ノ宣旨ヲ雖レ被
成、遂ニ不持参一セ。仍テ違勅ノ宣旨ヲ可成云事風聞ス。于時法印
歎テ言、「今度愚身ノ一大事是也。所詮参御前一ニ、理運ノ由ヲ申セハ一定
流罪・死罪ニ被行歟。法ノ滅已此時ニ当レリ。我若シ空ク成ヌト聞エハ此道具急テ
火爐ニ可レ投。我シテ五尺ノ形骸ヲバ併ラ清瀧ニ奉レトテ任」、只一人二条ノ内裏（19ウ）
参内セリ。其時帝嗔テ宣ク、「件ノ道具持参セリヤ云云」。「持参不レ申」、奏ス答。
「背二度々ノ宣旨一ヲ条不思議ノ者也ト」、嗔玉ヘバ、法印被レケルハ申、「勅宣雖二
恐入候一ト、彼ノ秘密ノ道具ノ事ハ、灌頂成道ノ時ヨリ外ハ、无二御覧一事候。君
未ダ灌頂ト云事、无存知一候哉。如此申子細、詠慮ニ背候者、
只今御前ニシテ兎角モ御計可レト有」、不レ憚申ケレバ、帝云云（ママ）、「奇怪法
師也トテ」、座立ラレケリ。法印尤立座事也。居《即イ》出本山ヘ被レ帰、清瀧ニ悦被
申。此ニ法印道具ヲ被バ進、定テ法闕ニ可被籠モ。尤モ可然計也ト、于今
中伝了。彼ノ道具、今ハ上醍醐釈迦院ニ別ニ土蔵建立、被安
置。然ルヲ傍流ノ人、件ノ道具ハ隆勝、鎌倉下ノ時、随身シテ、於関東一ニ紛失セリト（20オ）
云。加様義、非正義。傍流人云事也。設又本流人申、彼道具

所在隠密故、如此且用意歟。実義所詮、彼道具三国
相伝秘密伝来随分義名也。依之『小野纂要』十殊勝ノ中ニ
道具殊勝ヲ立玉ヘリ。此等ノ事也ト云云。
水本僧正隆深（ママ）事　当報恩院門主御座。此僧正御房二十
余才時、不解帯行切殊勝人也。一夜百首哥読給。名世哥人
也。将軍已下、此僧正徳行不存知人无之。以下実深付法次
第大概記之云云。
一定済僧正付法門跡付賢俊僧正事　高氏将軍御持僧、
帰依渇仰无比。此時醍醐座主也。真俗二代无是非。然間高氏（20ウ）
筑紫下向時、随身被申。其時筑紫乞食修行者有
様京上洛、応当宮ヨリ御幡ヲ申下シテ筑紫ヘ下、高氏被
進。仍九州勢ヲ引率シテ上洛有。惣ジテ彼此遂寸モ不レ離、高氏
随遂有。如レ此忠節无二也。仍醍醐座主成。又其外諸院領
悉被知行。仍其比肩人更无之。
一賢俊僧正御弟子　実斉・光済二人也。実済ト申ハ、安楽光院
長老。此律僧也。光済、賢俊付嘱、醍醐座主也。光済次、光
助僧正可レ為座主一所、法流相続義无之。仍光済授光（21オ）
助雖レ可レ被レ補座主、光済自レ元稽古事不レ叶。仍光助奉
助（ママ）奉レ遇二弘顕法印一、授与義有レ之。然間、法流地蔵院流也（然シテ座主ニ被補一事。次ニ光助座主ノ後定忠座主ノ時モ法流ノ）。事、

雖レ可レ受レ光助一、々々法流地蔵院ナル間、定忠ノ思ク、非二報恩院一、定
済失本意、光助ニハ不レ受。異門黒衣人也ト雖、安楽光院長
老実済受之。此時改黒衣一、入正道門一。然此定忠无正体一人
也。仍之、義満将軍背御意一醍醐離山。仍当座主満
済受法時、定忠退出故、又定済被受。然間、光済法流、光済代
断絶畢。此実済雖為異門黒衣人稽古故、一両度座主
被授申事、冥慮便レ然也。仍何可致稽古一者也。（21ウ）

一報恩院称号事　此院家、下醍醐閻魔堂向也。本号二極楽
房一。被安二置施《弥陀歟》院三尊一ヲ故歟。于時成賢大僧正云、「三宝院勅
願院家也。最後一大事如何。我極楽坊臨終セント」。其故院号云
極楽坊一。憑敷哉。又憲深モ行者也。旁有望云云。依之遂極楽
坊御入滅也。然間御弟子等集此処、七々忌辰被取行一。丁
寧御菩提奉訪、祖師ノ恩ヲ報ズル処ナル故、自其以来、改二極楽坊一名二
報恩院一也。

一松橋法流事　先此院家、元海僧都、阿弥陀堂造、後戸両
方経蔵構、一方聖教安置、一方本尊道具等被籠。阿弥陀（22オ）
堂院家中間、踏形池有之。此レヲ観二セリ八功徳池一ト。彼院家ノ後ニハ松ノ
木橋渡之一。仍号二松橋一也。然間、彼院建立之事、凡三宝院ハ
願所ナレバ非二我門徒一ニ。為二座主一人入替住故、无弟子一人聖教

等披覧事失本意一覚召、別私此院家被レ立也。仍三宝院聖教二分、我自筆分撰取、一海御坊譲、代々相承ノ分、実運譲与。於院家、三宝院、勝倶胝院渡シ、松橋ヲバ已講御房ニ渡。然間、松橋・三宝院、如二車両輪、鳥両翼一。一ケ重書『厚草紙』モ、草本ヲ松橋安置、清書三宝院被レ安也。仍雖レ無二三宝院ト異ナルコト一、一大事実運方不渡之、一海計授玉フ。是松（22ウ）橋不共大事云也。依此大事一流ヲ立、松橋流ト名ケリ。元海大僧都、院家造畢後、為彼御堂供養一、定海僧正召、請申曼陀羅供行。于時一海已講御房、童体也。大僧正御覧此小童、法機者也。可レ為予弟子一由所望。不及左右一、可子細被申一。仍於大僧正御房御前令二出家一、四度加行等偏彼御事也。其後久安四年五月十一日ノ入壇、職衆八口也。元海其時職衆御座。仍教授並護摩兼帯也。然次第位等悉被奉授□。久安五年四月十二日大僧正御房御入滅。御年七十六也。

一元海大僧都、保元々年正月比ヨリ不食、御所労出来、雖経数（23オ）日二、无少減一。或時大僧都御房、已講御房被仰云、「此所労、于今難平癒一。定大事出来歟。於当流一唯大事在之。対大僧正御房既雖レ遂入壇、若我不レ知大事モ有歟。又汝不レ知大事モ有之歟。随レ予重受一々注可申云云」。爰実海兼日入壇事、所

望有。仍同五月晦日、一海、実海同壇令レ遂二受職一ヲ了。先已
講御房入壇也。此時无別教授一。随アザリノ命、受者自作之。次実
海入壇時、一海教授也。同壇時、以一人受者為教授一事、上古、
末代難レ有御事也。此事同壇本説自教本拠也。其後彼大
事等无所残悉以被授了。雖然トモ於二当流不共大事、此ヲバ不被伝一ヘ。（23ウ）
仍元海授之、松橋流立玉ヘリ。故元海（譲状一海）大法師為入室瀉瓶弟子殊ニ
糸惜者也ト云ヘリ。然シテ後、大僧都御房同八月十八日入滅。御
年六十四。此時紫雲靉靆音等虚空響ケリ云云。旧記見タリ。
一一海已講御房事　厚躬親王ノ苗裔也。顕宗ハ花厳宗ノ碩徳
也。一宗ノ稽古随分御事也。付其、已講官位、実ニハ已灌頂ノ事也。東
寺結縁灌頂時ニアサリヲ遂ヌレハ、此官位ニ上ル也。付其、已講御房ヲハ其比ノ
人達ミサコ腹ノ鷹ト申合ヘリ。其故ハミサコハ海鳥、鷹ハ山ノ鳥也。然ルニミサコト
ツケル鷹子ハ海ニモ自在ヲ得ル故、已講定海奥旨ヲモ悉窮、又元海
深底ヲモ尽玉フ故能得。此ヲミサコ腹ノ鷹ト云也。如此已講御房・雅（24オ）
海・全賢・浄真マデ相承セリ。　浄真法印ノ事　成賢僧正甥也。仍初
三宝院稽古有後、松橋室入。此法印御房時代、三宝院
『秘抄』『薄草紙』等当流伝来。其故、成賢仰云、「自无弟子
分間、此等抄可伝之。其上我『薄草紙』制事、元海『厚草紙』並ニ
雅海ノ『雑秘抄』等依テ記之。故松橋ノ口伝ヲ載。仍松橋流四度法

則並大法・秘法等習、悉三宝院不可違間、相承之。然傍流田舎松橋流、三宝院各別云事大誤也。此等由緒不知歟。剰松橋流非三宝院二云事極誤也。就中、此院家正嫡元海大僧都建立也。十大院家随一座主坊也。然間、東寺一長者モ及（24ウ）度々被補了。依何非三宝院法流歟。彼浄真法印制作松橋『遍口抄』三巻記之。三宝院口伝大略同也。俊誉法印事　此左大臣息也。随分稽古也。憲深相承故、此法則等談合有。然間、相似松橋事在之。

公紹僧正　法流・門跡相並、興行无是非。能芸・行徳共ニ秀故、東寺一長者並醍醐座主被補。又後宇多院宗大事被授申。仍其時感御哥一首被レ詠ケリセ。

尋得シ衣ノ裏ノ玉々ヲ君ニ授テ光ヲソ増ス

爰御弟子空雅法眼云ヘル人アリ。彼ノ人ヲ付法覚食所、空（25オ）雅金剛界加行中、僧正御入滅也。仍不能伝法入壇一。故当流大事等悉俊賀大僧都授置。是則法眼加行以後、俊賀可レ遂入壇次第也。此由対俊賀御遺言甚深也。然空賀法眼不レ及受法早逝間、此時門主絶畢。其比賢俊僧正寺家事一向被奉行間、依レ為二我一家一、賢秀僧正彼門主被定。于時童体也。然間、出家、以後俊賀可レ有二受法一候処、不然。高

野参籠ノ次ニ、金剛三昧院ノ長老證道上人実融被レ受。凡彼実融、
俊誉入室、松橋一流被習故歟。雖レ然、閣正嫡異門ニ伝ル条、頗不
レ可レ然事也。門流皆難之。仍背冥慮歟、无幾雖（ママ）円寂ス。仍テ二代　（25ウ）
此法流断絶畢。然間、俊賢（ママ）遂空雅已下門跡不授申入滅。
故絶焉所持ノ正教・大事等、悉皆俊豪法印御房被付属一。
俊豪又俊盛付属畢。凡此時諸流・門跡各別之条、歎而有
余悲而無レ極事也。雖レ然、宗大事・本多（ママ）・道具等、俊盛法印御房
相承故、於諸流者不二断絶一也。若松橋院務有二受法ノ事一、彼
慈心院可レ被授申一事也。
俊豪法印事　号田中法印一ト。彼法印、公紹僧正奉レ遇入壇。
又輔大僧都随俊賀ニ重受ス。於当流一者随分也。凡公招
僧正病中、俊賀授唯一大事。此則空雅法眼可授与一也。雖　（26オ）
然、年齢日浅間、法流相承為、俊賀被預置。然空雅早
世之間无相承。次賢秀僧正、雖レ為院務一無受法義一。依俊
賀入滅剋、俊豪法印授。爰俊盛法印奉レ遇、俊豪相承之
条習縁多幸也。
一俊盛法印事　此師松橋正嫡、智行兼備、内外才学勝余
人。遇諸師一ニ、受二学三宝院ノ奥旨一ヲ尽玉ヘリ。然間、年始十一才
登山、慈心院法印俊叡付、随遂給仕无怠。十六才出家、

建武四年卯月八日山門受戒畢。同五年二月六日、御年十七ニシテ、十八道加行始之一。十九才時、四度加行悉畢。其間事无障碍一、（26ウ）冥慮至也。或時、俊叡法印仰云、「汝千日護摩可始行。其修中灌頂可授云云」。此仰尤随喜スル所也。康永元年壬午十二月六日、千日護摩始行。生年二十一才也。同二年癸未六月下旬比ヨリ、法印御房御違例在之。雖レ被レ加療治一、无少減一。定大事出来歟。維无作法也トモ可レ授レ灌頂云云。仍七月十日午剋、支具等如レ形用意、奉レ受之。道場ハ修禅院也。教授大貳アサリ弘顕法印也。于時御病気以外煩間、持明院律師御房以玄為一ヲ手代トシテ、大壇供養法被勤仕一。其外授与儀、敢无相違一事終後、暫御休息仰云、「今度授与无相違一尤本意也。此上委細口決並大事等、持明院律師御房玄為（27オ）申置。早々遂印可一可相承云云」。彼律師御房、自元師資契約也。旁以无異義一。仍正教等悉付属。受法以後可披見一。並仏具・本尊・慈心院坊領等悉譲与。譲状等、悉兼日云置畢。然間、御病気次第火急、其日戌剋初御入滅也。行年七十六也。凡終焉当日灌頂被授事、先代未聞、後葉ニモ難レ有事也。然間、任先師遺言一、同年十二月十三日、於同院持明院律師印可奉受。此時当流大事等、悉授給了。其後諸尊・瑜伽、漸々伝授畢。于時康永四年九月二十一日、律師

御房御入滅。行年六十四。其時俊盛法印、二十四才也。无幾程一奉（27ウ）
レ後レ事不幸至也。愁歎千万々。然後、田中法印御房俊豪付受
法。凡俊叡法印御房随テ、雖二傍流方ノ流付属一スト、門跡方ヲ遊ケ度
思召、遇俊豪一重受有処ニ、剰門跡方付法悉遂給ヘル条、不
思議御事也。仍奉レ遇俊豪法印、貞和三年丁亥十月十五日
於慈心院受印可。同四年戊子十二月四日於同院遂入壇一。時
色衆六口也。其後当流唯一大事受之。此大事代々松橋
院主事相承秘口也。然俊盛法印当彼法機一、相承之条、
宿縁甚深也。然文和三年六月晦日、俊盛（ママ）法印御房御入滅也。仍乗
因坊々跡等、彼俊盛法印御房被付属一。次随行上人付受法事、彼（28オ）
上人、室生空智上人弟子。初室生寺住、後洛陽八条坊門猪
熊寺長老也。寄宿彼ノ坊ニ両三年也。此間遂印可一。地蔵
院並報恩院方大事等受之。依重書等書ニ写之一。此外勧修寺
並西院流大事等相承之。其後、奉レ遇宝憧院法印文海、
受法事、彼法印金剛三昧院、勧修寺方稽古也。於顕
門随分也。或時仰云、「醍醐流方々相承之、无不足也。可授勧
修寺」由被仰出。仍此仰尤本望也、可遂二免許申由□。然間
遂印可一、勧修寺流奥義之口決委細記之一。血脈又別在之。
此分、俊海僧都悉有相承一。予又伝レ之。此等相承次第、至レ下可（28ウ）

レ書之。然間、松橋法流、俊盛法印被奥成。自レ尓以来、俊憲僧正・弘意律師・顕祐法印、当代大夫阿闍梨俊増、慈心院付法正嫡也。松橋門跡通賢僧正、奉レ遇俊盛法印、雖レ被レ遂灌頂、宗大事並門跡相承大事不レ被レ伝。後俊憲僧都伝。於印可作法、松橋流余流ニ替レリ。瀉瓶ノ一人ノミ此事ヲ知レリ。誠俊盛法印灌頂被レ行事度々也。並小幡六地蔵供養時、曼荼羅供導師御座。智行兼備シテ文筆達給故、表白・諷誦・願文並大法・秘法灌頂等記六、私被レ書之間、兼総衆芸阿闍梨、通達三乗ノ師トモ可レ申。随終焉ノ時、一首歌詠シ玉ヘリ　（29オ）

我ナラテ誰カ渡ラン松ノ橋流ノ奥ヲ問人ソナキ

正ク避世歌読玉ヘリ。事名重也。此意ハ松橋ノ雖レ続二正嫡一ヲ、此大事ヲ門主不レ被レ授故也。　雖レ然、俊憲僧都伝之。（29ウ）

一意教上人法流事　凡彼流、以意教上人、成賢僧正付法正嫡云ヘリ。其故、或時成賢僧正仰云、「我有三大願、未レ遂事无念也ト云云」。于時意教上人申云、「三大願何乎」。「一、為母公一阿弥陀護摩千日焼思是一。一、法花経一部暗覚ントレ思是二。一、遁世志在之云云」。上人此事聞、「安御願也」、軈撰吉日一、千日護摩被始行一。其間法花一部暗覚タリ。然間、千日護摩結願。僧正御前参申云、「三御願中、二満足了。千日護

摩、今日結願テ候。法華一部覚候了」、聽被読誦一。「此上暇申候テ」、遁世セラレケリ。然間僧正、「雖多我弟子一、頼賢志人」、（30オ）振箱底一、一塵不残授。依之頼賢僧正、成賢ノ奥蔵極云歟。雖地蔵院道教僧正ノ相承、比レハレ之、非正嫡也。其故如レ此。志人也也トモ、已ニ遁世ノ上ハ、依レ何可レ云二正嫡一乎。付レ中、道教不共ノ事、当流随分事在レ之。然頼賢遂不レ知之。是三宝院傍流謂也。付之、頼賢入松橋室一、対浄真法印、雖レ習之、非正嫡一。金剛三昧院実融付頼賢一伝之。

一勧修寺法流事　凡此流醍醐方ノ流ニハ、脱柄云事在之。其故、範俊僧正時、白川院被レ仰云、「範俊法流、高野御室覚法可付属二」被仰下一。僧正先不レ可レ有子細一之由、領状（30ウ）被レ申了。或時、院僧正尋云、「範俊法流悉相承。覚法不レトレ然」被レ申。随而僧正此子細御尋有。時僧正被レ申、「大体雖レ授申一ト、眼肝ヲハ清瀧惜候間、授不レ申。仍阿弥陀ノ峯ヲ不越大事也云云」。院此由聞召、「僧正ハ正直者也。神妙也ト」、再三御称義此事也。于時範俊思、「我滅後、治定厳覚方、以二勅定一、彼大事等覚法ニ可二付属一旨在之歟。其時我法流以外ノ可散々。顕露事、浅猿事也」、厳覚方眼肝不授。依為二左弟子一良雅授、「急醍醐可レト帰」有レ仰。仍大事聖教等、良雅委細相

承シテ、醍醐寺帰畢シテ、其時範俊、良雅中違由、余処風聞。是（31オ）
則内雖レ有二付属一、此大事秘故、態如レ此云伝者也。然間、範
俊付法肝要良雅授、彼方勝覚御相承也。仍三宝
院云。但厳覚正嫡乍レ云、此大事无存知一事、无念次第
也。雖レ然大事秘故、如レ此断簡非レ无。厳覚正嫡者也。然
間、北院御室守覚親王、為レ報祖師一、奉レ遇覚洞院勝憲
僧正一、小野大事習之。此云御流三宝院也。但醍醐方、如此
脱柄ナント、申事、雖レ有之、彼正嫡不レ然。其故、勧修寺寅
時印信最秘事在之。其故、厳覚所労之時、良勝数
日看病。其志不レ浅間、或時、厳覚被仰云、「数日給仕、志（31ウ）
之至所感思也。然間、当寺管領之内、水田少々可レ譲歟云云」。
良勝申云、「所詮如レ此給仕申事、不レ思世間財一。偏宗大事
若授給事モヤト存許也云云」。此言感、「只今何時」被仰、「寅時也ト」
答申。仍即時被レ授。是最極秘事也。寅時授故、寅
時印信云也。自レ然以来、出雲大僧都栄然至、相承无
子細。然間、寛信法務御房、正嫡雖レ受之、終焉時、箱
封付入滅。仍念範・行海不レ知之、不レ能二披見一者也。爰
光明峯寺殿、栄然御受法之時、被仰云、「勧修寺奥
行、此時也。仍法務御房封付置聖教可披見一云云」。栄然（32オ）

「尤然事候」、被披之。誠以最極也。良勝寅時印信被レ披之。尤規横ノ事也。然間、醍醐方、勧修寺脱柄云事、雖レ有之、非正嫡一義歟。但彼流事、予大事雖二相承之、委細不レ能レ所知一。追邪正可レ尋之云云。

今此抄者、奉レ遇松橋正統上醍醐慈心院俊盛法印慈弟、乗琳院僧都俊海、予受法以後十余年之間、蒙雅訓所触視聴一ニ大概之。兼又奉レ対弘顕法印孫弟光明院弘鑁法印、重受以後受摂撕所及耳目粗載之。就中、於八大祖師徳行者、依『付法（32ウ）伝纂要』ノ意一ニ、尊師以後至覚洞院、依勅験記意者。仍一字一文非レ令レ案。是偏謬多在之。専旧記所レ任、師伝也。但性如周梨、才等斗筲故、非謬多在レ之。後才可加添削有憚之非。弟子分者不可及披見一。是非怯惜之儀、愚記所憚也矣。

応永三十二年十二月日於下総国下河辺宝生寺

書之権少僧都　照海在判

一予云、師俊海僧都事　凡此師事、教達者、顕密碩徳也。就中、松橋・（33オ）地蔵院者尽渕源一、高野教風極一ニ奥儀一。付其、此僧都御

房誕生於大和国、続二玉へり氏於伯瀬河家一ニ。然幼若時、上醍醐
登山、奉付慈心院俊盛法印一ニ、遂出家。登山受戒後、法
印御房御前ニシテ、入二尊師ノ室一ニ、遂入壇一。伝法仍松橋一流伝
之。兼又、報恩院・勧修寺・西院等諸流受印可一伝之。
於南山教風一者、対一シテ南照院長覚法印御房一、二一教
十住界習之一。然所彼法印依レ為能州某院学頭、
彼国被下向一間、随遂既及六年一、仍志之所通甚深故、宗
義習事自余人何及乎。於倶舎・法相・三論・花厳四宗（33ウ）
者、於東大寺数年学之。尋南岳旧風者、上山門一両年
間習之。声明屈曲者、進末流弘尊法印ニ伝レ之。此外梵
文賒切汲二智広ノ流一、文章体尋陳公之跡一。下伊勢国一
修聞持法一ヲ一両度、八千乳木毎度也。度々効験、紙
黒難レ記之。言辞非レ所レ及。然後、下二向シテ関東一ニ、利他ヲ宗トスル事
本意也。仍初、於甲斐・上野両国建二灌頂壇一、供両部諸
尊一。次武州・下野下向、遂職位事数ヶ度也。剰又帰本
寺、対二光明心院法印弘鍐、重受道教流、極宗極
畢。然間、重又下野下、於自然湧出聖廟日域无（34オ）
双伽藍出流山満願寺道場一者、遂職位一。両日利他
数十、於毎日修行者、三時四時无怠時一、常建大壇、

常修秘法。仍自門他門願等彼徳行、遠所近所望レ蒙レ此雅訓一。此外梵漢无レ所レ誤、絵細工无レ所レ滞。恐ハ権者化現也。豈凡身ナラン乎。一々徳行事、算数難斗。譬喩難尽者乎。然間、本寺於受印可人、慈心院法印民部卿顕祐、修禅院僧都刑部卿弘秀、上野阿闍梨祐快、宝幢院等、弟子多之。仍惣灌頂被行事、十余度。此等徳行一々難レ記。仍閣レ筆了。爰某甲照海、年始（34ウ）七才、出二恩家、入慶誉大徳ノ室一二。遂九才時、令出家一。十四才時、登山門一、遂受戒一。同十七才秋比、十八道始之、悉四度成就畢。十九才時、対二薬師寺弘秀大阿闍梨一、受レ灌頂。二十一才比、於武州教学始之。爰奉レ遇俊海僧都、松橋法味飽マテ食之一。酔飲之教細篇目、自分所及習レ之。二十五才時、高野参籠。此間四年也。其第三年冬、俊海僧都醍醐帰寺、地蔵院法流重受間、以予遂入壇畢。併清瀧冥助、諸仏護也。喜可レ餘。但重位於者俊海奉受云。仍松橋俊海師匠、地蔵院（35オ）同壇。但重位師匠也。此等受法、偏俊海僧都指南也。予入壇時、教授也。自其以来、田舎下向、彼処此処随遂。又三十二才時、重高野上送一廻畢。其年末令下向。三十三才秋比、始教箱文章談之。予不肖、如此鑚仰不可然事也。雖レ然、併冥慮処レ任也。有憚之。且為レ示二後誓一、且為可有廃退失錯、故如此記之。後弟不可難之而巳

醍醐居住時行真宿房也

延徳二□天壬子南呂二十七日書写畢宥弁

4

澄憲と『如意輪講式』

――その資料的価値への展望――

柴　佳世乃

1　はじめに

澄憲（一一二六～一二〇三）の手に成る七段の『如意輪講式』が今に伝わる。唱導で名高い安居院澄憲が、奥州平泉の藤原秀衡母の求めに応じて作成したものといい、澄憲が自ら播磨の書写山に二七日（十四日間）籠って作ったとの伝承を持つ。

この『如意輪講式』の平泉との関係、およびその美麗な文章の価値は夙に注目されていたが、[注1]近時これを法要として復元実唱する営みがなされた。中尊寺において「如意輪講式奉修委員会」が組織され、二〇一六年六月二十六日に「平泉世界遺産登録五周年記念法要　如意輪講式」が中尊寺本堂で勤修された。[注2]それはまさに、書記された言語を、現代に音声として甦らせる営みであった。

本稿は、澄憲の表白や講式作成について確認した上で、『如意輪講式』を具に読解することによってその特徴を捉え、澄憲と『如意輪講式』について考察するものである。講式が音声言語として詠唱されることの意義も併せて考えてみたい。

2　澄憲作『如意輪講式』について

本講式には、いくつかの伝本が存する。▼注[3]大覚寺蔵本（鎌倉期写本）、高野山金剛三昧院蔵本（鎌倉期写本）、書写山圓教寺蔵本▼注[4]（二本が現存、室町末期写本）がそれである。いずれも七段式のほぼ同文の式文であるが、その他に、この七段式をもとの文言を生かしつつ周到に改作した三段式の『如意輪講式』（醍醐寺蔵本など）、七段式の文言を加除し整えられた五段式（魚山叢書本）などがあり、七段式『如意輪講式』が多様に伝えられていった様がうかがえる。

大覚寺本の奥書には、作成にまつわる伝承が次のように示されている。

本に云く、陸奥秀衡の母の請に依り、延暦寺澄憲僧都の作る所なり。或る人の云く、秀衡の母、年来この如意輪観音を恭敬供養す。この式をいかがして書かせんと思ふところに、澄憲僧都をこれ聞て、金一馬を贖労としてこれを誂ふ。その時、澄憲、書寫山に籠り、二七日の間、精誠を致してこれを書くと云々。（原漢文）

また、高野山金剛三昧院本の奥書には、「陸奥秀衡の母の請に依り、延暦寺澄憲法印の作る所なり」（原漢文）とあり、複数の伝本が澄憲作であることを伝える。▼注[5]

式文は、以下のような七段で構成されている。

表白

第一　観音本源門

第二　名号讃歎門
第三　形声応作門
第四　本願利益門
第五　宿縁厚故門
第六　如意福徳門
第七　往生極楽門
結章文

具《つぶさ》に式文を読んでいくと、如意輪観音の功徳を表すべく、各段が順を追って論理的に構成され、また重層化された表現が取られていることが浮かび上がってくる。さらに、各段の内容に分け入れば、これが対句や美麗な修辞を駆使した又とない文章であることに気づかされる。

ここで、澄憲と講式述作について具体的に見ておきたい。

澄憲によって形作られた安居院流唱導は、真弟聖覚によって確実に継承され、体系的に資料が整えられていった。▼注[6] その中に、澄憲が草した膨大な唱導資料を主として、聖覚によって編纂された『転法輪鈔』がある。現存するのは一部であるが、称名寺蔵金沢文庫保管聖教には、『転法輪鈔目録』が今に伝わり、▼注[7] 全八箱に分類されて収められた数百結という資料の全体を垣間見ることができる。興味深いことに、その「目録」の中に「如意輪講式」の名が見えるのである。第七箱「表白」の最後に収められた「一結　諸私記」（諸式）に講式がまとめられており、以下のような書名があがっている。

涅槃講式一々〔帖〕／迎接講式一々／如意輪講式二々／随意講式一々／霊山講式二々〈一帖他人〉／八幡講式一々／観音講式一々／三仏講荒草／四菩薩荒草／報恩講廻向段／十種供養式〈被召御堂了〉／以上十三帖同帙

十一種の講式があげられた中に「如意輪講式」が存する。ただし当該の一結は、現存する『転法輪鈔』の中には見えず、（傍線引用者、以下同）具体的な式文の内容がわからないので、挙げられた「如意輪講式」が果たして本七段式なのかは不明である。また、「如意輪講式」は二帖が伝えられていたようで、これが二種の別個の作品であったかも判らない。ただ、澄憲が如意輪講式を作成していた事実は、本講式を考える上で見過ごせない。私は、諸本の奥書、伝本のありよう、そして後述するように何よりその文章自体から、本講式が目録に記す「如意輪講式」に他ならないと考える。

澄憲ないし安居院流の唱導のありようについては、これまでに多くの研究が積み重ねられてきた。小峯和明による『中世法会文芸論』は、法会における表現およびパフォーマンスに及んで論じ、安居院を含めた唱導についての見取り図を示す。▼注[8]

願文、表白、あるいは様々な説経の詞は、作成され書きとどめられて集積し、時宜に応じて転用され、豊かな声技で唱えられることで法会の根幹を担ったのであった。唱えられる文章自体が高度に洗練されていればこそ、聴く者は耳を傾け、感涙を催すのである。

表現の要を成す対句に関しては、『作文大体』「筆大体」▼注[9]に、散文に用いられる対句の分類と体系がまとめられている。平安時代から鎌倉時代に至る表白の表現を、この『作文大体』の基準に則して眺め渡せば、対句には以下のような種類が存する。

単句対（壮句・緊句・長句）

隔句対（軽隔句・重隔句・疎隔句・密隔句・平隔句・雑隔句）

すなわち、二つの句の対となる単句対、第一句と第三句（上句）、第二句と第四句（下句）が句を隔ててそれぞれ対となる隔句対に大別され、文字数の決まりから、右に掲げたように単句対は三種、隔句対は六種がある。隔句対においては、軽隔句（上句四字・下句六字を二回繰り返し、上下句が対となるもの）・重隔句（上句六字・下句四字の、上記と同様の対）が最も優れ、次いで疎隔句・密隔句、さらに平隔句・雑隔句という順の格付けが存する。山本真吾によれば、平安時代後期から、単句対では長句（五字以上の対句）が、隔句対では密隔句（上句は五字以上、下句は六字以上の対句。または上句は特定ではなく下句は三字の対句）が増えることが指摘されている。▼注[10]

表白や願文▼注[11]はこのような対句の形式を基盤に、厳密に言葉が紡がれているのである。その中で、いかように美麗かつ文化的重層性を持つ詞を以て述作するかが腕の見せ所であった。今日残る澄憲の文章は、先ず正統な仏典、経疏類に拠り、さらに漢籍を引き、先行する慶滋保胤や大江匡房らの述作にかかる願文などの文章、ひいては文学作品に及んで縦横に展開する。

澄憲の文章には特徴がある。そもそも表白そのものが概ね対句を以て表現されるものだが、澄憲は、その対句表現に多種多様な典拠・故実を用い、活用の仕方も多岐にわたる。人物に関して言えば、ある人物の事績を成語としたり、事績を短文にまとめたりといった方法が取られ、また用いられる故実は天竺から震旦、本朝にわたるが、天竺から説き起こして本朝へと辿るといった方法が取られていることが指摘されている。▼注[12]文章述作に備えて類句が集積され（それが膨大な安居院流唱導書として伝えられた）、時宜に応じて転用応用がなされたのである。

先に『転法輪鈔目録』の講式一覧を掲げたが、現存する澄憲の講式はごくわずかで、近時少しずつ研究が進められている。例えば、「八幡講式」については、現存諸本から澄憲による当該講式を推定し、内容の分析が行われている。▼注[13]

そのような中で、『如意輪講式』は、澄憲による一つの作品として全容が眺め渡せる点で、極めて貴重なものと言えよう。

3 『如意輪講式』表白を読む

講式[注14]とは、法会において、表白と同様に式文が漢文訓読のかたちで流麗に唱えられる点で一連の総合的な流れがあり、まさに詞を聴かせることが眼目である。多種多様な講式が今に伝えられ、現行のものもあるが、表白が法会の式次第において特立せず、式文との連続性が多く見出せるのが特徴と言えよう。この『如意輪講式』はとりわけ、続く式文との関係性が密であり、式文における修辞の特徴や論理構造と良く通じている。

そこで、『如意輪講式』の特質に迫る作業の一環として、その表白を具に読んでみたい。現在最善本と目される大覚寺本を底本として翻刻を行い[注15]、対句などの修辞がわかるように句読点を付し、行取りを行った（行頭に、冒頭からの行数を示す）。また、対句表現を明瞭にすべく、用いられた対句の種別を、対句の初めの行の下に〔 〕にて示した。さらに、実唱されることを念頭に、併せてこれを訓読して掲げた[注16]。声に出してみればなおのこと、漢文体で眺めるのとは異なった、より現場に近い感懐が生まれるのではないかと思う。現在行われる法会の際の譜本は、この訓読に博士を付して経本仕立てとしている[注17]。

【本文】

敬白法界法身摩訶毘盧遮那　実修実証盧舎那界会
一代教主牟尼薄伽　九品能化弥陀種覚
十方法界証菩提者　去来現在応正遍知
八万十二権実正教　無障礙経甚深妙典
観音勢至諸大菩薩　阿難迦葉諸大声聞

殊ニハ補陀落安養清浄集会、蓮華部中諸賢聖衆、
惣テハ一心法界光明心殿、理性随縁塵刹海会ノ三宝ノ境界ニ驚カシ言サク、
伏テ惟ハ、人中天上之浮華開落、幾クノ春ノ風ソ。〔密隔句〕
苦海愛河之流《ル》水沈浮、雨ノ夕ヘノ浪。〔平隔句〕
生々ニ々シト々セシ々ハ、鉄床《シヤウ》火地ノ上《ヘ》、
処処ニ々シト々セシ々《ロ》ハ、刀山釼樹ノ下《ト》。
善趣ニハ難ク生シ一、〔単句対：緊句〕
悪道ニハ易キ帰《ス》リ一者也。
粤《コ、》ニ窀穸《トムセキ》虚夢《キヨホウ》之中ニ、稀《マレ》ニ受ケ日域《ヰキ》馬《ハ》台《タイ》之人身ヲ一、〔密隔句〕
輪転浮生《シヤウ》之間ニ、償《タマ〳〵》遇ヘリ月支《シ》鵝王之教跡ニ一。
然ニ歳《セイ》月滞《シキリ》ニ傾フク。孰《タレ》カ期セム翌《ヨク》日之晷《カケ》ヲ一。〔軽隔句〕
冥路《メイロ》稍《ヤウ〳〵》クニ近ツク、須《ヘシ》ク蓄《タクハ》フ二夜台《タイ》之粮《カテ》ヲ一。
茲ヲ以テ、偏ニ仰テ一尊之汲《キフ》引ヲ一、〔単句対：長句〕
欲フ祷ラムト二世之雍熙《ヰヨウキ》ヲ一。
夫十方聖衆ノ中ニ、観自在ノ慈悲惟《コレ》深重ナリ。〔密隔句〕
六観世音之内ニハ、如意輪ノ利生尤モ掲焉ナリ。
繇《ヨテ》是一レニ、今翅《キサシ》テ二一座七門之講肆《シ》ヲ一、〔単句対：長句〕
早ク預ラム二求両願之満足ニ一。
然則、速カニ恣《マヽニ》シテ二鄭白陳紅《テイハクチムコウ》之《ノ》景《ケイ》福ヲ一、〔単句対：長句〕

永ク保タム二黄牙《クワウカ》白石《セキ》之遐算一ヲ。

加之、眼前ニハ誇《ホコ》テ不老之赤泉《セキ》一ニ、伴《トモナヒ》二椿葉之影一ニ、〔隔句対：その他〕

身後ニハ遊テ迎接之紫台一ニ、俣《マタム》二荷華《クワ》之《ノ》披《ヒラ》一。

立《タテ》片言《ヘムケン》ヲ以テ居《キヨ》スルニ要一ニ、乃チ梗概《カウカイ》之啓《ケイ》白ナリ。

懇篤《コントク》之《ノ》志《シ》不ス能ハ二叢脞《サウサ》一スルニ。具ナル旨《ネ》在リ仏界《カイ》之照覧ニ已而《ナラクノミ》。

今此講演ニ惣有七門。

一者観音本《ホン》源門、二名号讃歎門、三形声応作門、四本願利益門、五宿縁原故《厚カ》門、六者如意福徳門、七者往生極楽門。


【訓読】

敬《(つつしみうやまつて)》つて、法界法身摩訶毘盧遮那　実修実証盧舎那界会　一代教主牟尼薄伽　九品能化弥陀種覚　十方法界証菩提者　去来現在応正遍知　八万十二権実正教　無障礙経甚深妙典　観音勢至諸大菩薩　阿難迦葉諸大声聞、殊には補陀落安養清浄集会　蓮華部中諸賢聖衆、惣じては一心法界光明心殿　理性随縁塵刹海会の三宝の境界に驚かし白して言さく、

伏して惟れば、人中天上の浮華の開き落つるは、幾ばくの春の風ぞ。苦海愛河の流水の沈み浮くは、雨の夕べの浪。生々に生じと生ぜし生は、鉄床火地の上。処々に処しと処せし処は、刀山剣樹の下。善趣には生じ難く、悪道には帰り易きものなり。

粤に、窀穸虚夢の中に稀に日域馬台の人身を受け、輪転浮生の間に償たま月支鵝王の教跡に遇へり。然るに歳月洊りに傾ぶく。孰か翌日の晷を期せむ。冥路稍やくに近づく。須く夜台の粮を蓄はふべし。

茲を以て、偏に一尊の汲引を仰ぎて二世の雍熙を祈らむと欲ふ。夫れ十方聖衆の中には、観自在の慈悲惟れ深重

なり。六観世音の内には、如意輪の利生尤も掲焉なり。
是に繇って、今一座七門の講肆を翹して、早く二求両願の満足に預らむ。
然れば則ち、速かに鄭白陳紅の景福を恣にして、永く黄牙白石の遐算を保たむ。加之《しかのみならず》、眼前には不老の赤泉に誇て椿葉の影に伴ひ、身後には迎接の紫台に遊んで荷華の披くを俟たむ。
片言を立てて、以て要に居するに、乃ち梗概の啓白なり。懇篤の志、叢脞するに能はず。具なる旨、仏界の照覧に在るならくのみ。
今、此の講演に惣じて七門有り。一には観音本源門、二には名号讃歎門、三には形声応作門、四には本願利益門、五には宿縁厚故門、六には如意福徳門、七には往生極楽門なり。

*

それでは、表白の論理構造と修辞とを見ていこう。

冒頭の勧請句に続く「伏テ惟ハ」（8行目。以下、行数を数字で表す）より表白の本体は始まる。以下、表白を総括し講式全体に言及する文言（28～）に至るまで、全て対句から成っている。本文に、用いられている対句の種類を〔 〕として掲げたが、長短の単句対と隔句対とを併せて表現のバラエティーに富む。その内訳と数は、単句対4（緊句1、長句3）、隔句対6（平隔句1、軽隔句1、密隔句3、その他1）である。長句や密隔句が平安後期以降に多くなるという傾向に合致し、澄憲自身の表白の句法のデータ（山本真吾による）とも隔たらない。

表現内容に立ち入れば、まず人の営みの儚く定めなきことから説き始め（8～9）、地獄の景を引き合いに出しつつ悪道に堕ちやすいことをうたう（10～13）。

「人中天上～」「苦海愛河～」と、上句九字＋下句三字から成る密隔句が用いられている。冒頭句に続いて「浮華開落」「流水沈浮」、「幾ク春ノ風ソ」「雨ノ夕ヘノ浪」が対置され、はかなく寄る辺ないことを、花が春の風に開いては落ちる様や河の流れの浮沈に印象的になぞらえるのである。「苦海」は苦しみが深く果てしなく続くことを海にたとえて言った表現であり、経典にも見出せるが、「苦海」「愛河」を対の表現として用いた例は、『万葉集』の山上憶良の歌に見える。挽歌の右詩に「愛河波浪已先滅、苦海煩悩亦無結」（巻五、七九四）とあり、厭離穢土を述べる中に用いられている。また「春風」「夕浪」は歌語であり、和歌的修辞に拠った一連の表現であることがわかる。一転して次の「生々〜」「処々〜」はダイナミックな繰り返しで、地獄の風景を描く。「刀山剣樹」は『大宝積経』に地獄の様を述べる段に見え、「鉄床」にて極苦を味わうことも同時に述べられている。注[18] これらを併せて、「善趣ニハ難ク生一シ、悪道ニハ易キ帰ス一リ」を導くのである。この文言もまた、経典に見出せる（「悪道易往、善趣難生」『仏説巨力長者所問大乗経』）。

続けて、稀にも我らは人としてこの日本に生まれ、仏教に値遇するも（14〜15）、歳月は過ぎ人生の終焉はまもなくであり、亡後の粮をぜひ備えねばならないとうたう（16〜17）。ここでも「窀穸虚夢」「輪転浮生」、「日域馬台之人身」「月支鶏王之教跡」を中核に対句が生きる。命は永続せず余命は短いことに話を進めるくだりもまた、「歳月洊傾」と「冥路稍近」、「孰期翌日晷」と「須蓄夜台粮」とが、ひとつひとつの詞から修辞方法に及んで見事な隔句対を成す。ちなみにここは軽隔句となっており、『作文大体』で最も格が高いとされたものである。

そしてだからこそ今、仏の救済を仰ぎ、今生来世の和楽を祈るのであり（18〜19）、数多の聖衆のうち観音こそが慈悲に勝れ、中でも如意輪観音の利生は際立っていると述べる（20〜21）。「二世之雍熙」とは、大江匡房の遺した願文の集成『江都督納言願文集』注[19] 巻一「尊勝寺阿弥陀堂供養願文」に典拠が求められる。「依十力之衛護、以致二世之雍熙」とあり、天下が良く治まって平安であることをうたう部分である。ただ当該の願文では「二世」は前後の文脈から当代次代二世（すなわち願主堀河天皇および東宮）を指すかと思われるが、本表白においては「二世」は現世来世を表すことに転用されている。「一尊之汲引」すなわち仏の救済、「二世之雍熙」すなわち今生のみならず来世の平安を願うのである。

さて文章は、それゆえここに七門から成る講式を行うのだと進められる（22〜23）。

その功徳は、「鄭白陳紅之景福」を手中にし、「黄牙白石之遐算」を保つこととなる（24〜25）。さらには、現世には「不老之赤泉」すなわち長寿を保ち、来世には「迎接之紫台」すなわち極楽浄土にて蓮の花を愛でることを許されるという（26〜27）。ここでは、漢籍由来の比喩表現を駆使して対句をかたちづくっている。

まず、「鄭白陳紅之景福」であるが、「鄭白」とは、「有二鄭白之沃、衣食之源一」（班固「西都賦」）などでよく知られた、鄭国・白公による灌漑のおかげで肥沃の恩恵が行き渡る様をいう。「陳紅」は、米などの古くなって赤くなったものを指す（蘇軾の詩「鼠須筆」に「太倉失陳紅、狡穴得余腐」と見える「陳紅」がそれである）。しかし意味内容は古米というにとどまらず、前漢の武帝・景帝二代にわたる安定した時代において、都の米倉に年々古米が積み上がって赤く変色するほどだったという故事（『漢書』食貨志上「太倉之粟、陳陳相因、充溢露積於外、腐敗不可食」、同・賈捐之伝「太倉之粟、紅腐而不可食」に描かれる様）による満ち足りた生活を示すものである▼注[20]（「陳」は積み重なるの意）。「鄭白」「陳紅」と合わさって豊かさを象徴的に表すのである。▼注[21]

対となる「黄牙白石之遐算」は、『江都督納言願文集』に典拠が求められる。巻一「鳥羽多宝塔供養願文」に、「留長生不老之日月、保黄牙白石之寿算」との表現が見え、直截にはこれに拠ったと思われる。「白石」とは、仙薬である白い石のことで、これを飲んだ白石先生は、長寿の者として象徴的に描かれる仙人であった（『神仙伝』巻一「白石先生者、中黄丈人弟子也。至彭祖之時、已年二千余歳矣。（中略）常煮白石為糧。」）▼注[22]。『白氏文集』にも「白石先生小有洞、黄牙姹女大還丹」（巻十六、九五五「尋王道士薬堂因有題贈」）とあり▼注[23]、「白石」「黄牙」が対として表される。「黄牙」もまた仙薬で、『雲笈七籤』に「金碧経云、練銀於鉛、神物自生、…可造黄金牙、…又曰黄牙、…是長生之至薬」（巻六十六 明弁章二）とある。漢籍に繰り返し登場する長寿の仙人を象徴して、黄牙・白石の譬えが採られているのである。

ちなみに「椿葉之影」（26）とは、『新撰朗詠集』帝王部にも採られて有名な「徳は是れ北辰、椿葉の影再び改まる」

の長寿や永続を意味する表現であり、飲めば老いぬという「不老之赤泉」（陶潜「読山海経詩」等に「赤泉」が謳われる）と併せて、今生来世にわたる福徳を最終部に及ぶまで重層的に説く。

このように講式の趣意と要点を述べ来たり、七門を紹介して表白を終える。それぞれの内容のまとまりごとに、「伏テ惟ハ」「粤《コ、》ニ」「茲ヲ以テ」「繇《ヨテ》是レニ」「然則」「加之」と、耳で聴いて即座に論理構造を理解しやすい文字句を的確に配置しつつ、畳みかけるように綴っていく。用いられた字句の典拠について取り上げたのは一部であるが、「窀穸」「浮生」「月氏」「鵜王」「夜台」「景福」「遐算」「荷華」等々、それぞれ表白や願文に多く見出せる表現であり▼注[24]、経文ない漢詩文由来の詞も多い。全体が、隙の無い、対句を縦横にわたらせた美麗な文体であることは明瞭であり、その論理の積み上げ方は極めて周到である。

表現の特徴や広汎に拠って立つ典拠の的確さからも、本講式が澄憲の作であることはまず間違いなかろう。

4　おわりに――澄憲と『如意輪講式』

表白の文言は、講式の式文と直結して、一連の詞の緊密かつ周到な構成にて、聴く者の傾倒を促す。特有の曲節を持った講式は、唱えて美しく響き、その場での理解を弥増しにしたであろうし、感動を呼んだであろう。論じてきたように、『如意輪講式』の表白は、論理構成といい、高度に洗練された表現内容といい、〝始まり〟にふさわしい風格を備える。しかしながら特筆すべきは、この表現のレベルが講式全体を貫いていることである。藤原秀衡母が莫大な喜捨を以て誂えたとの伝承を持つ本講式は、才と知とに支えられた相当な労力がかけられていることは疑いない。

実際に、現代に式文に節付けをする作業から浮かび上がることは、一連の式文の中で、重要な文言をより強く印象づけるような唱われ方がおそらくなされただろうことである。そこには、他よりも高い音域（例えば二重、三重といった）

があてられることによって、詠唱による際だった説得力が生み出される。見てきたように、本講式は、一分の隙もないような対句から成る美文で構成されている。音声として「今、ここに」立ち上がる時には、表白から始まる七つの段、さらに結章文と、一段ごとの盛り上がりを備えながら、クライマックスに向かって聴聞者の感動を誘う。そこには、文字資料すなわち文章として味わうのとまた違った、身体的感覚を伴った享受が存する。導師をも勤める澄憲ならば、講式制作の際、どこで、どのように聴かせるかを十分に計算していたであろう。それぞれに奥行きのある対句がちりばめられて、畳みかけるように論理を展開させていく式文は、だからこそ講式特有の音曲に載せられていっそうの輝きを持つ。遺された唱導資料からうかがえる当時の法会の音曲作法は、現場においてさまざま工夫がなされるものであったようである。▼注[25] 澄憲自身が執り行った如意輪講式がいかに響いたか、想像して興趣は尽きない。

【注】

[1] 佐々木邦世が平泉と関わる重要な講式として紹介し、翻刻・訓読がなされている（佐々木邦世「よみがえる「信の風光」—秀衡の母請託『如意輪講式』を読む—」中尊寺仏教文化研究所『論集』創刊号、一九九七年五月）。

[2] 中尊寺「如意輪講式」法要パンフレット（二〇一六年六月）、中尊寺『関山』二二号（二〇一七年二月）に詳しい。柴も委員として加わり、式文訓読と譜本作成の過程を担った。

[3] これら諸本や全体の概要については、柴佳世乃「澄憲『如意輪講式』を読む—大覚寺蔵七段式の訓読—」（中尊寺仏教文化研究所『論集』四号、二〇一七年三月）に論じた。ニールス・グリュベルクのWEBサイト「講式データベース」にも本講式の諸本の一部は載せられており、学恩に与った。

[4] 柴佳世乃「書写山圓教寺蔵『如意輪講式』解題と翻刻」（千葉大学『人文研究』四六号、二〇一七年三月）。

[5] 書写山圓教寺蔵『如意輪講式』（実祐書写本）には、澄憲の名は見えないが、大覚寺本の奥書に通ずるような伝承を載せる。注[4] 拙稿に詳論した。

[6] 『釈門秘鑰』『転法輪鈔』『言泉集』をはじめ、『表白集』『澄印草等』『澄憲作文集』『鳳光抄』『法華経釈』『雑念集』『上素帖』『澄

憲作文大体』など多岐にわたる類聚が編まれまとめられた。先駆的な永井義憲・清水宥聖編『安居院唱導集　上巻』（角川書店、一九七二年）をはじめ、小峯和明・山崎誠による「安居院唱導資料纂輯」（『国文学研究資料館調査研究報告』一九九一〜九八年）の連載、『真福寺善本叢刊　中世唱導資料集』（臨川書店、二〇〇〇年）、畑中栄『澄憲作文大躰』（古典文庫、一九九九年）など参照。阿部泰郎「文学研究としての中世宗教テクスト諸位相の探究」（『中世文学と寺院資料・聖教』中世文学と隣接諸学2、竹林舎、二〇一〇年）、牧野淳司「安居院流唱導の形成とその意義」（同）に概観されている。

［7］前掲注［6］『安居院唱導集　上巻』所収。

［8］小峯和明『中世法会文芸論』（笠間書院、二〇〇九年）。

［9］観智院本『作文大体』（天理図書館善本叢書『平安詩文残篇』）。

［10］山本真吾『平安鎌倉時代に於ける表白・願文の文体の研究』（汲古書院、二〇〇七年）に詳細に論じられる。同「「表白」という言語行為と文学表現」（前掲注［6］『中世文学と寺院資料・聖教』）をも参照。

［11］願文については、渡辺秀夫「願文」（『唱導の文学』仏教文学講座第八巻、勉誠社、一九九五年）、同『平安朝文学と漢文世界』（勉誠社、一九九一年）、大曽根章介『日本漢文学論集』第一集（汲古書院、一九九八年）、前掲注［8］小峯『中世法会文芸論』を参照。願文と表白の表現の近しさも論究されている。

［12］清水宥聖「澄憲・聖覚の文学」（前掲注［11］『唱導の文学』）。

［13］舩田淳一「講式と儀礼の世界―八幡講式を中心に―」（前掲注［6］『中世文学と寺院資料・聖教』）。新城俊男「中世八幡信仰の展開」（『日本人の宗教の歩み』桜楓社、一九八一年）にも八幡講式と安居院との関連が論じられる。

［14］山田昭全「講式―その成立と展開」（前掲注［11］『唱導の文学』）、山田昭全著作集第一巻『講会の文学』（おうふう、二〇一二年）。

［15］佐々木邦世による翻刻・訓読（前掲注［1］）を参照しつつ、あらためて大覚寺本を読解した。大覚寺本影印参照にあたり、便宜をはかって下さった佐々木氏に謝意を表する。

［16］七段全文の訓読は、注［3］拙稿に掲げた。

［17］譜付けの作業は、海老原廣伸師・室生述成師・近藤静乃氏に柴が加わって行った。

［18］地獄の景が「或上刀山剣樹碓擣石磨銅柱鉄床受諸極苦」（『大宝積経』巻五十六）と記される。なお、『百座法談聞書集』にも「刀山剣樹の山に身をつらぬかれ」とあり、経典由来の詞でありつつ広く用いられた文言であったことがわかる。

[19] 山崎誠『江都督納言願文集注解』（塙書房、二〇一〇年）。

[20] 内山直樹氏の教示による。

[21]「鄭白陳紅」の用例は見出せていないが、後に触れる「黄牙白石之遐算」と同様に、直截の典拠があるいは存するのではないか。

[22]『太平公記』巻七にも『神仙伝』白石先生条が収められており、長寿の仙人として広く享受されていたことが明らかである。

[23] 山崎誠『江都督納言願文集注解』に典拠としてあげられている。

[24] 例えば、「窀穸」は、『江都督納言願文集』巻五「遠江内侍為先妣周忌追善願文」に「長夜窀穸之別」、巻六「肥前権介文屋相忠作善願文」に「窀穸之今」などとあり、埋葬を暗喩する言葉である。また、「夜台」とは墓穴を意味し、『本朝文粋』巻五・仏事の前中書王（兼明親王）の奏状（一一五）に「夜台早掩」などとある。

[25] 柴佳世乃「唱導書に見る音楽・音曲―能読と能説の交差、連動―」（『藝能史研究』二一四号、二〇一六年七月）に、唱導の音曲について論じた。

【引用】注に掲げたもの以外は、以下の通り。経典類は『大正新脩大蔵経』、『漢書』（中華書局）、『神仙伝』『雲笈七籤』（道教典籍選刊）、『白氏文集』（新釈漢文大系）、『万葉集』『本朝文粋』（新日本古典文学大系）

【付記】本稿は、科学研究費補助金（基盤研究（C）課題番号25370206）による研究成果の一部である。

5 今川氏親の『太平記』観

和田琢磨

1 はじめに

南北朝時代から室町時代にかけて、『太平記』はどのような書と考えられていたのだろうか。この問題を追及している筆者は、今川了俊『難太平記』等の検討をとおして、南北朝時代の守護大名の『太平記』享受の事例を具体的に明らかにしてきた。▼注[1] そこでは、

・『太平記』を自家の功績を保障する書とする了俊の認識は、必ずしも守護大名一般に当てはまるものではないだろうこと。

・了俊は『太平記』全巻を読んでいたわけでも、精読していたわけでもないだろうこと。

・『難太平記』を論拠とする、『太平記』を室町幕府の正史（またはそれに類する書）と位置付ける考え方は成り立ち難

いこと。
を述べた。これを承けた本論では、『宣胤卿記』所収の今川氏親書状の検討をとおして、室町時代の一守護大名の『太平記』観を明らかにし、従来の説に見直しを迫りたい。

2　今川氏親書状の位置付けをめぐる研究史

室町時代の有力守護大名今川氏親は、従一位権大納言に至り出家した中御門宣胤の娘婿であった。宣胤は氏親に「太平記抜書一巻」を贈り（『宣胤卿記』永正一五年（一五一八）四月二九日条）、氏親は、それに対する御礼を八月六日条所載の書状の中で述べている。最初にその内容を見てみよう。

兼又太平記内名字候所、被遊抄候て被下候、過分之至候、当家異于他致忠節候、其処（支イ）請「證イ」于今所持仕候、太平記ニハ普通之様載候、惣別以草者私、▼さ程無忠節家も抜群之様書載之由申、（候イ）錦小路殿御座之時被読候て被聞食、殊外相違事共候間、可致改之由被仰候けると、▲**了俊俗名貞世委書置物共候**、今申候ても無益事候へ共、以次申入候、

傍線部から、宣胤が贈った「一巻」は今川氏の名字が記されていた部分を抄出した物であったことが分かる。氏親は「過分之至候」と義父に礼を述べ、それに続き『太平記』には今川氏が特に活躍したようには書かれていないが、実は他家よりも活躍していたことを伝える証拠があると語っている。その証拠とは「了俊俗名貞世委書置物」（ゴシック部分）すなわち『難太平記』▼注[2]である。▼▲で囲んだ部分が『難太平記』の内容で、「太平記多レ謬事」（校正本の章段名）に記された次の記事をまとめていると考えられる。

昔等持寺にて、北（法カ）勝寺の恵珍上人、此記を先三十よ巻持参し給ひて、錦小路殿の御めにかけられしを、玄恵法印によませられしに、おほくそらごとゞ（衍カ）も誤も有しかば、仰に云、「是は且見及中にも以外ちがひめおほし、追

而書入・切出すべき事等有、其程不可有外聞」之由仰有し後、中絶也、
近代重て書続げり、次でに入筆ども多所望してかゝせければ、人の高名数をしらず云(ト脱カ)り、さるから、随分高名の人々も只勢ぞろへ計に書入たるもあり、一向略したるも有にや、

氏親は、「近代重て書続げり」以下の部分を前に、「錦小路殿」(足利直義)の改訂指示を後にするなど、『難太平記』の文脈に沿ってまとめているわけではない。だが、『太平記』が今川氏の功績を書き漏らしているという了俊の主張はしっかりと受け継いでいる。氏親は、『難太平記』に記された内容を、今さら申し上げても無駄であるけれどもと断りつつ、ついでだからと宣胤に慎んで申し上げているのである。

では、この氏親書状はどのように位置付けられてきたのか。研究史を確認しよう。『宣胤卿記』に記された『太平記』関係記事については、芳賀幸四郎▼[注3]が触れているが、氏親書状について初めて検討を加えたのは加美宏「島津家本『太平記』異文抜書ほか」▼[注4]である。加美の指摘は研究史を把握する上で極めて重要なので、少し長めに引用しておこう。

宣胤は『太平記』中より今川氏の名字が出てくるところ、つまり①氏親の先祖にあたる今川範国、その子範氏・貞世(了俊)兄弟らが活躍している箇所を書き抜いて一巻の書としたものと思われる。

それに対して氏親は、先祖の今川一族が、南北朝内乱を通じて抜群の忠節を尽くしているのに、『太平記』には、ただ「普通之様」にしかそれを載せていないこと、反対にさしたる忠節もない者が「抜群之様」に記載されていることなどについて、すでに了俊の『難太平記』にくわしく書いてあることであるとしながらも、いまさらながら憤懣やるかたなしといった口吻である。六代・五代も以前の先祖の忠節・武勲のあかしを、今に至るまで所持していると書き、②『難太平記』とほとんど同じ『太平記』批判を「無益」と知りつつも繰り返している氏親の執念深さの中に、自家の忠節・武功が記録され確認されることと、一族の繁栄とが、いかに密接にかかわっていたかという事実や、『太平記』が武士の軍忠記録としても、いかに大きな影響力を持っていたかということなど

をうかがい知ることができよう。

加美は、宣胤作成の抜き書きは今川氏の活躍した部分を抄出した物と考え（傍線①）、氏親は了俊と同様に『太平記』に今川氏の功績が記されていないことを恨み、『太平記』を軍忠記録的書と認識していたと考えている（傍線②）。加美は「『難太平記』――『太平記』の批判と「読み」」▼注[5]においても、

了俊の熱望にもかかわらず、『太平記』が彼の希望通り改訂された形跡は見当たらない。そして、そのことを今川一族は長く恨事としたことは、『宣胤卿記』所載の今川氏親の書状（永正十五年八月六日付）によってもうかがうことができる。

と述べており、今川氏一族は、了俊の宿願を一六世紀に至るまでずっと持ち続けていたと考えているのである。▼注[6]加美の後、米原正義▼注[7]も氏親書状を検討しているが、米原も、

問題は書状の内容で、今川家には足利氏に忠節を尽した支証が伝存していたこと、今川了俊が応永九年二月謹慎隠棲の窓下で筆を執って著した「難太平記」を所持しており、氏親に了俊以来の伝統を継承しようとする意欲のあったことが推される。

と、同様の考え方を示している。

これ以外に氏親書状を検討した先行研究はない。もし、両氏の見解が正しいとすると、一四世紀から一六世紀の今川氏は、『太平記』を強く意識し続けていたということになる。

だが、両氏の指摘を信じてよいのだろうか。そもそも、宣胤が作成した『太平記』抜き書きが今川氏の活躍記事を抄出したものであろうという推測の論拠も示されていない。宣胤が所持していた『太平記』がどのようなもので、どのような意識の下で作成された抜き書きなのかを検討した上で、氏親書状を読み解く必要があるのではないか。節を改め、宣胤が所持していた『太平記』本文について最初に明らかにしていこう。

3　『宣胤卿記』の『太平記』関係記事

最初に、『宣胤卿記』から『太平記』について記されている部分を抜き出してみよう。

A・永正一四年（一五一七）八月一日　「宗観借送太平記一部四十冊廿二巻欠」

B・同一一月二七日

「太平記四十冊今日一見畢、此内第四巻宣――明卿歟一奉レ預《アツカリ》二後醍醐院ノ四宮一ヲ八才事、当流ノ面目也、其段詞事所レ「多イ」書二抜別紙一ニ也、又宝篋院殿義―詮、御上洛之時、御借二住同卿ノ宿所一ヲ、彼卿御記分明也、太平記無此事、可謂無念、（中略）又今所持之屏風和歌幷御遊等絵、其年号不審之処、太平記第四十巻、貞治六年三月廿九日中殿御会人数等分明也、此屏風其時節物歟、古物也、（中略）

此中殿御会此度以後無之、抑中殿御会年々其例不快之由各雖申之、尚被行云々、天龍寺焼失廿九日当日申剋、同四月廿八日鎌倉左馬頭基氏将軍御弟廿八才逝去、同十二月七日征夷大将軍義詮卿薨卌八才給、又同年八月十八日被行最勝講之処、於禁庭南都北嶺衆徒喧嘩出来及合戦、両方衆徒多以被打了、是以来此講演無之、件度狼藉之衆徒及堂上之処、高祖父宣―方以高灯台追下、名誉之由世語伝之、

中殿御会年々以太平記注之

後冷泉院　天喜四年閏三月　　白河院　応徳元年三月
堀河院　永長元年三月　　崇徳院　天承元年十月
順徳院　建保六年八月　　後醍醐院　元徳二年二月
此外承保二年四月　長治二年三月　嘉承二年三月

建武二年正月、清涼殿ニシテ和歌宴雖有之、中殿御会ノ真規ニハ不加侍ニヤ、已上太平記」

C・同一二月一〇日「資定太平記五冊返之、又五冊遣之」

D・同一二月二六日「資定状到来、勘付返了、／近日御床敷存候、仍太平記（返給了）八帖、長々御借畏存候、唯今返上候」

E・永正一五年（一五一八）一月二八日

「秀房朝臣年中行事本持来、就所望、油煙一丁与之、太平記第十三巻借遣之、藤房卿事有之故也」（以下、巻一三「竜馬進奏事付藤房卿遁世事」の最後の部分を抜き書きする）

F・同二月一日「年中行事以秘本点之返遣秀房（右中）朝臣、祝着之由有返事、此次太平記返」

G・永正一五年紙背文書

「先刻以参上申入、殊種々得尊意、一段畏入存候、毎度難申尽存候、（「仍歟」）何此太平記御本則書写返進申候、是又畏入候、」

H・同四月二九日

「今日孫女十六歳下遠江国、自駿河中媒之故也、（中略）又駿河返事等遣之、唐墨一丁大、打陰卅枚、太平記抜書一巻遣駿河（今川）守護、」

I・同五月二六日「又太平記第五宣房卿事在此巻借遣之、（二五日条に秀房が来たとあり）」

J・同六月一〇日

「入道内府奉状、太平記内光厳院御事一段書抜、奉令見之、又彼太平記内、宣―（明）卿元弘元年ニハ中納言トアリ、数年後ニハ宰相トアリ、伝紛失不審之間、公卿補任如何之由尋之、返事在左、元弘元年比ハ未《イマダ》下ス卿位給上歟、如此物語、予書極官者、大納言ト可有歟、」

K・同六月一一日（尭空〔三条西実隆〕書状）

「凡太平記万「一部イ」之眼目此両皇御対談ニ極候由、左「古イ」来申来候歟、今更動感情候、加電覧返ことく返々大「恐イ」悦候、兼又公卿伝引勘注申候、談事更難述紙上候、猶々昨日即不申恐入候、」

L・同七月二八日　「太平記三十九冊返遣宗観入道了、」

M・同八月六日　今川氏親書状（前掲）

右の如く、『宣胤卿記』には『太平記』関係記事が一三箇所に認められる。その最初は、永正一四年（一五一七）八月一日条で、宗観から『太平記』を借りたことが記されている。この宗観の名は永正一四年九月六日条の「ますかゞみ三冊〔上中下〕返遣宗観、此次遣一首猶子藤原行時〔三富修理亮〕……」、同一一月一六日条の「宗観〔三冨豊前守忠胤入道、非定衆〕」にも認められ、俗名が「三冨豊前守忠胤」だったことが分かる。九月六日条には、三富一族の行時が宣胤の猶子だったと記されている。宣胤が宗観から『太平記』を借りた理由も、宣胤が三富氏と親戚関係にあったことに求められるのではないか。また、永正本『増鏡』の「此三冊〔上中下〕釋〔三富豊前守入道〕宗観〔俗名藤原忠胤今年八十四歳〕所持本也、〔宗観自書之〕」（岩波旧大系『神皇正統記　増鏡』）という本奥書から、三富氏が藤原姓であったことも判明する。さらには、宗祇『下草』六六一 a の詞書きには、「花やあらぬ昨日は雪の山さくら」の句が「三冨豊前守の許」で詠まれたと記されている。▼注[8] この句は延徳二年（一四九〇）二月二五日の東山清水寺本願坊での「何人百韻」の発句で、その席で宗祇・兼載・宗長・肖柏らとともに忠胤も五句詠んでいるから、▼注[9] この「三富豊前守」は忠胤と考えてよかろう。加えて、京都府与謝郡伊根町にある七神社の文明一四年（一四八二）八月二六日の日付を有する棟札に、「領主二階堂山城大夫判官殿　地頭領家公文一円御知行」「御代官三富豊前守忠胤花押」とあ▼注[10]ることから、三富忠胤は二階堂政行の代官であったことも分かる。▼注[11] 以上を総合し先行研究も踏まえると、宗祇の句は二月二〇日に▼注[12]三富忠胤の屋敷で詠まれたと考えられ、宗観（三富忠胤）は連歌にも精通した武士で仏道修行にも熱心▼注[13]な人物だったことが判明するのである。

宣胤はこの宗観から巻二二を欠いた『太平記』、つまり古態本と判ぜられる本（巻一三「竜馬進奏事付藤房卿遁世事」抜き書き部分からは本文系統を特定できない。内容は変わらないものの、この部分に少し本文異同が認められる神宮徴古館本ではないようである。）を借り、約一年後の永正一五年七月二八日に返却している。その間に、宣胤は約四箇月かけて『太平記』に目をとおし（永正一四年一一月二七日条）、その後、四種類の抜き書きの作成（ゴシック部分）等を行っている。具体的に見ていこう（以下、各日付の上に記したA～Mの記号で示すことにする）。

『太平記』に目をとおした宣胤は、先祖「中御門中納言宣明卿」が後醍醐天皇の八歳の宮を預かったと記されていることを名誉に思い、「其段詞事所レ書二抜別紙一ニ也」と最初にこの部分（巻四「囚人配流事」）の抜き書きを作成したことを記している（B）。ちなみに、宣胤は「四宮」と記しているが、『太平記』では「九宮」となっている。おそらく「九宮」のすぐ前に「四宮」が流されたことが記されているので、目移りにより誤ったのであろう。また、自家に伝わる内容が『太平記』に記されていないことを残念に思った旨を記しているほか、『太平記』を資料として中殿御会の記録をまとめている。Bには、芳賀や加美が指摘するとおり、今川了俊と同様の意識が宣胤にもあったことが示されている。ただし、永正十四年七月二六日条に「ますかゝみ借宗観、第［下巻］十四春のわかれニ、一流元祖亞相事、後宇田院御遺勅ノ所書写之、依為家之眉目也」と記されていることを忘れてはなるまい。宣胤は『増鏡』にも『太平記』と同様の性質を認めていたのである。『太平記』だけを自家の歴史を証する書と認識していたわけではないのだ。

宣胤は『太平記』を周りにも貸している。C・Dには柳原資定に、E・Iには万里小路秀房に先祖のことが記されている巻を貸したことが記されている。当時まだ二〇代で卿位にも達していない資定・秀房が、従一位まで至り出家していた宣胤に『太平記』の貸与を要求したとは考えにくい。おそらく、『太平記』を入手した宣胤は、うれしさの余りに若者二人に貸し与えたのではなかろうか。同様のことはJ・Kにも認められる。J・Kには三条西実隆に「太平記内光厳院御事一段書抜」を贈ったこと（J）と、それに対する実隆からの礼が記されている（K）。巻四〇「光厳院禅定法王御芋藪事付同崩御々事」の抜き書きを贈られた実隆は、「凡太平記［一部イ］万之眼目此両皇御対談ニ極候由、［古イ］左来中来候歟、今更動感情候」と述べている。昔からよく知られている有名な場面だったので、実隆も当然知っていたというのである。「今更動感情候」と一応礼を述べてはいるものの、宣胤からのこのプレゼントは特に珍重するようなものではなかったようなのだ。やはりこの部分からも宣胤の自己満足によって抜き書きが配られていたことが推察されよう。

こうして、宗観所蔵本の本文は宮廷社会に広まっていったのであり、氏親に贈られた抜き書きも宗観所蔵古態本を基にしているということになる。では一体、氏親にはどのような「太平記抜書一巻」（H）が贈られたのであろうか。

４　「太平記抜書一巻」の内容

宣胤が氏親のために作成した抜き書きの内容を考えるために、古態本の神宮徴古館本から今川氏関係記事をすべて抜き出してみよう。ただし、紙幅の都合上本文を丁寧に引用することができないので、今川一族の名が登場する場面の巻数と章段名の下に『神宮徴古館本　太平記』（和泉書院、一九九四年）のページ数と行数をカッコ内に記す形で示すことにする。なお、和泉書院刊本は欠巻部を松井本で補っており、本論もそれに倣っている。

今川氏登場箇所一覧

①　巻九「足利殿御上洛事」（二一八頁六行目）：名字のみ（＊）。
②　巻一四「矢矯合戦事付鷺坂合戦事」（三八七頁四行目）：今川修理亮（＊）。
③　巻一四「矢矯合戦事付鷺坂合戦事」（三八八頁一二行目）：名字のみ（＊）。
④　**巻一四「箱根合戦事付竹下合戦事」**（三九七頁一一行目）：名字のみ（＊）。
⑤　巻一五「正月廿七日京合戦事」（四四一頁一六行目）：名字のみ。
⑥　巻一六「経嶋合戦事付正成自害事」（四八六頁一四行目）：名字のみ（＊）。

⑦ 巻一七「山責事付日吉神託事」（五〇一頁七行目）：名字のみ（＊）。

⑧ 巻一七「山門牒南都事付東寺合戦事」（五二七頁一行目）：名字のみ（＊）。

⑨ 巻一七「金崎城責事付野中八郎事」（五四九頁五行目／五五〇頁一四行目）：今川駿河守。

⑩ 巻一八「金崎城後詰事」（五六三頁三行目）：今川駿河守。

⑪ 巻一九「追奥勢跡道々合戦事」（六一一頁八行目）：今川五郎入道。

⑫ 巻一九「青野原合戦事付嚢沙背水陣事」（六一二頁一四～一五行目）：今川五郎入道。

⑬ 巻二六「正行参吉野事」（七七四頁七行目）：今川五郎入道（＊）。

⑭ 巻二六「四条縄手合戦事付上山討死事」（七八〇頁一五行目）：今川五郎入道（＊）。

⑮ 巻二七「師直師泰奉囲将軍事」（八一七頁一〇行目）：今川五郎入道（＊）。

⑯ 巻三〇「薩埵山合戦事」（八九六頁一五行目～八九七頁一行目）：今川入道心省・子息伊予守某（＊）。

⑰ **巻三〇「薩埵山合戦事」**（九〇〇頁二行目）：今川上総介（＊）。

⑱ 巻三一「武蔵野合戦事」（九一七頁八行目）：今川五郎入道・同式部大輔（＊）。

⑲ 巻三二「主上義詮没落事付佐々木秀綱討死事」（九五二頁六行目）：今川駿河守頼貞・同兵部大輔助時・同左衛門入道某（＊）。

⑳ 巻三四「義詮朝臣南方進発事付軍勢狼藉事」（一〇一四頁五～六行目）：今川上総介・子息左馬助・舎弟伊予守（＊）。

㉑ 巻三四「二度龍門山軍事」（一〇一九頁九行目）：今川伊予守（＊）。

㉒ **巻三四「平石城合戦事」**（一〇二九頁一〇行目）：今川上総介（＊）。

㉓ 巻三五「諸大名重向天王寺事付仁木没落事」（一〇三九頁八行目）：今川上総介（＊）。

㉔ 巻三五「南方蜂起事付畠山下向事」（一〇四四頁六行目）：名字のみ（＊）。

㉕ 巻三六「相模守清氏隠謀露顕事」（一〇九一頁一三行目）：今川上総介・舎弟伊予守（＊）。

㉖巻三六「南軍入洛京勢没落事」（一一〇〇頁一〇行目・同頁一六行目／一一〇一頁一〇行目）：今川伊予守。
㉗巻三六「将軍帰洛宮方没落事」（一一〇三頁一四行目）：今川伊予守（＊）。
㉘巻三八「宮方蜂起事付桃井没落事」（一一三二頁一六行目）：今川伊予守（＊）。
㉙巻四〇「中殿宸宴再興事」（一一九六頁一五行目）：今川伊予守貞世。

右のように、①〜㉙の部分に今川氏の存在が認められる。だが、今川氏の存在が特記されている部分はほとんどない。三名以上の人物の一人として記されている部分には一番下に＊印を付したが、二九箇所中二二箇所に＊印が付けられるのである。また、今川氏が活躍している箇所の章段名はゴシックで示し、敗走など不名誉な内容が語られている部分のそれは四角で囲んである。すると、活躍しているのは④を加えてもほかに⑰㉒の計三箇所、不名誉な内容が語られているのは、③⑧⑨⑩⑫㉔㉖㉘の八箇所、そのほかの一八箇所は軍勢の中の一人として名前が登場している場面等となる。加美も指摘▼注[14]しているように、今川氏の登場回数は多いわけでなく『太平記』に今川氏の活躍はほとんど語られていないのだ。

そもそも、『宣胤卿記』の記述からは〝今川氏の活躍記事〟の抜き書きという要素は読み取れない上に、多少前後の文章を多めに引いたとしても、三箇所の活躍記事だけでは「一巻」にはなるまい。宣胤が作成した『太平記』抜き書きは、今川氏の名が出ているところをすべて抄出した物だったと考えるべきであり、そこには今川氏の活躍がほとんど記されていなかったと推定されるのである。

宣胤のこの『太平記』抜き書きの贈呈は、氏親からすれば余計なお世話の一言に尽きよう。氏親は『太平記』をすでに所有していたから、▼注[15]『太平記』の中で今川氏がどのように語られているのかを知っていたはずなのである。それにもかかわらず、宣胤がわざわざ抜き書きを作成した理由は、先の三条西実隆達に対する態度と同様、『太平記』を入手したことで、有頂天になっていたからではあるまいか。デリカシーを欠いた宣胤の行動の説明は、それ以外に思いつかない。

では、「太平記抜書一巻」が右のような物であったとすると、氏親書状はどのように読めるのだろうか。研究史を批判的に検討しながら考えることにしよう。

5　今川氏親書状の解釈

先述したように、加美は、氏親は了俊と同様、『太平記』に自家の功績が記されていないことに対する怒りを書状にしたためていると考えていた。さらに加美は別稿で、▼注[16]

……無益と思いつつも、ついでの機会であるからと今川家の宿願を宣胤に「申入」ていることである。このことからうかがえるのは、『太平記』の増補改訂についての沙汰あるいは申し入れの機会を、先祖代々ずっと待ち望んできたらしいということであり、この時点ですら、その望みを完全には捨て切っていないようだということである。

と、先に引用した書状の最後の部分の「今申候ても無益事候へ共、以次申入候」から、氏親が了俊以来の宿願である『太平記』の改訂を宣胤に申し入れていると考えている。

だが、宣胤は宗観所蔵本を書写するまで『太平記』を所有していなかったと推定されるなど、『太平記』の改訂に影響力があった人物とはとうてい考えられない。また、「今申候ても無益事候へ共」からは、今さら『太平記』の内容に不満を言っても仕方がないという氏親の心境がうかがわれる。一四世紀の過去の物語は、一六世紀の有力守護大名氏親に何の影響を与えるものでもなかったのだろう。▼注[17]　それを承けての「申入」なのである。この流れを踏まえれば、氏親にとっては特に触れる必要もない『太平記』の内容を義父が持ち出してきたので、『難太平記』の紹介をしながら、御礼のついでに一応弁明しておいただけと理解すべきではないか。▼注[18] 筆者には、氏親が『太平記』の改訂を望んでいたとも、その望みを宣胤に申し入れたとも読めないのである。

6　守護大名の『太平記』享受史の訂正

加美は氏親書状に関する二つの重要な点——抜き書きの内容と宣胤に「申入」た理由——の解釈を誤っていた。そのように解釈した理由は、『難太平記』と結びつけ、南北朝時代から室町時代の守護大名には一貫した『太平記』観があったという享受史のモデルを形成しようとしたからだと筆者は考えている。加美の論中の「沙汰あるいは申し入れの機会」という文言、特に氏親書状に認められない「沙汰」という言葉から、『難太平記』の「太平記にも申入度存事也、若さる御沙汰やとて今注付者也」（「細川今川異見ノ事」）を念頭に置いて氏親書状を解釈したのではないかと推察されるからである。

加美は、右の『難太平記』の記述を論拠として「近代」以降も足利将軍が「『太平記』修訂事業への監督・管理」を行っており、「（『太平記』は）室町幕府の監修の下に制作・修訂された」「幕府の公認した、南北朝内乱に関する正史というべきもの」だったと論じている。また、第二節で引用した『難太平記』の「近代重て書続げり、次でに入筆ども多所望してかゝせければ、人の高名数をしらず云《(ト脱カ)》り」の「所望」の主語を将軍とし、「将軍の所望で書き加えさせた」と解釈し、自説を補強している。▼注[19]

しかしながら、文脈からしても、敬語が使われていないことからしても、ここは守護大名が書き入れを要求したと読むべきである。また、「人の高名数をしらず云《(ト脱カ)》り」という部分からは、存続の助動詞「り」が用いられていることから、作者が要求に屈したがために高名譚が増えてしまったと、当時噂されていたことが分かる。「正史」等と認識されていたならば、当然幕府によって作者は守られたのではなかろうか。作者の立場の弱さからしても、やはり、現存形態の『太平記』は「正史」やそれに類する書として制作されていたとは考えにくい。そもそも、現存『太平記』を室町幕府の「正史」あるいはそれに類する書とすることを証する資料は存在しないのである。▼注[20]

このようにして『難太平記』から導かれた『太平記』の位置付けの延長線上に、加美は今川氏親書状を位置付けようとしていたと筆者は考える。氏親書状の誤解釈も、加美が思い描いた守護大名の『太平記』観に当てはめようとした結果のように思われるのだ。

加美が『太平記』享受史研究の第一人者であることは誰しもが認めるところであろう。筆者も、加美から多大な学恩を受けている。今川一族の了俊と氏親の共通認識を指摘した一連の論考も、中世守護大名の『太平記』観を考える際の基礎となっている。だからこそ、『難太平記』と氏親書状とを結びつけて、中世の守護大名の『太平記』観を描いた加美の論考は訂正されねばなるまい。『難太平記』からうかがわれる了俊の『太平記』観と『宣胤卿記』所載の書状から考えられる氏親のそれとは、まったく別だったのである。

【注】

[1]「十四世紀守護大名の軍記観」(日下力監修『いくさと物語の中世』汲古書院、二〇一五年)、「今川了俊と『太平記』」(『太平記』をとらえる』三、笠間書院、二〇一六年)。

[2] 谷村文庫本『難太平記』奥書には氏親から四代後の範英(直房)所持本を写したとあるが、現存谷村文庫本と氏親所蔵本との関係は不明である。なお、了俊失脚の原因となった泰範の子孫が『難太平記』を所持していた理由も不明であるが、氏親の祖父範忠が足利義教から「今川の嫡流たるべき旨」(『寛政重修諸家譜』)を受けたことや、了俊七代の子孫瀬名氏俊が氏親女と結婚していることを考えると、『難太平記』が氏親の手許に渡る環境は十分にあったか。瀬名氏から今川氏へ譲渡された可能性を想定しておきたい。

［３］『芳賀幸四郎歴史論集Ⅰ東山文化の研究（上）』思文閣出版、一九八一年）一五〇頁～一五一頁。

［４］『太平記享受史論考』（桜楓社、一九八五年）。初出は一九七一年。

［５］『太平記享受史論考』。初出は一九八四年。

［６］加美は、これ以降もずっとこの考え方を繰り返し述べている。

［７］『戦国武士と文芸の研究』（桜楓社、一九七六年）「駿河今川氏の文芸　２　氏親と宣胤」。

［８］両角倉一『宗祇句集下草』（古典文庫、一九七八年）。

［９］江藤保定「宗祇連歌作品集拾遺」（『鶴見女子大学紀要』九、一九七一年）。

［10］伊根町誌編纂委員会『伊根町誌 上巻』（伊根町、一九八四年）二二七頁。

［11］横川景三『補庵京華続集』には、応仁元年（一四六七）に隣雲の弟子であった「三富豊前守藤措大」という人物（文明一四年の段階で「諱宗雄、字之曰大中」と称した）が、二階堂政行の家来で、武芸・学問・仏道修行に優れていたとする（『五山文学新集』１、四七七頁）。この人物はあるいは忠胤の父か。注［13］に紹介する宗観の性格とも通ずる点がある。この文章の執筆は文明一四年閏七月以前のことなので、同年八月に忠胤が三富豊前守であることとも抵触しない。なお、この資料は秋定弥生「宗祇と三富氏（補説）――『補庵京華続集』（横川景三）に見る「三富豊前守」――」（『武庫川国文』七〇、二〇〇七年）に紹介されており、筆者もこの論文で資料の存在を知った。

［12］奥田勲『宗祇』（吉川弘文館、一九九八年）一四一頁。

［13］秋定弥生「宗祇と三富氏――「宗観」と「大和国若槻庄」をめぐって――」（『日本語日本文学論叢』二、二〇〇七年）が紹介している景徐周麟『翰林葫蘆集』には、「三富氏宗観居士」が仏道修行に極めて熱心だったことが伝えられている（『五山文学全集』四、五一七頁）。筆者は、秋定の論文から連歌の先行研究等多くのことを学んだ。だが、「昌懐宗観」を「三富宗観」に比定していることに対しては疑問を抱いている。「昌懐宗観」は、「三富」でも「忠胤」でもない別人ではないだろうか。

［14］「『太平記』と守護大名」（長谷川端編『太平記の成立』汲古書院、一九九八年）。

［15］陽明文庫本（今川家本）奥書の中に「去癸亥（文亀三〔一五〇三〕年）之冬、駿河國主今川五郎源氏親ヨリ有借用」とある。

［16］注［14］「『太平記』と守護大名」。

［17］これに関連することは、注［１］「十四世紀守護大名の軍記観」で論じている。

［18］注［1］「十四世紀守護大名の軍記観」で、「氏親は自家の自慢をしたかったのであろうか」（『いくさと物語の中世』一九三頁）と記したが、ここに訂正したい。

［19］注［5］「『難太平記』――『太平記』の批判と「読み」」。

［20］注［1］論文参照。

【付記】『宣胤卿記』の本文は増補史料大成を用い、旧字体を新字体に直し、一部傍記を省略するなど読みやすくするために私に表記を改めた所がある。また、『難太平記』の本文は独立行政法人国立公文書館蔵内閣文庫本（紙焼き写真）を用いた。

本論は二〇一五年八月二五日に東洋大学で開催された軍記・語り物研究会二〇一五年度大会における口頭発表の後半部を元にしている。席上、御教示いただいた方々に御礼申し上げる。なお、本論はJSPS科研費（若手研究B）「室町時代における『太平記』の異本生成過程の研究」（JP26770088）の成果の一部である。

6 敷衍する歴史物語
――異国合戦軍記の展開と生長――

目黒将史

1 はじめに

江戸中期以降には、〈朝鮮軍記〉〈薩琉軍記〉〈島原天草軍記〉〈蝦夷軍記〉などの多数の異国合戦軍記が誕生し、多種多様に流布、享受されている。▼注[1] それは江戸中期以降の対外情勢が変化していく時代状況に大きく影響され、時代状況に即応し異国を意識した言説が芽生えていき、幕末に再度それらの言説が語り出されていくのである。

異国合戦軍記の享受の背景は極めて近似しているが、作品の成立や性質は作品間で大きく異なっており、なかでも特徴的なのは〈薩琉軍記〉である。〈薩琉軍記〉からは国家の異国対策、施策などから生み出された異国観、歴史認識が、民間に浸透した背景がうかがえる。それはまさに幕府の思想と大衆の思想とが融合したものであり、江戸中期の異国物の作品群にも通底するものである。

本稿では、〈薩琉軍記〉を中心に異国合戦軍記の枠組みを明らかにすることにより、江戸中期以降の異国観、歴史認識が文芸に与えた影響を解明していくとともに、資料としての異国合戦軍記の可能性と今後の研究の展望について考察していきたい。

2 異国合戦軍記の諸相

まずは、異国合戦軍記を定義しておこう。対象化したいのは、〈朝鮮軍記〉〈薩琉軍記〉〈島原天草軍記〉〈蝦夷軍記〉の四作品である。▼注[2] 異国合戦軍記には本来蒙古襲来関連の軍記も含まれるが、あえて分析の対象からはずしている。蒙古襲来については中世から連綿と続く言説が創り出されているが、ここでは近世期の異国合戦軍記の展開を明らかにすることを目的にしており、近世期のみの分析では蒙古襲来言説を正しく捉えることができないと判断したからである。また、ここで対象化するのは戦争の体験記などの軍記ではなく、体験記から覚え書きを経て成立した物語群である。紙幅の都合もあるのでここでは各テキストごとの内容にはふれられないが、重要なのは、これら異国合戦軍記の軍記名は単独のテキストを指した用語ではなく、複数の軍記作品群の総称とみなすべきものということである。複数の作品が重奏して流布しており、物語の描く内容も作品の性質もテキストごとに大きく異なっている。しかし、例外として、〈薩琉軍記〉のみが一系統である。新納武蔵守、佐野帯刀といった仮想の人物を主役に描く〈薩琉軍記〉は、他の作品群とは大きく一線を画すと言えよう。

戦争への従軍記などをみても、複数の藩が関与している〈朝鮮軍記〉〈島原天草軍記〉〈蝦夷軍記〉は、〈薩琉軍記〉よりも圧倒的にテキストの数が多い。また、作品の成立時期をみても、〈薩琉軍記〉がほかの軍記とは異なり、その成立が遅い様子が垣間見られる。次に簡単な年表を示した。

［異国合戦軍記関連年表］

年次	関連作品・事件
文禄元年（一五九二）	秀吉、朝鮮侵攻（一次）
慶長三年（一五九八）	秀吉、朝鮮侵攻（二次）
慶長十四年（一六〇九）	島津、琉球侵攻
寛永二年（一六二五）	『太閤記』・『南浦文集』
寛永十四年（一六三七）	島原天草の乱
慶安元年（一六四八）	『島原記』・『琉球神道記』
万治元年（一六五八）	『征韓録』この頃
万治二年（一六五九）	『朝鮮征伐記』
寛文九年（一六六九）	シャクシャイン蜂起
宝永二年（一七〇五）	『朝鮮軍記大全』
宝永七年（一七一〇）	『蝦夷談筆記』
正徳元年（一七一一）	『琉球うみすずめ』・『百合若大臣野守鏡』
正徳五年（一七一五）	『国姓爺合戦』
享保二年（一七一七）	『国姓爺後日合戦』
享保四年（一七一九）	『南島志』・『本朝三国志』
享保五年（一七二〇）	『蝦夷志』
享保十七年（一七三二）	〈薩琉軍記〉この頃
明和三年（一七六六）	『琉球属和録』・『中山伝信録』
寛政元年（一七八九）	『寛文拾年狄蜂起集書』・『松前蝦夷軍記』
寛政二年（一七九〇）	『琉球談』
寛政二年（一七九〇）	『為朝が島廻』
寛政十二年（一八〇〇）	『絵本朝鮮軍記』
文化四年（一八〇七）	『椿説弓張月』
天保二年（一八三一）	『琉球国志略』
天保三年（一八三二）	『琉球年代記』・『琉球入貢紀略』・『琉球談伝真記』など
天保六年（一八三五）	『絵本琉球軍記』前篇
天保七年（一八三六）	『絵本琉球軍記』前篇再版

天保十一年（一八四〇）	『中山伝信録』
嘉永三年（一八五〇）	『中山国使略』・『琉球入貢紀略』（増補版）・『琉球聘使略』など
安政七年（一八六〇）	『絵本琉球軍記』前篇再々版
文久四年（一八六四）	『絵本琉球軍記』後篇
明治十八年（一八八五）	『絵本朝鮮軍記』（活字）・『絵本琉球軍記』（活字）
明治二〇年（一八八七）	『絵本天草軍記』（活字）

この年表ではできるかぎり成立時期が明らかなもの、刊年のはっきりしているもののみ掲載している。まずは事件の起こりから作品ができあがるまでの年数、つまり体験の記録から物語として作品化するまでの期間を見てみたい。〈島原天草軍記〉が寛永十四年（一六三七）の乱から慶安元年（一六四八）の『島原記』の成立まで約十年ともっとも短く、次いで〈朝鮮軍記〉が約三十年、〈蝦夷軍記〉が約五十年と続く。つまり、戦さから五十年後には記録から軍記物語へと語りが移り変わっていることがうかがえる。現代に目を転じてみても、先の大戦から七十年が経過した今、実際に戦争を体験した人々の直接の語りが失われてくる時期に突入しており、直接体験談が語られる時代から軍記語りが編纂される時代へ、次世代に突入しようとしている。まさにここに挙げた軍記群と通底する。戦さと軍記の展開の歴史を追ってみると、異国合戦軍記の成立の過程が見えてくるのである。しかし、〈薩琉軍記〉は薩摩藩が琉球へ侵攻してから百年以上経って初めて軍記が編まれている。成立の過程を見ても、〈薩琉軍記〉の性質がほかの軍記と異なることは明らかであろう。

3　異国合戦軍記の享受をめぐって

ただし、作品の享受、流布の様相を見ていくと、その関係性は一転して密着したものになってくる。先の年表では成立時期があきらかなもののみ挙げたが、年表には挙げることのできない、多くの写本群が存在している。それらは他の文芸作品とも交錯し合い、様々な作品群を展開していくのである。〈薩琉軍記〉に関してはこれまでの積み上げにより、ようやく成立時期の見当がついてきたが、ほかの異国合戦軍記もテキストごとの詳細な分析が必要になるのだ。

では、異国合戦軍記〈薩琉軍記〉の享受から異国合戦物語の流布をひもといてみたい。

始めにみるのは天保十四年（一八四三）の駿河国の地誌、『駿国雑志』である。▼注[3] 巻十六「田祖」項には、「嫁田」の説明として、

云、むかし右大将源頼朝卿の妾、若狭局〈或云、大江局〉、御台所の嫉妬を恐れて鎌倉を逃出、薩摩国に下る時、爰にて和歌を詠ぜし所也云云。**按に薩琉軍談に云**。

とあり、島津家の由来譚に関わる内容を引用し、さらに「富士うつす田児の門田の五月雨に雪をひたして早苗とる袖」という『薩琉軍談』に描かれる和歌も引用している。「按に薩琉軍談に云」とある通り、『薩琉軍談』が下敷きにあることは間違いなく、広く〈薩琉軍記〉が読まれたことを示す資料といえるだろう。

文久二年（一八六二）に写された薩摩の分限帳の一種と思われる『薩摩宰相殿御藩中附留』にも、〈薩琉軍記〉の伝播を確認できる。▼注[4] ここには琉球の守護番が記され、〈薩琉軍記〉に登場する「虎竹城」に比定される「荒竹嶋」や「乱蛇浦」に比定される「蛇浦」など似通った地名が記されている。また、そこを守護するのは真田や後藤、福島といった大坂の陣を彩る武将たちであることも興味深い。これは後述の難波戦記物の受容の問題へとつながっていく。決定的なのは、琉球を取り囲む島々の城代として、「新納武蔵守」や「佐野帯刀」といった〈薩琉軍記〉に登場する武将の名前があげられることである。幕末にも『薩琉軍談』が読み継がれ、分限帳という記録性の高い文献にも〈薩琉軍記〉が反映していることは大変重要であろう。

ほかにも『琉球入貢紀略』、『通航一覧』、『日本外史』などにも〈薩琉軍記〉の享受が確認できるが、すでに先論で

詳述しているので、[注5] ここでは割愛したい。〈島原天草軍記〉や〈蝦夷軍記〉の享受の様相をみても、〈薩琉軍記〉と同様に多岐に亘って言説が展開しており、様々な作品にその内容が取り込まれている。[注6] ここで詳述する余裕はないが、異国合戦軍記は様々な作品と共鳴し合いながら、多様に展開している様相が垣間見られる。

簡単にまとめてみると、慶長十四年の琉球侵攻を描いた〈薩琉軍記〉は、琉球侵略の物語を民間に浸透させ、侵略言説として広く定着させていた。これまでの伝本調査から有力な大名家の藩校や昌平坂学問所などの学術施設で享受されたことが判明しており、『平家物語』や『太平記』と同様に〈薩琉軍記〉もまた史書として読まれた一面を持つことが判明している。史書として受け入れられた〈薩琉軍記〉は国学者などの手により、江戸中期から幕末にかけて、様々な形で享受されていくのだ。いわば〈薩琉軍記〉は史書として読まれ、享受されていくのである。それは江戸中期の対外情勢が変化していくという時代状況に即応するものである。侵略言説の流布にもつながっており、近世中期ころから異国を意識した言説が芽生えていき、幕末に再度それらの言説が語り出されていくことが指摘できる。そして同じ時期には〈薩琉軍記〉と同様に、さまざまな異国合戦物語が展開し、生み出されていることは先に指摘したとおりである。

さらに近代に向けた展開をうかがうと、異国合戦軍記がほぼ同様に流布した様相がはっきりとしてくる。明治十八年（一八八五）に『絵本朝鮮軍記』と『絵本琉球軍記』、明治二十年（一八八七）に『絵本天草軍記』が出版されている。ここでは一例のみだが、この時期異国合戦軍記は出版社を替えたり、再版を繰り返したりするなど、広く公刊されており、近代においても異国合戦軍記が読み継がれていたことが見てとれる。テキストの刊行を始め、異国合戦軍記の享受史は近代に向けた視野が必要となる。つまり、近世から引き続き、日本が対外戦争を繰り返していた近代にあって、異国に侵攻する物語、異国に勝つ物語、つまり異国合戦軍記が日常的に読まれていたことが指摘できるわけである。[注7]

4　異国合戦軍記の展開と生長の一齣——近松浄瑠璃との比較を通して

ここまで異国合戦軍記の成立の背景と享受について見てきた。ここからは江戸中期における異国物の流布の展開を、ほかの文芸作品からうかがっていき、異国合戦軍記の展開と物語の再生、生長について考えてみたい。

まずは近松浄瑠璃について見ていくことにする。近松門左衛門の異国を描く作品と〈薩琉軍記〉とは、かなり表現や思想が一致する様子が垣間見られる。次に引用したのは『薩琉軍談』と『国性爺合戦』にみる異国の地理の比較である。▼注[8]

『薩琉軍談』「島津義弘軍用意之事」

夫琉球の居地は当国より海陸の行程百七十里の隔て也。彼の地の船の上り場ハ小関所有り。是**要渓灘**と名づく。夫より五十里へて城槨有り。是を**千里山**と云。前に流るる川有て、**岩石そばたち瀧波逆**。是漂々としてあたかも龍門の瀧とも言つべし。此城より七里斗へだたり、巽《ウシトラ》の方ニ当りて**虎竹城**とて三里四方の城有り。夫より南の方ハ海上にして海の表十里斗西の方ニ当りて一ツの島有り。**米倉島**と云。此島二里四方、米穀雑穀の納蔵七十箇所斗有り。左へ廻り**乱蛇浦**と云。爰に関所有り。一里也。五里続たる松原有り。松原の中に平城有り。是を廻て高さ三十丈の揚土の櫓門有り。此門を**高鳳門**と号す。（中略）後に**日頭山**と云高山有り。

『国性爺合戦』

是より路の程百八十里、打ちつれては人もあやしめん。我一人道をかへ和藤内は母を具し。日本の狩船の吹きながされしと、頓智を以て人家憩ひ追ひ付くべし。是より先は音に聞ゆる**千里が竹**とて、**虎**のすむ大薮有り。それを過ぐれば**尋陽の江**、是猩々の住む所。風景そびえし。高山は**赤壁**とて、むかし東坡が配所ぞや。それよりは甘輝が在城、**獅子が城**へは程もなし。其の赤壁にて待ちそろへ。万事をしめし合すべしと。方角とても白雲の日影を心覚えにて東西へこそ別れけれ。をしへに任せ和藤内、人家を求め忍ばんと。かひがひしく母を負ひたつきもしらぬ。**巖石、枯木の根ざし瀧津波**、飛びこえはねこえ、飛鳥のごとく急げども、末果てしなき大明国、人里たえて広々たる千里が竹に迷ひ入る。

〈薩琉軍記〉が描く琉球と『国性爺合戦』の描く明には、『薩琉軍談』の「千里山」「虎竹城」と『国性爺合戦』の「千里が竹」、「獅子が城」といった似通った地名が確認できる。さらに「岩石そばたち瀧波逆」「巖石、枯れ木の根ざし瀧津波」などの文章表現にも一致が見られる。

先行論をうかがってみると、久堀裕朗によれば、「『国性爺合戦』以降、享保期の近松は確かに、浄瑠璃の中に国家を描き始めた」とし、異国を舞台として、それに対する日本の優位性を描き出したとする。▼注[9] また、韓京子によれば、「近松は、日本が神国であり武国であることからくる自国優越意識が広まっていた中、外国を意識しつつ「武の国」日本を描いていた」としている。▼注[10] これらの先行論からも、近松浄瑠璃と異国合戦軍記の展開の様相が重なり合う構図は逸脱しない。

もう一例、日本風の戦術について見てみたい。次に挙げたのは「そろばん橋」に関する合戦描写である。

『薩琉軍談』「薩摩勢琉球江乱入之事」

すでに橋を渡らんと押寄けるに、いかがしけん、城中より門をひらき、彼橋をすみやかにさらと城内へ引取ける。是こそ**日本に言へる十露《そろ》ばん橋**とや。懸出すも自由にして、引入時も自ゆうなり。如此に拵へたると見ゆ。

『国性爺合戦』

こりゃ見よ終に見ぬかけはし、必定国性爺めが**日本流のそろばん橋**、畳橋なんどいふ物ならん。

『薩琉軍談』では、薩摩軍が琉球の城に詰め寄ると、城にかかった橋を場内へ引き入れる。それに対して、日本に言うところの「そろばん橋」である、と語る。ここは〈薩琉軍記〉において唯一、琉球軍が日本風の戦術をとる場面である。一方の『国性爺合戦』では、鄭成功が日本風の戦術を使う場面に「そろばん橋」が用いられている。『国性爺合戦』では対異国の物語への志向により、日本の血を引いた鄭成功が日本風の戦術を使うわけだが、『薩琉軍談』では琉球軍が日本風の戦術をとる場面に用いられている。ここでは琉球軍が籠城するという『薩琉軍談』の作品の内容に沿った物語になっているのだが、基本的には〈薩琉軍記〉では薩摩軍が日本流の戦術を用いられており、物語の構成に矛盾を抱えている。その矛盾を乗り越えても『国性爺合戦』に描かれた「そろばん橋」という戦術は魅力的であったのだろう。この問題を解消すべく、〈薩琉軍記〉では諸本が展開していくなかで、琉球軍が日本風の戦術をとるという「そろばん橋」の叙述は削除されていく傾向にある。

日本流戦術の用例を見てみると、『薩琉軍談』「日頭山合戦并佐野帯刀討死の事」では、「則日頭山の頂上より死生しらずに真下り逆落し、往古の義経、一の谷の伝をつぎ、日本流きびしきことと」と、日本流の戦術が厳しいことを、琉球は言うに及ばず大陸までも聞こし召してやろうとする。『国性爺合戦』でも同様の合戦叙述が用いられており、「日本流軍の下知、攻め付けひしぐは義経流、ゆるめて打つは楠流、くりから落し、坂落し、八嶋の浦の浦波も」と、古典にのっとった義経、正成の兵法を用いる。ここに描かれる日本流の戦術には、義経流、楠流などの日本の武士の戦術を用いて異国のものと戦うという、日本対外国の構図が描き出されているのである。紙幅の都合もあり、『国性爺合戦』のみの分析となるが、秀吉の朝鮮侵略を描く『本朝三国志』などにも同様の事象が確認でき、近松浄瑠璃と異国合戦軍記とが近しいレヴェルで展開していたことに疑う余地はない。

井上泰至によれば、「近世に刊行された軍書を通覧すると、享保七年〈一七二二〉という年は一つのエポックとして浮かび上がってくる」とし、享保七年以降の軍記は、「軍記に擬した形態を持ちつつ、主題による構成の統一と合理化とをはかり、事実から明らかに離れた奇抜な趣向を用意する傾向のものが出版され、読本の前史を飾」っていたとする。▼注[11] これは異国合戦軍記や近松浄瑠璃にも言えることであり、総合的な江戸文芸における分析が今後必要となってくるはずである。また、佐伯真一は、「蒙古襲来の頃から自国優越意識の高まりと共に日本の「武」を評価する言説も増加し」てきたとし、「一六世紀には、戦闘の繰り返しと「武」による統治の実現により、「武」にすぐれた国としての自己像が形成され、それは秀吉の朝鮮侵略に伴い、顕在化する」とする。[▼注12] このような思想が異国合戦軍記などを生成、享受する土壌を培ったのであろうことは想像に難くない。まさに異国合戦軍記は、時代環境に即応し読み継がれた物語群であることが指摘できるわけである。

5　異国合戦軍記の展開と生長の一齣――難波戦記物との比較を通して

次に難波戦記物との関係性について見ていきたい。難波戦記物は、いわゆる大坂の陣を描く近世軍記である。[▼注13] 将軍吉宗の命による『御撰大坂記』のような記録体のものから『難波戦記』のような物語まで多種多様に展開している。その展開は〈薩琉軍記〉にも大きな影響を与えている。とくに難波戦記物において最も広く流布した系統の『厭蝕太平楽記』は、真田幸村と豊臣秀頼の薩摩流離譚が描かれ、〈薩琉軍記〉と世界がつながっていく。〈薩琉軍記〉の諸本である『琉球静謐記』を基に大幅な改編を施した作品に『薩州内乱記』がある。[▼注14] 『薩州内乱記』では、真田幸村が物語の主人公となり、新納武蔵守に成り代わって琉球へと侵攻する。幸村は新納武蔵守と共に琉球へ侵攻、度重なる激戦の中で新納武蔵守は戦死してしまう。幸村は新納武蔵守の意志を継ぎ、琉球を制圧するのである。「難波戦記物」との関係性、特に『厭蝕太平楽記』とのつながりには注目すべきであろう。[▼注15] 『薩州内乱記』には『厭蝕太平楽記』に拠ると思われる叙述が随所に垣間見られる。一例を見てみよう。

『薩州内乱記』巻十六「幸村天文を以深計を出す事」

然るに幸村は六月二十二日の夕方、天を仰ぎ見て、大におどろき、早速**阿陀守入道**、猿渡監物にむかひ申けるは、

「某、今天の運気を見るに雲形にさつ気引はれ、当屋形へ向ふたり。甚だ名去のしるし也。今宵必ず、国人等夜討をかけ来るべし。一先君を忍ばせ申度」といひければ、猿渡打わらひ、「秀頼公此所に御座候事、主君よりの計ひなれば、何者か夜討を仕かけ申さむ。御心をやすんじ給へ」といふ。幸村が曰く、「国人等、ひつじやう押寄来るに、秀頼公を忍ばせ申さずんば、大にあやうし」といふ。

『厭蝕太平楽記』巻十五「幸村天気を計て謀出す事」

幸村は七月二十一日夕暮に、天文考て、大に驚き、「今宵、国人等、夜討を心懸て、必、押寄べし」と知りて、**阿陀守入道**、猿渡監物に問ふて曰、「今宵、必定、夜討来るべし。一先、君を忍ばせ申さん」と言に、両人申は、「何者か夜討仕るべきや。御心を休め給へ」、幸村が曰、「必、夜討来るべし。先君を忍ばせ申たし」といふ。

この場面は幸村が天候をみて戦略を練り出す場面である。『薩州内乱記』、『厭蝕太平楽記』ともに同じ場面が描かれている。ここには宮内庁書陵部蔵本『薩州内乱記』と『近世実録翻刻集』に所収された『厭蝕太平楽記』（横山邦治所蔵本）との間における、誤写レヴェルでの合致もうかがえ、▼注[16]明かな引用関係が指摘できる。

また、ここは幸村が〈三国志〉に名高い諸葛亮孔明に比定される場面である。高橋圭一は、『通俗三国志』を種本とした講釈が人気を得ていたとし、『厭蝕太平楽記』や『本朝盛衰記』などが『通俗三国志』を利用していること、『厭蝕太平楽記』から『本朝盛衰記』へ物語が生長していくことを指摘している。▼注[17]〈薩琉軍記〉が『通俗三国志』を下敷きにしていることはすでに指摘した通りであり、▼注[18]〈薩琉軍記〉と「難波戦記物」は同様の文化圏で享受されたことに間違いない。同じ文化圏で享受された〈薩琉軍記〉と「難波戦記物」は互いに交錯し合い、新たな物語を紡ぎ出したわけである。

6　結語

近世期において、異国合戦軍記は多様に流布した様子が垣間見られる。先論でも指摘したが、これには新井白石などの言説にうかがえる、徳川幕府の異国対策、言わば、国家施策としての領土確定政策の思想が蔓延する社会構造が、異国合戦軍記享受の下支えになったものと思われる。[注19]そういった民間への侵略言説の浸透は異国合戦軍記以外にもうかがえ、今後、総合的な江戸文芸作品との比較分析が必要とされる。

〈薩琉軍記〉には、「娯楽的な読本としての琉球侵攻の語り」と「歴史を語る素材としての語り」の二面性が指摘できる。〈薩琉軍記〉の登場人物や舞台のほぼすべてを創作する姿勢は、歴史叙述として極めて特異といえるわけだが、琉球侵略の物語を根強く民間に浸透させていくのが〈薩琉軍記〉なのである。そうした侵略言説が敷衍していく役割を異国合戦軍記が担っていたと言えるのではないか。

今回は〈薩琉軍記〉による分析に終始したが、今後は異国合戦軍記全体を包括する研究が望まれる。異国合戦軍記の展開構造の解明は、国家の異国観が大衆へ浸透していく様相の解明につながるはずである。そのためにも日本文学史における異国合戦軍記の位置づけが必要であり、さまざまな文芸作品における合戦叙述から時代認識を探っていく可能性を見いださねばならないのだ。

【注】

［1］参考、目黒将史「〈島原天草軍記〉の基礎的研究 附・伝本一覧」（『アジア遊学』一二七、二〇〇九年十一月）、目黒将史「〈薩琉軍記〉概観」（池宮正治・小峯和明編『古琉球をめぐる文学言説と資料学―東アジアからのまなざし―』三弥井書店、二〇一〇年）、目黒将史「蝦夷、琉球をめぐる異国合戦言説の展開と方法」（『立教大学日本学研究所年報』一三、二〇一五年八月）。

［2］各作品群を簡単に説明しておく。

〈朝鮮軍記〉は、文禄元年（一五九二）から慶長三年（一五九八）にかけて行われた豊臣秀吉による朝鮮侵攻を描く軍記群の総称。事件の全体像を日本側から描く堀正意の『朝鮮征伐記』、馬場信意の『朝鮮太平記』などがあり、刊本も多い。また、島津氏の『征韓録』など各大名家側から描かれたものや、秀吉一代記の中で朝鮮侵攻を描く『太閤記』などもあり、枚挙に暇がない。

〈薩琉軍記〉は、慶長十四年（一六〇九）の薩摩藩による琉球侵攻を、新納武蔵守と佐野帯刀との対立譚を軸に描く軍記の総称である。琉球侵攻を題材にしているが、実際には起きていない架空の合戦を作りだし、様々な武将たちの活躍を創出している。薩摩藩の大名島津氏は頼朝を始祖とする源氏であり、慶長十四年（一六〇九）、徳川家康の指示のもとに軍団を編制し琉球へ侵攻する。薩摩武士新納武蔵守一氏が軍師に任ぜられ、琉球侵攻の指揮をとる。琉球の「要渓灘」より侵入し、一進一退の攻防を繰り返す。「日頭山」の戦いでは先駆けをする薩摩武士佐野帯刀が琉球軍の大軍に囲まれ戦死するが、ついに琉球国の「都」に攻め入り、王や官人らは捕虜となり、薩摩に降服するというものであり、この物語を有するのが〈薩琉軍記〉である。

〈島原天草軍記〉は、寛永十四年（一六三七）に勃発し、翌十五年に収束した島原天草の乱を描いた軍記群の総称である。島原天草の乱という大事件を題材にした物語は、合戦を主体に描く軍記『天草軍記』をはじめ、仮名草子『島原記』、浄瑠璃『あまくさ物がたり』など幅広いジャンルに及び、その影響力のほどをうかがわせる。島原天草の乱は内戦であり、先の朝鮮侵略や琉球侵略と比べると、異国との合戦物語と言いがたいように思われるが、近世社会の認識では、この乱もまた異端の者との合戦であった。島原天草の乱は、まさしくキリシタンとの合戦であり、キリシタンとの戦さ物語は異国との戦いの物語として認識、享受されていく。

〈蝦夷軍記〉は、寛文九年（一六六九）のシャクシャインの蜂起に呼応したアイヌが蝦夷地内の交易船や鷹待・金堀を襲撃した松前藩に対するアイヌの蜂起、いわゆるシャクシャインの戦いを描いた軍記群の総称である。シブチャリ、ハエ、シュムクルのアイヌ同士が漁猟権をめぐり争いを続けていた。シブチャリの首長シャクシャインがハエの首長オニビシを刺殺する。オニビシの配下が松前藩に援助を要請するが、松前藩は拒否。この使者が急死したことが松前藩による毒殺と伝えられたため、アイヌ民族による反松前の戦いへと発展していく。

［3］テキストは、国立公文書館蔵本による。『駿国雑志』は天保十四年（一八四三）、駿府加番の阿部正信の著。山括弧は割り注を表した。

［4］テキストは、原口虎雄監修・高野和人編『薩州島津家分限帳』（青潮社、一九八四年）による。

［5］目黒将史「異国戦争を描く歴史叙述形成の一齣──〈薩琉軍記〉の成立と享受をめぐって」（『アジア遊学』一五五、二〇一二年七月）、

目黒将史「琉球侵略の歴史叙述―日本の対外意識と〈薩琉軍記〉―」（青山学院大学文学部日本文学科編『日本と〈異国〉の合戦と文学　日本人にとって〈異国〉とは、合戦とは何か』笠間書院、二〇一二年）、「〈薩琉軍記〉の歴史叙述―異国言説の学問的伝承―」（『文学』一六―二、二〇一五年三月）。

［6］目黒将史「〈予言文学〉としての歴史叙述―軍記の予言表現を端緒に」（『アジア遊学』一五九、二〇一二年十二月）、注［1］二〇一五年論文。

［7］さらに言及すれば明治期以降、軍記は活字での版行が進んでいく。大正二年（一九一三）に出版された戦記叢書『曾我物語・石田軍記・義経記・筑紫軍記』（忠誠堂）では、芳賀矢一が序において、「日本は武の国なり。歴史は武勇譚を以て終始す」と記している。軍記が歴史物語として民間に浸透していたことの傍証となろう。異国合戦軍記も同じく人口に膾炙していたのである。

［8］『薩琉軍談』のテキストは立教大学図書館蔵本、『国性爺合戦』のテキストは日本古典文学大系を用いた。引用文中の括弧は稿者による。

［9］久堀裕朗「享保期の近松と国家―『関八州繋馬』への道程」（『江戸文学』三〇、二〇〇四年六月）。

［10］韓京子「近松の浄瑠璃に描かれた「武の国」日本」（田中優子編『日本人は日本をどうみてきたか江戸から見る自意識の変遷』笠間書院、二〇一五年）。

［11］井上泰至『近世刊行軍書論教訓・娯楽・考証』（笠間書院、二〇一四年）。

［12］佐伯真一「日本人の「武」の自意識」（渡辺節夫編『近代国家の形成とエスニシティ』勁草書房、二〇一四年）。

［13］『日本古典文学大辞典』「難波戦記物」項（中村幸彦執筆）を参考にした。

［14］テキストは、宮内庁書陵部蔵本による。

［15］テキストは、藤沢毅ほか編『近世実録翻刻集』（近世実録翻刻集刊行会、二〇一三年）による。

［16］『薩州内乱記』、『厭蝕太平楽記』ともに「阿陀守入道」という人物がみえるが、これは「阿波守入道」が正しい。難波戦記物の誤写が『薩州内乱記』に取り込まれた様相がうかがえる。

［17］高橋圭一「実録『厭蝕太平楽記』『本朝盛衰記』と『通俗三国志』―真田幸村と諸葛孔明―」（『近世文藝』八九、二〇〇九年一月）。

［18］目黒将史「〈薩琉軍記〉物語生成の一考察―近世期における三国志享受をめぐって―」（『説話文学研究』四六、二〇一一年七月）。

［19］注［5］二〇一五年論文。

第3部

資料を受け継ぐ〈担い手〉たち

1　『中山世鑑』の伝本について
——内閣文庫本を中心に——

小此木敏明

1　はじめに

『中山世鑑《ちゅうざんせいかん》』は、『中山世譜《ちゅうざんせいふ》』『球陽《きゅうよう》』に先立ち、向象賢《しょうしょうけん》が一六五〇年に編纂した琉球最初の史書である。通常、巻首題は「琉球国中山世鑑」で、慶安三年（一六五〇）の自序、琉球国中山王舜天以来世纉図・先国王尚円以来世系図・琉球国中山王世継総論を冠し、五巻からなる。本文は漢文の『中山世譜』『球陽』と異なり、漢字片仮名交じり文を主体とする。翻刻は、横山重が中心となり編纂した『琉球史料叢書』五（名取書店、一九四一年）に収録されているものが最も普及しているだろう。史料叢書は戦後、井上書房・東京美術・鳳文書館から再版されている。

史料叢書は、横山と伊波普猷《いはふゆう》・東恩納寛惇《ひがおんなかんじゅん》との共編とあるが、伊波と東恩納はほとんど関与していないとされる。▼注[1]『中山世鑑』を含め、戦前に多くの琉球資料を翻刻した横山の功績は大きい。しかし横山は、翻刻にあたって使用した伝本の解説を記しておらず、どのような基準で底本を決定し、校訂したのかも明示していない。よって底本などを確認しつつ、『中山世鑑』の伝本とそれにまつわる問題について検討したい。なお、本文の引用における漢字表記は、基本的に現行の字体に統一した。

2　『琉球史料叢書』の底本・参照本

史料叢書が用いた『中山世鑑』の底本・参照本については、五巻の「例言」と翻刻の後にそれぞれ挙げられているが、その内容が一致していない。例言では、「内閣文庫本」を底本とし、「岩瀬文庫本」「沖縄県立図書館本」を参照したとあるが、翻刻の後では「原本」（底本）が「内閣文庫合冊本」で、参照した本が「同六冊本」「尚侯爵家本」「岩瀬文庫本」となっている。沖縄県立図書館本が抜け、尚侯爵家本が加わっており、内閣文庫本も合冊本と六冊本に分けられている。

例言にある岩瀬文庫本は、西尾市岩瀬文庫所蔵（函架番号七十一—五）の五巻三冊、九行十九字の写本である。書写年次は江戸中期から後期と考えられる。現状、本土にある『中山世鑑』の伝本中で最も古い写本だろう。沖縄県立図書館本はどのような本か不明だが、翻刻中にある「沖縄本ニノミアリ」（六十頁上段）という注記がそれにあたると推測される。参照本に追加されている尚侯爵家本は、一九九五年に尚裕《しょうひろし》から那覇市へ寄贈された尚家文書中の一本だろう。横山の旧蔵書（赤木文庫）には、『御蔵本目録』という尚家の目録がある。横山は一九三二年から翌年にかけて、東京の尚侯爵邸に通って資料を写したり、資料を借り出して書写作業を行ったりしていた。目録の入手先については、横山自身がはっきりと記憶していないが、その作業中に得たものか。▼注[2]『御蔵本目録』の第一冊「第一号 歴史類」の最初には、「中山世鑑　共六冊」という記載がある。▼注[3] 横山が言う尚侯爵家本はこの本を指すのだろう。史料叢書では、内閣文庫本に見られない跋文が「尚家本」によって補われているので、尚侯爵家本が参照されたのは間違いない。尚家本『中山世鑑』は「尚家継承古文書目録」[注4]に記載がなく、現在その所在は不明であるが、鎌倉芳太郎が一九二七年に校了したペン書き写本（鎌倉ノート）で確認できる。[注5]ただし、鎌倉ノートにその跋文は書かれていない。

底本を含む内閣文庫本について詳しく見ていきたい。現在、国立公文書館の内閣文庫には、次のような『中山世鑑』の明治期の写本が三本ある。なお、巻首題はすべて「琉球国中山世鑑」で、巻一から巻五の丁数は扉・中扉を除き、墨付の行数指示については尾題を含めないこととする。

①請求番号一七八-三七八。五巻六冊。山吹色表紙無地（二六・五×一八・七糎）。書題簽「琉球国中山世鑑序（一～五）」。十行二十字。字高二二・〇糎。墨付一二五丁。【第一冊】扉一丁（各冊にあり）。世系図一丁（乱丁、もしくは後補か）。序二丁。世纘図一丁。世系図二丁（本来の二丁目が序の前）。総論八丁（十一行二十字、裏一行目まで）。【第二冊】巻一、二四丁（表四行目まで）。【第三冊】巻二、十六丁（裏七行目まで）。【第四冊】巻三、二二丁（裏一行目まで）。【第五冊】巻四、十一丁（表七行目まで）。【第六冊】巻五、三二丁（表五行目まで）。蔵書印「大日本／帝国／図書印」「日本／政府／図書」「内閣／文庫」。

②請求番号一七八-三九九。五巻合一冊。香色表紙無地（二六・五×一八・七糎）。書題簽「琉球国中山世鑑 序共原六本 完」。十行二十字。字高二二・三糎。墨付一二六丁（公文書除く）。公文書三丁（原稿用紙）。扉一丁。序二丁。世纘図一丁。世系図三丁。総論九丁（表四行目まで）。中扉一丁（各巻にあり）。巻一、二三丁（表一行目まで）。巻二、十六丁（裏六行目まで）。巻三、二二丁（表十行目まで）。巻四、十一丁（表九行目まで）。巻五、三三丁（表五行目まで）。蔵書印「外務省／図書記」「太政官／文庫」「内閣／文庫」。

③請求番号一七八-四〇〇。五巻六冊。薄茶色表紙無地（二六・六×一八・六糎）。書題簽「琉球国中山世鑑序　一（三～六）」。十行二十字。字高二二・六糎。墨付一二七丁。【第一冊】扉一丁。序二丁。世纘図一丁。世系図三丁右。

総論九丁右（表四行目まで）。【第二冊】巻一、二三丁（表一行目まで）。【第三冊】巻二、十六丁（裏六行目まで）。【第四冊】巻三、二二丁（表十行目まで）。【第五冊】巻四、十一丁（表九行目まで）。【第六冊】巻五、三四丁（表三行目まで）。

蔵書印「図書／局／文庫」「日本／政府／図書」。

①は他の二本と異なり、破れの跡が巻二冒頭に写し取られている点が注目される。この破れの箇所だけ写式を親本に合わせ、一行の文字数を十七字前後に調整していると考えられる（巻二の欠損については後述する）。本文には朱点が見られ、文字の訂正や補入が朱書されている。ただし、巻一と巻五に朱点は見られない。これは②と③も同様である。また、巻五の尾題下の巻数が巻六とされている。①に押されている最も古い蔵書印は「大日本帝国図書印」（乙種）で、内務省図書局が一八七六年十月十日に改刻したものである。▼注［6］この印記は図書局のものであることが分かりにくかったため、一八八二年に「図書局文庫」の印に改められた。内務省図書局は一八八五年六月に廃止され、その蔵書は内閣文庫に移行した。「日本政府図書」の印は、内閣文庫にて一八八六年二月から一九三二年まで使われたものである。

②は、内務省と外務省との間で交わされた公文書の写しが三丁分綴じられている点に特徴がある。この公文書については次節で述べる。本文に朱点と、朱による文字の訂正や補入がある。蔵書印に「外務省図書記」とあるように、この本は外務省の所蔵本であった。それが、各省の蔵書を一括して管理するため一八八四年に設置された「太政官文庫」へと移された。「太政官文庫」は一八八五年に内閣文庫へと改称している。

③は、②と写式や文字の訂正・補入の箇所がほぼ共通するが、巻五の二十丁裏三行目から行移りが異なり、巻五の尾題下の巻数が巻六となっている。「図書局文庫」の印があるため、内務省の旧蔵本であることが分かる。

この三本の内、横山が底本に選んだ合冊本が②、参照した六冊本が①もしくは③だろう。以下、②を外務省旧蔵本、①を内務省旧蔵本A、③を同Bと呼ぶこととする。

3　外務省旧蔵本の公文書

横山は、なぜ外務省旧蔵本を底本としたのか。その理由は、この本に綴じられている公文書の写しの内容と関係しているると思われる。

公文書は三丁分で、各丁の表にのみ記載がある。用紙は『中山世鑑』本文と異なり、版心下に「外務省」と印刷された半丁十三行の赤色の罫紙が使われている。一丁表の右上（匡郭外側）には「往第三十四号」とあり、その下に「校了」の朱印が押され、右下（匡郭外側）には「今村」の朱印が見られる。「校了」の印は二丁表と三丁表、「今村」の印は二丁表にも押されている。「校了」の印や外務省の罫紙が使われている点からも、この文書が外務省で作られた写しであることが分かる。印の「今村」は校正者か。

以下に文書の全文をあげておく。なお句読点・濁点は私に補った。

〈一丁表〉

印宮本大書記官　　　　　　寺田

明治十二年三月六日

内務省大書記官松田道之殿　　　　外務書記官

中山世鑑ト申ス書籍、当省於テ入用ノ筋有之候ニ付、貴省ニ右御所蔵候ハヾ借用致シ度、尤モ右御所蔵無之次第ナレバ、近日貴下ニハ再応琉球表へ御出張可相成哉之趣ニ付、該地於テ壱部御買上相成度、若又売品ニ無之由ニ候ハヾ、乍御手数御借入レ、当省へ御回送有之度、謄写之上、可致返却候。此段及御依頼候也。

明治十二年三月六日

〈二丁表〉

明治十二年三月六日
外務書記官　　松田内務大書記官
御中
中山世鑑御入用ノ由ニテ、御掛合之趣、致承知候。右ハ当省於テ所蔵不致。且売物ト申スモ無之ニ付、彼藩庁所蔵之品、借受写取リ、御廻シ可申候。此段御回答申進候也。
明治十二年三月六日
〈三丁表〉
明治十二年七月九日
外務書記官　　松田内務大書記官
御中
当三月中、小官琉球表へ再航ノ節、中山世鑑御入用之趣、御照会有之候ニ付、彼地ヨリ原書借受来リ、即今謄写出来候ニ付、則別冊六巻、御廻送致候。右ハ御省へ御留置ニテ御返却ニハ不及候。此段申進候也。
明治十二年七月九日

一丁表の文書は『中山世鑑』借用の依頼である。依頼主は外務省で、「印宮本大書記官」とあるのは、もとの文書に押されていた外務大書記官、宮本小一《おかず》の印を指すと思われる。宮本は、一八七六年の日朝修好条規の調印に尽力した人物であるが、一八七八年には琉球の帰属問題をめぐって清国公使の何如璋《かじょしょう》との対話に当たっている。▼注[7] その下の「寺田」は、一八七九年二月五日に改められた『外務省職員録』で確認すると、権少書記官の五等属であった寺田一郎に当たるか。▼注[8] 文書の宛先は内務大書記官の松田道之である。松田は琉球処分官として知られた人物である。

外務省の要求は、もし『中山世鑑』を内務省が所持していたら貸して欲しい。所蔵がなければ、松田が近々琉球へ出張するということなので、買うか借りるかしたものを外務省に貸し出してもらいたい。謄写した上で返却する、というものである。この文書は明治十二年（一八七九）三月六日の日付であるが、この二日後の三月八日、松田は太政官から正式に琉球藩への派遣を言い渡され、同十一日には太政大臣三条実美の名で琉球処分の執行が命じられている。▼注[9]

外務省の依頼に対して、松田は同日に回答を出している。二丁表の記載によると、『中山世鑑』は内務省に所蔵がないため、琉球藩庁所蔵の本を借り受けて写したものを渡す、ということであった。三丁表では、琉球で「原書」を借り受けて写本を作成したのでそれを送ることと、返却には及ばない旨が記されている。外務省が『中山世鑑』の写本を入手したのは、依頼から約四ヶ月後の七月九日のことである。

4　「原書」と新修本

外務省旧蔵本は、内務省が琉球藩庁所蔵の「原書」を写して外務省へ送った本ということになる。内務省が送った本は「別冊六巻」とあるので、六冊本を外務省で合冊した上で、本の来歴がわかるように公文書の写しを一緒に綴じたと考えられる。横山が外務省旧蔵本を史料叢書の底本としたのは、松田が言う「原書」を、琉球王府が所蔵していた『中山世鑑』の原本と解したためではないか。そうなると、尚侯爵家本は原本と見なされなかったことになる。

横山の史料叢書には、三本の内閣文庫本や岩瀬文庫本にない跋文が、「尚家本ニヨル」として掲載されていた。その跋文は以下の通りである。

此書素無レ有レ扣。恐下或有二白蟻之害一。或有二朽爛之事一。遂失中往昔之由来上矣。特此由稟二明上司一。新脩為二扣書一焉。

時

大清嘉慶二十一年丙子仲冬

御系図中取　文氏　玉代勢親雲上孝宣

向氏　羽地里之子親雲上朝矩

豊氏　翁長里之子親雲上元英

同奉行　馬氏　内間親方良倉

向氏　大山按司朝恒

尚氏　美里王子朝規

跋文によれば、嘉慶二十一年（一八一六）十一月以前に、王府は『中山世鑑』を一部しか所蔵していなかったことになる。その本が『中山世鑑』成立の一六五〇年当時の原本か、その転写本かは判然としないが、白蟻の害や腐敗を気にする程度には痛んでいたのではないか。そのため、系図座にて控えの書が新修されたということだろう。ただし同様の跋文は、王府編纂の地誌である『琉球国旧記』の尚家本でも確認できる。▼注[10] この点について東恩納寛惇は、一八一六年を諸記録の副本が作られた年と見ている。▼注[11]

この跋文がある伝本は、一八一六年に新修された本そのものか、その転写本ということになる。たとえば、琉球大学所蔵の伊波普猷文庫本の本奥書には、「大清嘉慶二十一年丙子十一月吉日／十三世朝矩御系図中取写」とある。▼注[12] 系図座中取の十三世朝矩は、尚家本跋文の「羽地里之子親雲上朝矩」のことだろう。伊波文庫本も、新修本の系統だと言うことができる。また謄写版ではあるが、島袋全発《しまぶくろぜんぱつ》が校訂し、一九三三年九月二十日に国吉弘文堂から発行された『中山世鑑』にも先の跋文が載る。ただし、この本には底本の記載がない。

横山が尚家本を底本としなかった理由は、内閣文庫の合冊本が新修本よりも原形に近いと考えたためだろう。

5　琉球の史書と外交

なぜ外務省は、琉球処分が断行されるタイミングで『中山世鑑』を必要としたのだろうか。一つには、琉球の帰属問題に関して清国の抗議に備えるためという理由が考えられる。明治政府は一八七二年に琉球藩を設置し、一八七五年に琉球が清国に冊封使を派遣することなどを禁止した。清国はたびたび日本に抗議を行っており、外務省が『中山世鑑』の入手を依頼する三日前にも、何如璋が寺島宗則外務卿を訪ねている。

何如璋は、一八七八年十月七日に日本側に送った抗議文の中で以下のように述べている。

我カ大清其ノ弱小ヲ憐ミ、優待加フルアリ、琉球我ニ事ヘル尤モ恭順ヲ為ス、定例二年一タヒ貢キシ、従テ間断ナキク、所有一切ノ典礼載セテ大清会典ノ礼部則例、及ヒ暦届冊封琉球使ノ著ス所ノ中山伝信録等ノ書ニアリ、即チ球人作ル所ノ中山史略球陽志、並ニ貴国人ノ近刻琉球志、皆之レヲ明載ス▼注[13]

何如璋は、清国の法典である『大清会典』の『礼部則例』や徐葆光《じょほこう》の『中山伝信録』、琉球人の作という「中山史略」「球陽志」、伊地知貞馨《いじちさだか》が一八七七年に出版した『沖縄志』（琉球志）によって琉球が清国に朝貢していた事実を主張している。「中山史略」「球陽志」は不明だが、「球陽志」が『球陽』を指すとすれば、「中山史略」は『中山世鑑』『中山世譜』などのことか。清国も日本も具体的な書名をあげて主張を展開することは少ないが、相手側の論拠の確認や自説の裏付けのため、外務省が琉球の史書を揃えようとした、ということは十分考えられる。

内閣文庫には『中山世譜』と『球陽』の写本が複数あるが、その中には外務省の旧蔵書である『中山世譜』十三巻七冊（請求番号一七八―三八五）と、『球陽』二十四巻附巻三巻十二冊（請求番号一七八―三九八）が確認できる。ともに紺色表紙で、「外務省記録局」「日本政府図書」「内閣文庫」の蔵書印が共通する。外務省記録局は一八七四年に設置されている。『中山世譜』『球陽』の書写年次は特定できないが、一八七九年の時点で、外務省がこの二書をすでに所持していたとすれば、同年に『中山世鑑』だけを内務省に要求したことも頷ける。

ちなみに内務省の場合は、一八七五年の段階で『中山世譜』を所蔵していたことが確実である。内閣文庫中には、明治八年（一八七五）四月の奥書を有する『中山世譜』存七巻（巻一～三、六～七、十、十三）五冊（請求番号一七八―三七九）が確認できる。この本は、版心下に「内務省」と印刷された半丁十行の青色の罫紙を使用している。これは、『名将言行録』の著者として知られる岡谷繁実《おかのやしげざね》が内務省職員時代に書写した本である。第三冊の奥書が最も詳しく、「明治八年四月十三日　以岡谷繁実所蔵写之／課長七等出仕岡谷繁実督（十二等出仕大野義幹／十四等出仕杉村濬）校」（括弧内割行）とある。なお、奥書は各冊ごとにあるが、校者はそれぞれ異なっている。

6　内務省旧蔵本と琉球王国評定所文書

内務省旧蔵本についても述べておきたい。まずB本であるが、すでに述べたように、この本は外務省旧蔵本と写式や文字の訂正・補入箇所がほぼ一致する。仮名書き碑文や、おもろなどが収録されている巻五については、一部行移りなどが異なるが、B本は内務省が『中山世鑑』を外務省へ送る前に作成した副本の可能性もある。

A本は、巻二冒頭をはじめとして虫食いや破れの跡を写し取っており、明らかに外務省旧蔵本と異なる。以下にそれらの箇所を示すが、引用は欠字部分を含む行全体とした。また、A本におけるその本文の丁数と行数を示し、史料叢書の頁数などを括弧に入れて付した。欠字部分は「■」とし、外務省旧蔵本で欠字が補える場合は■の後に括弧で示した。「、」は朱点である。

1　序、二丁表二行目（三頁下段六行目）

■（以）達

2　巻二、一丁表七行目～裏二行目（二七頁上段十一～十六行目）

■■■志有テ、芳名東国家、二十ノ比ニハ、

■■経伝、皆通習シ給ヘリ、依テ国人荊

■葵（筆者注、草冠部分がほぼ欠ける）傾ノ思ヲ成ス事切也、剰ヘ上聞ニモ」一丁表

■シテケレハ、南宋宝祐元年癸丑、御歳

■■（十）五ニシテ、摂政ニ上リ給、景定元年庚申、

3　巻三、二二丁七行目（四九頁下段十六行目）

ヘケン、在位九年、行年未タ三十■■■■（ニモ不満）

4　巻四、七丁裏八行目（五五頁上段七行目）

ヘソニゲ隠レケ■（ル）、軈テ武士共、追懸指殺シテ

5　巻四、八丁裏二行目（五五頁下段五～七行目）

ヲノヘテ■（来）ル事、不可勝計、去程ニ其材徳ニ随

6　巻四、九丁表三行目（五六頁上段四行目）

○成化九年癸巳三月九日、天神キミテス■、出

7　巻四、九丁裏八行目（五六頁下段四行目）

○御即位ノ年ノ二月ニ、陽神キミテ■■、現シ

8　巻四、十丁裏二～三行目（五六頁下段十八行目～五七頁上一行目）

ヤトテ、在位六箇月ニシテ、御位■（ヲ）ノカレテ、世子久米中城王子ヲソ、即■（位）成奉リ給、是為尚真

9　巻四、十丁裏八行目（五七頁上段五～六行目）

トテ、円覚寺■（客）殿ニ在ス、其孫子継来シテ、今ノ

2・6・7以外は外務省旧蔵本によって補うことができるため、やはりA本と外務省旧蔵本とは親本を別にすると考えられる。なお、6と7は外務省旧蔵本でも朱で破れ跡を記載している。

それでは、A本の親本は何なのか。ここで東京大学法制史資料室の「琉球王国評定所文書」に着目したい。評定所とは、琉球王国の政務を司った最高決定機関である。評定所が所持していた文書は、一八七九年の琉球処分の際に松田道之によって接収され、内務省の土蔵に秘蔵された。その原本は、一九二三年に起こった関東大震災に伴う火災によって焼失したとされるが、法制史資料室にその筆写本が残っている。▼注[14]

内務省は接収した文書の目録（『旧琉球藩評定所書類目録』）を作成しており、東京大学史料編纂所が一九〇三年にその目録の写しを作成した。写された史料編纂所の目録を見ると、第一九五〇号に「琉球国中山世鑑 共六冊（一括）」という記載がある。▼注[15] 現在、東大の法制史資料室には、この一九五〇号の『中山世鑑』の写しが巻二（一冊）のみ所蔵されている。翻刻は『琉球王国評定所文書』十八（浦添市教育委員会、二〇〇一年）に載るが、現物を確認した。写式は八行十七字前後で、本文には朱点が打たれているが、その位置はA本と一致する。

この本は、巻二の破れ跡を写し取っているわけではないが、A本同様に欠字部分が行頭にくる。また、文字の一部が欠けているところまで写し取られているため、親本の破れ跡をなぞることができる。それはA本とほぼ重なる。次の図は、本文一丁裏の翻字にA本の破れ跡を合わせたものである。

ノ人、恐懼セスト云者無シ、御歳十三ノ比ヨリ、
志有テ、芳名裏国家、二十ノ比ニハ、
経伝、皆通習シ給ヘリ、依テ国人荊
葵傾ノ思ヲ成ス事切也、剰ヘ上聞ニモ
シテケレハ、南宋宝祐元年癸丑、御歳
十五ニシテ、摂政ニ上リ給、景定元年庚申、
御歳三十二ニシテ、践祚有リ、其明年ヨリ、
自ラ四方ヲ巡狩シ給テ、效周徹政、而正経

二行目から六行目はA本の破れ跡に対応するが、この本では七行目から八行目の行頭の文字も半ば以上欠けた形で写されている。濃い網掛け部分は想定される破れの跡である。破れの跡が一致し、且つ進行しているということは、A本と法制史資料室蔵本との親本が同じであり、A本が書写された時点よりも破損が進行した状態で法制史資料室蔵本が写された、ということを意味するのではないか。法制史資料室蔵本には、他にもA本に見られない虫食いの跡が記載されている。つまり、A本も接収された評定所文書の『中山世鑑』を写した本ということになる。また、まったく同じ箇所に破れがある本が複数あるとは考えがたいため、巻二冒頭に欠字のある本は、評定所文書の『中山世鑑』から派生したと考えることができるのではないか。

7　沖縄県立博物館本

評定所文書の本とは別に、評定所格護本と言われる『中山世鑑』が沖縄県立博物館に所蔵されている。法制史資料室蔵本と同じく評定所関連の本だが、両本の間にはかなりの距離があることを池宮正治が指摘している。▼注[16] 真栄《まえ》平房敬《ひらぼうけい》によると、この本は首里城内に置かれていたが、明治政府による没収を免れた後、他の文書と共に中城御殿《なかぐすくうどぅん》に移された。中城御殿では「宝書物」の一つとされており、沖縄戦の際に収納箱ごと石垣下の溝に隠されたが、米軍に持ち去られてしまったという。▼注[17] 一九五三年、同じくアメリカに渡った『おもろさうし』『混効験集《こんこうけんしゅう》』『中山世譜（蔡鐸《さいたく》本・蔡温《さいおん》本）』と共に返還され、沖縄県立博物館に保管された。▼注[18]

沖縄県立博物館本は複製本で確認した。▼注[19] 五巻六冊で、四周双辺の匡郭内に八行十七字で書かれている。題簽題に「（重新／校正）中山世鑑」（括弧内は角書）とある。表紙には、十八から十九世紀のものと推定される蜀江文様錦《しょっこうもんようにしき》の表装裂《ひょうそうぎれ》が用いられている。▼注[20]

この本の特筆すべき点は、巻二冒頭に欠字が見られないことである。以下に、県立博物館本の巻二、一丁裏を翻字した。なお、史料叢書で欠字となっている箇所は四角で囲んだ。

シ御歳十三ノ比ヨリ[学ニ御]志有テ／芳名轟国家二十ノ比ニハ[六芸]経伝／皆通習シ給ヘリ依テ国人荊[識]葵傾／ノ思ヲ成ス事切也剰ヘ上聞ニモ[達]／シテケレバ南宋宝祐元年癸丑御歳／[二]十五ニシテ摂政ニ上リ給景定元

現在のところ巻二に欠字がなく、県立博物館本と完全に一致する伝本は確認できない。史料叢書を例に検証してみたい。史料叢書は欠字を含む箇所を次のように翻刻している（傍線は筆者による）。

（1）□□〔鴻鵠カ〕ノ志有テ、芳名轟二国家一、二十ノ比ニハ、（2）経□□伝〔経書史伝カ〕皆、通習シ給ヘリ。依テ国人、（3）荊〔マヽ〕癸傾ノ思ヲ成ス事切也。剰ヘ、上聞ニモ、（4）□〔達カ〕シテケレバ、南宋、宝祐元年癸丑、御歳

（5）□《〔二カ〕》十五ニシテ、摂政ニ上リ給。

傍線部（3）を除き、欠字箇所に入る文字を〔　〕に入れて推定している。（4）（5）の推定は県立博物館本と共通するが、（1）「鴻鵠ノ志」（2）「経書史伝」は、県立博物館本の「学ニ御志」「六芸経伝」と大きく食い違う。（1）と（2）は、参照した本に基づく推定だろうか。内務省旧蔵本の二本や岩瀬文庫本、尚家本（鎌倉ノート）では、これらの欠字を埋めることはできない。（1）から（5）までが、所在が確認できていない沖縄県立図書館本に依っているとすれば、沖縄県立図書館本も県立博物館本とかなり距離があることになる。

県立博物館本以外で、巻二冒頭の欠字が少ない本に、東恩納寛惇文庫本がある（沖縄県立図書館蔵、請求記号HK201／SH95）。この本は五巻一冊、十一行二十字前後で、奥書に「家大人自筆本也　寛惇」（朱書）とあるため、東恩納寛惇の父寛裕（一八四八〜一九二二）の写本だろう。欠字部分を含む本文は以下の通りである。

御歳十三ノ比ヨリ天志有テ芳名専国家ニ十ノ比ニハ／吏書経伝皆通習シ給ヘリ依テ国人荊　字落　癸傾ノ思／ヲ成ス事切也剰ヘ上聞ニモ達シテケレバ南宋宝祐／元年癸丑御歳二十五ニシテ摂政ニ上リ給景定元年

この本も、県立博物館本が「学ニ御志」「六芸経伝」とするところを、「大志」「吏書経伝」としており、かなり異なっていることが分かる。

県立博物館本は、欠字がない時点で松田道之が写した「原書」ではあり得ないが、松田が言う「原書」が『中山世鑑』の原本であった保証はない。それでは、戦前に「宝書物」とされており、欠字がない県立博物館本が原本だろうか。県立博物館本の題簽には「重新校正」と書かれていた。この語は書名の頭に付けられることがある。県立博物館本と同様の例としては、「重新校正入註附音通鑑外紀」（首題）をあげることができる。▼注[21]「重新」には、もう一度、装いを改めて一新する、改めて始めるといった意味がある。▼注[22]「重新校正」とは、再度校正を行ったということだろう。つまり県立博物館本が原本のままということはあり得ない。最初の校正が一八一六年の新修本を指す場合、県立博物館本はそれ以降に作成されたということも考えられる。題簽の「重新校正」は、同じ県立博物館の『中山世譜』にも見られるため、今後合せて検討する必要があるだろう。

8　おわりに

『中山世鑑』の伝本について、横山重の琉球史料叢書が用いた底本・参照本の中から内閣文庫本を中心に検討してきた。以下にまとめてみたい。史料叢書の底本である外務省旧蔵本は、綴じられている公文書の写しから、一八七九年に松田道之が琉球藩庁より「原書」を借り受けて作成した写本であることが分かる。横山が史料叢書に用いた参照本には、内務省旧蔵本や岩瀬文庫本、所在不明な沖縄県立図書館本、一八一六年に控えの書を新修した旨の跋文を有する尚侯爵家本があった。それらの本ではなく、外務省旧蔵本が底本に選ばれたのは、「原書」を写したという松田の発言が評価されたためだろう。

内務省旧蔵本にはAとBがあるが、B本は外務省旧蔵本と近いため、内務省が外務省旧蔵本と同時に作成した副本とも考えられる。一方A本は外務省旧蔵本と異なり、巻二冒頭の破れ跡を写し取っている点に特徴がある。似た特徴を持つ東京大学法制史資料室所蔵本とA本とを比較すると、前者の方が破れ跡の範囲が広い。法制史資料室蔵本とA本とは、共に内務省が接収した琉球王府の評定所文書中の『中山世鑑』を写した本だと考えられるが、前者はA本よりも破れが進行した段階で写された本だと推定される。一方、外務省旧蔵本とB本の親本は不明である。

評定所格護本と言われる沖縄県立博物館本は、他の伝本と異なり巻二冒頭にまったく欠字がない。この本の位置付けは明確でないが、題簽の角書に「重新校正」とあることから、原本そのものではなく、再度の校正を経た本であることが明らかである。

『中山世鑑』の伝本は、今までほとんど検討されてこなかったが、本文やそれにまつわる様々な問題がある。明治初期、日本政府が琉球の資料をどのように収集し、利用したのかについても、さらに検討する必要があるだろう。今回は紙幅の都合で触れなかった伝本や翻刻、本文異同の問題については別稿で改めて述べることとしたい。

【注】

［1］横山重（外間守善きき手）「琉球史料をめぐって」（『文学』四〇、一九七二年四月）一五九頁。

［2］前掲注［1］論文、一五六〜一五七頁。

［3］『御蔵本目録（尚侯爵家）』（法政大学沖縄文化研究所、一九七三年）五頁。

［4］那覇市市民文化部歴史資料室編『尚家関係資料総合調査報告書Ｉ 古文書編』（那覇市、二〇〇三年）五三〜一〇四頁。

［5］波照間永吉編『鎌倉芳太郎資料集（ノート篇　三）歴史・文学』（沖縄県立芸術大学附属研究所、二〇一五年）三三〜七一頁。

［6］『内閣文庫蔵書印譜（改訂増補版）』（国立公文書館、一九八一年）参照。以下、内閣文庫の蔵書印については、すべてこの本による。

［7］「宮本大書記官清国公使ト対話記事」（明治十一年九月十八日）、横山學編『琉球所属問題 一・二（琉球所属問題関係資料 八）』（本国書籍、一九八〇年）一六四〜一六五頁。

［8］「職員録・明治十二年二月・職員録（外務省）改」（請求記号 A00153100）を国立公文書館デジタルアーカイブにて確認。https://www.digital.archives.go.jp/das/image/F0000000000000067438、二〇一七年一月十日。

［9］山下重一『琉球・沖縄史研究序説』（御茶の水書房、一九九九年）一七二頁。

［10］横山重（他）編『琉球史料叢書』三（名取書店、一九四〇年）二八三頁。

［11］東恩納寛惇「中山世鑑・中山世譜及び球陽」、横山重編『琉球史料叢書』五（名取書店、一九四一年）解説二四〜二五頁。

［12］「琉球大学学術リポジトリ」公開の画像による。http://ir.lib.u-ryukyu.ac.jp/handle/123456789/10237、二〇一七年一月十日。

［13］「清国公使ヨリ寺島外務卿宛」（照会訳文）、横山學編『琉球所属問題 一・二（琉球所属問題関係資料 八）』（本国書籍、一九八〇年）一八八〜一八九頁。

［14］真栄平房昭「琉球王国評定所文書に関する基礎的考察」（『九州文化史研究所紀要』三五、一九九〇年三月）一八九〜一九二頁。

[15] 琉球王国評定文書編集委員会編『旧琉球藩評定所書類目録』（浦添市教育委員会、一九八九年）一二一頁。
[16] 池宮正治「解題」、琉球王国評定所文書編集委員会編『琉球王国評定所文書』十八（浦添市教育委員会、二〇〇一年）二九五頁。
[17] 真栄平房敬『首里城物語』（ひるぎ社、一九八九）一五六～一六一頁。
[18] 大山仁快「沖縄の古書―新発見の蔡鐸本「中山世譜」など」（『月刊文化財』一二一、一九七三年一〇月）三一頁。
[19] 沖縄教育委員会編『重新校正中山世鑑』五巻六冊（沖縄県教育委員会、一九八二～八三年）。
[20] 小林彩子・與那嶺一子「資料紹介　染織資料Ⅳ―繻子地浮織物（繻珍）・綾地浮物（蜀江文錦）」（『沖縄県立博物館・美術館、博物館紀要』五、二〇一二年）一一九頁。
[21] 尾崎康「上海図書館蔵宋元版解題 史部（二）」（『斯道文庫論集』三三、一九九八年二月）二十頁。
[22] 『漢語大詞典』十（漢語大詞典出版社、一九九二年）三九三頁。

2　横山重と南方熊楠

——お伽草子資料をめぐって——

伊藤慎吾

1　はじめに

横山重は『室町時代物語集』『古浄瑠璃正本集』『説経正本集』等、数多くの未刊の物語・語り物作品を翻刻、公刊していったことで知られる人物である。しかし、数多くの翻刻作業がかえって戦前の国文学研究者の中では特殊な評価を与えることになった。晩年、次のように回想している。[注1]

当時、わたくしは、四面楚歌であった。私の原本復刻に対しては、「下職の人の賃かせぎにすぎぬ」とか、「こんなことは当たり前のことで、学徒のなすべき業でない」という流言が行われ、これに同調する人が多かった。これは塾内の人にもあり、官学出の「研究」派の大家の数氏の主張であった。

一方の南方熊楠については説明を要しないだろうが、横山については簡単に略歴を示しておく必要があるだろう。[注2]

明治二九年一月二二日、長野県東筑摩郡片丘村北内田二一五二番地（現・塩尻市片丘）。
大正一一年　慶応義塾文学部卒業。
大正一三年　同学予科教員。
大正一四年　この頃から大岡山書店で出版事業を開始する。
昭和一二年　この年度、慶應義塾大学を休職。
昭和一七年　同学辞任。　※『自伝』では昭和一六年とある（六四頁）。
昭和二〇年五月二六日暁方　空襲により自宅焼失。
昭和二〇年　故郷に疎開する。
昭和五五年一〇月八日　死去。静岡県伊東市赤沢浮山町。享年八五歳。
　墓所　松本山　徳正寺（東京都港区元麻布一ノ二ノ一〇）

横山は、国文学研究の一方で、出版人としての顔も持っており、柳田國男、折口信夫、南方熊楠といった民俗学者とは、研究者というよりもこちらの面で交流を深めていった。とはいえ、柳田國男とはほとんど関係を深めることはなかった。折口信夫とはアララギ歌人時代からの付き合いだけでなく、慶應義塾大学という勤務先が同じであったことから持ちつ持たれつの関係が見られる。では南方熊楠とはどうであろうか。

熊楠とも出版人としての面から交流が始まった。発端からいわゆる『十二支考』出版などを勧めてきたのだが、しかしこれは熊楠と他の出版関係者との関係から失敗に終わる。ところが、数年後、再び最接近することになる。それは横山がお伽草子資料集である『室町時代物語集』出版事業に熊楠を引き入れることによって深まっていく。

本稿ではこの間の経緯と横山の熊楠に与えた学問的影響について考察していきたい。

2　大岡山書店の出版事業

横山重が出版事業を行ったのは、大岡山書店においてである。後に当出版社の代表となるが、当初は異なった。▼注[3]横山が慶應義塾の予備教員となったのは大正一三年（一九二四）のことである。その少し前に河越画伯こと画家河越虎之進の前妻が東京府下の大岡山の東京工業高等学校前（現東京工業大学前）で書店を経営していた。その実弟を新村武といい、彼を通して小売りばかりでなく、出版も手掛けるよう勧めた。それが縁で著者との出版交渉役を担うことになった。これが出版人としての最初である。ここにいう「良書」とは売れる本ではなく、学術的に優れた本ということであることは、左記の大正一四年、同一五年（昭和元年）の出版書のタイトルを瞥見するだけで知られよう。

一九二五年四月	『郷土会記録』	柳田國男（編）
一九二五年四月	『海南小記』	柳田國男
一九二五年六月	『地誌目録』	内務省地理局（編）
一九二五年六月	『郷土制度の研究』	小野武夫
一九二五年一〇月	『鑑鏡の研究』	梅原末治
一九二五年一二月	『ブラジル』	山崎芳蔵
一九二六年二月	『人類学研究』	小金井良精
一九二六年三月	『信託法通釈』	三淵忠彦
一九二六年五月	『純粋生体「アイヌ人」の口腔機関特に歯牙の研究』	島峯徹・金森虎男
一九二六年一一月	『出雲国風土記考証』	後藤蔵四郎
一九二六年一一月	『日本田制史』	横山由清

一九二六年一二月　『国民政治時代』　板倉卓造

一九二六年一二月　『労働者の父　デヴィッドソンの手紙』　関川半人（訳）

ただ、新村が銀行家の両親の「同意を得た」と横山に答えたのは虚言であったため銀行からの出資は望めず、かといって出版事業は進行中で止めることができずに、交渉役ばかりか資金調達の役まで請け負うこととなった。当時、新村は出奔して行方知れずとなっていたので、結果的に大岡山書店の出版事業は横山一人の仕事となった次第である。幸い後援者を得て事業が頓挫することは回避できた。後援者には鮎川義介・名取和作・名取壌之助・志立鉄次郎・陸奥広吉・萱原浩・宇萱原卓・小田隆二・藤田政輔などがいる。▼注[4]

とはいえ、一年程度で準備できるものではなく、実現を見るのは大正一四年になってからである。その当時の状況を、同年冬、横山は熊楠に次のように伝えている。▼注[5]

近日中に折口さんより特に御願ひ申していただく事になつてゐますが、小生等今度出版業をやることになりまして、今年中に

1、郷土会記録

2、海南小記

3、郷土制度の研究　―小野武夫氏

4、鑑鏡の研究

5、人類学研究　―小金井良精博士、十二月

の五冊が出ましたり、或は出ることになつてゐます。来春は相当に大きな本も出すつもりにて、只今左記の本を着手して居ります。

1、銅鐸の研究　―梅原末治氏

四六倍二冊、一冊はコロタイプの図版
2、日本産蛙の研究（啓明会神助出版）
菊倍版、図版三百、原色版十五
3、実験動物学　—デュルケン原著
菊版二冊、
4、山の人生　—柳田国男氏
四六版

ここからは民俗学、人類学、考古学、生物学等の学術書を中心に出版する方針であったことが読み取れる。そうした中で、同僚の折口信夫に仲介を頼み、熊楠にも当社での出版を勧めてきたのである。これが第一の接触であった。同書簡に次のように続ける。

かういふわけにて、来春からは、ほぼ一匹前の本屋のやうに出版していきたく思ひますが、何卒先生の御本賜はり度く、

1、先生の今迄に発表なされました随筆など、御あつめ賜はり度く、

2、これからも、先生の随筆など、御あつめ下さいまして、—或はハガキなど時々いただきますれば、こちらにて清書いたしまして、それを御本に願ふといふやうに、さうして適当の本にしていただきたう存じます。

3、それから先生の植物の方の御本、—隠花植物などは、四六倍ぐらゐの御本にいたし、随分立派にいたし度く存じますれば、これまた御願ひさせて下さいますやう御願ひ申します。

1、本は必ず立派な本にいたしますれば、先づさしあたり今迄の（太陽などの）ものを適当に御あつめ、御配列下さいまして、来春出版の手順にさせていただきますれば辱く存じます。そして或は先生に御暇少くございましたら、今迄

の御稿など、折口さんにでも御託《タク》し下さいますれば、それ〳〵に当方にて適当にいたします。

2　そして将来のものは、何卒絶えず手紙なりいただきまして、自然にあつめられるやうにしていただきますれば、此上なく辱く存じます。

3　そして、第三の隠花植物の御本、—これはもつとも先生に御願ひいたし、ぜひ、出版させていただきたう存じます。小店は動植物の本はかなり計画いたして居りまして、来春は蛙と実験動物学と続いて出ますので、どうかしてその見当も拡張いたし度く存じます。

「来春」すなわち大正一五年の春から本格的に出版事業を開始し、それに向けて熊楠に新刊の準備を求めている。横山が依頼した企画は三種ある。一冊目はこれまで公表してきた随筆などをまとめたもの、二冊目は今後書く予定の随筆、三冊目は四六倍判の植物の専門書である。この中で三冊目の隠花植物、ここでは粘菌に関する書の刊行を最も望んでいるようである。考古学・人類学・民俗学分野に対して自然科学系の出版予定が少ないため、両分野に跨る研究をしている熊楠は重宝な人材と見ていたのではないかと思われる。ちなみに『日本産蛙の研究』は実現せず、これに関係するか定かでないが、昭和五年（一九三〇）に岡田弥一郎『日本産蛙総説』が岩波書店から刊行されることになる。

ともあれ、このように、熊楠の著作も出版業開始段階から候補となっていたことが知られる。しかし、いずれも実現するに至らなかった。これについては『南方随筆』やいわゆる『十二支考』をめぐる、岡茂雄ら他の出版関係者との交渉の経緯があるが、本稿の主題からはずれるので、ここでは言及を避ける。

3　『室町時代物語集』の編纂

さて、このように大正一四年から出版を始めた大岡山書店であるが、ようやく『室町時代物語集』の刊行を始めるのは昭和一二年からである。本集は全五冊で室町時代物語（お伽草子類）を一三七編収録している。昭和四八年に後継となる『室町時代物語大成』（角川書店）が出るまで、お伽草子の資料集として最もまとまった文献として重視された。昭和三七年、井上書房から復刊されたのも、その価値ゆえである。全体はおよそ次のように編纂されている。

第一冊（昭和一二年）

八幡の本地・熊野の本地・厳島の本地・三島・鏡男絵巻・上野国赤城山御本地・田村の草子・鈴鹿の草子・青葉の笛の物語・賀茂の本地・牛頭天王御縁起・祇園の本地・天神の本地など

第二冊（昭和一三年）

諏訪の本地・おもかげ物語・毘沙門の本地・貴船の本地・梵天国・たなばた・浅間の本地・源蔵人物語・富士山の御本地・富士の人穴・平野よみがへりの草紙・天狗の内裏・目連の草子など

第三冊（昭和一四年）

伊豆箱根の本地・月日の本地・つきみつの草子・岩屋の草子・秋月物語・ふせやの物語・美人くらべ・朝顔の露・花世の姫・うばかわ・鉢かづきの草子・一本菊・おちくぼ・橋姫物語など

第四冊（昭和一五年）

釈迦の本地・阿弥陀の本地・法妙童子・宝満長者・聖徳太子の本地・太子開城記・善光寺縁起・愛宕地蔵物語・弘法大師の御本地・玉藻の草子・大仏供養物語・中将姫の本地・きまんたう物語・布袋の栄花・浦風・さよひめ・いそざきなど

第五冊（昭和一七年）

住吉の本地・彦火々出見尊絵詞・神代物語・武家繁昌・不老不死・蓬莱物語・笠間長者鶴亀物語・鶴亀松竹・さざれ石・七草草紙・松風村雨・御曹子島渡り・浦島太郎・物くさ太郎・猿源氏・一寸法師・小男の草子・文正の

草子・梅津長者物語・隠れ里・えびす大黒合戦・末広物語・福富長者物語・天地三国之鍛冶之総系図暦然帳・番神絵巻

第一冊は『神道集』説話と同じものを集め、第二冊は『神道集』説話に近いものを中心にまとめ、第三冊は継子物を中心にまとめ、第四冊は仏教物を中心にまとめ、第五冊は祝儀物を中心にまとめている。

この資料集刊行の構想が生まれたのは、昭和八年の頃であった。▼注[6] 当初はお伽草子と古浄瑠璃正本を集めて出すつもりであったが、資料を買い集めていくうちに、予想以上の数になった。第一冊を出すまでの構想の推移は次の発言からある程度知ることができる。▼注[7]

はじめ私どもは、本地物語を多く蒐めて、これを四六倍判二冊にまとめたいと考へた。絵巻・奈良絵本・草子の類を第一冊とし、説経・古浄瑠璃の類を第二冊とする筈であつた。しかし、蒐めて見ると、だん〳〵に其数が多くなつて、予定の冊数に収める事が出来ないばかりでなく、或は数冊を以てしても、到底全部を収めることが出来ない程の量に達した。私どもは、熟慮し、協議した結果、別案を立てゝ、物語草子類と、説経正本と、古浄瑠璃正本とを、各独立せしめ、それぞれ別の叢書として刊行する事にした。

当初、第一冊を「絵巻・奈良絵本・草子の類」つまりお伽草子編とし、第二冊を「説経・古浄瑠璃の類」としたが、分量が多くて収録し得ず、それぞれ別の叢書としたという。かくして『説経正本集』は同じ一二年、『古浄瑠璃正本集』は一四年に出すことになった。

『室町時代物語集』第一冊が出てからも、シリーズ全体の構想が完成していたわけではなかった。昭和一三年二月に熊楠に宛てた書簡に「十数冊になると存じます」と記している。▼注[8] 同年一一月の書簡でも次のように述べている。▼注[9]

結局、室町物語集十七八冊と、古浄るり正本集十七八冊をつくるのが、私の念願であります。

お伽草子類・説経節正本・古浄瑠璃正本をまとめて二冊にするという考えから出発したが、その準備過程で当該分野の文献が在野に豊富にあることに気付いていったのである。つまり、これらの分野は当時国文学研究でも、いわば有名な作品ばかりが俎上にのぼる程度で、全容を知る専門家はいなかったのである。出版にあたって作品を収集することで大枠を掴めるようになっていったということだ。

資料の収集・調査と翻刻・解題執筆と出版とを同時に進めながら、新出資料の整理と位置付けの必要にも迫られていた状況は、次の第二、三、四各冊「例言」から読み取ることができる。

・本集に於いては、解題にやゝ多くの紙数を費した。が今後は、本文掲出に最も力を尽し、解題は簡単にしたいと考へる。そして、諸本の校異や、解題等に関する記載は、別冊にして、此方はやゝ詳しく行ひたい。（第二冊「例言」昭和一三年五月一〇日）

・本集編纂後に見ることの得た、古鈔本、古刊本、及び、残欠本であるため本集に採用できなかつたやうなものゝ類は、別に「補遺並解説篇」を編纂して、これに収載する事とした。（第三冊「例言」昭和一四年一月一五日）

・本集の採用本や参考本は、本文の一部、挿絵、表紙などを、多く写真にした。これらの図版は、はじめ、従前の例に従つて、本集の巻末に附載する筈であつたが、現在の時局を鑑みて、第四冊と同様、姑く取りやめることにした。これは、他の機会に、本書の数冊分かをまとめて、別冊の「図録篇」として、刊行する予定である。（第四冊「例言」昭和一五年七月七日）

また第一冊刊行後の昭和一三年二月に熊楠に宛てて状況を報告している。▼注[10]

私は「御伽草子」の類も、暫次、やるつもりで居ります。しかし、享保の本は、既に周知の本でありますから、もつと〳〵古い本をさがして居ります。横本の御伽草子は、かなり省略されて、脱文もあり、短かくなつて居ります。古い程長いやうであります。二十一篇の中で（はま出と猫の草子を省いて）約半数位は、既に、最古板又は絵巻等をさがしました。半数位はまださがし得ませぬ。最古板がさがせないものは、やむなく、絵巻などから採ります。

これらの例言や記事からは、出版しながら、シリーズ内の方針調整を行っていたことが知られる。第一冊は「解題」に紙面を費やしすぎたので、第二冊以降は翻刻重視へと変更し、諸本の校異や詳細な解題を別冊として準備するつもりであった。第三冊に至り、別冊に収録できなかった伝本を「補遺」として収めることにした。そして第四冊に至って本文の一部や挿絵、表紙などを「図録篇」として刊行することにした。これは戦時体制となって出版のための用紙確保が困難になるという外的な要因によって実現しなかった。そればかりでなく、シリーズ続行自体がむつかしくなったために、第一冊刊行当初に想定していた全一七、八冊という構想も実現が叶わず、昭和一七年の第五冊で終刊となった。ちなみに実は第六冊も出版できるだけの準備はしていたのであるが、昭和二〇年五月の戦災の際、原稿が印刷所で焼失してしまった。これは異類物三九編から成るはずのものだった。

4　南方熊楠の関与

では、横山重の『室町時代物語集』に南方熊楠はどのように関わっていたのだろうか。これを考える際に重要な資料が両者の往復書簡であるが、残念ながら熊楠が横山に宛てた書簡は昭和二〇年五月二六日の空襲で焼失してしまった。▼注[11]

一方、横山が熊楠に宛てた書簡は幸い戦災に遭わず、現在、南方熊楠顕彰館に収蔵されている。当館所蔵目録の記載するところは大正一四年（一九二五）一一月一六日〜昭和一六年（一九四一）五月五日に至る二七通である。熊楠の日記を見るに、それ以外にも横山の来簡があったはずだが、存否不詳である。書簡はおよそ次の二つの時期に分けられる。第一は大正一四、五年のもので、主にいわゆる『十二支考』出版依頼に関してである。結局これは保留となる。

第二は昭和一三年から一六年にかけてのもので、ここで問題にしている『室町時代物語集』に収録する論考依頼が主な内容である。また、出版事業開始当初からの念願である著作集の勧めもある。しかしこれは断られることになる。

第一と第二の間の空白期間は完全に断絶していたわけではない。横山は熊楠に年賀状を出していたし、熊楠の関心のありそうな刊行物を寄贈していた。▼注[12] 熊楠にしても、雑賀貞次郎や宮武省三といった知己の人物に大岡山書店での自著出版を勧めている。たとえば大正一五年、熊楠が坂本書店から『南方閑話』を出した年、『南方閑話』は閑話叢書の一冊として出したが、熊楠はその坂本書店よりも大岡山書店のほうを宮武に勧めている。▼注[13] 大岡山書店のほうが優秀であると、熊楠が評価していたことがここから知られるだろう。とはいえ、結局、宮武は坂本書店から『机辺随筆』ならぬ『習俗雑記』を刊行することとなる。同様の勧誘は昭和五年一二月一六日にも行っている。▼注[14] そこでは『十二支考』の出版依頼を断ったこと、その代わりに雑賀貞次郎『牟婁口碑集』を熊楠が増注して出すこと、▼注[15] それに加えて宮武に新刊を出すように勧めているのである。結局、「すぐに物になる也」という『牟婁口碑集』増注版も宮武新刊も実現しなかった。

転機は昭和一二年である。昭和八年以来『熊野縁起』を調べていた熊楠は、昭和一二年一〇月五日に到来した『日本読書新聞』二二号に『室町時代物語集』第一冊が刊行され、その中に『熊野の本地』こと『熊野縁起』が五種類収録されていることを知る。▼注[16] それから約三ヶ月後に同書が熊楠に寄贈され（図１）、研究が進展することになる。両者の関係はここで新たな展開を見せる。すなわち、お伽草子資料集の編集者であり、出版者としての横山と、国文学者としての南方熊楠である。熊楠が本集の解説原稿を引き受けてから、横山は様々な資料を提供し、また書簡を通して関連情報を伝えるようになる。▼注[17]

図1　横山重寄贈の『室町時代物語集』第一冊▼注[18]（南方熊楠顕彰館所蔵）

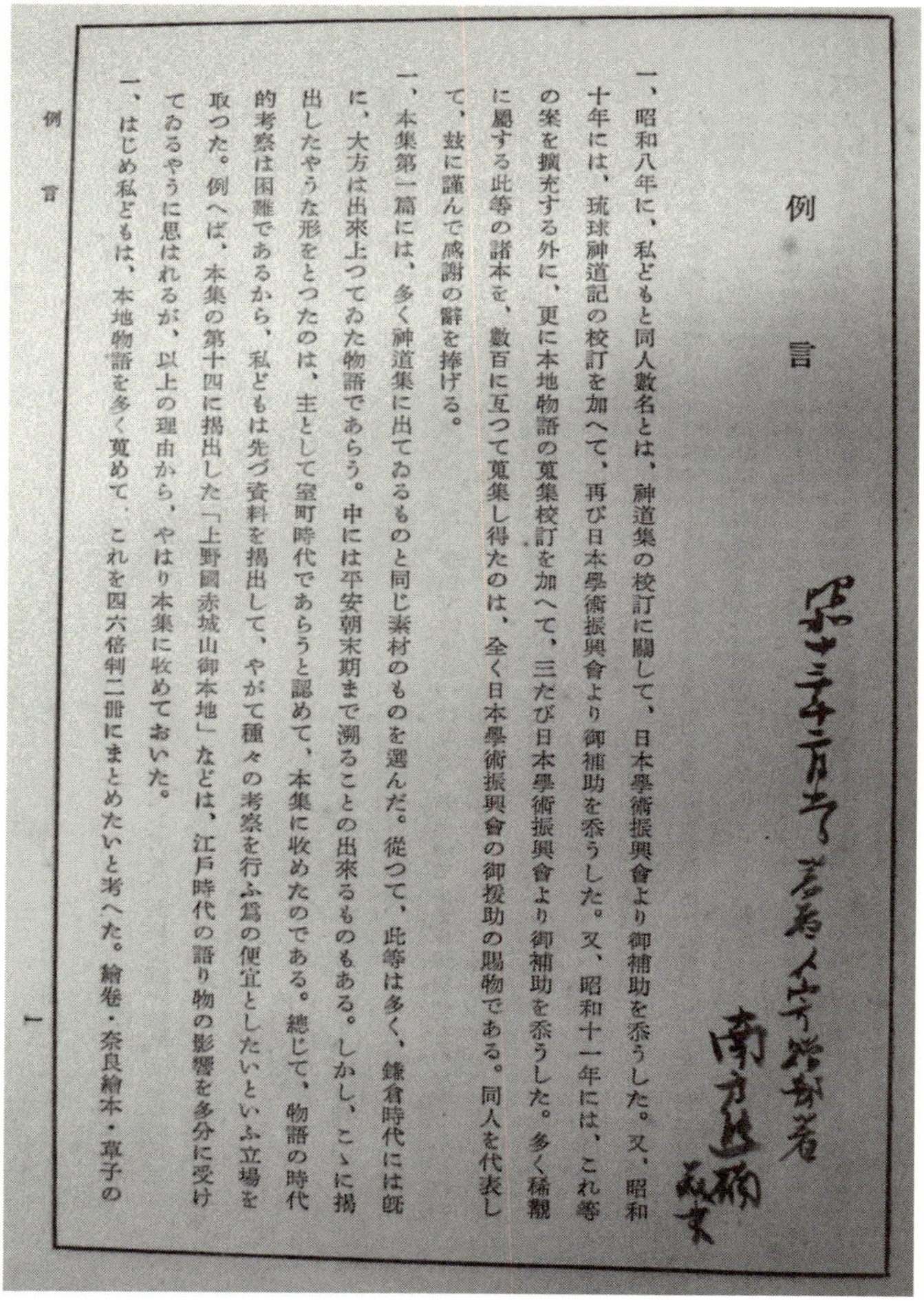

例言

一、昭和八年に、私どもと同人數名とは、神道集の校訂に關して、日本學術振興會より御補助を忝うした。又、昭和十年には、琉球神道記の校訂を加へて、再び日本學術振興會より御補助を忝うした。又、昭和十一年には、これ等の案を擴充する外に、更に本地物語の蒐集校訂を加へて、三たび日本學術振興會より御補助を忝うした。多く稀覯に屬する此等の諸本を、數百に亙つて蒐集し得たのは、全く日本學術振興會の御援助の賜物である。同人を代表して、玆に謹んで感謝の辭を捧げる。

一、本集第一篇には、多く神道集に出てゐるものと同じ素材のものを選んだ。從つて、此等は多く、鎌倉時代には既に、大方は出來上つてゐた物語であらう。中には平安朝末期まで溯ることの出來るものもある。しかし、こゝに掲出したやうな形をとつたのは、主として室町時代であらうと認めて、本集に收めたのである。總じて、物語の時代的考察は困難であるから、私どもは先づ資料を掲出して、やがて種々の考察を行ふ爲の便宜としたいといふ立場を取つた。例へば、本集の第十四に掲出した「上野國赤城山御本地」などは、江戸時代の語り物の影響を多分に受けてゐるやうに思はれるが、以上の理由から、やはり本集に收めておいた。

一、はじめ私どもは、本地物語を多く蒐めて、これを四六倍判二冊にまとめたいと考へた。繪卷・奈良繪本・草子の

例言　1

横山重が熊楠に求めたことは、お伽草子諸編の論考の執筆である。諸書簡をもとに整理すると、次の諸編が対象となっている。

『八幡の本地』『熊野の本地』『諏訪の本地』

「もし八幡でも御願ひ出来れば、トップへ出せます。順が第一でありますから。或は熊野でも諏訪でも、何でもよろしくあります。」（昭和一四年六月一〇日）

『いそざき』

「原本を入手するためには、どんなにでも骨を折り、やゝ研究的の方面は、先生はじめ、専問《ママ》の方々に御願ひいたしたく存じてゐます。」（昭和一四年六月一〇日）

「いそ《ママ》ざきについての御文

御用意賜はり度く、御願ひします」（昭和一四年六月二三日）

「先生の御研究、「補遺《別冊》並解説篇」へ入れさせていたゞきたく存じます。何とぞ、長篇にてものしていたゞきたく、同人を代表して、つゝしんで御願ひ申上げます。」（昭和一四年七月三〇日）

「いそざきを何とぞ御願ひいたします。」（昭和一四年八月六日）

「御時間がございましたら、いつか一文を賜はり度く、御願ひいたします。」（昭和一五年二月一七日）

『蛤の草紙』

「はまぐりは勿論、なにによらず、御発表下さいませ。」（昭和一三年三月二〇日）

「はまぐり草子は、目下、第七冊（異類もの）へ入れる予定であります。この御考説はぜひいたゞきたく、御願ひ申上げます。」（昭和一四年八月六日）

『ささやき竹』

「はまぐり姫と、さゝやき竹も、何とぞ御執筆賜はりたく、御願ひいたします。」（昭和一五年三月三一日）

このうち『ささやき竹』は紙面では唐突に見える。横山が熊楠と面談した時に話題となり、候補にあがった可能性があるだろう。

以下に、具体的な成果を指摘してみよう。

まず『いそざき』についてであるが、昭和一三年五月一五日の横山来簡に「いそざきについての御文、つゝしんでお待ちいたします」とある。これ以前に何らかのやり取りがあったものと思われる。すでに熊楠は『蛤の草紙』論の準備をしていたが、これに加えて『いそざき』についての論も始めることにしたのである。さらに翌一四年六月二三日付の横山来簡には、より具体的な記述がみられる。

いそざきは、第五冊の最後へ入れたく存じます。しかも、第五冊は、まだ原本につけないもの七種位ありますから、どうしてもやゝ延びます。そして、最後のもの、校正を御目にかけることも、少し延びますから、いそざきの奈良絵本の本文のある岩波文庫本を御送りいたします。

これにて、

いそざきについての御文

御用意賜はり度く、御願ひします。刊本はこれよりも整つてゐますから、もし御望みでありましたら、本を送つてもよく、写しを御送りしてもよくあります。

この段階では『室町時代物語集』第五冊に『いそざき』の翻刻を収録することになっている。まだ刊行に時間的猶予があるので、熊楠の論考も収録する予定でいたらしい。しかし、実際は第四冊に翻刻と横山による書誌解題だけ収録されることになった。

当時、横山が送った岩波文庫本は今に南方熊楠顕彰記念館に所蔵されている（図2）。

図2『お伽草子』（南方熊楠顕彰館所蔵）

図2の書入は、寄贈された昭和一四年六月二三日以降のものである。ここには明の徐応秋『王芝堂談薈』の二話などを類話として書き入れている。同様に、これに先行して前年一三年三月一八日に『物語草子目録』を寄贈されている。そのうち、「近古小説解題」の「イ」の部分の欄外に、未収録の「磯崎」について書入をしている（図3）。

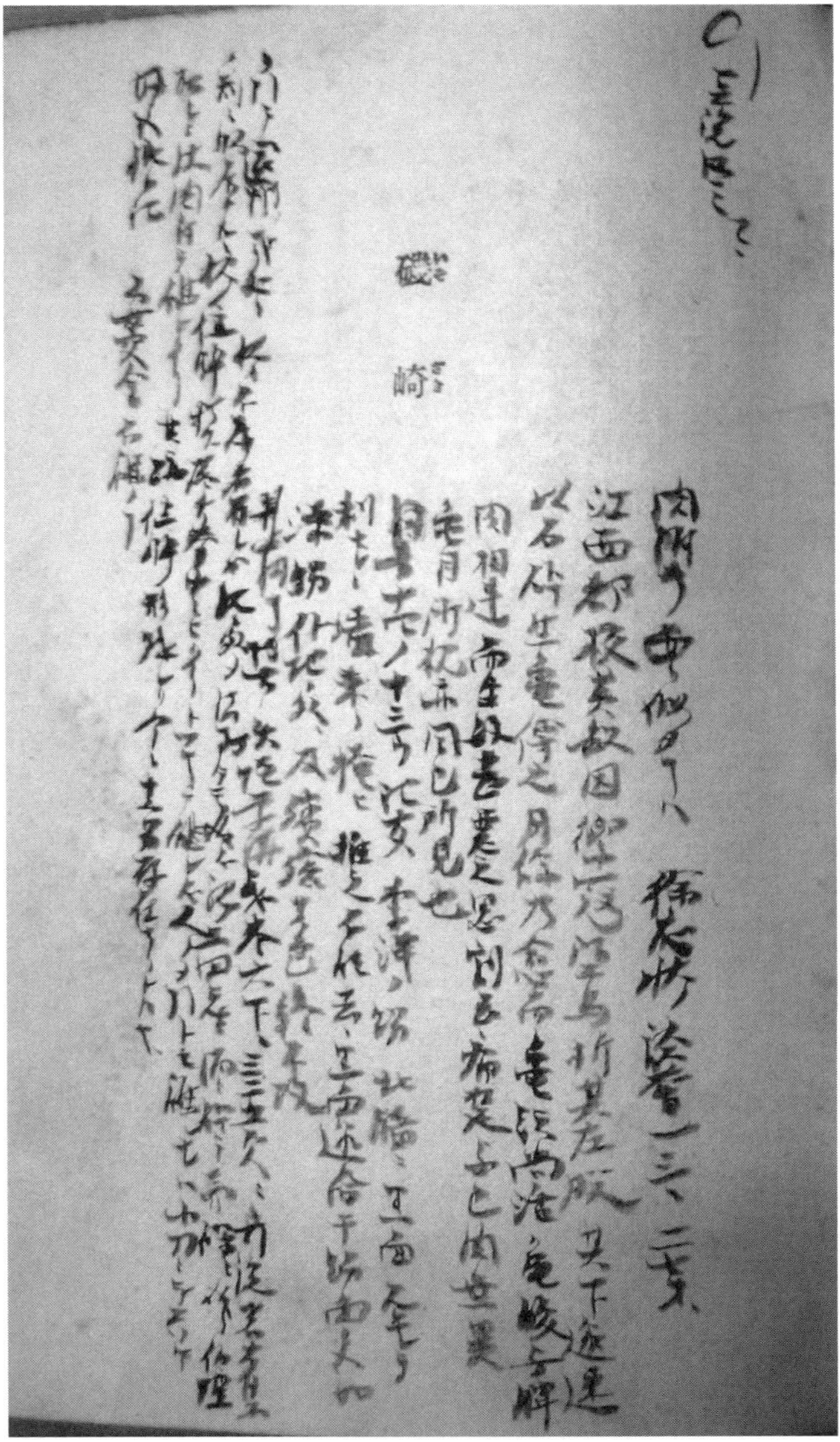

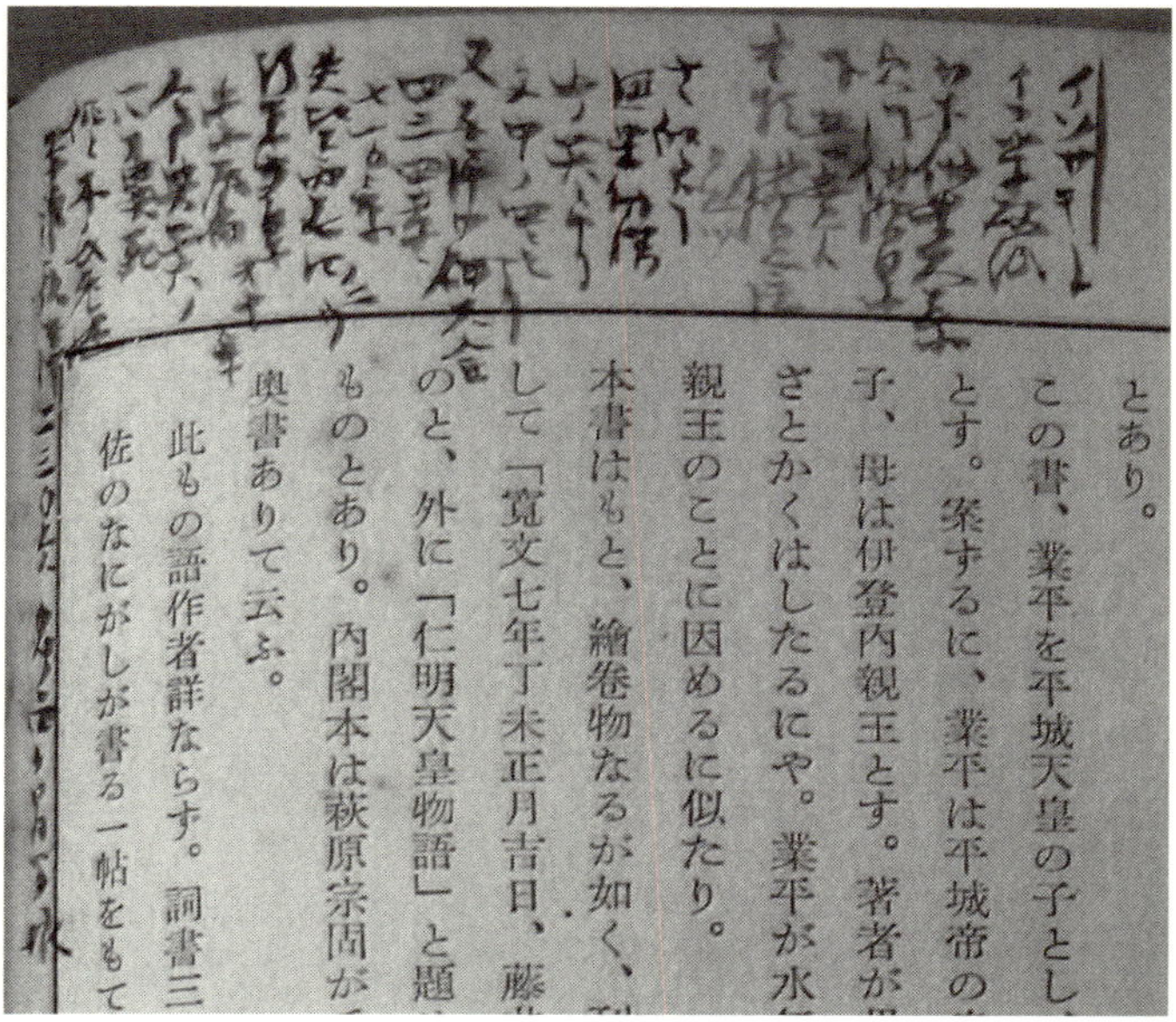
とあり。
この書、業平を平城天皇の子とし
とす。案するに、業平は平城帝の
子、母は伊登内親王とす。著者が
ざとかくはしたるにや。業平が水
親王のことに因めるに似たり。
本書はもと、綸巻物なるが如く、
して「寛文七年丁未正月吉日、藤
のと、外に「仁明天皇物語」と題
ものとあり。内閣本は萩原宗固が
奥書ありて云ふ。
此もの語作者詳ならず。詞書三
佐のなにがしが書る一帖をもて

図3『物語草子目録』（南方熊楠顕彰館所蔵）

イソサキト／イフ草双紙／日本俳書大系／貞門俳諧集／下五〇五頁／重頼俳諧之註／ニ出ツ／ヤ、似タルコト／
因果物語／上ノ一六ニアリ／又中ノ四ニモアリ／又東洋口碑大全／四三四葉、／七一〇葉／夷堅丙志四ノ二ウ／
新著聞集第十葉（下略）

和漢の説話集から類話を渉猟する中で、後の『いそざき』研究で引かれることになる『俳諧之註』もすでに引用していることが分かる。これが論考に反映された書入であることは、次の未発表論考「磯崎に就て」の一節から明らかであろう。▼注[19]

　前年、横山巨橋両君の「物語草子目録前篇」成りて後、横山君、其一冊を恵贈されて、心当りの遺漏品有ば、告げ来れと頼まれた。取敢ず、予が答へたは、貞室の「誹諧百韵之抄」は、寛永十九年板の由。

『物語草子目録』の欄外に書き入れられたものは、横山から訊ねられたことを返信したことが反映しているのだろう。昭和一四年四月三〇日の横山来簡に「先日、林若樹氏の売立に出た「玉屑集」（零本を一二葉づゝはりつけた本）の中に、上方板の「いそざき」が一二枚入つて居りました。それは、寛永頃の板らしく、或は先生御教示の寛永十九年より前の板としてもいゝやうに考へられました」とあり、『俳諧百韵之抄』所引の類話がそれ以前に見付けられていたことが知られる。この原稿は細字で書いたものが横山のもとに送られたが、先述のように戦災で焼失してしまった。幸いなことに、原稿用紙に書き直したものを熊楠に送り、それが現存している。

　この他、『蛤の草紙』に関しても論考を準備していた。これは『いそざき』に先行して始めたものであるが、結局完成しなかった。これについては既に「南方熊楠『蛤の草紙』論の構想」▼注[20]で論じたので、ご参照願いたい。

　また、横山重の提供した文献を手に入れたことで、旧稿から進展したものが幾つかある。その一つは『ささやき竹』である。

　昭和五年一二月に公表された「美人の代りに猛獣」は動物の変身譚を世界的に事例を集めて論じたものである。主要な事例として、『西陽雑俎』一二の寧王説話、『南総里見八犬伝』一四五回などを用いて論じている。先に挙げた昭和一三年入手の『物語草子目録』には、「ささやき竹」の項の欄外に次のように記されている。

　西陽雑俎巻十二／寧王ノ事／ち出シカ、サ、ヤキ竹つまり『物語草子目録』に記載された『ささやき竹』の梗概を読むことで、それが『酉陽雑俎』の寧王説話の類話であると認識したわけである。その結果は、翌一四年五月に公表された「女を畜生と入れ換えた話」に活かされた。同様の事例は『藤袋の草子』についても言える。大正九年の「猴に関する民俗と伝説」は猿に関わる説話・民俗・俗信など様々なことを世界的に集めて論じたものであるが、日本の古典資料では、お伽草子『のせざる草紙』や『今昔物語集』猿神退治等が用いられている。やはり『物語草子目録』の「藤袋草子」の項の欄外に、「是モヤ、酉陽雑俎ノ寧王／ノ話ニ似タリ」と記されている。『ささやき竹』と併せ、「女を畜生と入れ換えた話」に次のように活かされている（『南方熊楠全集』第五巻）。

例の『今昔物語』二六巻第七話はこの話に似るが、猿が女を食うので、女を妻るのでない。故芳賀博士が、参攷のためここに引いた『幽怪録』郭元振譚は、猿でなくて猪神に女を嫁ぐのだ。かたがた「藤袋草子」は『今昔物語』に縁が遠く、兇物が女を掠め去る途中、女とスリ替えられた畝畜生に制伏さるる趣向が、寧王が莫才人を救い、関白殿が左衛門尉の娘を手に入れた二譚に同じければ、「酉陽雑俎」か「ささやき竹」より転成されたと見える。「ささやき竹」も「藤袋草子」も、予がかつてその名をさえ聞き知らなんだ物、最近、横山・巨橋二君より、その著書を恵贈されたによって、本文を綴りえたるを深く謝し奉る。

『ささやき竹』『藤袋の草子』とも、『物語草子目録』を入手するまで知らない作品であったと明かしている。横山の資料提供によって旧稿での考察を更に推し進めて成文化したことが知られるであろう。

5　おわりに

横山重は、大正一四年、大岡山書店で出版事業をはじめて間もなく、南方熊楠に著書刊行を打診した。これには折口信夫の仲介があったものと考えられる。横山は十二支の獣に関する論考をまとめ、未執筆分は書き下ろしというかたちで承諾を得ようと考えた。熊楠は多忙などの理由で諾否を保留した。その後、出版依頼はかたちを変え、全集というかたちで交渉することになる。しかし、これには否定的な岡茂雄などの意見を受けた熊楠が消極的なまま諾否を決めずにおり、そのまま没して沙汰止みとなったと思われる。

また昭和一四年から『室町時代物語集』の企画を実行することになった横山は、前年、熊楠に本集に論考を寄稿してくれるよう、依頼した。幾つかの作品の中で『磯崎』が優先された。さらに『蛤の草紙』や『いそざき』『をこぜ』など、熊楠の関心のある作品について、資料を提供し、それらについても論考の寄稿を打診していた。結局、それらのうちで草稿が成ったものは『磯崎』だけであった。これは横山による手書き清書原稿が熊楠のもとに送られたが、『物語集』出版自体が完遂しなかったことで、公開されないままとなった。その後、平成八年、蔵書目録作成の過程で書庫から発見され、日の目を見ることになる。

一方、南方熊楠は著作の出版を保留としながらも、弟子の宮武省三や雑賀貞次郎に大岡山書店での出版を勧めている。また当初は好意的な印象を持っていたと思われる。ところが、おそらく岡茂雄の意見などを聴くにつれ、次第に敬遠するようになったように想像される。もっとも、『室町時代物語集』への寄稿自体には否定的ではなく、最晩年まで執筆をつづけていたようである。

横山重が熊楠に与えた学問的影響は、お伽草子が文学ジャンルとして説話文学に匹敵する話材の豊富さを持つことを認識させたことに最も大きく見られるのではないかと思われる。その最たるは、『室町時代物語集』よりも『物語草子目録』であったかも知れない。そこに載る物語諸編の梗概が説話の一つ一つであり、本目録自体を説話集と同等なものとして扱っていたようである。これらをはじめ、横山は熊楠の執筆に役立つであろう文献や知識を惜しみなく提供した。それが『室町時代物語集』にいずれ掲載される論考の質を高めることになるし、引いては大岡山書店での著書刊行にも繋がるものと期待していただろうと想像される。熊楠の稚児物、男色文化への理解の深化も、こうした献身的な資料や情報の提供をする横山の存在無くしてあり得なかったのではないかと考える。

昭和一〇年代の横山は、出版事業の必要もあって、古浄瑠璃正本・説経節正本と同様にほとんど未開拓というべきお伽草子の調査・研究を精力的に行っていた。『室町時代物語集』の編纂に従事していた横山は、お伽草子の全貌を把握すべく、既知の伝本調査、新出本の発掘、翻刻、諸本の位置付けを日夜行っていた。その様子は『書物捜索』や熊楠への書簡から窺い知ることができる。つまり当該ジャンルの最先端の資料や情報を熊楠は提供されていたわけである。そこに熊楠が長年蓄積してきた古今東西の豊富な説話のデータが加わるのである。どのようなかたちであれ、論考として成文化されれば、当時のお伽草子研究の水準を凌ぐものができたであろう。

今日のお伽草子研究の資料的な基礎を作った『室町時代物語集』の刊行が始まったのが昭和一二年。熊楠が関与し出したのが翌一三年。そして一五年には出版に必要な用紙の確保が困難となり、『物語集』の構想を縮小するかたちで再検討することになる。そして翌一六年に熊楠は他界してしまう。折角完成した「磯崎に就て」もお蔵入りとなってしまう。こうした不幸の連鎖によって、お伽草子に関する熊楠の成果は日の目を見ることなく終わったが、しかし、晩年の熊楠の書入は蔵書の随所に見出すことができる。今後、これらを分析することで、有益な知識を発掘することができるのではないかと期待するものである。

【注】

［1］横山重『書物捜索』上下巻（角川書店、上巻は一九七八年、下巻は一九七九年）「付記」、後、『横山重自傳』（私家版、一九九四年）に再録。

［2］注［1］の二書に基づき作成。

［3］『横山重自傳』三六頁。

［4］『書物捜索』掲載の諸編に拠る。

［5］南方熊楠顕彰館所蔵、一九二五年一一月一六日付来簡。以下、引用する横山重書簡はすべて当館所蔵資料である。

［6］「そんな風で、わたしは、昭和八年の頃から、室町時代物語と古浄瑠璃の正本をあつめたので、その方の本は、だんだんと高くなった。」（横山重「磯崎奈良絵本大型横本を貰う」『新文明』一九五三年一一月号。『書物捜索』下、再録）。

［7］『室町時代物語集』第一冊「例言」、一九三七年七月七日刊行。

［8］一九三八年二月二一日付、熊楠宛横山重来簡。

［9］一九三八年一一月二五日付、熊楠宛横山重来書簡
［10］前掲注［8］来簡。

［11］「五月二十六日の暁方。わたしに縁のある所は、みな焼けた。自宅では、丹緑本の「愛宕地蔵之物語」「保昌物語」「武田物語」などが焼けた。」（横山重「戦後の「書物捜索」はじまり」『新文明』一九五三年二月号。『書物捜索』下、再録）。「翁の直筆の原稿は、数十の翁の手紙とともに焼けてしまった。」（横山前掲注［6］エッセイ）。

［12］伊藤慎吾「南方熊楠『蛤の草紙』論の構想」（『南方熊楠研究』九、二〇一五年三月）。

［13］笠井清『南方熊楠書簡抄―宮武省三宛―』（吉川弘文館、一九八八年、所収）。

［14］笠井清前掲注［13］書所収。

［15］広川英一郎「雑賀貞次郎『牟婁口碑集』を読む」（『昔話伝説研究』二七、二〇〇七年五月）。

［16］一九三七年一〇月二九日付、中瀬三児宛書簡（『南方熊楠全集』一巻、所収）。

［17］伊藤前掲注［12］論文参照。

［18］「例言」のページに「昭和十三年二月五日著者ら寄贈郵著（ママ）／南方熊楠／蔵書」と記す。

［19］南方熊楠「磯崎に就て」（中瀬喜陽『門弟への手紙―上松蓊へ』日本エディタースクール出版部、一九九〇年、所収）。

［20］伊藤前掲注［12］論文参照。

3　翻印　南部家旧蔵群書類従本『散木奇歌集』頭書

山田洋嗣

1　はじめに

南部家旧蔵群書類従本『散木奇歌集』はかつて盛岡市中央公民館に収蔵され、現在はもりおか歴史文化館が蔵する、今は所在不明になった「小山田与清手沢群書類従本」の複製ともいうべき伝本である。もとの与清本にあった記号、傍記、校異、頭書などを、別の群書類従板本に移写して与清本を再現したもの（函架番号　和177）と、その全部を写した写本（函架番号　和178）の二部が残る。

この本については以前論じたことがあるが、▼注 改めて注意したいのは小山田与清手沢本にあった傍記などの作業がこの二本の中に残っているということである。頭書についていえば、同様のものは静嘉堂文庫蔵間宮永好本、国会図書館蔵の岡田希雄書入本、内閣文庫蔵大野本などに同内容のものがみられるが、南部本は複製として作業過程がさながら残っているところが重要である。ただしそれがすべて与清のものであるということではない。与清の注のみではなく、古くは契沖の注、同時期では清水浜臣や間宮永好の注などがそれと明記せずに加えられている。すなわち、この時期に可能であった注解の集合がこの頭書であるということができるであろう。

その性格は与清が同本の識語に記す「散木集は其頃の俗諺及古き物語などよせたれば、今に成ては弁がたきふしおほかり。こは類聚名義抄字鏡集などに据て其詞をもとめ、家集髄脳等にわたりて其古事の証を求むべし。曽丹集出観集為忠家両度百首次郎百首夫木　拾玉集山家集草根集など、これを助くることおほし」が具体化したもので、『散木奇歌集』から語彙や事項を抽出して索引を作成していく与清が、同じ平面の中に既に作成した索引を活用して、諸書の記事を『散木奇歌集』の語彙と事項のもとに配していくという体のものである。内容はこうした作業の限界を示してもいて、古事、典拠や類歌の指摘を主とするものであるが、勿論我々にとって読解の助けになるものでもある。また同時に近世後期の江戸における『散木奇歌集』の「読解」そのものと読解における興味のあり方や方法を示すものでもある。ここに本文を紹介する所以である。

【注】

「南部家旧蔵群書類従本「散木奇歌集」の輪郭」（『福岡大学研究部論集（人文科学）』九―一、二〇〇九年五月）

「間宮永好、八十子と南部利剛、明子と―挿話として」（『福岡大学人文論叢』四一―二、二〇〇九年九月）

「散木奇歌集「南部家旧蔵本」の背景―伝本の位置を測るために」（『福岡大学研究部論集（人文科学）』一〇―七、二〇一〇年一二月）

なお、筆者ははじめ和178本（写本）を和177（板本）の写しであると推定していたが、今は両本ともにもとの与清本を写したものと考えている。

【付記】本書の調査と翻印を許可された盛岡市中央公民館、もりおか歴史文化館に謝意を表する。またその初め小峯和明氏に調査の便宜を与えられた。改めて謝意を表する。なお、本稿は福岡大学研究推進部の「日本文学の書誌学・文献学的研究」及び「日本語日本文学の基礎研究」の成果の一部である。

2　翻印

翻字は次のように行った。

1、頭書それぞれの上に該当する和歌の新編国歌大観番号を記した。また、各巻の初めにその巻の部立をゴシック体で示した。

2、漢字、仮名の別、また踊り字は原本のままとしたが、字体は一部の異体、別体を除きいずれも通行のものに改めた。仮名の字種、濁点の有無なども原本の通りとしたため、しばしば不統一を感じさせるところがあるが、これもそのまま残した。

3、ミセケチなどの訂正は訂正結果に従った。明らかに錯誤とみられる部分には右傍に（ママ）と記した。括弧内に注記などを加えた部分もある。その他の注記も括弧内に記した。

4、改行は有意の部分のみ本のままとし、その他の部分はこれにこだわらなかった。また割注は［　］に入れ、／によって改行を示した。文字の大きさ、位置などは概ね本の通りである。

5、頭書は墨書によるのが原則と思われるが、朱書である場合は（朱）と記した。また貼紙によるものは全体を表罫で囲みその旨を示した。

6、和177本の脱落と思われる部分が和178本にある場合、和177本の単純な書き落としとみて和178本から補った。また明らかな誤りとみられるもので和178本の本文によるべきものは同本によってこれを訂した。

第一　春部

4　此カ、ミハ次ノ哥ニ云カ、ミト別ニテ常ノ鏡也

5　貧道集立春哥いつしかと末のまつ山かすめるはなみと、もにやはるのこゆらん　教長卿聊後輩ナレハ此散木ノ哥ヲトレルトモ云ヘケレトサアラシ全暗合ト云ヘシ

6　用ハモチヒノ仮名ナル事経衡集ニモ二首ヨメル証アリ
永久四年百首元日　俊頼　けふよりは我をもちひのますか、みうれしきかけをうつしてそみる

8 頭句ハ棹《佐保》ニヲ云カケタレトカンナタカヘリサレトイトハヤクヨリ誤キタレリ天喜二年蔵人所哥合紅葉「読人／不知」

今はた、もみちのにしきたつた姫染かけつらんさほの山へに

金葉三にもさほ川のみきはにさける蘭波のよりてやかけんとすらん

又清輔初学抄にさほ山棹ニソフとあれは既ニ此比ハ云カケニモチヒタル事ウタカヒナシ

10 袖中抄云此哥ヲハ俊頼霞とてヨロシキ哥と申ケリ仍左京兆モ詞花集ニ被入タリ

是は松ノシツエヲ蜘手トハ橋ノ柱ニツヨカラン為ニスチカヘテウチワタシタル木ヲ云也

12 古今二十　真金ふく吉備の中山おひにせるほそたに川の音のさやけさ

17 アシミハ足踏ノ中略ナル事下文尺教ノ部ノ哥ニテシラル考可合

19 此哥三ノ句ヲ初句の上ヘマワシテミヘシ四句ヘツ、ケテハ聞エカタシ

20 類聚名義抄篰笛　蚕簿エヒラ云々

21 下ノ句ノ意ハカコチ事ノ意ニテ子日シテ行末ノヨハヒヲ祈ソノネキ事ヲハ只神慮ニマカスト云也

25 ケフサヘ云々ト云ルニ深身ノ愁アルヨシヲコメテヨメリカク若ナナドツミテ面白野遊スルケフサヘ袖ノヌル、ヨシ也

27 類聚名義抄笥《イシミ》

31 後漢書礼儀志

32 夜コシハ俚ニ云ヨイコシニテ前日ニツメルヲ云本行ノ花トアルハヨシナシ両本トモニハツホトアルカタ、シカルヘシハツホハ初穂ニテ初物ナルヨシ也ソレヲ送マキラスレハ賞翫シタマヘト也

33 後拾遺正月七日周防内侍の許に遺しける　藤三位　数しらすかさなる年を鶯の声するかたのわかなともかな

37 馬毛ノ誠ニ緑ナルニハアラネト白ハ青ニ色ノカヨヘハカクハ云ツヽケタリ
42 我方ハイト、シミコホリテ春トモ覚エヌヲ衣手ノウスキノミサスカ冬ヲヘタツルシルシナント也
45 古写本のニホフラントアルカタヨロシカホルラニ（ママ）テハ調ワロシ
47 数ならぬミヲハウクモヘトモ哭音ヲハメツル人モナシト述懐セリ
62 後拾十五　永胤法師　いつかたへゆくとも月のみえぬかな棚引くもの空になけれは
63 拾遺一　読人不知　花見にはむれてゆけとも青柳のいとのもとにはくるひともなし
71 ○万葉に引哥　石見の海うつたの山の木間よりわかふる袖をいもみつらんか
74 献芹の故事ハ童蒙抄俊頼抄等ニ委
75 此哥ノ事袋草子ニ委見
76 新撰朗詠　佐国　六十余回看未飽他生定作愛花人
88 本行くるハ上ヨリつるヲツヾケカケル誤也つるトアル本ソタヾシキ
94 一本ノふくハ誤かへとアルカタタヾシ
97 いもせ山ハこもち山ノ誤
101 此哥一本ノかたしかるへし
111 二ノ句ハサラホヘルニ吠《ホエル》ヲソヘタリサレト云カケノカンナタカヘリ
115 佐保ニ棹ノ云掛違既ニ上文云
128 古今二　すかの、たか世　枝よりもあたにちりにし花なれはおちても水のあわとこそなれ
130 カクチルヲ、シミテミルワレヨリモ桜コソチル花ヲハヲシムヘキ事ナレチリハテタル枝ヲハミテメツル人モナケレハト也四句ハ空枝ヲハノ意なり

（朱）かは堂　裘をきたる僧有しよりかは堂といふよし山城名勝志にくはし
133 チルワサヲハミシトテ木ノ下ヲ立出シカアヤニクニ立帰リミル意カウキト也初句ハ花ノ下ヘ立帰るなり家へ帰る
ニハアラス
139 四句ハ問来テミル人ノ先ノミナラス風ニサヘシラレヌ意也
141 金葉　経信　けふこ、にみにこさりせは桜花ひとりやはるの風にちらまし
144 貫之集　山田さへ今はつくるをちるはなのかこと（ママ）はおふせさらなん
148 曽丹集　は、こつむやよひの月に成ぬれはひらけぬらし（ママ）わかやとのも、
文徳実録第一云此間田野有草俗母子草二月始生レ茎白晩毎属三月三日婦女採之蒸擣以為餻伝為歳事
150 酒病《サカヤマヒ》也　和名抄ニ苦船ヲ［不奈／毛比］也トヨメリ菅家文章巻五花時天似酔序云　春之暮月々三朝天酔テ花桃李
之盛也
152 伊勢物語　みよしの、たのむの鴈もひたふるにきみかかたにそよるとなくなる
田面ノ雁也ムトモト音カヨヘハ詞ノヨロシキニシタカヒテカクハヨミナラヒケラシ
154 万葉三
いて、ゆくみちしらませはかねてよりいもをと、めんせきもおかましを
157 かつみハこもノ類ナル事下文長哥には、からぬまの花かつみかつみるさまはまこもにて云々といへるにてしらる
165 仁徳紀四十三年秋九月庚子朔依網屯倉阿弭古捕異鳥献於天皇云々百済俗号此鳥曰倶知［是今／時鷹也］
万葉一　額田女王　玉きはるうちの大ぬにうまなへてあさふますらんその草ふけぬ
187 古今集十八　紀のとしさたかあわのすけにまかける時にむまのはなむけせんとてけふといひおくれりける時に
こ、かしこまかりありきて夜ふくるまてみへさりけれはつかはしける　業平朝臣

今そしるくるしきものと人またむさとをはかれすとふへかりける

189 清輔朝臣の一字抄に旅中春暮トミエタレハ異本の春望ト有ハヨシナシ

しらぬ人ハしらぬのベト有シのヲ脱テベ人に誤写タリ今一字抄ニヨリテ改ベシ

第二　夏部

210 後拾遺二十　小大君　道芝やおとろのかみにならされてうつれる香こそ草枕なれ

或説ニ荆髪トセルハイカ、荆ハムハラ也ムハラヲ髪ニヨソヘ云ヘクモナシ今案ニオトロハ則ホトロニテ蕨ノ老テ

末ノオホトレタルヲ云也オハホノ通音也

211 後拾遺　源頼光朝臣　かくなんと海人の漁火ほのめかせいそへの浪のをりもよからは

212 神楽譜　朝倉　阿佐久良也支乃万呂止乃仁和礼乎礼波　末　和礼乎礼波奈乃利乎志津々由久也太礼

218 朗詠　千峯鳥路含梅雨五月蝉声送麦秋　加茂保憲女集　冬をへてともしにおふる麦の秋はよさむ□(ママ 白四角)蝉の羽衣

224 後撰十三　読人不知　ねになけは人わらへなりくれ竹のよにへぬをたにかちぬとおもはん

226 後撰九　読人不知　打わたしなかき意は八はしのくもてにおもふ事はたえせし

231 古今五(九カ)　菅原朝臣　此たひはぬさもとりあへす手向山もみちのにしき神のまに〱

232 月詣四　右大臣　郭公おもひもあへぬ初声はねぬ人さへそおとろかれぬる

251 万葉九　詠霍公鳥　鶯のかひこの中に郭公独うまれてしがち、に似てはなかすしか母に似てはなかず云々

252 雪山童子の故事　阿含経涅槃経委

264 万葉十一　拾遺十三　ゆふけとふ占《ニモ》に《万下同》もよくある《ツケアル》こよひたにこさらん《サヘキマサヌ》君をいつかまつへき《シマタン》

267 万葉　我せこをこちこせ山と人はいへときみもきまさぬ山のな、らし

269 夫木抄　顕季かかつらの家にて暮天郭公を
270 為忠後度百首閑中郭公たれにかはきけともいはん郭公あたりに見ゆる人しなければ
288 白氏文集　百錬鏡鎔範非常規夙晨置処霊且奇江心波上舟中鑄五月五日日午時瓊粉金膏磨瑩已化為一片秋潭水鏡成
将献蓬莱
294 八雲御抄云　忘水はちとある水也
298 永久四年次郎百首　残雪俊頼　秋きては風ひやかなる晩もあるをあつさしめらひむつかしのよや
302 万葉　少女子か袖ふる山のみつかきの久しきよゝり思きわれは
清輔初学抄　何事かおはしますらんみつかきの久しくなりぬみたてまつらて
304 源氏物語もみちの賀
貧道集　九月十三日夜によめる　末の秋あかきもみちにはやされて月の入あやまふとこそみれ
306 十訓抄上又同
新撰朗詠　蛍　重之　音もさ《（ママ）》てみさに《（ママ）》もゆる蛍こそ鳴むしよりもあはれなりけり
日本霊異記上気詞《（ママ、調カ）》［弥佐／乎］　トアルニ同シ意也俗ニキチヤウトイヘリ
309 詞花二　読人不知　さ月やみう川にともすかゝりひのかすますものはほたる也けり
311 古今六帖二ともし　あふことをともしの鹿のうちむきてめをたにみせはいるへきものを
318 按するにエヒラハこかひする家には棚をかきて竹にて畳一ひらほとの大きさにうすき篭をつくりてそれへ蠶をかふ也是所々によりて名かはれりハマカゴコガヒスカヒコカコなと云り上野辺にては大きなるをコカヒスといひちひさきをハマカコといへり武蔵国安達郡辺にては皆エヒラといへり八王子の辺にてもエヒラといへりまれ〳〵に古言のいなかに残る也けりこれを四月の末五月のはしめにかひこのあかりたるあとにては沢水のなかにてみなあ

らふこと也
和名抄十四　蠶糸具云　蠶簿　兼名苑云簿ハ［音簿和名／衣比良］一名ハ笛
319 十訓抄上云大相国宰相ニテオハシケル時哥合セラレケルニ夏月ヲ俊頼光ヲハサシカハシテカ《(ママ)》、ミ山云々トヨメリ
ケルヲ峯ヨリ夏月ハ出ラント侍ハ秋冬ハ谷ヨリ出ニヤト申ケレハ俊頼ノフル方ナクテ居タルニ云々
320 万葉　あかねさすひるはこちたしあちさゐのはなのよひらにあひ見てしかも
322 古今三隣よりとこなつの花をこひにおこせたりけれはおしみて此哥をよみてつかはしける　躬恒　ちりをたにす
ゑしとそおもふさきしより妹と我ぬる床夏の花
326 後拾遺四　恵慶　あさちはら玉まく葛のうら風のうらかなしかる秋はきにけり
347 金葉八　大納言経信　あしかきのひまなくかゝるくものいのものむつかしくしけるわかこひ
362 伊セ物語　ゆく蛍雲のうへまていぬへくは秋風ふくと鴈につけこせ
368 (朱) 更級日記云いまはむさしの国に成ぬことにをかしき所もみえすはまもすなこしろくなともなくこひちのや
うにてむらさきおふときく野もあしをきのみたかくおひて馬にのりて弓をもたる末見えぬまて高くおひしけりて
中をわけゆくにたけしはといふ寺あり云々この物語を見て此哥はよまれたるなるへし

第三　秋部

379 古事記上　須勢理毘売歌奴婆多麻能久路岐美祁斯遠云々
万葉十　あしたまもたたまもゆらにおるはたを君か御衣《ミケシ》にぬひあへんかも
衣装《ミケシ》　日本紀
380 (朱) 七夕の袖にひまなく付墨はあふせにけふやあらひすつらん

382　貧道集三　たなはたはあふひかた(ママ まカ)あらし此よふるいそはひと日《には》一夜とそきく
383　白氏文集　長恨歌　七月七日長生殿夜半無人私語時在願(ママ)為比翼鳥在地願為連理枝
394　顕昭注云しかふとは草をたはねて又末をむすひあはするを云也すかふも云つかふ心也
395　和名抄十六　竹器類云籠　唐物云籠ハ和名古竹器也
396　玄々集　又長能集　ぬれ〳〵も明は先みむ宮木の、本あらのこ萩しをれしぬらん
406　詞花三　周防内侍　朝な〳〵露おもけなる萩か枝に心をさへもかけてみるかな
408　古今序云ふんやのやすひてはことは、たくみにしてそのさま身におはすいは、あき人のよき、ぬきたらんかことし
419　万葉ニ真熊野ト書テミクマヌトヨメルヲ文字ノマ、ニヨミ誤テ用タリ真山ヲモミヤマトヨメルニ同
420　和名抄　十四　坐臥具云　衣架《ミソカケ》《イカ》　尓雅注云箷ハ［和名美／曽加介］懸ㇾ衣架也
428　毛詩七月篇云七月在野八月在宇九月在戸十月蟋蟀入㆓我牀《ユカ》下㆒
429　月詣五　祝部成仲　郭公雲居になきて過ぬれと声は心にとまる也けり
430　万葉　久かたのあめもふらぬかアマツ、ミ君にたくひて此日くらさん
433　和名抄十三　文書具三　反故　斉春秋云沈麟士字雲損少清貧以反故写書数千巻
442　明ほのに鹿のまちかくきこえけれはめつらしさによめる　あさ戸あけて立いつるしかのこゑきけは跡つかひにもきたりけるかな
　此一首契沖本又異本ニモミエタリ
444　大和語(ママ)　我もしかなきてそ人にこひられし今こそよそに声をのみきけ
447　ところゑは遠声の略なるへし

450 金葉　俊頼　待かねてたつねさりせはほと、きすたれとか山のかひになかまし

454 堀川院百首　肥後　みむろ山おろす嵐のさひしきにつまとふ鹿の声たくふなり

455 古今　秋上　菅根　秋風に声をほにあけてくる舟は天の戸わたる鴈にそありける

456 四句一本ニをとあるを用へし鹿鳴比の秋の野の興ある様を誰にかたらんの意なり

457 すかるハ虻《アフ》の（ママ）ノ事ナルヲ古今集のすかるなく秋の萩原と云哥より誤て此比は鹿の事トせり

458 和名抄四　射芸具云射翳　文選射雉賦注云翳ハ［於計／反］隠也障也師説所以隠射者也未布之

469 室ノ矢嶋ハ実ハ下野ナルヲ八島ト（ママ）云ル所ノ名ニヨセテヨメル也

473 続詞花五　新院　秋の田のほなみもみえぬ夕きりにあせつたひしてうつらなくなり

477 袖の子稲の名也　為忠初度百首　うぢ山のすその、小田の苗代にいくらかまきし袖のこのたね

夫木秋三花山院　秋の田を吹来る風のかうはしみこや袖のこの匂ひ成らん

同如覚法師さよ衣たちの、ひたに耳なれて袖のこ（ママ）たにすかる鳴なり

487 金葉三　平忠盛朝臣　有明の月もあかしの浦かせになみはかりこそよるとみえしか

496 二鼠ノ事楼炭経ニ見

498 晋書第八十［王義之伝付／徽之］

曰嘗居山陰夜雪初霽月色清朗望皓然独酌酒詠左思招隠詩忽憶戴逵々時左剡（ママ）便夜乗小船詣之経宿方至造門不前而反

人問其故徽之曰本乗興而来興尽而及（ママ）何必見安道邪

503 古今十七業平朝臣　大かたは月をもめてしこれそこのつもれは人の老となるもの

504 呼子鳥ハ四季共鳴事此文詞等尓而可知斑鳩也

王充論衡是応扁（ママ）云太平之世五日一風十日一雨風不鳴条雨不破塊

和名抄　曲調類云　壱越調曲ノ中ニ春鶯囀［大／曲］
和名抄　盤渉調ノ曲　秋風楽アリ
催馬楽　呂　桜人ノ曲アリ
同律ニ　高砂ノ曲アリ
マクマノハ万葉ニ真熊野ト書テミクマヌトヨムヲ誤レリ
漢書第卅一陳勝項籍又懐思東帰曰富貴不帰故郷如衣錦夜行
509　万葉四　大伴田村大嬢何時尓加妹乎牟具良布能穢屋戸尓入将坐
512　新撰朗詠　月　源孝通　遊子不帰郷国夢明妃有涙塞垣秋
513　万葉
525　後撰　くれは鳥あやにこひしく有しかはふたむら山もこえすなりにき
531　新古今　経信　花みにと人やりならぬのへにきて心のかきりつくしつるかな
534　万葉　おほなもちすくなみ神のつくれりし妹背の山をみるはしよしも

第四　冬部

600　貫之集三　世をうみてわかかす糸はたなはたの涙の玉のをとや成らん
606　錦木ノ本説ハ能因哥枕袖中抄等委
608　兼盛集　み山にはあらしやいたく吹ぬらんあしろもたわにもみちつもれり
610　倶知ハ既ニ上文ニ注
633　武烈紀哥ニタマケ《玉笥》ニハイヒサヘモリタマモヒ《玉盌》ニミツサヘモリ云々

和名鈔　瓦器類云盌［俗云／毛比］小盂也トアリテモト水ヲ入ル器ノ名ナリシヲ此比ハ水ノ事ニ用タリ催馬楽ミモヒモサムシ云々トアレハイトハヤクヨリ水ノ事トハサシタリ　拾遺四　読人不知　水とりの下やすからぬおもひにはあたりの水もこほらさりけり
赤染衛門集ニひやかなるおもひをくみに云々ナトアルヲ思ヘハコ、モ水ノ事ト聞エタリ

638 万葉　ナニハ人アシヒタクヤハス、タレトオノカツマコソトコメツラシキ

649 真野池津国也真野蘆原は陸奥也真野と云名にまとはれり
（朱）日本紀略ニ土左ノ万農ノ池

第五　祝部

687 古今七　紀ノこれをか　亀のをの山のいはねをとめておつるたきのしら玉千世のかすかも

695 万葉　浜清み浦うらはしみ神代より千舟のはつる大わたのはま

696 成務紀五年秋九月云々　山陽曰二影面一山陰曰二背面一とありてソトモハスヘテモノ、ウシロヲ云今外面ノ意トシテ家ノオモテヲ云ト思ヘルハ誤レリ

700 万葉　イサコトモタハワサナセソアメツチノカタメシクニソヤマトシマネハ

704 金葉一　池にひつ松のはひえにむらさきのなみをりかくるふちさきにけり

710 拾遺　能宣　有明のこ、ちこそすれさかつきにひかりもそひていてぬとおもへは

711 山ノ至テ高キ所ヲタムケト云ヨリコ、モ岩ノ高キ頂ノ方ヲサシテ云ヘシ

713 結句ハおきたらはさんノ誤ナルヘシ

714 万葉三ノ家持ノ哥ニ石竹トアルヲナテシコトヨメリイシノタケト文字ニツキテ云ルハオホツカナシ

715 止観第一云　月隠重山号挙扇喩之風息大虚号動レ樹教レ之

716 万葉十四　春ヘサクフチノウラハノウラ安ニサヌルヨソナキコロヲシモヘハ
後撰三　春日さす藤のうらはのうらとけてきみしおもは、我もたのまん
此哥ニヨルニ五ノ句ハうらとけてみゆ也

723 後拾遺賀　嘉言　きみか代は千世に一たひゐるちりのしらくもか、る山となるまて

727 已上十首の中ノ名所ミナ伊セノ地名ナリ

別離

730 相思ノ樹ヲヨメル歟捜神記ニ委

731 古今十九　文屋のやすひてかみかはの掾になりて県みにはえいてた、しやといひやれりける返事によめる　小町
侘ぬれは身をうき草の根をたえてさそふ水あらはいなんとそおもふ

735 伊勢物語　わするなよほとは雲ゐになりぬとも空ゆく月のめくりあふまて

737 新古今九　みちの国のすけにてまかりける時範永朝臣の許につかはしける　高階経重朝臣　ゆく末にあふくま川
のなかりせはいかにかせましけふのわかれを

742 千載八　客衣露重といへる心を　前大僧正覚忠　たひ衣朝たつをの、露しけみしほりもあへすしのふもちすり

745 ひたち帯の事俊頼抄に委みえたり

747 みこしいはかみは熊野の地名なるへし

749 拾遺六　読人しらす　わするなよ別路におふるくすのはの秋かせ吹は今かへりこん
みづ歯ハ老人ノイトチイサクハエカハリタルハヲ云

750　和名鈔七　近江国伊香郡伊香［伊加／古］

羇旅部

756　爰ノシノフハ忍ノ意ニハアラテメテ慕意ナリ新古今一赤人　ゆかむ人こん人しのへはる霞たつたの山のはつさく
らかな　ト云ルシノフニ同

757　和名抄十一　船類云　説文云艀［子紅反俗／云為流］船著沙不行也
拾遺　おしあゆ　はしたかのをきゑにせんとかまへたるおしあゆかすなねすみとるへく

758　六帖　こぬ人を雨のあしとはおもはねとほとふることはくるしかりけり

759　和名抄十　道路類云　磯道文字集略云磯道［漢語抄云夜末／乃加介知］山路閣道也

763　和名抄五国郡部云伊勢国安濃安乃

764　筑前国風土記云到筑紫例先参謁テ哿襲宮哿襲可紫比也トアリ

771　備後国御調郡歌島［宇多乃／之万］　和名八

774　結句は端書にいへると井と云者の名を問にそへてよめる也

775　島下郡幣久良神社

第六　悲歎部

780　千早ふるかもの川きりきる中にしるきはすれる衣成けり

782　和名鈔　筑前御笠郡　吹田　万葉六云帥大伴卿宿吹田温泉聞鶴喧作歌一首云々
結句ハ浴《アミ》に見ヲソヘタルナルヘシ

785 韓非子云管仲従桓公伐孤竹春往冬返迷惑失道管仲曰老馬之智可用也仍放老馬而随之遂得道
795 （朱）仲哀記云筑紫伊覩県主祖五十迹手聞天皇之行参迎于穴門引嶋
796 四句ハ地名ノムベニ辞ノムベト云ヲソヘタリ
799 （朱）永久百首　浪立てかくとはかりはきこゆれとかへるもみえすおきのしらいし　神祇伯顕仲
801 和名抄八備前国児島郡　児嶋（ママ）［古之／万］
802 二句ハ　太山尻《シリ》ト云所ヲ太山知ニソヘタルナルヘシ今ハ三田尻トイヘリ
811 続詞花　定頼　沖つ風夜（ママ）はふくらしなにはかた暁かけてなころたつ也
なころハ浪凝にて浪ノ高キヲ云詞也今モ沖ニテハ舟人シカ云リ
812 松ヲ帥経信卿（ママ）タトヘ我身ヲ波ニタトヘタリ
817 おまへハ地名ヲソヘテ人ノ事ヲムカヒサマニオマヘト云俗言ニトリナセリ
821 匡房卿遊女記曰　江口則観音為祖中君□（ママ　白四角二字分）小馬白女云々
823 河尻長柄トモニ津国地名
826 催馬楽譜呂　難波海　名旡波乃宇美名旡波乃宇美己支毛天乃保留乎不祢於不祢川久之川万天尓以未須己之乃保也
末左支万天耳
832 続日本後紀九承和七年五月辛巳後太上天皇顧命皇太子曰云々予聞人没精魂皈天而存冢墓鬼物憑焉終乃為祟長貽後累今宜砕骨為粉散之山中於是中納言藤原朝臣吉野奏言昔宇治稚彦皇子者我朝之賢明也此皇子遺教自使散骨後世效
之是親王之事而非帝王之迹云々
837 栄花物語　みはてぬ夢　実方中将　すみそめのころもうきよの花さかりをりわすれてもをりてけるかな
846 遊糸日記上云かくて十よかになりぬ僧とも念仏の隙に物語するを聞は此なくなりぬる人のあらはにみゆる所なん

あるさて近くよれは消うせぬ也とをうてはみゆ也いつれの国とかやいふなる（ママ脱アリ）なと口〳〵にかたるを聞にいとしら
まほしう悲しう覚えてかくそいはる、　ありとたによそにてもみむなにしおは、我にきかせよみみらくの山（ママ）
847 （朱）玉雑四　大納言経信身まかりて後年の暮に読侍ける　此こと書誤り也
849 袋冊子云故将作当座難云松ハ神代ノト可侍云々俊頼無左右答予案之共以有理有興云々
851 新古今十九住吉御哥　よやさむき衣やうすきかたそきのゆきあひのまより霜やおくらん
852 万葉十　庭中ノアスハノカミニコシハサシアレハイハ、ンカヘリクマテニ
855 明石郡垂見［多留／美］

釈教部

903 万葉　大口ノ真神ガ原ニフルユキハイタクナフリソイヘモアラナクニ
909 古今　蜑ノスム（ママ）モニスム、シノワレカラトネヲコソナカメヨラハウラミシ
927 無量光仏
928 日本紀　八雲タツイツモヤヘカキツマコメニヤヘカキツクルソノヤヘカキヲ
無辺光仏
929 無礙光仏
930 無対光仏
931 古今二十　カヒラク　カヒカネヲサヤニモミシカケ、レナクヨコホリフセルサヤノ中山
932 清浄光仏
933 歓喜光仏

934 （朱）智慧光仏
935 不断光仏
936 難思光仏
938 超日月光仏
944 後拾四　秋も秋こよひもこよひ月も月所もところみる人（ママ）もきみ
951 玉鉾ト云テスグニ道ノ事トセルハアシヒキトテ山ノ事トセルニ同シ
956 古今六帖　こぬ人を雨のあしとはおもはねとほとふることはわひしかりけり
蜻蛉日記　降雨のあしともおつるなみたかなこまかにものをおもひくたけは
959 和名鈔十　墻壁類云　籬《マガキ》《マセ》〔和名末加岐一云／末世〕
962 永離身心悩
971 万葉十一　アマトフヤカルノヤシロノイハヒツキイクヨナルヘキコモリツマソモ
972 和名鈔十五云　絆〔和名保／太之〕
981 ア
982 ミ
983 リ
984 タ
985 テ
986 イ
古今物名　さゝ（まひ（マ）はは（マ）せを）は　いさゝめにときまつまにそひはへぬるこゝろはせをは人にみえつゝ

987 セ
献芹ノ古事上已注
989 （朱）カ
おしねはおそいねを曽以反之なれはつ、めていへり然れは早田のといへる如何
989次 （朱）ラ （下に該当歌なし） （朱）○ウ字の《（ママ　らカ）》哥落たる歟
990 （朱）ウ （朱）ウトヲト通ス
991 （朱）ム
993 （朱）ハ
994 （朱）カ

第七　恋部上

996 万葉ニ庭に立麻乎苅干云々トアル乎ヲ手ニ誤テ此比ハミナ麻ノ事ヲ麻手トヨメリ
999 万葉　ヒツニセウサシオサメタルコヒノヤツコノツカミカ、リテ
1002 和名鈔十一　船類云　游艇［和名波之／布祢］小船也
1005 葛城神ノ古事ハ扶桑略記ニ委
1006 万葉十一　ミナト入ノアシワケ小舟サハリオホミ我オモフ人ニアハヌコロカモ
1007 古今　いとせめてこひしき時はぬは玉のよるの衣をかへしてそきる
1009 錦木ノ事能因哥枕袖中抄等ニミユ
1010 サ、メハ今云茅花ノ事清水浜臣委考アリ

1011 上文詞云真くまの、おそろしけなると云々

1012 あさはきと《（ママ）》アルヲ正シトスヘシ　麻剥ノ意ニテ麻ヲハキテタクリトルヲ云

1013 神武紀　腕ヲタブサトヨメリ手ノ先ナリ

1024 万葉五　山上憶良哥序云　二鼠競走而度目之鳥旦飛云々

文選張景陽雑詩云　人生瀛海内忽如鳥過目

1027 万十一　ミクマヌノウラノハマエノモ、ヘナス心ハオモヘトタ、ニアハヌカモ

1029 万　山川ノイハモトサラスユク水ニカハツナクナリ秋トイハントヤ

1039 和名鈔　筑前国　下座郡《シモツアサクラノ》　三城［美都／木］

1042 ハタツモリハ苓法ト云モノニテコブシノタクヒ也

1048 和名鈔

（朱）今ニハトフト《（ママ　コカ）》云

1062 万葉　塩津山打越ユケハ我ノレル馬ソツマツクイヘコフラシモ

1063 定頼集　木の本にきてもみかたきは、き、はおもてふせやとおもふなるへし

1064 兼盛集　わかこひはいをなきふちのつりなれやうけもひかれてやみぬへらなる

1069 金葉連歌　俊頼　七十にみちぬるしほのはまひさきひさしくもよにうもれぬるかな

しほは時節にて稲の苅しほ月の出しほ入しほナドミナオナジ

1072 仁賢紀注　古者以弱草喩夫婦故以弱草為夫トアルハ別ニテ伊勢物語ニウラワカミネヨケニミユルワカクサヲ人ノ

ムスハン事ヲシソ思トアルニ同小女ヲ云

1078 一字抄ニハ思貴人トアリ

1084 晋王質カ古事述異記見

1087 催馬楽呂　妹門　イモカヽトセナカカトユキスキカネテヤワカユカハヒチカサノアメモフラナンシテタヲサアマ
ヤトリカサヤトリヤトリテマカランシテタヲサ

1092 初句住吉ニ見好ヲソヘタル又(ママ 歟脱カ)ハ形ヨキ人ナレハ共ニ住ヨキ意ソヘテ云也(ママ 歟カ)

1095 一本ニたのみトアルハワロシ　初句ニ明暮ニ榑《クレ》ヲソヘタルヨリ匠ト云木ヲ割サクヲ胸ノサクルニソヘタリ又按四
句胸ニ棟ヲソヘシニハアラシ歟(ママ)

1098 みをつくしをヨソレ(ママ メカ)ハすみのえノ方ヲ正シトスヘシ

1102 一字抄下云逢不逢恋云々

1111 金葉恋下国基　朝ねかみたかたまくらにたはつけてけさはかたみにふりこしてみる

1119 初句ハ雨ふらぬ日ハノ誤也(ママ 歟カ)

第八　恋部下

1124 神異経曰昔有夫婦相別破鏡各執其半後其妻与人通鏡化鵲飛至夫前後人鋳鏡背為鵲形自此始也

1128 催馬楽　道口　見知乃久知太介不乃己不尓和礼波安利止於也尓波万宇之多戸己々呂安比乃加世也左支无太知也

1131 和名鈔十五　纚　佐天

1135 六帖　あかねさすひるはこちたしあちさゐの花のよひらにあひみてしかな

1140 万　イソノウヘノツマヽヲミレハネヲハヘテトシ(ママ 以下欠)

1142 古今　まてといはゝねてもゆかなんしひてゆくこまのあしをれまへのたなはし

1143 万葉　あまくもをほろにふみあたしなるかみ(ママ 以下欠)

1145 万葉四　赤人　阿倍乃島宇乃住石尓依浪間無比来日本師所念

1153 此哥五句夫木ニいまたトアルモ又一本ニもトアルモヨシナシ　上句ハ只マロトイハン序ニテ下句ノ意ハ我《マロ》ヲ勝《コス》ト
ヤ夫《ツマ》ト定ケンノ意ナリ

1154 （朱）夫木云此哥判者俊頼朝臣云田は秋かへすかなと人々申尤しかるへし証哥を申へけれとも覚え侍らす但涅槃
経の名子功徳品に譬如耕田秋耕西勝此経如是諸経に勝といへる文をおもへはなとか秋かへすとよまさらんと云々

1156 万葉　アヒオモハヌ人ヲオモフハ大寺ノガキノシリヘニヌカツクガコト

1160 上文雑上　こきもとれかちもみとろしすはへしてす、けにけらし沖つしま舟

1168 幼トキハ何事モカヨワキ也　きびは［カヨワキ也俗云ヒガヒスナ／ド云ニアタレリ］
宇治拾遺十二廿四丁　ゆめなとをみるこ、ちしてわかくきひはなるほとにては有物覚え給はす
うつほ物語蔵開上　いとあてにきひはにて何こ、ろもなき云々
若ナ下　女三ノ宮ヲ云所ニいといみしくかたなりにきひはなる心ちしてほそくあえかにうつくしとのみみえ給
云々又桐壷に（ママ以下欠）

1170 古今　いせ　霜枯ののへと我身をおもひせはもえても春をまたましものを

1175 万葉十一　玉垂小簾之寸鶏吉仁入通来根足乳根之母我問者風跡申将

1176 拾遺　源頼光　中〳〵にいひもはなたてしなのなるきそちのはしのかけたるやなそ

1177 上文朝夕になてつ、おふすかるかやをしかふて君かみまくさにしつ
顕昭注云しかふとは草をかりてたはねて又末を結ひあはするを云也云々も、しらへは数多の草をむすひたるを云
シカフヲシカヘトハタラカシテヨメリ

1184 万十四　かはかみのねしろたか、やあやに〳〵さね〳〵てこそことにてにしか

1189 初句はなはたもノ誤歟

1191 くけで　漏出也《クケテ》　古事記云　集御刀之手上血自手股漏出云々［訓漏云／久岐］　四ノ句ハいりましぬの誤也（ママ 歟カ）

1193 いしみハ篭ノ事ナルヨシ類聚名義抄ニミエタリ　上文　いりし（ママ 心さカ）ふかきみたに、つみためていしみゆすりてあらふ
ねせりか

1201 此哥の故事俊頼无名鈔ニ委

1202 此哥久恋ノことにあらす詞書云々具して云々トアルヲ思ヘシ（群書類従本文「久しき恋」の「久しき」を朱でミセケチし
て、「ぐして」と朱書）

1206 兼盛集（ママ 兼輔集カ）　くちなしのいろこのみといふなはたて、ゐての山ふきさかりすくかな

1208 （朱）夫木卅六　金同　但顕輔卿家にて恋の心を　誤歟
同巻云時々くる人を恨る心ある女にかはりて　源仲正　あふ事はしけめゆひかと思ひしをとほかりにこん人はた
のまし

1215 三句はいへかしなの誤なげはなけやりなほさりなと云意也

1216 清輔集　天の川水かけ草におく露やあかぬわかれのなみたなるらん

1219 漢高祖ノ母故事也

1227 新撰字鏡　糸部云褊居物半入衣短也小礼衣又裓豆々利　万葉五貧窮問答哥云ヌノカタギヌノミルノゴト和々気佐
我礼流カ、ツ（ママ フカ）ノミ

第九　雑部上

1262 和名鈔四曲調類云　壱越調曲　春鶯囀［大／曲］

1265 七彦粥ハ長彦粥ノ誤也夫木可随なかひこのかゆ云々ハ七夜のた丶へことに云詞にて委よしは中右記元永二年五月
中宮御産ノ条ナドニ見エタリ

1281 万葉十四ナツソ引ウナカミカタノ沖ツスニコネ《(ママ フカ)》ハト丶メシサ《(ママ ンカ)》ヨフケニケリ

1289 西王母桃　委ハ漢武内伝　漢武故事等ニ見エタリ

1290 古今長哥　忠岑　なにはのうらにたつなみのしはにやおほ丶れん云々

1296 万　信濃道者伊麻能波里美知可里婆祢尓安思布麻之牟奈久都波気和我世

1298 催馬楽呂　伊之加波ン乃古末宇止尓於比乎止良礼天加良支久以須留伊加ン奈留於比曽波奈太乃於比乃名加波太衣
太留加也留加名加波太衣太留

1301 和名石檀蘇敬本草注云　秦皮一名石檀〔和名止祢利古乃木／一云太無乃木〕　葉似檀故以名之

1304 儀式帳ニ懸税稲トアリ　簠簋ニモホガケノ事見ユ

1308 結句ハモト廻ト文字ニカケルヲマナ仮名ニマハリト誤カケルナルヘシ

1311 古今十四　深養父　こひしともたかなつけ丶ん言ならんしぬとそた丶にいふへかりける

1319 結句はものくふことを何々をまゐるといへはそれを参にそへていへり

1320 応神紀五年

1321 伊勢集　ある中納《(ママ)》言の家の比え坂本に音羽といふ所に　音羽川せき入ておとすたきつせに人の意のみえもするか
なトヨメル所ニテ清水ノ音羽滝トハ別也

1324 二句ノきハまヲ誤玉津嶋姫也

1346 史記　秦二世三年八月己亥趙高欲為乱乃先設験持鹿献二世曰馬也二世笑曰丞相誤邪謂鹿為馬問左右或黙或言馬以
阿順趙高或言鹿者高因陰中諸言鹿者以法群臣皆畏高

1348 鉄輪ハ今俗云五トクナトノ類ナルベシ

1356 古今三　遍昭　蓮はの濁にしまぬ意もて何かは露を玉とあさむく

1359 拾遺記云丹丘千年一焼黄河千年一清皆至聖之君以為大瑞

文選　夫黄河清而聖人出里社鳴而聖人出

1365 （朱）○守護《マモリ》といへるは。何にても其事を守りて邪魔を防くをいふ。国家の守護。仏法守護。なとみなおなし。こゝは。護身とて中古に仏法にて加持なとして。其符なとかけるを。所持するを守《マモリ》といへるなるへし。今世守袋とて男女の所持するも是とおなし意也　随求の玉は仏悟也

1366 日本後紀云弘仁三年六月己丑遣造二摂津国長橋一云々

1371 和名鈔十五　韉　唐韻云韉〔和名／之太久良〉鞍韉也

六帖　人つまは杜か社かから国の虎ふすのへかねて心みん　拾遺六　実方朝臣みちのくにへ下り侍けるにしたくらつかはすとて　公任　東路のこのしたくらくなりゆかは都の月をこひさらめやは

1375 続詞花二十　女房　千早ふるた、すの神のみまへにてしとすることのかくれなきかな

1376 魏略云太祖禁酒而人竊飲故雖言酒以白酒為賢者清酒為聖人

万三　酒名乎聖跡負師古昔大聖之言乃宜左

1379 続詞花十三　読人不知　しなのなるよもさらしなとおもひしを我をはすての山のはそうき

1382 古本　焚《ハン》ニ作

1386 刘向別録云曽人虞公能雅歌発声清哀動梁上塵受学者莫能及焉

1389 万葉九長歌ニハ処女墓ト書テヲトメヅカトヨメリ　今誤モトメヅカト云歟　此事大和物語ニモ作レリ

1402 伊勢物語云むかしよ心ある嫗いかて心なさけあらん男にあひみてしかなとおもへといひ出んもたよりなさに誠な

らぬ夢かたりをす子三人をよひてかたりけり云々　此意にてよめり

1405 白氏文集三新楽府上陽白髪人詩云

1407 白氏文集四楽府驪山高高々驪山上有宮朱楼紫殿三四重遅々恵兮春日玉甃暖兮温泉溢嫋々秋風山蝉鳴兮宮樹江翠華
不来歳月久墻有衣兮尾有松吾君在位已五載

1422 六帖　ちり　つもりては山となるてふものなれとうくも有ちり《（ママ）》ひちの身は

1430 金葉　はかくれにつはるとみえしほともなくこはうみうめになりにけるかな（底本になし　一一八本にて補う）

1438 和名抄　罧　尓雅云罧謂之涔郭璞曰積柴於水中魚得寒入其裏因以簿圍捕取之

1440 五句居《ヲル》ニ織《オル》ヲ云ソヘタレト仮字タガヘリ

1455 常ニモカモナヲ常ニモアルカナノ意ニヨルニヤサラスハ入ホガノ詞ト云ベシ

1459 後撰《（ママ　拾遺カ）》　帰りにし鴈そ鳴なるうへ人はうきよの中をそむきかぬらん

1477 千載雑中　大江公資　としことになみたの川にうかへとも身はなけられぬものにそ有ける

1478 万葉（底本になし　一一八本にて補う）

1480 類聚名義抄八艸部に蓬オホドル云々蓬頭オホドレカシラ云々

1514 し、めはす、めの通音也

第十　雑部十

1518 古今　蜑のはる《（ママ）》もにすむ、しのわれからとねをこそなかめよをはうらみし

論語陽貨篇云　子曰天何言哉四時行焉百物生焉

拾遺　あふみなるうちてのはまのうちいて、うらみやせまし人のこ、ろを

みかきか原にせりつみしハ献芹ノ古事已上注

兼名苑云月中有河河上有桂高五百丈云々　拾遺　久かたの月のかつらも折はかり家の風をもふかせてしかな

古今二十　世をいとひこのもとことに立よりてうつふしそめのあさのきぬなり

清輔集　ゆめのまにいそしの春は過ぎにけりいまゆくすゑはよひのいなつま

荘子　盗跖篇云　人世忽然無異騏驥之馳過隙也

新古今　遍昭　末のつゆもとの雫やよの中のおくれさきたつためしなるらん

万葉（「すみの江のしほにた、よふうつせかひ」の注カ）

六帖　雲鳥のあやのいろめもおもほえす人をあひみてとしのへぬれは

新撰朗詠　おちつもる朽はか下のみなし栗なにかは人にありとしられん（この和歌底本になし　一一八本にて補う）

1519 此哥ノ人口ニ有ケルヨシ長明無名抄ニミエタリ

1520 陸詞切韻云霜凝露也

夫木七　源仲正　夏くれは賎かあさ衣ときわくるかたゐ中こそうしろやすけれ（底本になし　一一八本にて補う）

古今　おもひ出るときはの山のいはつ、しいはねはこそあれこひしきものを

白氏文集　五絃弾第四絃冷々夜鶴憶子篭中鳴

あやくすのぬきのつ、そハきぬのつ、りヲ誤也

朗詠　無常　羅弼（ママ維カ）　観身岸額離根草論命江頭不繫船

と、ろきハにノ誤也

古今三　さみたれの空もと、ろに時鳥なにをうしとかよた、なくらん

1551 唐紙の模《カタギ》也　唐紙に文様を摺料の形木をいへる也

1553 こもりは木守にや別庄を守ル者なるへし枕草子春曙抄四ノ廿七ウ［廿九ウ／可考］
撮壌集食物類部　曽水ミソウヅ
ほうしごの稲上巻五十五オ

1554 新撰字鏡虫部　蠽子列反加佐女

1556 鳥ノ巣カ

1560 こまつふりはこまつくりの事成へし
和名抄　独楽　弁色空成《（ママ　立カ）》　云独楽［和名古末／都久利］有孔者也（底本になし　一一八本にて補う）

1561 和名鈔　細弓［和名万々／岐由美］　此矢立ナルヘシ

1562 漢柑子カ

1564 脚高切懸成へし切かけハ今云板ヘイノルイ也源氏大和物語又更級日記等の詞にみへたり

1568 続詞花十九　連哥　法性寺入道前太政大臣の哥の本は申て侍けれは　源俊重　狩衣はいくのかたちしおほつかな
わかせこにこそとふへかりけれ

1578 和名鈔　盥［多良／比］　俗用手洗二字　手洗ニテ足ヲハイカテス、カント也

1590次 きちにけるはきたりけるの誤か（該当句群書類従本に欠　行間に「まことにやのりのはしよりきちにける」と補）

1602 字鏡酉部《（ママ　酒カ）》に酩酊恵比佐万太古留云々
催馬楽呂　酒飲　左介乎太宇戸天太戸恵宇天太牟止己輪曽也万宇大久留与呂保比曽万宇天久留丹名丹名太利々
良々

1619 山ノ女ハアケビ也字鏡に蘭の字ヲ多し《（ママ　ヨヨメリか）》出羽ニ山女《ヤマヲンナ》村アリ其辺ニテアケビヲ山女ト云

4 地域における書物の集成

――弘前藩主および藩校「稽古館」の旧蔵本から地域の「知の体系」を考える――

渡辺麻里子

1 はじめに

弘前（青森県）は、弘前城の桜や、ねぷた祭りで知られる本州北端の城下町である。現在弘前には多くの古典籍資料が伝わっているが、これらの資料は、弘前における「知の体系」を明らかにする重要な手掛かりである。筆者はこれまで様々な寺院資料の調査から、全国的な人や本の交流に注目してきた。▼注［1］弘前においては、猿賀（弘前市）の住僧が、周防国で編纂された『一乗拾玉抄』を常陸国で書写したり、円覚寺（深浦町）の僧侶が醍醐寺で学び聖教を書写したりするなど、学問の全国規模の交流と弘前での展開を確認している。

本稿は、弘前藩主や弘前藩の藩校「稽古館」の旧蔵書に注目し、弘前の知の体系を検討するものである。弘前藩主の旧蔵書は全国に分散しつつも、多くは弘前に所在する。また弘前藩の藩校「稽古館」の旧蔵本は、現在、私立の高等学校である東奥義塾高等学校図書館にその大部分が引き継がれている。
現在、東奥義塾高校図書館や弘前図書館での蔵書調査を共同研究によって進めているが、[注2]これまでに判明した蔵書の内容や特徴について述べ、弘前（青森）という地域における資料学の意義について考察してみたい。

2　弘前藩主の学問と藩校「稽古館」

まず、弘前の歴代藩主の学問と弘前藩の藩校「稽古館」の歴史を概説する。[注3]

四代藩主信政（一六四六～一七一〇）は、中興の英主と讃えられ、学問・武芸を奨励した藩主である。山鹿素行（一六二二～八五）に師事して儒学・兵学を学び、山鹿素行撰『武教要録』『武教全書』『中朝事実』を、弘前藩の出費と援助で開版した。山鹿素行の著述は、写本も多数弘前に存し、中には信政への献上本と伝わるものもある。信政はまた吉川《よしかわ》惟足《これたり》に師事して神道を学び、「高照霊社」の神号を授けられた。日本最古の蚕書である野本道元著『蚕飼養法記《こがいようほうき》』を元禄十五年（一七〇二）に版行、『津軽古文書』を編纂した。不定期ながら「城中講釈」を行うなど、藩士の教育・啓蒙活動を実践した。続く五代藩主信寿《のぶひさ》もまた学問熱心で、吉川惟足や中院通茂《なかのいんみちしげ》に学んだ。著作もあり、享保十六年（一七三一）には、俳書の『独楽徒然集《どくらくとぜんしゅう》』二巻を著述し刊行した。

八代藩主信明《のぶはる》（一七六二～九一）は、特に学問に熱心な藩主であった。荻生徂徠の弟子の宇佐見灊水《しんすい》に師事して、城中講釈を定例化した。藩士教育に熱心に取り組み、藩校の設立を願うが、寛政三年（一七九一）に三十歳の若さで亡くなってしまう。その遺志を継いだのが九代藩主寧親《やすちか》であった。寛政六年（一七九四）八月に、津軽永孚《ながざね》を総司、山崎図書らに学校御用懸を下命し、追手《おうて》門外の用地に校舎を造営した。寛政八年（一七九六）七月九日に開学、学校は「稽古館」と名付けられた。

稽古館は、昌平坂学問所や熊本藩の藩校時習館を手本としたという。朱子学ではなく、荻生徂徠の教育理念を活かし、儒学を基本にその学問の編成がなされた。準備された科目は、経学・兵学・天文暦学・紀伝学・法律学・数学・書学など多岐にわたる。翌寛政九年（一七九七）には武芸道場が併設され、文武両道を学ぶ学校となった。武術の科目も、弓術・馬術・剣術・長刀術・槍術・砲術・和術など、幅広く展開された。藩校の費用には年三千石が充てられた。

稽古館では導入した天文暦学によって「稽古館暦」を刊行し、普及をはかった。出版事業も行われ、稽古館内に彫刻方が常置されて、明治廃藩までの六十余年に、教科書用として、『孝経』『尚書』『孟子』『礼記』『詩経』『大学』など、十八部三十五冊を継続開版したという。▼注[4] これらの版本は、版心に「稽古館」と刻し、「稽古館本」と通称する。

稽古館はその後、藩の経済状態を反映して縮小し、文化五年（一八〇八）には閉鎖となるが、城内三の丸に評定所を補修した学問所を設け、形を変えながら存続した。

幕末から明治にかけて、藩校「稽古館」旧蔵書は度々の移管を経て、現在、東奥義塾高等学校に引き継がれている。藩校の旧蔵書の全容については調査中であるが、弘前市立弘前図書館蔵『稽古館蔵書目録』（YK029―2）と、『学問所御蔵書員数目録』（YK029―3）が参考になる。『稽古館蔵書目録』は江戸後期のものと推測される。また『学問所御蔵書員数目録』は、外題に「学問所御蔵書員数目録」、内題に「学問処司監江御預御蔵書之内」と記し、表紙には「嘉永元戊申年（一八四八）」とある。先の『稽古館蔵書目録』と同じく書名が分類され、冊数が記入されている。分類見出しは、「学問処司監江御預御蔵書之内／司監江御渡之部（伊～）／兵書之部／小司席江御渡之部／経学席江御渡之部／和学席江御渡之部／雑学類編二冊／書学方席江御渡之部／数学方江御渡之部／表医者江御渡之部」などとある。また文中に、年記を伴う注記が見られる。例えば、「雑学類編二冊」の下には、「元治元年甲子年（一八六四）九月廿日　経学方江／御買下之上御渡」とあり「表医者江御渡之部」には、「文久二年（一八六二）七月」、「万延元年（一八六〇）十一月御武具蔵江御預」などの記述が見られる。そのためこの目録は、蔵書の点検と移管の台帳と考える。

こうした移管を経て、藩校旧蔵書は、現在、東奥義塾高校の所蔵となっている。藩校の旧蔵書は、全国的には、国立大学の図書館や県立図書館など、公立の大学や機関に収められていることが多いが、弘前においては、珍しいことに私立のキリスト教教育を行う東奥義塾高等学校が所蔵している。▼注[5] この理由は、幕末から明治初期にかけての弘前における学問の動向が深く関わっている。

明治四年（一八七一）一月、弘前に漢英学寮（敬応書院）、青森に英学校が設立された。明治五年五月にはこの二校を合わせて弘前漢英学校とし、明治五年十一月に東奥義塾が開校となった。弘前の最後の藩主津軽承昭《つぐあきら》の意向で、静岡藩と慶應義塾から教師が招聘されている。明治五年八月に学制が発布されるが、東奥義塾は、官の援助を受けない自由な教育の道を選び、独自の教育を展開した。開校当初からキリスト教宣教師を雇用し、洋学に力を入れるのである。こうした事情から、藩校稽古館の蔵書は、キリスト教の教えに基づく教育を行う私立の東奥義塾高校に引き継がれたのであった。

現在、東奥義塾高校図書館には、約千点の和古書資料が所蔵されている。東奥義塾高校には後に津軽家や元弘前藩家臣の家から図書の寄贈が段階的になされたため、弘前藩藩校「稽古館」の旧蔵書のみならず、藩主の所持本と思われる「奥文庫」本や、江戸上屋敷の藩校「弘道館」の旧蔵書なども混在している。

3　「奥文庫」本と漢籍――『文献通考』について――

次に、藩主の所持本に注目してみたい。東奥義塾蔵本には「奥文庫」という蔵書印が押された本が数多く所蔵されていて、現在のところ、この「奥文庫」印は、藩主の所持本を示すものと考えている。

「奥文庫」印のある本を挙げてみると、以下の様である。『新編古今事文類聚』刊百冊、『彙書詳註』明版三十二冊、『和漢三才図会』刊八十一冊、『群書類従』刊四十六冊、『明文奇賞』明版七冊、『礼記集説大全』刊二十一冊・林羅山点、『尚書』刊二冊・山崎闇斎点、『五経大全』林羅山点・刊百二十冊、『十三経』明版二百五十冊、徳川斉昭著『明訓一班抄』写一冊、『大明一統志』刊六十冊、『遵行録』写十五冊、『夫木和歌抄』写二十二冊など、多種多様である。種類としては、漢籍が断然多く、明版も多く含まれる。和書は、和歌関係書が多く、藩主の関心の有り様がうかがえて興味深い。漢籍は、経書類が中心であるが、『明律』『問刑条例』など法制史関係書も多い。本稿では特に、『文献通考《ぶんけんつこう》』に注目する。『文献通考』は、上古から南宋寧宗朝の開禧三年（一二〇七）に至るまでの歴代の諸制度の沿革を記した中国の法制書で、元の延祐四年（一三一七）に馬端臨《ばたんりん》（一二五四～一三二三）が完成させたものである。全三百四十八巻に考証三巻を付す。唐杜佑著『通典《つてん》』にならって編纂され、宋鄭樵編『通志』とあわせて「三通」と称される。『通典』は礼、『通志』は紀伝を中心とし、『通考』は経済や制度について述べる。また『通典』と『通志』が唐代までの記述であるのに対して、『通考』は南宋の寧宗（在位一一九四～一二二四）までの記述で、唐・宋の変革期を含む記述があることが重要とされる。

東奥義塾本は、全三百四十八巻、百冊が十帙に入って完存し、保存状態は良好である。方冊本で、寸法は縦三十六・三×横二十二・二糎の大判である。各冊の表紙は、縹色無地の布地で、縹色は、各冊濃淡様々である。題簽は、原装と思われる主題簽と副題簽とがあり、いずれも布地の題箋で、紙を貼った上に布地題箋を貼る。主題簽は白布地に縹色無地布地を貼った、双辺枠の刷題簽である。主題簽には「文献通考」とあり、巻数を付す。副題簽は白布地の上に縹色布地で、同じく双辺枠の刷題簽である。巻数ごとに、内容項目名を示す。副題簽には、「広運之宝」の朱印が表紙と副題簽にまたぐように押印されている。

本の料紙は、鮮やかな白色で厚みがある。装訂は袋綴。匡郭は四周子持双辺で、縦二十四・八×横十七・一糎。界線があり、界幅は一・六糎である。版心は、大黒口に双魚尾、版心題に「文献通考」と記して巻数を添え、下方に丁付を記す。本文は十行書、一行は二十字で、刷句点がある。書体は明朝体ではなく、荘重な楷書である。▼注[6]

内題は「文献通考」とし、内題次行に「鄱陽馬端臨貴与著」とある。自序にも同様に「鄱陽馬端臨貴与著」と記す。著者の馬端臨は、中国南宋末～元初にかけて活躍した歴史家・儒学者である。唐の杜佑の『通典』の不足を補って『文献通考』を撰述し、延祐四年（一三一七）に明第四代皇帝仁宗（洪熙帝）に進上した。他に著作として『大学集録』や『多識録』などが著名である。

第一冊は、冒頭に「御製重刊文献通考序」（五丁）を載せる。序文末には「乃命司礼監重刻之以伝。称朕表章之意焉／嘉靖三年五月初一日」、つまり、嘉靖三年（一五二四）五月一日に、馬端臨の『文献通考』を司礼監に命じて重刻させたと記されている。嘉靖三年は、日本では室町後期、大永四年にあたる。

『文献通考』には、各冊表紙と冊初に「広運之宝」の朱印、序末に、明代官刊秘籍の印である「表章経史之宝」の朱印が押される。〔写真1〕は「広運之宝」印の上部に「奥文庫」印が押されている部分である。「広運之宝」印は、「経廠《けいしょう》本」、つまり司礼監の出版物であることを示す。

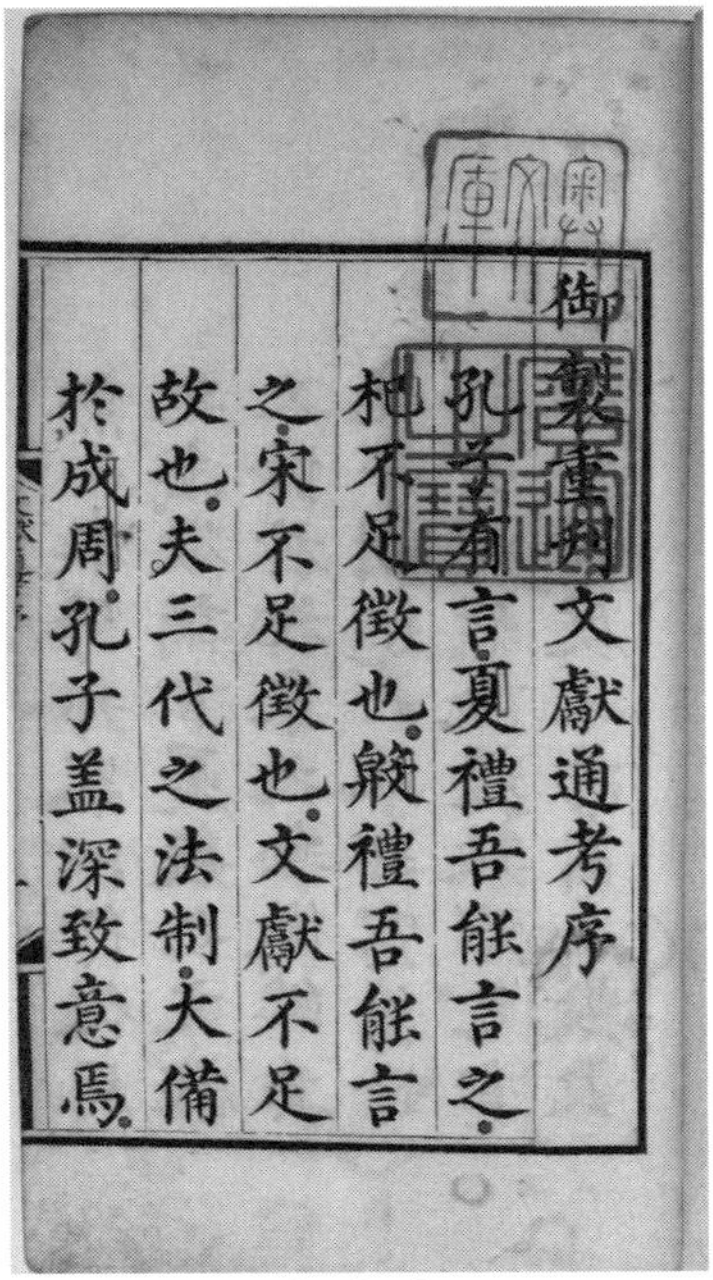

【写真1】

経廠本について、簡単に説明しておきたい。明の時代、太祖朱元璋は、洪武元年（一三六八）に明を建国し、首都を南京に置くが、洪武十五年（一三八二）には国子監《こくしかん》を設立し、元の西湖書院等に伝えていた宋・元時代の旧刻を移して保管、それを利用、修補して印刷を行った。また永楽帝（在位一四〇三～二四）は、都を北京に移すと北京にも国子監（北監）を置き、『十三経註疏』『二十一史』などを版行した。こうして南北二京に国子監が置かれた。一方内廷には宦官二十四衙門《がもん》（十二監・四司・八局から成る）が置かれたが、その十二監・二十四衙門の最高位を司礼監という。司礼監は、宮廷内一切の儀礼を司って権力を拡大し、外廷・行政府内閣をも凌駕すると、次第に司礼監においても典籍の出版が行われるようになった。出版の盛んな時期は、出版関係の職員や工匠などの数は千数百人に上ったという。この司礼監での出版物を、版木を経廠庫に保管したことから、「経廠本」と称した。▼注[7] 東奥義塾本の『文献通考』はこの経廠本ということになる。

『文献通考』（版本）の日本国内所蔵本を探索すると、徳川家康の所蔵本が確認できる。これは嘉靖三十七年（一五五八）に刊行された朝鮮版銅活字本である。家康はこの書を通じて中国宋代の諸制度を学んだ。没後に本書が江戸城に移された折、巻一三六・一三七の一冊が欠けた一三九冊となっていたため、第八代将軍吉宗は、林大学頭信充《のぶみつ》に命じて欠巻を書写させた。将軍家で重んじられていたことがうかがえる。また国会図書館所蔵本は、明初、正徳十六年（一五二一）に、福建建寧府建陽の書肆である主劉洪（慎独斎）が刊行した八十冊本である。料紙は竹紙で、文字は十二行の細行に小字、字体は趙子昂風とされるものである。▼注[8] このように『文献通考』の版本は国内に種々確認されているが、東奥義塾本のような経廠本は、管見の限り確認できていない。弘前藩主が貴重な本書を入手できたことは、大変興味深い。入手の方法や経路などは未解明であり、今後の課題としたい。

4　奥文庫本の和歌関係書――『御歌書』を中心に――

次に、奥文庫本の和歌関係書について注目する。藩主の教養には和歌が重要で、藩主は和歌関係書を所持し学んでいた。歌書・歌集の中でも、何に学んだのかという点は、具体的に検証すべき課題である。東奥義塾本のうち、八代藩主信明の筆と伝えられた同装の二書、『三拾六人集』と『御歌書』を中心に考察したい。

『三拾六人集』写本三十六冊は、和歌三十六歌仙の歌集を集めたものである。著名な本であるが、個々の伝本を調査すると、先行研究の伝本分類に当てはまらないものが確認される（『伊勢集』など）。また『小町集』は、一一五首を収める正保版歌仙集本に代表される流布本系統と、六九首の神宮文庫本に代表される異本系統の二首に大きく分類され、東奥義塾本は流布本系の本（『新編国歌大観』に所収される流布本系の陽明文庫本に近い本文）と確認できるが、本文には、異本注記や墨書による訂正が数多くなされている。こうした細部については、さらなる精査が必要である。

さらに興味深いのは、『三拾六人集』と同表紙であつらえられた『御歌書』二十二冊である。東奥義塾蔵『御歌書』▼注[9]とは、和歌関係書十四点・二十二冊をまとめたものの総称である。十四点の内容は、①『新葉和歌集』二冊、②『草庵和歌集』三冊、③『名所三百首聞書』一冊、④『定家百首』一冊、⑤『愚秘抄』鵜本・四冊、⑥『後鳥羽院御集』二冊、⑦『建春門院北面歌合』一冊、⑧『西行山家集』一冊、⑨『毎月抄』一冊、⑩『土佐日記』一冊、⑪『住吉物語』一冊、⑫『詠歌一体』一冊、⑬『雑々集』二冊、⑭『金剛三昧院奉納和歌』一冊、となっている。

十四点全部で合計二十二冊、順番は所蔵者の目録に拠っている。十四点の和歌関係書をひとまとめにした『御歌書』であるが、こうした形式のものは管見の限り他に見いだせていない。書目を見ていくと、『西行山家集』や『草庵和歌集』、『後鳥羽院御集』のように、作品や著者が著名なものもあるが、全体に、選書の基準や選択の理由、誰による撰書なのかなど、具体的なことは詳らかではない。

所収作品について、三点特徴を挙げたい。まず第一に、現代の文学史では「歌書」に分類しない、⑩『土佐日記』、⑪『住吉物語』▼注[10]、⑬『雑々集』▼注[11]などの書が歌書とされている点である。⑩『土佐日記』一冊（七〇〇―一二二）は、和歌の名手である紀貫之の作品で、『伊勢物語』同様に「歌物語」と考えられたのであろう。表紙は「土佐記」とあり「奥文庫」の朱印が押される（写真２）。冒頭の本文は、「男もすといふ日記といふ物をゝむなもして心みむとてするなり」とあり、為家自筆本系の「男もすなる日記といふものを女もしてみむとてするなり」とは異なる。東奥義塾本は、いわゆる定家本の本文、国宝の尊経閣文庫本（文暦二年（一二三五）写）と同系統である。

【写真2】

なお『土佐日記』には奥書があり、「為令知其手跡之体如形写留之謀詐之輩以他手跡多称其筆可謂奇恠／文暦二年乙未五月十三日乙己／老病中雖眼如盲不慮之外見紀氏自筆本蓮台院宝蔵本料紙白紙不打無界／高一尺一寸三分許広一尺七寸二分許紙也廿六枚無軸／表紙続白紙一枚端聊折返不立竹無紐有外題／土佐日記　貫之筆／其書様和哥非別行定行に書之／聊有闕字哥下無詞字而書後詞不堪感興自書写之昨今二ヶ日終功／桑門明静（＝藤原定家）」として、書写した元の本の情報を詳しく記し、定家の奥書本と示す。またさらに続けて「紀氏／延長八年任土佐守／在国載五年六年之由　承平四甲午五乙未年事歟　今年乙未歴三百一年紙不朽損其字又鮮明也／不読得所々多只任本書也有朱印／以定家卿自筆本書写之本玄阿所持／件之本不違一字所写留也」として、紀氏の略歴や本の状態、定家自筆本を一字も違えずに書写したことなどを述べている。このように『土佐日記』が定家関係書であることは、『御歌書』としてまとめられる上で、重要であるように思われる。

第二に『御歌書』には、藤原定家（一一六二～一二四一）の著作・詠歌が多く含まれている点である。十四点のうち、③『名所三百首聞書』、④『定家百首』、⑤『愚秘抄』鵜本、⑨『毎月抄』は定家の関係書である。⑨『毎月抄』写一冊（七〇〇―一二一）は定家の著作、⑤『愚秘抄』鵜本は、藤原定家に仮託された歌論書である。

続いて、③『名所三百首聞書』と④『定家百首』に注目して述べておきたい。まず③『名所三百首聞書』（七〇〇―一一二）であるが、本書は、建保三年（一二一五）十月二十四日に順徳天皇が催した『内裏名所百首』（作者十二名、全一千二百首から成る）のうち、順徳天皇（順徳院）・藤原定家・藤原家隆の歌、全三百首に対する注釈書である。別名を『名所百首和歌聞書』『名所三百首抄』『建保名所三百首抄』ともいう。百首すべてを日本各地の名所和歌で連ねたもので、以降の名所百首の規範となった。本書は第八十四代順徳天皇（一一九七～一二四二年、一二一〇～二一年在位）によるものであるが、具体的には下命を受けた藤原定家が構想を練ったとされる。内容構成は、「春二十首」「夏十首」「秋二十首」「冬十首」「恋廿首」「雑廿首」である。『内裏名所百首』[注12]は順徳院の他、行意・藤原定家・藤原家衡・俊成卿女・兵衛内侍・藤原家隆・藤原忠定・藤原知家・藤原範宗・藤原行能・藤原康光の全十二名の詠者を載せる。これら十二人全てを載せる歌集（十二人本）の他、五人本（順徳院・定家・家隆・俊成卿女・兵衛内侍）、四人本（順徳院・定家・家隆・俊成卿女）、三人本（順徳院・定家・家隆）、二人本（俊成卿女・兵衛内侍）、一人本（順徳院または定家）といった、多様な伝本が知られる。

またこれらの抽出本のうち、三人本と一人本には注釈が付された「有注本」が知られる。東奥義塾蔵『名所三百首聞書』は三人本の有注本、つまり順徳天皇（順徳院）・藤原定家・藤原家隆の三名の歌、合計三百首に対する注釈書となっている。三人本の有注本について、先行研究では十一点の写本と三種の版本が分析されているが、東奥義塾本については触れられていない。[注13]東奥義塾本を所伝本と比較すると、①の立教大学本や松平文庫本という流布本系統の有注本と思われるが、立教大学本とも松平文庫本とも本文に若干の異同が確認される。

次に④『定家百首』写一冊（七〇〇一一三）は、外題を『定家百首』とする。[注14]『詠名所百首和歌』『花月百首』『月次御屏風十二帖和歌』という定家の百首和歌三種を集めて『定家百首』と総称したものである。この三種の取り合わせは管見の限り類例を見ず、貴重な写本と考える。第一の『詠名所百首和歌』は、順徳天皇が主催したいわゆる『建保三年名所和歌』で、名所を題とし、題の数は、春・夏・秋・冬・恋・雑の合計百題である。題ごとに部類編纂し、建保三年（一二一五）十月に完成した。詠者は、定家、主催の順徳天皇の他に、行意・家衡など合計十二名で、歌数は総数一千二百首にもなった。東奥義塾本は、『詠名所百首和歌』から、定家の詠歌のみを写したものである。

第二の『花月百首』は、内題下に「建久元年庚戌秋左大将家摂政太政大臣哥合」とあり、建久元年（一一九〇）の九月十三夜に、藤原良経の九条邸において密々に披講された百首歌と判明する。定家はその時、二十九歳であった。題は「花」と「月」で、春の花を詠んだ五十首と、秋の月を詠んだ五十首から成る。歌の詠者は、定家の他、藤原良経・有家・慈円・寂蓮・丹後（宜秋門院丹後）の五名が知られるが、百首が現存するのは、良経・定家・慈円のみである。東奥義塾本はこの『花月百首』から定家の歌のみを写している。

第三の『月次御屏風十二帖和歌』は、正月の題に「元日・若菜・霜」、二月の題に「梅・柳・網」などを挙げて、十二箇月をつづった和歌集で、藤原道家が、寛喜元年（一二二九）十一月十六日、女竴子を入内させる際に、入内屏風和歌を撰進させたものである。作者は定家の他に、道家・公経・実氏・為家・家隆・知家がいるが、東奥義塾本は、この中で定家の歌のみを写している。

以上のように、三種の百首歌集から、定家の詠歌のみを抜き出して編集したのが本書『定家百首』である。『定家百首』は数多くあるものの、管見の限り、本書のような形で編集した例を他にみない。今後さらなる調査が必要である。

この様に、『御歌書』は、選書の意図が判然としないものの、藤原定家に関するものが多く所収されているように思われる。なお⑫『詠歌一体』一冊（七〇〇―二四）は、藤原為家（定家の子）の歌論書であり、『建春門院北面歌合』は、判者が藤原俊成（定家の父）であった。『御歌書』全体を見ると、定家の比重が大きいことに気付かされる。

第三に、成立した時代や内容に特徴のある作品が注目される。①の『新葉和歌集』二冊（七〇〇―一〇）▼注[15]は、南北朝の動乱の最中に編纂され、当初、後醍醐天皇皇子宗良親王（応長元年（一三一一）～弘和元年（一三八一）～？）の撰による私撰集であったものが、一旦完成した後、長慶天皇から勅撰になぞらえるべき旨の詔を得て、勅撰集に準じる扱いとなったものである。

『新葉和歌集』の所収歌は、元弘の乱（一三三一）から弘和元年（一三八一）までの激動の五十年間において、南朝方において詠まれた歌である。歌人は、南朝関係者の約一五〇名にも及ぶ。中でも後村上天皇が一〇〇首、宗良親王（名前を明記したもの）が九九首、長慶天皇が五三首となっている。撰者の宗良親王は、後醍醐天皇の皇子である。幼少期は御子左家で育てられ、御子左家の歌会に出席した記録が残されている。正中二年（一三二五）二月、十五歳の時に、妙法院門跡を継いで尊澄法親王と称し、元徳二年（一三三〇）には二十歳で天台座主になった。元弘の乱（一三三一）で隠岐に配流されるが、鎌倉幕府の滅亡によって帰洛し天台座主に還補される。建武の新政が瓦解すると、延元二年（一三三七）春頃に還俗して宗良親王と称することになった。延元三年、北畠親房らとともに伊勢大湊から東国を目指して出航するが、暴風のために親房は常陸に、宗良親王は遠江に漂着した。その後宗良親王は、南北朝の動乱が激化するにつれ、南朝方の大将として遠江・越後・越中を転戦した。興国五年（一三四四）頃までに信濃国大河原に移り、以後長くここを本拠地としたという。親王の家集『李花集』はこの東国での転戦中に詠まれた詠歌を編纂したものである。没年は不明であって、弘和の末から元和の初め頃に信濃国大河原（長野県下伊那郡大鹿村）辺りで没したのではないかとされている。

吉野帰山は文中三年（一三七四）冬のことで、延元三年以来、実に三十六年ぶりで、宗良親王はすでに六十三歳になっていた。しかし宗良親王が来たことがきっかけとなり、吉野の歌壇は一気に活気づく。天授元年（一三七五）には『南朝五百番歌合』が行われ、親王は和歌に判を加えた。またこの頃、『住吉社三百六十番歌合』も宗良親王によって催された。天授二年には『内裏百番歌合』や、長慶天皇による千首歌の召し（『天授千首』）などの南朝歌壇の催しもあった。そのような時期に、宗良親王によって『新葉和歌集』の編纂が始められるのである。天授三年（一三七七）には宗良親王から諸方面に和歌を募り、撰集には師成親王や花山院長親（耕雲）が協力している。まさに激動の時代に編纂された歌集である。『御歌書』に、数ある歌集の中で本歌集が選ばれた点には注目したい。

またもう一点、⑭『金剛三昧院奉納和歌』写一冊（七〇〇―一二六）について触れたい。本書は、足利尊氏（一三〇五～五八）とその弟直義《ただよし》（一三〇六～五二）が、霊夢で得た言葉「なむさかふつせむしむさり（南無釈迦仏全身舎利）」の十二字を頭に冠する和歌集を作り、仏道結縁のために、康永三年（一三四四）十月八日に高野山金剛三昧院に奉納したものである。政治的にも文学的にもきわめて貴重なもので、和歌文学史上で注目されている書である。国宝の原本は、和歌短冊を継ぎ合わせた紙背に、足利尊氏・直義・夢窓疎石によって『宝積経』が書写され、表の『宝積経』要文に対し、裏面が短冊の和歌、最後に直義の跋文で構成されている。短冊の和歌は、「南無釈迦仏全身舎利」の文字を冠する和歌で、全一二〇首が自筆で記されている。歌の詠者は、室町幕府の初代将軍足利尊氏をはじめ、直義、北朝天皇（光厳院か）、二条為明、冷泉為秀、頓阿・兼好・浄弁・慶雲のいわゆる和歌四天王、そして高師直などの有力武士など、総勢二十七名に及んでいる。長らく和歌が注目されていたが、外題に「宝積経要品」とあることなどから、最近の研究では、本書の編纂は本来は写経部が表で、元来写経として奉納されたものと見なされるようになっている。ただし、東奥義塾本は経文の部分がなく、表紙見返に賢俊の和歌を記すことから始めており、あくまでも「和歌集」として伝来しているものと考えられる。

以上、『新葉和歌集』および『金剛三昧院奉納和歌』について述べてきたが、これらを含めた十四点をまとめたものが『御歌書』であり、弘前藩主は、この『御歌書』と『三拾六人集』とを同表紙にあつらえて、所持していたのである。弘前藩主の和歌環境についての詳細は、今後の課題である。

5 おわりに

本稿は、弘前藩藩校「稽古館」旧蔵本および藩主所持本と思われる「奥文庫」本に注目し、弘前の知の体系の一端を考察することを試みた。藩校は歴代藩主の学問を引き継ぎ創設され、藩校では多くの書物が出版された。藩主の所持本は多岐にわたり、漢籍では『文献通考』など、入手経路の不明な貴重本も多く含まれている。また和書の中では和歌関係書が多く見られたが、中でも『御歌書』という十四点の歌書集成は、選書の基準や方法が不明であることなど、今後解明すべき課題は多い。不明な点ばかりとはいえ、弘前藩主がこうした書物を入手していることは刮目に値する。地域における資料学を考える際、こうした藩主や藩校の蔵書は重要な研究課題となる。藩主の蔵書は藩主の知見を示し、藩校蔵書はその地域の教育体系であり、知のあり方の根幹を形成するものである。藩主や藩校の蔵書は、寺院資料と並んで、地域における知の体系を解明するための重要な要素なのである。

藩主や藩校の旧蔵書は、近現代になって移管や売却により散逸している場合が多いため、丹念に拾い紡いでいく必要がある。こうした研究によって各地域の「知の体系」を明らかにしていくことは重要であり、地域資料の研究は、「日本文学の展望」をひらくための必須の課題であると考える。

【注】

［1］拙稿「談義所における聖教と談義書の形成」(『学芸と文芸』竹林舎、二〇一六年)、「中世文学研究における寺院資料調査の可能性」(『中世文学』五六、二〇一一年三月)など。

［2］東奥義塾高校図書館の古典籍資料は、二〇〇八年九月の説話文学会・仏教文学会例会開催時に、資料展観を実施、『東奥義塾高等学校図書館蔵古典籍展示解題集』を刊行、二〇一四年三月にカラー版として再刊した。また二〇一四年四月より弘前大学人文学部(二〇一六年四月より人文社会科学部)の教員等で「弘前藩藩校稽古館資料調査プロジェクト」を開始、二〇一五年三月に『東奥義塾高等学校所蔵　旧弘前藩古典籍調査集録』を刊行、その後第二集(二〇一六年三月)、第三集(二〇一七年三月)を刊行した。

［3］稽古館については、長谷川成一『弘前藩』(日本歴史叢書、吉川弘文館、二〇〇四年)、本田伸『弘前藩』(シリーズ藩物語、現代書館、二〇〇八年)などを参照した。

［4］笠井助治『近世藩校に於ける出版書の研究』(吉川弘文館、一九六二年、一九九四年第三刷)による。十八部とは、他に『蘭洲遺稿』『孟子』『帝範』『臣軌』『易経』『和漢年代歌』『三字経』『唐詩選』『皇朝史略』『続皇朝史略』『中庸』『寿筵帖』『稽古館推測暦』である。

［5］明治期の藩校の動向については、北原かな子「東奥義塾の設立とその背景─旧藩校書籍を読み解く一助として─」(『東奥義塾高等学校所蔵　旧弘前藩古典籍調査集録』前掲注［2］)、同「東奥義塾を巡るいくつかの「接続」」(『近代日本研究』三一、二〇一五年)、

同『洋学受容と地方の近代―津軽東奥義塾を中心に―』（岩田書院、二〇〇二年）に詳しい。

［6］米山寅太郎『図説中国印刷史』（汲古書院、二〇〇五年）によれば、「前朝の趙子昂の風」を用いるとする。

［7］『図説中国印刷史』（前掲注［5］）に紹介される静嘉堂文庫架蔵本『大明一統志』（英宗の天順五年（一四六一）刊行）には、「広運之宝」印が確認できる。

［8］主劉洪本は早稲田大学図書館にも所蔵される。全九十六冊、「護華主人」「支那銭恂所有」の印のある銭恂旧蔵本。同図書館には明版唐装本、全五十六冊の別本もある。

［9］『御歌書』の所蔵者番号は、七〇〇一一〇～七〇〇一二六である。

［10］『住吉物語』写一冊（七〇〇一二三）に奥書はないが、本文の加筆訂正が墨書と朱書の両方で多くなされている。

［11］『雑々集』本文は、『古典文庫』所収の本文に近い。

［12］『内裏名所百首』については、赤瀬知子『内裏名所百首注　疎竹文庫蔵』（京都大学国語国文資料叢書三五、臨川書店、一九七二年）、『内裏名所百首　曼殊院蔵』（京都大学国語国文資料叢書三九、臨川書店、一九六三年）、田村柳壹「建保三年内裏名所百首考―解説に代えて―」（『古典文庫』四九六、一九八八年）、田村柳壹「建保三年内裏名所百首考（上・下）―成立・作者・歌題・伝本などの基礎的諸問題をめぐって―」（日本大学『語文』六七・六八、一九八七年三月・六月）、兼築信行「解題「名所三百首」」（『中世歌書集』三、早稲田大学出版部、一九九三年）などを参照した。

［13］また『名所百首和歌聞書』については、井上宗雄ほか「名所百首和歌聞書〈解説と翻刻〉上・下」（『立教大学日本文学』三一・三二（一九七四年三月・六月）、赤羽淑他「経厚講『名所百首和歌聞書』〈解題と翻刻〉」（『清心語文』六、二〇〇四年八月）、唐澤正実「『名所百首和歌聞書』解題」（『松平文庫影印叢書　第十七巻　歌論書・注釈書編』（新典社、一九九八年）などを参照した。

［14］『定家百首』については、田中初恵「定家の名所歌―内裏名所百首を中心として―」（『中世文学』三二、一九八七年五月）、水垣久『花月百首全釈』（拾遺愚草全釈シリーズ、二〇一三年）などを参照した。

［15］『新葉和歌集』については、小木喬『新葉和歌集　本文と研究』（笠間書院、一九八四年）、稲田利徳「新葉和歌集」（『中世勅撰集』冷泉家時雨亭叢書一三、二〇〇二年）、深津睦夫「新葉和歌集の伝本について」（『国語国文』七九・一（通号九〇五号、二〇一〇年一月）、深津睦夫・君嶋亜紀「新葉和歌集」（『新葉和歌集』和歌文学大系四四、二〇一四年）などを参照した。

5 漢字・字喃研究院所蔵文献をめぐって
——課題と展望——

グエン・ティ・オワイン

1　はじめに

ベトナムは中国大陸と近隣する位置にあり、早くからベトナム人は漢字と接触してきた。日本や朝鮮（韓国を含む）と同様、ベトナム人は表記文字として漢字を使用した。十世紀に中国から独立をした後も、依然として、民族文化の保存と発展に有効な記録手段として使用され続けた。漢字の教育は封建社会にとって急迫した切実な要求であった。フランス植民地になると、約八百年続いた科挙制度を廃止し、漢字と喃字の位置を圧倒するベトナム語正書法の表音文字としてローマ字が普及した。しかし、民族文学の中に漢文文学が保存されているため、現在まで漢文教育が維持された。十世紀以上にわたる漢字の使用を通じて、現在に至るまで膨大な漢字・喃字資料（古典）を保有している。ベトナム人は後の世代に過去におけるベトナム民族の文化的生活のあらゆる側面を映し出し、質量共に充実した文献をもっており、それはベトナム民族の精神文化を理解する上で、欠かすことのできない資料と言えよう。

ベトナム社会科学アカデミーの漢字・字喃研究院（The Institute of Hannom Studies）が所蔵している古典数は全国で最も多く、世界的価値を有する古典として知られている。諸資料の由来は様々であるが、主にフランス極東学院（I'E cole francais d'Extrême - Orient）（以下 E.F.E.O）の図書館（記号：A,AB,AC,AD,AG, AF,AE AH,AJ）、各地方と個人の所蔵から寄贈、収集、購入された資料（記号：VHv, VHt, VNv, VNb）である。

しかし、E.F.E.O の図書館の古書買上政策により負の現象が生じたことも事実である。古いものほど高い価値がつけられたため偽造行為がなされてしまい、漢字・喃字テキストの状況をより複雑にしてしまった。漢字・字喃文献学の研究は一九六〇年代から現在まで行われている。国語（ベトナム語ローマ字）が採用されて以来、はじめて本格的に書誌学を研究した学者はチャン・ヴァン・ザップ（Trần Văn Giáp）（一八八六～一九七三）である。『漢字・字喃文献に関する考察―ベトナム文学史料の原典』においてチャンが古文献に関して指摘した内容などを考慮すると、漢字・字喃文献の複雑な現状を改善するいくつかの方法が見えてくる。一九七〇年の出版から現在まで漢字・字喃文献学研究者が座右の書として読むべき本として珍重されている。次に一九八三年に出版した『漢字・字喃文献学に関する若干の研究』という本も、漢字・字喃書籍に関心を持つ研究者には欠かせない本である。その本は漢字・字喃文献学に関する論文と専門家によって書かれた論文集である。漢字・字喃文献学に関する研究論集としてよく知られている。一九八三年から二〇〇六年まで、専門的な研究論文がなかったが、漢字・字喃テキストを研究するには、その前提として文献学的な研究をしなければならない。作者、年代、テキストの真偽など文献学に関する論文が毎年、『漢喃雑誌』に掲載された。また、漢喃文献に関する博士論文、修士論文、学士論文にも文献学についての研究の章目が必要となる。それらが実質的に漢喃文献学の研究にとって大切であり、文献学にも貢献する。二〇〇六年に出版された『漢喃文献学研究の基礎』という本の中では、中国と西洋の文献学の知識を参照しつつ、漢喃文献学の研究成果が総括されている。

その本は、これまでの漢喃文献学に関する不十分な研究理論や研究方法が渇望してきた重要な本である。研究者は「漢喃文献学に関する研究を総括した、学術的な本である」と評価した。▼注[1]

筆者も数十年、漢字・喃字テキストの研究に従事してきた一人である。二〇〇五年に『文学』（特集：東アジア―漢文文化圏を読み直す）に掲載された「漢字・字喃研究院所蔵文献―現状と課題」▼注[2]（日本語）という論文で漢字・字喃研究院所蔵文献について言及したが、翌年（二〇〇六年）「松本信廣によって編纂された書目から見たフランスの極東学院の図書館における漢字書籍（図書記号A）」▼注[3]（ベトナム語）が『漢字・字喃通報』に掲載された。引き続き研究した成果は二〇一二年に『人文社会科学大学漢字・字喃部門設立40周年記念学会論文集』に「漢字・字喃研究院所蔵古文献学の研究について」▼注[4]（ベトナム語）という題で掲載された。二〇一三年に『「偽」なるものの「射程」』（アジア遊学）に「漢字・字喃研究院所蔵文献における偽書」▼注[5]（日本語）という論文が掲載された。二〇一六年に「傳翹〜古いテキストから見た傳翹文献学」▼注[6]が『漢喃雑誌』に掲載された。同年、「漢字・字喃研究院所蔵文献における史料に関する文献学について―『南史演音』を中心に」▼注[7]が社会科学アカデミー漢字・字喃研究院の報告集にある。

本論は今まで発表した漢字・字喃研究院が所蔵している文献学に関する論文をめぐって、最近研究した新しい結果について述べたい。具体的には以下の通りである。1．底本を選ぶ方法―伝統から現在まで、2．信頼できる底本を選ぶ方法、3．底本（内容と言語）に関する研究課題。

2　漢字・字喃文献学をめぐって

（1）底本を選ぶ方法―伝統から現在まで

（1―1）成立年代が新しくても内容の揃ったテキストを底本にする

文献学者は、「漢字・字喃研究院が所蔵する文献の複雑さに留意しつつ、翻訳・出版する前に文献学的手法によりテキストを研究しなければならない」と言われている。文献学の大切な目標は、どれが作者の自筆であるか。あるいは写本の最古のテキストであるかを知ることである。しかし、そういう目標を達成することは簡単な作業ではない。「翻訳と出版に際しては客観性を欠いている」とホアン・スアン・ハン（Hoàng Xuân Hãn 1908-1996）が不満を述べている。「理論的なことは中国の考証学と欧米の文献学批判の分野を利用しつつも、実際にはしないのと同然だ」と指摘した。ダン・タイ・マイ（Đặng Thái Mai）も「理論と方法についての考えが浅はかで、実践的経験を持たない」とこぼしている。「いつになると王朝毎の漢字の字形を区別できるようになるのか」、「中国のように、テキストの真偽を見極めるべくテキストから証拠を引き出すような研究がいつ見られるようになるのか」[注8]とハ・ヴァン・タン（Hà Văn Tấn）が疑問を呈するなど、これまで漢字・字喃テキストを翻訳・出版してきた研究者のさし迫った問題として疑問を投げかけている。

従来漢字・字喃テキストを翻訳・出版した本を見ると、翻訳者が底本を選ぶのには二つの方法がある。一つ目は、年代、印刷、十分な写本、文字が見やすいテキストを底本にする方法である。二つ目は特定のテキストのみを底本とせず、版本や写本の内容の異同を比較し、諸本から自分で判断した適当な語彙、句を取り出し、自分で選んだテキストに差し込んで文章を改変し総合的なテキストを作成し、他の異同の例を校訂箇所に注記するという方法である。二つ目が「伝統的な文献学の方法」であるとゴ・ドゥク・トー（Ngô Đức Thọ）は述べた。

底本を選定する方法について、「文献学の研究者はやはり古いテキストを底本にしたほうがよい。作者の生きていた年代に近いテキストが、研究する上では最も相応しい」とゴ・ドゥク・トーが言った。しかし、どれが古いテキストか簡単に確認することはできない。特に写本の場合は極めて難しい。諸本を研究しないとどれを底本にしたらよいかすぐには答えられない。「分かりやすいテキストを底本にしたほうがよい」との説もあるが、作者の時代に近いテキストにおける文言は現代の人々と異なり、わかりにくいことの方が多い。

ロシアの文献学者D.A.Likhasevが「基準を定めることができなければ、研究者の判断で一番古いテキストを底本にするのがよいとは限らない」と述べた。その意見に同意したゴ・ドゥク・トーも「古いテキストであろうと欠巻、欠本、欠字があれば、筆写年代が新しくとも内容が十分揃ったテキストを底本にしたほうがよい」と述べた。▼注[9]

そのような文献学の方法に従って翻訳・出版されたのが『李・陳詩文』▼注[10]と『グエン・チャイ（Nguyễn Trãi）「軍中詞命集」の文献学上の問題』▼注[11]などである。

『李・陳詩文』を編纂した時に利用されたテキストは　レイ・クイ・ドン（Lê Quý Đôn）によって一七六〇年～一七六七年に編纂された『全越詩録』である。『全越詩録』の諸本の中で最も古いテキストがA.1262である。それは「古い紙に草書で書いたテキストで、避諱字を根拠にすれば阮王朝より前に筆写したテキストではないか」とチャン・ヴァン・ザップは判断している。また、そのA.1262が成立したのは一七九四年ごろ、つまり阮王朝（一八〇二年）の前であるから「我々にとって、レイ・クイ・ドンが編纂した『全越詩録』の時期から数十年後に筆写されたテキストは貴重な資料であった」とグエン・フエ・チ（Nguyễn Huệ Chi）も述べている。

しかし、底本としてはA.132が選ばれA.1262は選ばれなかった。理由は、A.132はA.1262より内容が揃ったテキストだからである。▼注[12]

文献学研究として『グエン・チャイ（Nguyễn Trãi）「軍中詞命集」の文献学上の問題』を出版したグエン・ヴァン・グエン（Nguyễn Văn Nguyên）も「年代は新しくても内容の揃ったテキスト」の原則で底本を選定した。彼はグエン・チャイの所蔵資料を検討して、黎王朝の遺文にある『黎朝与明人往復書集』（A.1973）と『皇閣遺文』（VHv.1129/2）が最も古いテキストであると確定した。前にチャン・ヴァン・ザップも『皇閣遺文』について以下のように主張した。「それはグエン・チャイの時代の宮廷が所蔵する極めて古いテキストから筆写したものである。筆写した年代は黎王朝が滅亡した時期かおそらく西山時代である」。しかし、底本を選ぶ際、グエン・ヴァン・グエンはそれを選ばず、阮王朝期に編纂し刊行した『抑斎遺集』[注13]を選択した。理由はいろいろあろうが、「それは本の造りが緻密で安定しており、編纂者は綿密に校訂し、詩文を補充したテキストであるから」である。これまで研究者がグエン・チャイの作品（『軍中詞命集』を含む）を校訂、翻訳する際によく使った底本は、やはり『抑斎遺集』である。[注14]

（1—2）底本を決めず新しいテキストを作る

漢字・字喃研究院が所蔵している文献に関してはいくつかの課題があるが、すぐに解決することができない。どれが原本で、どれが偽物か見分けることは極めて難しく、漢字・字喃テキストの状況をより複雑にしてしまった。それで「年代は新しいが内容の揃ったテキストを底本にする」という原則以外に、底本を決めずにおくという方法も採られた。その後、訳者の主観で諸本と照合し、文言を改めたり加えたり、あるいは原本の漢字を改めることすらあった。その結果、総合的で新たなテキストを作り上げる。例えば『李・陳詩文』と『グエン・チャイ「軍中詞命集」の文献学上の問題』である。『李・陳詩文』の編者が序に「底本を決めず、諸本を寄せ集めて照合し余計な分析は加えず、我々の判断で各諸本から代表的な文言を選んだり加えたりすることにより、総合的で完璧なテキストを作ろう」[注15]と述べている。『グエン・チャイ「軍中詞命集」の文献学上の問題』の訳者グエン・ヴァン・グエンも、「年代は新しいが内容の揃ったテキスト」である『抑斎遺集』を採用し、また、西山朝（一七七八〜一八〇二）に筆写した「黎朝の遺文」も採用し、新たな『軍中詞命集』を作った。つまり出版された『軍中詞命集』は原本、或いは初期の写本ではなく、後世の校勘者により作られた新たな異本ということになる。恐らくそのテキストを対象として研究すれば、何らかの誤解が生じる可能性もある。

しかし、『李・陳詩文』と『軍中詞命集』だけではなく、『歴朝憲章類誌』、『大南一統誌』、『大越史記続編』の訳者も既述の通り、底本を決めず、新たな異本を作って、翻訳・出版した。

（1—3）現在までの底本の選択方法について

漢字・字喃テキストを翻訳・出版する際にどれを底本にするかは翻訳者の責任に委ねられるが、既述の二つの方法で選択すれば、古いテキストをきちんと研究することができず、書庫に眠ってしまう可能性がある。古いテキストの内容、漢語・漢字、また字喃は新しいテキストとどう違うか、また時代を経て内容と文言がどう改変されたかも不明である。

例えば、李・陳・胡王朝の詩集としてよく知られているのは『越音詩集』である。一四三三年にファン・フ・ティエン（Phan Phu Tiên）が編纂し、最初に印刷されたのは一四五九年であるが散逸している。現存するのは一七二九年に印刷したテキストである。チャン・ヴァン・ザップが「最初に印刷したテキストではないが、漢字・字喃書籍の中でも最も古い類の印刷本がそのテキストである」[注16]と高く評価した。しかし、『越音詩集』の詩曲は他のテキストにもあるので、詩曲の内容自体は中世文学の研究者にとって目新しいものではない。しかし、一四五九年に付された注釈が一七二九年に再刊した際そのまま再録されており、今まで研究されているにもかかわらず、古いテキストはそのまま忘却のかなたに埋没した。最近私たちがそのテキストについて研究した成果が『漢・喃通報』[注17]に掲載されている。

中国の文献学の研究者達は「特別な理由がない限り古いテキストを底本にしたほうがよい」と強調している。また、「年代が新しいテキストを底本にすると、遠回りな作業になるか、あるいは作業の順次が逆転するかもしれず誤解を生みやすい」と述べている。

中国の文献学者が言うように、古いテキストでなく年代の新しいテキストによる研究成果は説得力が半減するし、たとえ研究者であっても誤解を招きやすい。

「新たなテキスト」をつくる方法にも限界がある。マイ・スアン・ハイ（Mai Xuân Hải）は警鐘を鳴らしつつ、「原本における言葉が、私たちにとって綺麗で適切な文字遣いではなくても様々な方法で分析し、出版用に勝手に書き換えないでそのまま活字化し、疑問がある箇所は注釈を追記すべきだ」と提案している。

3　信頼できる底本を選ぶ方法

（1）フランス極東学院旧蔵本の筆写方法

既述の通り、漢字・字喃文献は様々な来歴を有している訳だが、主な出処はフランス極東学院（E.F.E.O）の図書館と他のいくつかの図書館である。図書記号は「A」（ベトナム人が漢字で書いたテキスト）、「AB」（漢字と字喃で書かれたテキスト）、「AC」（中国から輸入しベトナムで再刊したテキスト）、「AD」（神勅）、「AE」（神の由来）、「AF」（俗例）、「AG」（地薄）、「AH」（社誌）、「AJ」（古紙）がある。後に収集された書籍は、主に「V」類の記号が付される。記号「VHv」（中幅の書籍）、「VHt」（大幅の書籍）、「VHb」（小幅の書籍）、「VNv」（中幅の漢字・字喃の書籍）、「VNb」（小幅の漢字・字喃の書籍）、「ST」（近年に収集した書籍）である。

E.F.E.O は一九〇一年、ハノイに設立されたが、その前身は史学、考古学、社会学、碑文学などの学会あるいは研究グループであり、彼らが協力して学院図書館を設立した。当時の学術風潮から収集対象は俗例や碑文が主であった。また、歴史、民俗学関連の書籍を高価で買い上げる政策を打ち立てたお陰で、E.F.E.O の図書館は価値のある一定量の書籍類を収集することができた。また、阮朝王宮所蔵の重要な書籍の筆写に力を注いたので、図書館の写本のほとんどが内閣書院所蔵本の写本であった。従って、同書院所蔵本の写本は自ずと価値が高くなる。「極東学院」は阮王朝の所蔵図書館を調査し、同図書が複数あるものは一部を学院の図書館の所蔵にし、一部しかないもので重要と思われる文献については、漢字がよくできる人に依頼して、学院用の写本を作った。

E.F.E.O は特に民衆の持っている古文献を収集することに関心を持っていた。古文献を収集するためにたくさんの費用を出して、例えば、歴史、文学、宗教などの貴重な資料を購入するなど、当時の民衆の知識を奨励する政策も採られた。後に領域が拡大され、言語、文学もその対象となるに至り、収集対象は一気に豊富になった。最初は書籍と写本の収集を基本としたため各書籍や写本は一本しかなかったが、後には図書の担当者がそれらを筆写したため、多くの諸本ができるようになった。しかし、旧蔵本と後の写本を区別するのはそれほど困難でないということに気付く。当時 E.F.E.O がどう筆写したかを漢字・字喃文献から調査した。先達の研究と E.F.E.O の筆写方法の法則を考えると、旧蔵本と E.F.E.O による後の写本との区別は比較的容易である。

（一）収集した本は通常サイズが二十八cm × 十六cmで、筆写する際にサイズを大きくし、三十一cm × 二十一cmとした。

（二）また、原本と容易に区別できるように、全て筆写しないで、落款、序文・跋文を意識的に欠いた。このような方法が採られたのは当時コピー機械もなかったので旧蔵本（つまりE.F.E.O が阮朝王宮の書庫から収集あるいは筆写したもの）と後の筆写本とを区別するためと言われている。このような方法は、E.F.E.O の旧蔵本のテキストを筆写する際に採用されただけでなく、他の図書館や個人の本を借りて筆写した際にも採用された。

（三）原本が草書体の場合、筆写する者はそれを楷書に改める作業も兼ねていた。この種のものは約千タイトルに及ぶ。▼注[18]

（四）本棚に置けない薄いテキストは他の薄いテキストと合本する。

（2）信頼できる写本を底本にする方法

まず、信頼できる写本を底本にするために、E.F.E.O の旧蔵本のテキストと後の写本とを区別するべきであろう。

以下の通り分類することを提案する。

1／「A」と、「A'」

まず、E.F.E.O の旧蔵本の写本テキストは二つの種類がある。

一つ目は収集、購入したテキスト（通常サイズ、「A」と呼ぶ）である。例えば、『嶺南摭怪』のテキストは分析すると、通常サイズが A.2914, A.33, A.2107,A.1300 である。また、『全越詩録』は A.1267、『大越史記』は A.1272、『皇朝与明人往復詩集』は A.1973、『西湖誌』は A.3192/1 などである。

二つ目は草書体の原本から筆写したテキスト（大きいサイズ、「A'」と呼ぶ）。「A'」の特徴はサイズが大きいが、E.F.E.O の旧蔵本の原本があるので、すぐ区別することができる。例えば、『嶺南摭怪』の R.1607（国家図書館に所蔵）は、草書体の『嶺南摭怪』の A.2914 から楷書に改めたテキストである。『全越詩録』の A.3200 はもともと草書体の A.1262 から楷書に改めたテキストである。『驩州風土記』の A.2621 は草書体の『黎朝与明人往復書集』（A.1973）を楷書に改めたテキストである。グエン・ヴァン・グエンが A.2621 は A.1973 から楷書に改めたテキストで、「逆は考えられない」[注19]と述べている。『西湖誌』[注20]は A.3192/1 と A.3192/2 があるが .サイズが大きい A.3192/2 は草書体の A.3192/1 から楷書に改めたテキストであるなどである。よってそれぞれ R.1607（A.2914）、A.3200（A.1262）、A.2621（A.1973）、A.3192/2（A.3192/1）と表記することを提案した。

底本を「A」類にして「A'」と対照したら、テキスト批判は容易になる。

2／「B」と「B'」

「B」はフエの阮朝王宮の図書館から筆写したテキスト、あるいは個人の書庫から筆写したテキストである（原本は譲らず筆写のみ許可したもの）。「B」のテキストはほとんど独本である。後、「神蹟」、「神勅」、「地薄」、「地誌」の類の書籍以外に価値を持っている文学、歴史、哲学、宗教、民俗などのテキストは更にもう一部余分に筆写させたものを「B'」という。「B」と「B'」はE.F.E.Oの写本であるから同じく大きいサイズで、簡単に区別することができない。しかし、E.F.E.Oの法則と先達の意見を考察すると「B'」が見つかる。

既述のように、原本と容易に区別できるように全て筆写しないで、落款、序文・跋文を意識的に欠くという法則で「B'」を簡単に抽出することができる。

例えば、『大越史記』の現存の諸本は九本で、図書記号「A」本は四本ある。それはA.1272/1-4; A.1486/1-5; A.1991とA.1929である。調査によると、本書は『大越史記前編』が出版される前の本稿であると判断される。既述の四本の中で意図的に落款、序文・跋文を欠いて筆写したのは、A.1991とA.1929で「B'」と分類できる。残ったA.1272/1-4とA.1486/1-5は両方とも大きいサイズであるが、A.1272/1-4は間違った漢字が多いので、校正者が朱筆で消去し、あるいは間違った漢字に重ねて上から書き直している。A.1486/1-5は、A.1272/1-4と比べて全く同じであるが、間違った漢字がなくなっている。つまり、A.1486/1-5は、A.1272/1-4から綺麗に筆写したテキストであるが、A.1486/1-5には阮朝の「総論」がないので、A.1272/1-4から一部を欠いた筆写テキストと認められる。よって、A.1486/1-5は「B'」と分類される。『黎史纂要』（A.1452/1-3）もA.1272/1-4と同じく、漢字を間違った原本から筆写したテキストである。▼注[21]

『大南一統志』はA.69/1-12; A.1448/1-4（『書目提要』にはVHv.1448/1-4と間違って印刷されている）;A.2806; A.2033の四つの諸本があるが、中でも十分なテキストはA.69/1-12で、「B」に分類されるが、残ったA.1448/1-4;A.2806; A.2033の三本は「B'」である。

「B」から筆写した「B'」は図書記号「A」以外にも、六〇年代に筆写した「VHv」という図書記号もある。フランスがベトナムから撤退した後、極東学院の図書館が所蔵している文献をフランスへ持ち出そうとしたが実現せず、当時のベトナム教育省に保管された。また、図書館の担当者は、依然として筆写作業を行っていたが、前に筆写したテキストと区別するために図書記号「VHv」を付けた。

例えば、『黎史纂要』はA.1452/1-3（巻一～三）;VHV.1312/1-2（巻1,2のみ）;VHV.1291（巻三のみ）の三つの図書記号がある。『大南一統志』の十分なテキストはA.69;/1-12である。A. 2806; A. 2033; VHv. 129/1-89;VHv. 1448/1-4;VHv. 985/1-9;VHv. 1707/1;VHv. 1359;;- VHv. 624; VHv. 2684のテキストは欠巻がある。『歴朝憲章類誌』は十二のテキストがあるが、十分なテキストはA.1551/1-8しかなく、残ったA.50/1-4;A.1358/1-10;A.2061/1-3;A.1883;A.2445; VHv.1502/1-16; VHv.181/1-12; VHv.181/1-12; VHv.1541/1-3; VHv.982/1-4は、全て欠巻である。

底本にするには「B」がよい。

（3）E.F.E.Oの筆写方法を知らず誤解するケース

例を挙げてみよう。

テキスト批判をする際、E.F.E.Oが合本したことを分からなかったので底本にするときに誤解したケースもある。例えば、『李・陳詩文』の編纂者が古いテキスト（A.1262）を底本とせず、合本した本である『全越詩録』（A.132）を底本とした場合がある。

また、テキスト批判をする際、E.F.E.Oの筆写方法を知らず誤解するケースもある。例えば最近、ダオ・フオン・チ（Đào Phương Chi）が『漢喃雑誌』に掲載した「南史演音の作者はホアン・カオ・カイ（Hoàng Cao Khải）（一八五〇～一九三三）氏であろう」[注22]という論文がある。その中で『南史演音』（AB.482）を研究し、一九二〇年に出版したチャン・チョン・キム（Trần Trọng Kim）（一八八三～一九五三）の『越南史略』（現代ベトナム語で刊行した本）と対照している。『南史演音』はベトナムの歴史について喃字（チューノム）で筆写された本であるが、現代ベトナム語で刊行された『越南史略』の文章と比較すると九十五％が一致する。つまり、喃字で筆写された本の文章と現代ベトナム語で刊行した本の文章はほとんど同じである。

チャン・チョン・キムが『越南史略』を出版したのは一九二〇年で、その時、ホアン・カオ・カイは七十歳で存命していたので、もし、チャン・チョン・キムが『南史演音』から写して刊行したならば、そのことがばれてしまうのは当然だろう。当時、『越南史略』は有名で、社会に広く流通したから、もし剽窃だとすれば人々に広く知れ渡ってしまう。また、ホアン・カオ・カイは有名な大臣で多く史書を編纂したから、皆によく知られた『越南史略』を真似て、喃字（チューノム）で『南史演音』を書いたとも考え難い。よって、それまでにホアン・カオ・カイによって書かれた『南史演音』を剽窃したとは考えられないので、ホアン・カオ・カイが亡くなった一九三三年以降ぐらいに極東学院に売るために出現したのだろうと筆者ダオ・フオン・チが判断した。『南史演音』（AB.482）は欠巻のテキストであるだけでなく、「注などを省略したテキストである」とダオ・フオン・チは主張した。

『南史演音』には序がないので、どんな本を基に字喃で書いたテキストか不明であるが、『越南史略』の文章と比較すると九十五％一致しているので、『越南史略』から字喃で筆写したテキストに間違いない。『越南史略』は印刷されたのが一九二〇年で、当時皆に知られていた作品であるから、ホアン・カオ・カイも知っていたのは当然である。ホアン・カオ・カイが亡くなる（一九三三年）前、一九二八年に『越南史略』が再刊された。当時、ホアン・カオ・カイは七十七歳で退官、名義上の官職をもっていた。一九二二年五月六日にベトナム青年会（Foyers de la Jeunesse Annamite）が設立された際、ホアン・カオ・カイと北圻統使 Monguillot が出席し、ホアン・カオ・カイはベトナム青年会会長に当選した。筆者はホアン・カオ・カイが『南史演音』を書いたと考える。彼はなぜ、『南史演音』を字喃で書いたのであろうか。それは当時村落で国語（ローマ字）ができない年配の人々が多く、その人達に当時有名な史書を広める目的で書いたのだろう。▼注[23]

一九三三年に松本信広がハノイの極東学院へ出向き、漢字がよくできる人にE.F.E.Oの編纂した目録を筆写させて持ち帰り、翌年（一九三四年）日本で刊行した。[注24]タイトルは『河内仏国極東学院所蔵安南本書目』である。松本信広の目録に『南史演音』（AB.482）があるので、「後にE.F.E.Oの図書館の古書買上政策により誰かが『南史演音』を作って、ホアン・カオ・カイの名前を書き、E.F.E.Oの図書館に売った」というダオ・フオン・チの推定は正しくない。一九三三年までホアン・カオ・カイは生きていたし、フランス人とよく会っていたので、一体誰が大胆にもホアン・カオ・カイの名前をかたってE.F.E.Oの図書館に売ることなどあろうか。実際には、筆者ダオ・フオン・チがE.F.E.Oの図書館の筆写方法を知らないから誤解したのである。

（4）古い底本を明確な理由もなく校訂するケース

ここで言及したいのは、底本を明確な理由もなく校訂するケースである。既述したように、『李・陳詩文』の編纂者は古いテキスト『越音詩集』（A.1925）と『全越詩録』の諸本の照合により文言を改めたり加えたり、あるいは原本の漢字を明確な理由もなく改めることすらあったので誤解するケースもある。例を挙げてみよう。

『越音詩集』（A.1925）における陳仁宗の「春晩」は以下のように書いてある。

「起睡啓窓扉、不知春已帰、一双白蝴蝶、拍拍趁花飛」

これについては今までに、二つの翻訳の仕方がある。

一つはベトナム語訳『皇越詩選』の場合で、訳者達は以下のように翻訳した。

「春の終末」

「起きて窓を開いて、春がもう終わったことを知らず、一双の白い蝴蝶が花へ飛んでくる」。[注25]

もう一つは『李・陳詩文』の訳者は以下ように翻訳した。

「春の朝」
「起きて窓を開いて、春がくるのを知らず、一双のしろい蝴蝶が花へ飛んでくる」[注26]
こちらは訳者が原文をそのままに翻訳せずに、「春晩」に付された「一説暁」の注を採用して、翻訳してしまっている。「晩」と「暁」はどちらが正しいか、詩曲の内容を検討しなければならない。

まず、詩曲の内容は春の終末を描写するかを検討する。ベトナムでは春とは旧歴の一年間の最初の三か月間である。「春晩」は漢語大辞典で調べると、逆順の「晩春」という言葉がある。「春晩」とは春季の最後の月、つまり、農暦で三月を示している。春季の一月、二月はまだ寒い日が続いているし、雲がある日は多く、晴れる日はまだ少ない。三月に至るとだんだん暖かくなって、その時に蝴蝶が見られる。蝴蝶が花へ飛んでくるのは春の終末であることが分かる。作者が詩曲を作った時点は春の終末であることは間違いない。また、「帰」とは「帰る」の意味があるが、「終」の意味もある。蝴蝶が見られる時点は春がそろそろ終わると分かる。

また、作者陳仁宗がいつ起きたかの検討も必要である。ベトナム人が早めに起きて、仕事をするのは大昔から習慣になっている。宮廷、都会、村落での生活は区別なくどこでも同じく、早めに仕事をする。朝廷に出仕、朝見するのも早い。『大越史記全書』に「王侯、皇族は朝見が終わってから、殿と蘭亭に入り、王様と一緒に食事する。また、暗い日で、帰られない場合は長い枕を置いて、広い布団を敷く、ベットを接続して据えつけて、同衾しようと旨をだす」[注27]という文章があるように、朝廷に朝見するのも早い。仁宗が起きたのは朝ではなく（まだ早いので暗くて、蝴蝶が見えない）、昼のことである。ベトナム人は朝早く起きて、仕事して、昼に昼寝をする習慣になっている。仁宗が昼寝をして起きたのは午後一時ごろ、一日の一番暖かい時点であろう。その時、蝴蝶が飛んでいるのを見るのは当然である。

『李・陳詩文』の訳者が間違ったのは仁宗が起きた時点である。以上分析した通り、原文にある「晩」は注にある「暁」より、ただしい。古いテキストにおける言葉を明確な理由もなく校訂してしまったのである。また、「帰」ということばは「終」という意味があるのも知らず、字面をみて、翻訳してしまい間違ったわけである。

中国の清代の有名な雇天理が、宋代の膨叔夏が『大祖皇帝実録』を筆写した時に述べたことを若い研究者に伝言した。それは「古いテキストにおける言葉を勝手に改めて書き直しはいけない」ということである。

4　終わりに

現存する漢字・字喃文献は、ベトナムの数千年にわたる文献の集積であり、その形成に当たったのはE.F.E.Oの図書館が主な源となっている。E.F.E.O旧蔵本の多くが阮朝王宮図書を源としている。E.F.E.Oの図書は買上政策により漢字・字喃文献の状況は複雑になったが、E.F.E.Oの図書館の筆写方法や先達の研究蓄積を参照することで、貴重な本と後の時代の写本を区別することができる。また、古いテキストの内容と言葉を批判するのも必要である。現在、漢字・字喃文献学の研究が行われない傾向があるので、▼注[28]今後も国内の研究者にとって重要な課題となり続けるであろう。

【注と参考資料】

[1]ゴ・ドゥク・ト、チン・カク・マン（Ngô Đức Thọ-Trịnh Khắc Mạnh）『漢喃文献学研究の基礎』（社会科学出版社、二〇〇六年）。

[2]グエン・ティ・オワイン（Nguyễn Thị Oanh）「漢字・字喃研究院所蔵文献―現状と課題」（『文学』六―六〈特集＝東アジア―漢文文化圏を読み直す〉岩波書店、二〇〇五年十一月）一四二～一五七頁。

[3]ルオン・ティ・トゥ、グエン・ティ・オワイン（Lương Thị Thu-Nguyễn Thị Oanh）「松本信廣によって編纂された書目から見たフランス極東学院の図書館における漢字書籍（図書記号A）」（『漢字・字喃通報』漢字・字喃研究院出版、二〇〇六年）。

[4]グエン・ティ・オワイン（Nguyễn Thị Oanh）「漢字・字喃研究院所蔵古文献学の研究について」（『人文社会科学大学漢字・字喃部門設立40周年記念学会論文集』国家大学出版社、二〇一二年）。

[5] グエン・ティ・オワイン（Nguyễn Thị Oanh）「漢字・字喃研究院所蔵文献における偽書」（『「偽」なるものの「射程」』勉誠出版、二〇一三年）八七～一〇二頁。
[6] グエン・ティ・オワイン（Nguyễn Thị Oanh）「傳翹～古いテキストから見た傳翹文献学」（『漢喃雑誌』一号、二〇一六年）。
[7] グエン・ティ・オワイン（Nguyễn Thị Oanh）「漢字・字喃研究院所蔵文献中の史書に関する文献学について―『南史演音』を中心に」（社会科学アカデミー『漢字・字喃研究院報告集』二〇一六年）。
[8] ゴ・ドゥク・ト、チン・カク・マン（Ngô Đức Thọ-Trịnh Khắc Mạnh）『漢喃文献学研究の基礎』、三二頁。
[9] ゴ・ドゥク・ト、チン・カク・マン（Ngô Đức Thọ-Trịnh Khắc Mạnh）『漢喃文献学研究の基礎』、二二一～二二四頁。
[10]『李・陳詩文』（社会科学出版社、一九七七年）。
[11] グエン・ヴァン・グエン（Nguyễn Văn Nguyên）『グエン・チャイ（Nguyễn Trãi）「軍中詞命集」の文献学上の問題』（文学出版社、一九九八年）。
[12]『李・陳詩文』（社会科学出版社、一九七七年）一三二頁。
[13] グエン・バ・クン（Nguyễn Bá Cung）『抑斎遺集』（記号 A.139、一八六八年刊行）。
[14] グエン・ヴァン・グエン（Nguyễn Văn Nguyên）『グエン・チャイ（Nguyễn Trãi）「軍中詞命集」の文献学上の問題』（文学出版社、一九九八年）九四頁。
[15]『李・陳詩文』（社会科学出版社）一六三頁。
[16] チャン・ヴァン・ザップ（Trần Văn Giáp）『漢字・字喃文献に関する考察』―ベトナム文学・史学資料』〈第一集〉文化出版社、ハノイ、一九八四年〈第二集〉ベトナム社会科学委員会、ハノイ、一九九〇年。第一集、七八四頁。
[17] グエン・ティ・オワイン（Nguyễn Thị Oanh）「『越音詩集』―古人によって工夫に考証・編纂された作品」（『漢字・字喃通報』、二〇一二年）。
[18] ズオン・タイ・ミン（Dương Thái Minh）『現在の漢字・字喃文庫の形成過程について』（『漢字・字喃雑誌―選択100論文』社会科学出版社）二二頁。
[19] グエン・ヴァン・グエン（Nguyễn Văn Nguyên）『グエン・チャイ（Nguyễn Trãi）「軍中詞命集」の文献学上の問題』、五四頁。
[20]『ベトナムの漢・喃遺産～書目提要』第三集（社会科学出版社、一九九三年）九六頁。

［21］チャン・ヴァン・ザップ（Trần Văn Giáp）『漢字・字喃文献にかんする考察』―ベトナム文学・史学資料』、一五〇頁。

［22］ダオ・フオン・チ（Đào Phương Chi）「『南史演音』の作者はホアン・カオ・カイ（Hoàng Cao Khải）氏であろう」（『漢喃雑誌』二〇一二年四号〈一一三〉）四〇～五三頁。

［23］一九六〇年代、ベトナムの各地方にまだ国語（ローマ字）が出来ない民衆が多いので識字運動によって、大衆教育が行われている。

［24］ルオン・ティ・トゥ（Lương Thị Thu）、グエン・ティ・オワイン（Nguyễn Thị Oanh）「松本信廣によって編纂された書目から見たフランスの極東学院の図書館における漢字書籍（A類文庫）」を参照。

［25］『皇越詩選』（文化出版社、一九八七年）四三頁。

［26］『李・陳詩文』第二集、四五三～四五四頁。

［27］『大越史記全書』第二集（社会科学出版社、一九八八年）三七頁。

［28］チャン・チョン・ズオン『グエン・チャイ国音辞典』（百科辞典出版社、二〇一四年）参照。本書にグエン・チャイの『国音詩集』の諸本を検討と批判しなかった。

あとがき

小峯和明

書物が存在する限り、書誌学・文献学は研究の基礎学として、いずこの地域でも言語の如何を問わず必ずや必要とされる領域である。文学が紙の書物を媒体とすることは今日では自明のことであるが、文学を探究する上で、「物としての書物とは何か」を問い直す試みは避けて通れない課題である。紙のない時代の木簡や金石文に始まり、近現代文学でも作家の手書き原稿が問い直されるように、書き読む行為の基底をぬいて文学は語れないはずだが、近代の活字文化を前提とする分野では、書誌学は低い位置にみなされる傾向があった。しかし、メディア学の隆盛にともない、書物そのものを問い直す絶好の手立てとしてあらたな意義をおびてきた。書誌学はメディア学として再生した、と言いうるだろう。

また、第三巻の宗教文芸のあとがきでもふれたように、ことに寺院資料の開拓の進展によって、文献書誌学を前提とする資料学の要請がより高まったともいえる。資料学という用語はまだ必ずしも一定ではなく、人によって概念が異なるが、書物や文書など資料そのものを学の対象とする領域を指す。個々の研究者が個々の対象の作品テクストに関する写本や版本などの諸本を集めて比較検討して善本や定本をみきわめていく、というのが一般的なイメージだが、ことは伝本研究のレベルにとどまらない。書物を作り、伝え、集め、受け継ぐ総体にまでかかわるのが資料学である。

従来の文学研究が個々の作品・作者（作家）研究主体だったのが、ネットワークや読者、享受者にも焦点が移り、当代の学問注釈研究も活況を呈するようになり、オリジナルの書物を書いて作るだけでなく、書物を写し、貸借したり集めたりする、流通、収集の様態、所蔵目録なども研究対象になってきた。特に各地の時代ごとのコレクション、公家や武家や寺社家の文庫や、はては古本屋に至るまで、蔵書の形成過程に関する研究も活発化しつつある。密教の師資相承による典籍、聖教の伝流なども課題になってくる。もはや資料学は知と学の体系を検証する文化学の意義をおびている。

本書でも、潅頂や血脈、講式、因縁集、軍記、歴史叙述、絵巻、語り物、講演筆記、大名の文庫、また琉球処分にまつわる史書の書写や南方熊楠の出版とお伽草子をめぐる問題等々、近代にもその視界はひろがり、さらには、オワイン論のごとくベトナムの漢字喃字資料センターである漢喃研究院の所蔵資料にも及ぶ。本シリーズ第一巻の日中の図書分類をめぐる河野論や第二巻のフランス国立図書館の絵巻類のコレクションをめぐるヴェロニク論などもこれらにかかわるだろう。

それまで知られていなかった資料の出現は、従前の研究の常識や見解をくつがえす可能性を持っており、それだけ緊張をはらむものである。資料を正確に解読し、その意義付けや価値判断を行わなければならない。そこに研究者の責務が問われる。主に一九八〇年代から九〇年代にかけて、寺院の聖教資料の発掘があいつぎ、おのずと学問注釈の古典学が活性化した時期、新資料の意義がどこまでどの程度あるのか、先が見えにくい現状が随分批判的に受け止められる面もあったが、あらたな資料の出現によって徐々に従来の既知の古典が読み替えられたり、新出資料が古典として認知されたり、それらの集積統合を通して、次第に研究の地平が変わってきた。気がつけばおのずと、研究地図は塗り替えられている。

かつて京都の門跡尼寺、宝鏡寺（通称人形寺）の資料調査を国文研とコロンビア大学中世研究所とのプロジェクトで行った際、おのずと歴史学側が文書を担当、文学側が書籍を担当、という棲み分けがなされた。それ以前にも古文書の調査は行われていたのに対して、書籍はその時が初めてであった。担当が史学中心だと書籍は無視されることがままある。逆のケースもありうるだろう。我々の調査は、歴史学、文学、美術史の合同調査であったので、文書も典籍も一括して扱うことができたが、いずれか一方のみで他は手を付けないというのもおかしな話になる。もとより文書と書籍では書体をはじめ資料のあり方が異なるし、扱い方も異なるから、ことは簡単ではない。しかしながら、一方しか対象にならないとすれば、当の寺院における資料の総体を見る上ではあまりに偏頗だといわざるをえないだろう。

げんに宝鏡寺では、仮名消息を調査した折りに、『源氏物語』の書写に関する書き付けを見出し、簡単に紹介したことがある（拙著『東奔西走』）。寺院の活動をめぐる総体が対象であるはずのもので、古文書と典籍の総合化がもとめられるであろう。

尼寺調査でもそうであるが、屏風や障子をはじめ調度品、家具などは美術との深いかかわりがあり、おのずと絵画、彫刻、工芸等々、美術史の分野をぬいてとらえることはできない。美術分野にかかわる資料学がまた必要になる。あるいは、口頭伝承の場合も聞書きをはじめ、記録資料が重要な対象になるし、演劇、芸能、身体芸でも映像などの資料が必要になる。いずれの領域においても資料学は欠かせないことがよく分かる。

本シリーズの第二巻で、絵巻を主とする〈絵画物語論〉について述べたが、この絵巻の書誌学がまだ確立していないことを痛感する。まず絵巻の表紙の色模様、綴じ紐、外題（題簽の有無・色模様）、軸の種類・装飾、料紙、軸付け紙、絵の具の如何等々、いかに記述するか、規範となるべき基準がまだ充分確立していない印象を受けるがどうであろうか。

あいついだ列島の災害を契機に過去の遺産としての資料や記憶の重要性があらためて認識されるようになった。アーカイブの意義や役割が高まっている。今世紀に入って、より高度で複雑な情報社会、コンピューター文化万能の時代になり、デジタル化の急速な進展によって、ますます資料をいかに蓄積し、使いやすくするか、深刻かつ切実な課題となっている。おのずと研究のあり方も大きく変わらざるをえなくなってきた。

デジカメやスマホの普及によって、写真のあり方も大きく変貌した。もはや36ミリフィルムは過去の遺物となった。ビデオテープもＣＤに変わり、ＵＳＢに変わりつつある。パワーポイント（ＰＰＴ）によって、学会などのプレゼンテーションも変わった。以前は紙媒体のレジュメ資料が必須であったが、ＰＰＴがあれば紙資料を必要としなくなりつつある。個人的な体験でいえば、ＰＰＴでは直前まで修正がきくから、おのずと紙資料とに差違が生ずる。紙資料はある段階で固定化せざるをえないからである。

資料学はそのような学問のあり方の根源にかかわるもので、基礎学から総合化にかかわる文化学の枢要に位置するといえるだろう。

「日本文学の展望を拓く」シリーズ全五巻を閉じるにあたって、シリーズ公刊に至るまでの経緯について、いささか私事にわたるが最後に述べておきたい。

一昨年（二〇一五年）の夏のこと、鈴木彰・出口久徳両氏そろって相談があるというので、何か新しい企画でも始めるのかと思っていたところ、私の古稀記念の論集を出したいとのことで、少々面食らった感があるものの、おおけなくも有り難いことで即座に了承した。その時すぐさま脳裏をよぎったのは、二〇一三年に立教大学を定年退職した折り、『立教大学日本文学』で定年記念の特集号（一一一号、二〇一四年）を組んで戴いたが、立教大学を銘打つ刊行物でもあり、紙数の都合もあって、大学院ゼミの院生やOB、留学生、日本学研究所の特別研究員など、ごく内輪のメンバーに限らざるを得なかったことである。そのことが気になっていて、たまたま笠間書院で雑談中にその話題が出た時に、思わず、できれば海外のメンバーを中心に記念の論集でも別に組めればいいね、と言ったことを思い出した。それならいっそのこと、海外の近しいメンバーも加えてやろうかという話になって、あれよあれよという間に、話がどんどん大きくなり、とうとう五巻仕立てにまでなってしまった。

当初、笠間書院では私の著作集を出すと勘違いされていたが、そちらの方も真面目に考えるということで折り合いをつけて、鈴木・出口両氏を中心に企画編集が進んだ。ひとまず、私の身近なところから、研究の出発点で今も継続し、今年でちょうど五十周年に当たる今昔の会（早稲田大学関連も含む）に始まり、立教大学関係、各種研究会（主に朝鮮漢文、ベトナム漢文、中国の東アジア古典研究会、南方熊楠の会）、東アジアを主とする科研の共同研究の面々、様々な縁による欧米、中国、韓国、ベトナムのメンバー等々に至るまでの陣容がそろった。もとより私より年長の方や同輩の方へのご依頼は礼儀に反するし、学会関係でも親交のある方々については断念せざるをえなかった。何卒ご寛恕戴きたい。

全五巻で百人を越える執筆陣では容易な作業ではないだろうと懸念されたが、鈴木編集主幹の卓越した手腕によって、想定外に原稿の集まりが早く、各巻の編集担当の力技もあいまって、目次立てや解説もそろった。鈴木氏も全五巻分かなり早い時点で完成させていたから、自らの五本の論文執筆もおおいに拍車をかけられたものである。

こうして、全巻を通覧してみると、それぞれ個々の読み応えのある力作はもとより、いくつもの論考が共鳴しあい、おおきなうねりとなって迫ってくる。いわば、国際と学際の旗の下に結集した論考の数々で、人と地域とテーマと方法論の厚味とひろがりに圧倒される思いである。かねがね述べているように、今後の人文研究は国際と学際にしか生きる道はないと考えており、分野も方法も地域もどれだけ越境できるかにかかっているだろう。「展望を拓く」シリーズ全体の特性や意義もここにきわまるといえよう。井の中の蛙にならないよう、内向きの自閉的な鎖国的な研究にならないように念ずるばかりである。

もとより、これがひとつのまとまった完成体ではありえない。むしろ火山のマグマや噴出し溶け出した溶岩のような沸騰したイメージであり、あるいは流動し、湧いてはくり返す波動のような、幾重にも揺れ動いていく質のものであろう。

人と人との出会い、書物や資料との出会い、すべてが目に見えない糸で結ばれているとの感慨を禁じ得ない。さまざまな機会に出会い、縁を結んでここに至った方々とのつながりに深く感謝したい。かけがえのないつらなり（輪＝和）を思う。御多忙の中、力作の論考を寄せて戴いた方々に深甚なる謝意を申し述べたい。

願わくは、引き続き、喜寿や米寿にも同じような論集ができるとしたらどうであろうか、とまたもや夢想する（周りは辟易しているであろうが）。その時、何がどう変わっているか、自らの研究も含めて、研究全体の動向もどう変わっているであろうか、可能な限り見届けたいと思う。若い人達の未来の「展望を拓く」ことができる時代であるよう、切に祈るばかりである。

この度の刊行に際して、企画から編集に至るまで統括的な主幹として強力な推進役を務めて下さった鈴木彰氏をはじめ、各巻の編集を担当した、金英順、出口久徳、原克昭、宮腰直人、目黒将史各氏に御礼申し上げる。鈴木・原氏は二人が学部時代から今昔の会で共に学んだ後輩であり、共に立教大学に勤めるという得がたい機縁があった。後の四人は立教の大学院のゼミの出身で、共に研鑽を積んだ最も身近な存在である。索引もかつての立教の院ゼミのＯＧ諸氏（長谷川奈央、大久保あづみ、石田礼子、大貫真実）が担ってくれた。深く感謝したい。

また、私事ながら、我が儘な研究生活を長きにわたって伴に支え続けてくれている妻幸子と、娘瑞枝の家族にもこの場を借りてあらためて感謝したい。

いつもながら、池田つや子会長・池田圭子社長をはじめ笠間書院には多大なご支援を頂戴した。橋本孝編集長、編集担当の岡田圭介、西内友美各氏には、細部に至るまで行き届いた作業で格別お世話になった。篤く御礼申し上げる。橋本氏とはもう四十年近いつきあいになり、共に古稀を迎えることになった。出版界の現状を見るにつけ、良質の図書を刊行し続けるのは大変な困難が伴うことであろう。笠間書院の半世紀を超えた活動に感謝の思いとエールを送りたいと思う。本シリーズがせめて後々の世まで生きながらえ、参照され続ける成果となれば幸いである。

二〇一七年十月二十一日

北京・中国人民大学にて

小峯和明

執筆者プロフィール（執筆順）

鈴木　彰（すずき・あきら）
立教大学教授。日本中世文学。『平家物語の展開と中世社会』（汲古書院、二〇〇六年）、『いくさと物語の中世』（編著、汲古書院、二〇一五年）、『島津重豪と薩摩の学問・文化　近世後期博物大名の視野と実践』アジア遊学一九〇（編著、勉誠出版、二〇一五年）。

目黒将史（めぐろ・まさし）
→奥付参照

小峯和明（こみね・かずあき）
→奥付参照

粂　汐里（くめ・しおり）
日本学術振興会特別研究員（ＰＤ）。中世末期・近世初期日本語り物芸能。「異本『堀江物語』の成立背景―塩谷氏との関わりをめぐって―」（『伝承文学研究』六三号、二〇一四年八月）、「『阿弥陀胸割』の成立背景―法会唱導との関わり―」（『総合研究大学院文化科学研究』一二号、二〇一六年三月）、「『しゆつせ物語』解題・翻刻」（神戸女子大学古典芸能研究センター編『説経―人は神仏に何を託そうとするのか』和泉書院、二〇一七年）。

大貫真実（おおぬき・まみ）
立教大学大学院博士課程前期課程修了。日本中世文学。

蔡　穂玲（Tsai Suey Ling）
ドイツ・ハイデルベルク人文科学研究院（Heidelberger Akademie der Wissenschaften）研究員。仏伝の図像、仏教の石経。『*The Life of the Buddha—Woodblock Illustrated Books in China and Korea*』（Wiesbaden: Harrassowitz Verlag, 2012）、『*Buddhist Stone Sutras in China* 中国仏教石経：*Sichuan Province* 四川省 . vol. 2. 第二巻』（編著、Hangzhou 杭州、Wiesbaden: China Academy of Fine Art Press 中国美術学院出版社、Harrassowitz, 2014 ）、『*Buddhist Stone Sutras in China* 中国仏教石経：*Shandong Province* 山東省 . vol. 3. 第三巻』（編著、Hangzhou 杭州、Wiesbaden: China Academy of Fine Art Press 中国美術学院出版社、Harrassowitz , 2017）。

中根千絵（なかね・ちえ）
愛知県立大学教授。説話文学。『今昔物語集の表現と背景』（三弥井書店、二〇〇〇年）、『いくさの物語と諧謔の文学史』（編著、三弥井書店、二〇一〇年）、『医談抄』（共著、三弥井書店、二〇〇六年）。

高橋悠介（たかはし・ゆうすけ）
慶應義塾大学附属研究所斯道文庫准教授。日本中世文学・寺院資料研究。『禅竹能楽論の世界』（慶應義塾大学出版会、二〇一四年）、「伝白雲慧暁撰『由迷能起』について」（『禅からみた日本中世の文化と社会』ぺりかん社、二〇一六年）、「伝憲深編『灌頂印明口決』と空観房如実」（『斯道文庫論集』五一、二〇一七年）。

渡辺匡一（わたなべ・きょういち）
信州大学教授。日本中世文学。「地域寺院と資料学」（『中世

文学研究は日本文化を解明できるか 中世文学会創設50周年記念シンポジウム「中世文学研究の過去・現在・未来」の記録』笠間書院、二〇〇六年）、「関東元祖俊海法印」（『中世文学と寺院資料・聖教』竹林舎、二〇一〇年）、「真言宗以前─諏訪における鎌倉〜南北朝期の寺院展開」（『諏訪信仰の中世』三弥井書店、二〇一五年）。

柴　佳世乃（しば・かよの）

千葉大学教授。日本中世文学。『読経道の研究』（風間書房、二〇〇四年）、「念仏と声明─良忍をめぐる〈声〉─」（『融通念佛宗における信仰と教義の邂逅』法蔵館、二〇一五年）、「慶政と延朗─『尊師講式』をめぐって─」（『国語と国文学』九二巻五号、二〇一五年五月）。

和田琢磨（わだ・たくま）

東洋大学文学部准教授。太平記・軍記物語。『太平記　生成と表現世界』（新典社、二〇一五年）、「室町時代における本文改訂の一方法─神田本『太平記』巻三十二を中心に─」（『『太平記』をとらえる』2、笠間書院、二〇一五年）、「乱世を彩る独断─『太平記』の天皇たち─」（『東洋通信』五三─六、二〇一七年二月）。

小此木敏明（おこのぎ・としあき）

立正大学非常勤講師。日本中世近世文学。「『中山世鑑』における『保元物語』の再構成─舜天紀を中心として」（『立正大学国語国文』四六、二〇〇八年三月）、「『中山世鑑』における『太平記』の利用─三山統一と尚巴志の正統性について」（『立正大学国語国文』四八、二〇一〇年三月）、「『中山世鑑』における依拠資料─『四書大全』・綱鑑・『太平記』について」（『説話文学研究』四七、二〇一二年七月）。

伊藤慎吾（いとう・しんご）

国際日本文化研究センター客員准教授。日本古典文学。『擬人化と異類合戦の文芸史』『中世物語資料と近世社会』（三弥井書店、二〇一七年）、『室町戦国期の文芸とその展開』（同、二〇一〇年）、『妖怪・憑依・擬人化の文化史』（編著、笠間書院、二〇一六年）。

山田洋嗣（やまだ・ひろつぐ）

福岡大学教授。和歌・歌学。「歌学書と説話」（『説話の講座三　説話の場』勉誠社、一九九三年二月）、「南部家旧蔵群書類従本「散木奇歌集」の輪郭」（『福岡大学研究部論集（人文科学）』九─一、二〇〇九年九月）、「宗家文庫本歌枕名寄はどのように増補されたか」（『福岡大学研究部論集（人文科学）』一二─六、二〇一三年三月）。

渡辺麻里子（わたなべ・まりこ）

弘前大学教授。中世文学、説話文学、仏教文学。「天台仏教と古典文学」（大久保良峻編『天台学探尋─日本の文化・思想の核心を探る─』法蔵館、二〇一四年）、「談義所における聖教と談義書の形成」（福島金治編『学芸と文芸』竹林舎、二〇一六年）、「法華経の講会・論義・談義書」（花野充道編『法華経と日蓮』春秋社、二〇一四年）、「中世文学研究における寺院資料調査の可能性」（『中世文学』五六、二〇一一年六月）。

グエン・ティ・オワイン（Nguyen Thi Oanh）

ベトナム社会科学アカデミー、漢喃研究所准教授。ベトナム前近代における漢籍・漢文資料によるベトナムの漢文文学・漢文説話に関する研究・ベトナム・中国・日本の説話に関する比較研究。「ベトナムと日本における法華経信仰―古典から探る」（浅田徹編『日本化する法華経』勉誠出版、二〇一六年）、「ベトナムの漢文説話における鬼神について―『今昔物語集』『捜神記』との比較」（『東アジアの今昔物語集』勉誠出版、二〇一二年）、『今昔物語集』（ベトナム語訳、社会科学出版社、二〇一六年）。

全巻構成（付キーワード）

第一巻「東アジアの文学圏」（金　英順編）

緒言――本シリーズの趣意――（鈴木　彰）
総論――交流と表像の文学世界――（金　英順）

第1部　東アジアの交流と文化圏

1　東アジア・〈漢字漢文文化圏〉論（小峯和明）
＊東アジア、漢字漢文文化圏、古典学、類聚、瀟湘八景
2　『竹取物語』に読む古代アジアの文化圏（丁　莉）
＊『竹取物語』、古代アジア、遣唐使、入竺僧、シルクロード
3　紫式部の想像力と源氏物語の時空（金　鍾徳）
＊紫式部、記憶、時空間、高麗人、作意
【コラム】漢字・漢文・仏教文化圏の『万葉集』――「方便海」を例に――（何　衛紅）
＊仏教文化圏、漢文文化圏、日本上代文学、万葉集、方便海
【コラム】軍記物語における「文事」（張　龍妹）
＊軍記物語、文芸、和歌、漢詩文、文以載道
4　佐藤春夫の『車塵集』の翻訳方法――中日古典文学の基底にあるもの――（於　国瑛）
＊佐藤春夫、車塵集、翻訳方法、古典文学、和漢的な表現
【コラム】「山陰」と「やまかげ」（趙　力偉）
＊子猷尋戴、蒙求、唐物語、山陰、本説取り

第2部　東アジアの文芸の表現空間

1　「離騒」と卜筮――楚簡から楚辞をよむ――（井上　亘）
＊占い（と文学）、通仮字、楚文化、簡帛学、校読
2　『日本書紀』所引書の文体研究――「百済三書」を中心に――（馬　駿）
＊百済三書、文体的特徴、正格表現、仏格表現、変格表現
3　金剛山普徳窟縁起の伝承とその変容／【資料】保郁「普徳窟事蹟拾遺録」（一八五四年）（龍野沙代）
＊朝鮮文学、仏教説話、金剛山、観音信仰、普徳窟
4　自好子『剪灯叢話』について（蒋　雲斗）
＊剪灯叢話、自好子、十二巻本、十巻本、浅井了意
5　三層の曼荼羅図――朝鮮古典小説『九雲夢』の構造と六観大師――（染谷智幸）
＊九雲夢、金萬重、曼荼羅、法華経、六道輪廻
6　日中近代の図書分類からみる「文学」、「小説」（河野貴美子）
＊図書分類、目録、図書館、文学、小説
【コラム】韓流ドラマ「奇皇后」の原点（金　文京）
＊東アジア比較文学、「釈迦如来十地修行記」、奇皇后

第3部　東アジアの信仰圏

1　東アジアにみる『百喩経』の受容と変容（金　英順）

＊仏教、譬喩、説話、唱導、仏伝

2 『弘賛法華伝』をめぐって（千本英史）

＊『今昔物語集』、『弘賛法華伝』、高麗、覚樹、俊源

3 朝鮮半島の仏教信仰における唐と天竺――新羅僧慈蔵の伝を中心に――（松本真輔）

＊天竺、新羅、慈蔵、通度寺、三国遺事

4 『禅苑集英』における禅学将来者の叙述法（佐野愛子）

＊東アジア、仏教、漢文説話、ベトナム

5 延命寺蔵仏伝涅槃図の生成と地域社会――渡来仏画の受容と再生に触れつつ――（鈴木　彰）

＊仏伝涅槃図、延命寺本、東龍寺本、中之坊寺本、渡来仏画の受容

【コラム】能「賀茂」と金春禅竹の秦氏意識（金　賢旭）

＊賀茂縁起、丹塗矢伝説、秦氏、金春禅竹、『秦氏本系帳』

第4部　東アジアの歴史叙述の深層

1 日本古代文学における「長安」像の変遷――〈実〉から〈虚〉へと――（高　兵兵）

＊長安、奈良、平安京、漢詩文、遣唐使

2 『古事集』試論――本文の特徴と成立背景を考える――（木村淳也）

＊古事集、琉球、地誌、鎌倉芳太郎、修史事業

3 『球陽』の叙述――「順治康熙王命書文」（『古事集』）から――（島村幸一）

＊古事集、球陽、順治康熙王命書文、中山世譜、鄭秉哲

4 古説話と歴史との交差――ベトナムで龍と戦い、中国に越境した李朝の「神鐘」――（ファム・レ・フイ）／【資料】思琅州崇慶寺鐘銘并序（ファム・レ・フイ／チャン・クァン・ドック）

＊ベトナム、古説話、崇慶寺、円明寺、鐘銘

5 日清戦争と居留清国人表象（樋口大祐）

＊日清戦争、大和魂、居留清国人、レイシズム、中勘助

【コラム】瀟湘八景のルーツと八景文化の意義（冉　毅）

＊瀟湘景、淡山巖、宋迪題字、環境と文学、風景の文化意義

6 *Constructing the China Behind Classical Chinese in Medieval Japan: The China Mirror*（Erin L. Brightwell）

＊Medieval Japan（中世日本）、cultural literacy（文化的な教養）、China images（中国のイメージ）、warriors（武士）、Mirrors（「鏡物」）

あとがき（小峯和明）

第二巻「絵画・イメージの回廊」（出口久徳編）

緒言――本シリーズの趣意――（鈴木　彰）

総論――絵画・イメージの〈読み〉から拓かれる世界――（出口久徳）

第1部　物語をつむぎだす絵画

1 絵巻・〈絵画物語〉論（小峯和明）

＊絵巻、絵画物語、画中詞、図巻、中国絵巻

2 光の救済――「光明真言功徳絵詞（絵巻）」の成立とその表現をめぐって――（キャロライン・ヒラサワ）

＊光明真言、浄土思想、極楽往生、霊験譚、蘇生譚
3　百鬼夜行と食物への供養――「百鬼夜行絵巻」の魚介をめぐって――（塩川和広）
＊百鬼夜行、魚介類、食、狂言、お伽草子
4　『福富草紙』の脱糞譚――『今昔物語集』巻二八に見るイメージの回廊――（吉橋さやか）
＊福富草紙、今昔物語集、ヲコ、脱糞譚、お伽草子
【コラム】挿絵から捉える『徒然草』――第三二段、名月を「跡まで見る人」の描写を手がかりにして――（西山美香）
＊徒然草、版本、挿絵、読者、徒然草絵巻

第2部　社会をうつしだす絵画

1　「病草紙」における説話の領分――男巫としての二形――（山本聡美）
＊病草紙、正法念処経、男巫（おとこみこ／おかんなぎ）、二形（ふたなり）、梁塵秘抄
2　空海と「善女龍王」をめぐる伝承とその周辺（阿部龍一）
＊善女（如）龍王、神泉苑、龍女、神泉苑、弘法大師信仰、真言
3　文殊菩薩の化現――聖徳太子伝片岡山飢人譚変容の背景――（吉原浩人）
＊文殊菩薩、化現、聖徳太子伝、片岡山飢人譚、達磨
4　『看聞日記』にみる唐絵の鑑定と評価（髙岸　輝）
＊看聞日記、唐絵、貞成親王、足利義教、鑑定
【コラム】フランス国立図書館写本部における日本の絵巻・絵入り写本の収集にまつわる小話（ヴェロニック・ベランジェ）
＊奈良絵本、絵巻、フランス国立図書館、パリ万国博覧会、収集家

第3部　〈武〉の神話と物語

1　島津家「朝鮮虎狩図」屏風・絵巻の図像に関する覚書（山口眞琴）
＊島津家、朝鮮虎狩図屏風、曾我物語図屏風、富士巻狩図、関ヶ原合戦図屏風
【コラム】武家政権の神話『武家繁昌』（金　英珠）
＊海幸山幸、武家繁昌、武家政権、神話、中世日本紀
2　根津美術館蔵「平家物語画帖」の享受者像――物語絵との〈対話〉を窺いつつ――（鈴木　彰）
＊根津美術館蔵「平家物語画帖」、『平家物語』、『源平盛衰記』、享受者像、物語絵との〈対話〉
【コラム】猫の酒呑童子と『鼠乃大江山絵巻』（ケラー・キンブロー）
＊英一蝶、パロディー、お伽草子、『酒呑童子』、『鼠の草子』
3　絵入り写本から屏風絵へ――小峯和明蔵『平家物語貼交屏風』をめぐって――（出口久徳）
＊平家物語、メディア（媒体）、屏風絵、絵入り写本（奈良絵本）、絵入り版本

第4部　絵画メディアの展開

1　掲鉢図と水陸斎図について（伊藤信博）

＊鬼子母神、仏陀、擬人化、宝誌、草木国土悉皆成仏

2　近世初期までの社寺建築空間における二十四孝図の展開——土佐神社本殿蟇股の彫刻を中心に——（宇野瑞木）
＊二十四孝図、建築、五山文学、彫物（装飾彫刻）、長宗我部氏

3　赤間神宮の平家一門肖像について——像主・配置とその儀礼的意義——（軍司直子）
＊赤間神宮、阿弥陀寺、安徳天皇、平家、肖像

【コラム】詩は絵のごとく——プラハ国立美術館所蔵「扇の草子」の翻訳本刊行の意義——（安原眞琴）
＊扇、奈良絵本、歌仙絵、遊び（またはなぞなぞ）、和歌

【コラム】鬼の「角」と人魚の「尾鰭」のイメージ（琴　榮辰）
＊鬼、角、人魚、尾鰭、形

【コラム】肥前陶磁器に描かれた文学をモチーフとした絵柄（グェン・ティ・ラン・アィン）
＊肥前磁器、陶磁器、文様、モチーフ、絵柄

4　デジタル絵解きを探る——画像、音声、動画からのアプローチ——（楊　暁捷）
＊デジタル公開、学術利用、生活百景、朗読動画、まんが訳

【コラム】『北野天神縁起』の教科書単元教材化について（川鶴進一）
＊北野天神縁起、教科書、菅原道真（天神）、絵巻（絵画資料）、怨霊・御霊

あとがき（小峯和明）

第三巻「宗教文芸の言説と環境」（原　克昭編）

緒言——本シリーズの趣意——（鈴木　彰）

総論——宗教文芸の沃野を拓くために——（原　克昭）

第1部　宗教文芸の射程

1　〈仏教文芸〉論——『方丈記』の古典と現代——（小峯和明）
＊仏教文芸、方丈記、法会文芸、随筆、享受史

2　天竺神話のいくさをめぐって——帝釈天と阿修羅の戦いを中心に——（高　陽）
＊『今昔物語集』、阿修羅、帝釈天、戦さ、須弥山

3　民間伝承における「鹿女夫人」説話の展開（趙　恩馤）
＊鹿足夫人、光明皇后、大宮姫、浄瑠璃御前、和泉式部

4　中世仏教説話における遁世者像の形成——高僧伝の受容を中心に——（陸　晩霞）
＊遁世者像、澄心、高僧伝、摩訶止観、受容

5　法会と言葉遊び——小野小町と物名の歌を手がかりとして——（石井公成）
＊古今和歌集、掛詞、六歌仙、仏教、大伴黒主

第2部　信仰空間の表現史

1　蘇民将来伝承の成立——『備後国風土記』逸文考——（水口幹記）
＊蘇民将来、備後国、風土記、洪水神話、祇園社

2　『八幡愚童訓』甲本にみる異国合戦像——その枠組み・論理・主張——（鈴木　彰）

＊『八幡愚童訓』甲本、異国合戦、歴史叙述、三災へのなぞらえ、殺生と救済

3 『神道集』の「鹿嶋縁起」に関する一考察（有賀夏紀）
＊『神道集』、鹿嶋大明神、天津児屋根尊、日本紀注、古今注

4 日本における『法華経顕応録』の受容をめぐって――碧沖洞叢書八・説話資料集所収『誦経霊験』の紹介を兼ねて――（李 銘敬）
＊『法華経顕応録』、受容、『弥勒如来感応抄』、『諡号雑記』、『誦経霊験』

5 阿育王塔談から見た説話文学の時空（文 明載）
＊説話、今昔物語集、三国遺事、阿育王塔、仏教伝来史

6 ベトナムの海神四位聖娘信仰と流寓華人（大西和彦）
＊神霊数、流寓華人、ベトナム化、技術継承、交通要地

第3部 多元的実践の叡知

1 平安朝の謡言・訛言・妖言・伝言と怪異説話の生成について（司志武）
＊讖緯、怪異、詩妖、うわさ、小説

【コラム】相人雑考（マティアス・ハイエク）
＊人相見、予言文学、占い、観相説話、三世観

2 虎関師錬の十宗観――彼の作品を中心に――（胡 照汀）
＊虎関師錬、十宗観、中世禅僧、『元亨釈書』、『済北集』

3 鎌倉時代における僧徒の参宮と仏教忌避（伊藤 聡）
＊伊勢神宮、中世神道、仏教忌避

4 『倭姫命世記』と仏法――諄辞・清浄偈を中心に――（平沢卓也）
＊伊勢神道、中臣祓訓解、倭姫命世記、清浄観、諄辞、祝詞

5 神龍院梵舜・小伝――もうひとりの『日本書紀』侍読――（原 克昭）
＊梵舜、梵舜本、『梵旧記』、吉田神道家、日本紀の家

第4部 聖地霊場の磁場

1 伊勢にいざなう西行（門屋 温）
＊伊勢神宮、参詣記、西行、聖地、廃墟

【コラム】弥勒信仰の表現史と西行（平田英夫）
＊西行、高野山奥の院、山家心中集、弥勒信仰、空海

2 詩歌、石仏、縁起が語る湯殿山信仰――室町末期から江戸初期まで――（アンドレア・カスティリョーニ）
＊湯殿山、一世行人、板碑、不食供養、縁起

【コラム】物言う石――E・A・ゴルドンと高野山の景教碑レプリカ――（奥山直司）
＊E・A・ゴルドン、景教碑、高野山、キリスト教、仏耶一元論

3 南方熊楠と水原堯栄の交流――附〈新出資料〉親王院蔵 水原堯栄宛南方熊楠書簡――（神田英昭）
＊南方熊楠、水原堯栄、高野山、真言密教、新出資料

あとがき（小峯和明）

第四巻「文学史の時空」（宮腰直人編）

緒言――本シリーズの趣意――（鈴木 彰）

総論――往還と越境の文学史にむけて――（宮腰直人）

第1部　文学史の領域

1　〈環境文学〉構想論（小峯和明）
　＊環境文学、文学史、二次的自然、樹木、生命科学

2　古典的公共圏の成立時期（前田雅之）
　＊古典的公共圏、古典注釈、源氏物語、古今集、後嵯峨院時代

3　中世の胎動と『源氏物語』（野中哲照）
　＊身分階層流動化、院政、先例崩し、養女、陸奥話記

【コラム】中世・近世の『伊勢物語』――「梓弓」を例に――（水谷隆之）
　＊『伊勢物語』、絵巻、和歌、古注釈、パロディ

4　キリシタン文学と日本文学史（杉山和也）
　＊キリシタン文学、日本語文学、言語ナショナリズム、日本漢文学、国民性

【コラム】〈異国合戦〉の文学史（佐伯真一）
　＊異国合戦、異国襲来、侵略文学、異文化交流文学史、敗将渡航伝承

5　近代日本における「修養」の登場（王　成）
　＊近代日本、修養、修養雑誌、伝統、儒学

6　『明治往生伝』の伝法意識と護法意識――「序」「述意」を中心に――（谷山俊英）
　＊中世往生伝、明治期往生伝、大教院体制、中教正吉水玄信、伝法意識・護法意識

第2部　和漢の才知と文学の交響

1　紫式部の内なる文学史――「女の才」を問う――（李　愛淑）
　＊女の才、諷刺、二つの文字、二つの世界、雨夜の品定め

2　『浜松中納言物語』を読む――思い出すこと、忘れないことをめぐって――（加藤　睦）
　＊後期物語、日記、私家集、平安時代、回想

3　『蜻蛉日記』の誕生について――「嫉妬」の叙述を糸口として――（陳　燕）
　＊『蜻蛉日記』の誕生、女性の嫉妬、和歌、日記、叙述機能

【コラム】〝文学〟史の構想――正接関数としての――（竹村信治）
　＊文学史、正接関数、翻訳、心的体験の深度、文学

4　藤原忠通の文壇と表現（柳川　響）
　＊藤原忠通、和歌、歌合、漢詩、連句

5　和歌風俗論――和歌史を再考する――（小川豊生）
　＊和歌史、風俗、国風文化、古今集、歌枕

【コラム】個人と集団――文芸の創作者を考え直す――（ハルオ・シラネ）
　＊個人、集団、作者性、文芸、芸能

第3部　都市と地域の文化的時空

1　演戯することば、受肉することば――古代都市平安京の「都市表象史」を構想する――（深沢　徹）
　＊都市、差図、猿楽、漢字・ひらがな・カタカナ、象徴界・想像界・

現実界
2　近江地方の羽衣伝説考（李　市埈）
　＊羽衣伝説、天人女房、余呉の伝説、菅原道真、菊石姫伝説
【コラム】創造的破壊――中世と近世の架け橋としての『むさしあぶみ』――（デイヴィッド・アサートン）
　＊仮名草子、浅井了意、むさしあぶみ、災害文学、時代区分
3　南奥羽地域における古浄瑠璃享受――文学史と語り物文芸研究の接点を求めて――（宮腰直人）
　＊語り物文芸、地域社会、文学史、羽黒山、仙台
4　平将門朝敵観の伝播と成田山信仰――将門論の位相・明治篇――（鈴木　彰）
　＊平将門、成田山信仰、明治期、日清戦争、霊験譚の簇生
5　近代日本と植民地能楽史の問題――問題の所在と課題を中心に――（徐　禎完）
　＊植民地能楽史、近代能楽史、能・謡、文化権力、植民地朝鮮

第4部　文化学としての日本文学
1　反復と臨場――物語を体験すること――（會田　実）
　＊反復、臨場、追体験、バーチャルリアリティ、死と再生
2　ホメロスから見た中世日本の『平家物語』――叙事詩の語用論的な機能へ――（クレール＝碧子・ブリッセ）
　＊『平家物語』、ホメロス、語用論、エノンシアシオン、鎮魂
3　浦島太郎とルーマニアの不老不死説話（ニコラエ・ラルカ）
　＊浦島太郎、不老不死、説話、比較、ルーマニア
4　仏教説話と笑話――『諸仏感応見好書』を中心として――（周　以量）
　＊仏教説話、笑話、『諸仏感応見好書』、仏典、『今昔物語集』
5　南方熊楠論文の英日比較――「ホイッティントンの猫――東洋の類話」と「猫一疋の力に憑って大富となりし人の話」――（志村真幸）
　＊南方熊楠、比較説話、猫、雑誌研究、イギリス
6　「ロンドン抜書」の中の日本――南方熊楠の文化交流史研究――（松居竜五）
　＊南方熊楠、ロンドン抜書、南蛮時代、平戸商館、文化交流史
【コラム】南方熊楠の論集構想――毛利清雅・高島米峰・土宜法龍・石橋臥波――（田村義也）
　＊南方熊楠、毛利清雅、高島円（米峰）、土宜法龍、石橋臥波
【コラム】理想の『日本文学史』とは？（ツベタナ・クリステワ）
　＊文学史の概念化、ロスト・イン・トランスレーション、「脱哲学的中心的」な「知の形態」、パロディとしての擬古物語、メディアとしての和歌
あとがき（小峯和明）

第五巻「資料学の現在」（目黒将史編）
緒言――本シリーズの趣意――（鈴木　彰）
総論――〈資料〉から文学世界を拓く――（目黒将史）
第1部　資料学を〈拓く〉
1　〈説話本〉小考――『印度紀行釈尊墓況　説話筆記』から――（小峯

和明）
＊説話、説話本、速記、印度紀行、北畠道龍

2 鹿児島県歴史資料センター黎明館寄託・個人蔵『〔武家物語絵巻〕』について——お伽草子『土蜘蛛』の一伝本——（鈴木 彰）
＊鹿児島県歴史資料センター黎明館寄託、お伽草子『土蜘蛛』、絵巻、資料紹介、翻刻・挿絵写真

3 国文学研究資料館蔵『大橋の中将』翻刻・略解題（粂 汐里）
＊古浄瑠璃、説経、扇面画、お伽草子、法華経

4 立教大学図書館蔵『〔安珍清姫絵巻〕』について（大貫真実）
＊道成寺縁起、絵解き（絵解き台本）、在地伝承、宮子姫（髪長姫）説話、伝承の流布・享受

5 『如來在金棺囑累清淨莊嚴敬福經』の新出本文（蔡 穗玲）
＊『敬福経』、造像写経の儀軌、仏教の社会史、仏教の経済史、新出本文

第2部 資料生成の〈場〉と〈伝播〉をめぐって

1 名古屋大学蔵本『百因縁集』の成立圏（中根千絵）
＊今昔物語集、類話・出典、談義のネタ本、禅宗・日蓮宗、孝・不孝

2 『諸社口決』と伊勢灌頂・中世日本紀説（高橋悠介）
＊中世神道、中世日本紀、伊勢灌頂、称名寺聖教、釼阿

3 圓通寺蔵『血脈鈔』紹介と翻刻（渡辺匡一）
＊真言宗、醍醐寺、聖教、東国、三宝院流

4 澄憲と『如意輪講式』——その資料的価値への展望——（柴 佳世乃）
＊澄憲、講式、法会、表白、唱導

5 今川氏親の『太平記』観（和田琢磨）
＊『太平記』観、守護大名、今川氏、室町幕府の正史、抜き書き

6 敷衍する歴史物語——異国合戦軍記の展開と生長——（目黒将史）
＊異国合戦、薩琉軍記、近松浄瑠璃、難波戦記、歴史叙述

第3部 資料を受け継ぐ〈担い手〉たち

1 『中山世鑑』の伝本について——内閣文庫本を中心に——（小此木敏明）
＊中山世鑑、琉球史料叢書、横山重、内閣文庫本、松田道之

2 横山重と南方熊楠——お伽草子資料をめぐって——（伊藤慎吾）
＊横山重、南方熊楠、お伽草子、『室町時代物語集』、『いそざき』

3 翻印 南部家旧蔵群書類従本『散木奇歌集』頭書（山田洋嗣）
＊源俊頼、小山田与清、散木奇歌集、群書類従、注釈

4 地域における書物の集成——弘前藩主および藩校「稽古館」の旧蔵本から地域の「知の体系」を考える——（渡辺麻里子）
＊藩校・稽古館・奥文庫・文献通考・御歌書

5 漢字・字喃研究院所蔵文献をめぐって——課題と展望——（グエン・ティ・オワイン）
＊漢字・字喃研究所、漢字・字喃文献、文献学、底本、写本

あとがき（小峯和明）

索引凡例

・本索引は、本書に登場する固有名詞の索引である。人名、作品・資料名の二類に分かち、各類において見出し語を五十音順に配列し、頁を示した。
・人名は基本として姓名で立項した。例えば、「道長」の場合、「藤原道長」で立項した。
・人名には、固有名詞的機能をもつ、仏、菩薩などの名称も含めた。
・通称・別称・注記等については（　）内に示した。
・異本がある場合は、下位項目で立項した。例えば、『平家物語』が親項目の場合、「延慶本」「覚一本」「流布本」などをその下位項目とした。
・近代の研究者、研究書・資料集・史料集などは、論文の中で考察の対象になっているもののみ採用した。
・本巻の索引は、目黒将史が担当した。

人名索引

【あ】

愛染明王　152, 153, 155, 156
足利尊氏（高氏）　185, 325, 326
足利直義（綾小路殿）　216, 217, 325, 326
足利基氏　219
足利義詮（宝篋院殿）　219, 224
足利義教　228
足利義満　173, 186
厚躬親王　188
阿難　205, 207
天国　32
天照大神（天照皇大神）　156, 157, 159
荒波平治郎　9
安珍　73, 74, 76 ～ 80, 82, 83, 89 ～ 93, 96 ～ 99, 105, 107, 109, 111
安藤七郎　51, 64, 65

【い】

池禅尼（池の尼）　50
伊地知貞馨　255
和泉式部　51 ～ 55
一条院　31, 37, 38
一海　164, 187, 188
猪苗代兼載　221
伊波普猷　247, 254
今川氏親　216 ～ 218, 223, 225 ～ 229
今川範氏　217
今川範国　217
今川範忠　228
今川範英（直房）　228
今川泰範　228
今川頼貞（駿河守）　220
今川了俊（貞世、伊予守）　215 ～ 218, 224 ～ 226, 228

【う】

宇佐見灊水　315
碓井貞光　35, 40
卜部末武　35, 40

【え】

永安寺殿　174
永胤　290
永楽帝　319
叡瑜　151
恵慶　294
恵珍　216
江戸川乱歩　6
円海　150
円朝　5, 6

【お】

王笑止　6
応神天皇　34
大江匡房　204, 209

太田権七　27
大伴田村大嬢　297
大伴家持　298
大中臣能宣　298
大橋の中将　50 ～ 52, 54, 56, 57, 60 ～ 62, 64, 66, 67
岡茂雄　270
岡倉天心　7
岡谷繁実　256
荻生徂徠　315, 316
オニビシ　243
小山田与清　286, 287
折口信夫　266, 269, 282

【か】

何如璋　252, 255
雅海　164, 188
覚雅　181
覚忠　299
覚範慧洪　129
覚法　194
覚雄　173 ～ 176
郭元振　282
花山院　296
花山院長親（耕雲）　325
迦葉　205, 207
梶原景季　50
梶原景時　50, 54
狩野長信（休伯）　56
狩野松栄（直信）　56
鎌倉芳太郎　249
河越虎之進　267
貫休　129
観賢　163, 175
観音　52, 62, 78, 81, 85, 98, 100, 103, 109, 205 ～ 209
　千手観音　81, 85, 100, 103
　如意輪観音　206, 208, 209
寛信　195
管仲　301

【き】

紀貫之　321, 322
紀躬高　132
きしん大夫　32, 42
北条景広　135
北畠親房　325
北畠道龍　5 ～ 8, 11 ～ 13, 22, 25
義範　163
恭畏　161
慶雲　326
慶円　156
行海　195
筺釼　168
教舜　178
憍凡　126
清次庄司　88, 89
清姫　73, 74, 76, 77, 79, 82, 83, 90, 91, 93, 95, 96, 98, 100, 111

【く】

空雅　189, 190
空海（大師）　153, 155, 157, 181
空智　192
楠正成　239
楠正行　223, 224
熊野　97, 102
黒崎雄二　21, 22

【け】

景戒　157
景徐周麟　229
経深　181, 183, 184
契沖　287
釼阿　139 ～ 142, 156, 158, 159
玄阿　322
玄為　191
玄恵　216
玄奘　17
元海　163 ～ 165, 186 ～ 189

元杲　163
厳覚　194, 195
堅済　177
賢秀　164, 189
賢俊　180, 185, 189
賢助　180
賢直　127, 128
憲淳　181, 182
憲深（賢深）　163, 166 ～ 170, 177 ～ 179, 186, 189
玄宗皇帝　182
兼好　326
源仁　163
顕祐　164, 193, 198

【こ】

弘意　164, 193
弘顕　172 ～ 174, 176, 177, 185, 191, 196
弘済　177
弘秀　198
弘鑁　162, 163, 173, 177, 196, 197
光厳院　220, 326
光済　180, 185
光助　173, 185, 186
光宝　166, 167, 178
公紹　164, 189, 190
黄石公　34, 37
高師直　224, 326
高師泰　224
国相（国造）　156, 159
谷泉　130, 131
後宇多院（大覚寺殿）　181, 182, 189
後嵯峨院　170, 179
後醍醐院（先帝）　184, 219, 324
巨橋頼三　281
後冷泉院　219

【さ】

雑賀貞次郎　275, 283
坂上田村麻呂　32
坂田公時（金時）　35, 40 ～ 42
真田幸村　240, 241
佐野帯刀　232, 235, 243
真守　32, 37, 39
三条西実隆　222
三冨忠胤（藤原忠胤・宗観）　219, 221, 223, 226, 229
三冨行時（藤原行時）　221

【し】

慈円　324
実運　165, 187
実海　187, 188
実済（実斉）　185, 186
実勝　170 ～ 173
実深　179 ～ 181
実融　190, 194
地蔵　126, 127
島袋全発　254
清水浜臣　287, 304
慈明　130
閻王　126
釈迦（釈尊・釈迦牟尼・ブッダ）　5, 6, 8, 9, 12, 13, 17 ～ 19, 21 ～ 25, 102, 126 ～ 128, 133, 134, 178
シャクシャイン　243
寂蓮　324
秀範　139 ～ 143, 150, 156, 158, 159
浄弁　326
秀筭　164
守覚法親王　195
朱元璋　319
酒呑童子　6
俊叡　190 ～ 192
俊賀（俊賢）　164, 189, 190
俊海　162, 164, 177, 192, 196, 198
俊憲　164, 193
俊豪　164, 190, 192
俊盛　164, 190, 192, 193, 196, 197
俊増　164, 193
俊誉　164, 189, 190

順徳院　219, 323
淳祐　163, 175
向象賢　247
尚裕　248
照海　162, 163, 165, 177, 178, 196
相覚（法蓮院）　173, 174
勝覚　163, 195
勝義女　127
勝賢（勝憲）　165, 175, 195
聖雲　172
聖尊　172
聖宝　149, 163
肖柏　221
椒花女　33, 37, 39, 40
定海　163, 187
定済（定斉）　168, 169, 178 ～ 181, 185, 186
定勝　180
定仙　158
定忠　173, 186
定任　180
浄真　164, 188, 189, 194
浄尊　167, 168
昌懐宗観　229
浄飯大王　22
静誉　150
諸葛亮孔明　241
ジョン万次郎　6
白河院　194, 219
真海　181
真雅　163
真空　155
真然　149
親快　166 ～ 171, 174 ～ 177
親厳　150, 155
親玄　170 ～ 173, 175, 176
神功皇后　34
深賢　163, 166 ～ 169, 174 ～ 177
心定　156
神息　32, 37

【す】

周防内侍　295
菅原道真（菅原朝臣）　292
崇徳院　219

【せ】

聖覚　202
成賢　163, 174 ～ 176, 178, 186, 188, 193, 194
成尊　163
勢至　205, 207
雪舟　137
雪山童子　292
瀬名氏俊　228
全賢　164, 188
専房　165
宣陽門院　169, 170

【そ】

宗祇　221
宗長　221
楚雲　129
素睿　139, 140, 142, 143
尊念　141, 149, 155, 156, 158

【た】

醍醐院　82, 88, 106
太公望　34, 37, 40
大日　148, 153 ～ 155, 157
提婆達多　128, 134
平敦盛　6
平清盛（太政入道）　67
平忠盛　296
高階経重　299
高丸　32
多田満仲　31, 38
達磨　137, 149
丹後（宣秋門院丹後）　324

【ち】

近松門左衛門　237 ～ 239
知慶次　98, 99
長覚　197
長慶天皇　324, 325
澄憲　200 ～ 204, 208, 211, 212
趙高　309
趙子昂　320
張良（張子望）　34, 37
陳仁宗　343

【つ】

通賢　193
津軽承昭　317
津軽永孚　315
津軽信明　315, 317, 320
津軽信寿　315
津軽信政　315
津軽寧親　315
恒良親王（九宮）　222

【て】

鄭国　210
鄭樵　318
鄭成功（国性爺、和藤内）　237 ～ 239
寺島宗則　255

【と】

杜佑　318
陶潜　211
道快（賢快）　163, 173, 174, 176, 177, 180
道教　163, 165, 167 ～ 169, 174 ～ 178
道順　182, 183
道祥　143
道範　156
徳一　161
徳川家康　243, 320
徳川吉宗　320
土佐光起　30, 42
豊臣秀吉　233, 239
頓阿　326
曇英恵應　135

【な】

長岡洗心　9
中院通茂　315
中御門宣明　219, 220
中御門宣胤　216 ～ 218, 222, 223, 225 ～ 227
なみのひら　32, 42
成良親王（後醍醐院四宮）　219, 222
南条時允　46

【に】

新村武之進　267, 268
新納武蔵守　232, 235, 240, 243
二階堂政行　221
西岡庄造　10, 27
西川偏称　9
西村七兵衛　8, 9
日蓮　46, 137
如実　156
仁海　163
仁禅　155
任瑜　151

【ぬ】

額田王（額田女王）　291

【ね】

寧王　281, 282
寧宗　318
念範　195

【は】

芳賀矢一　244

白隠　136
白公　210
白石先生　210
馬端臨　318, 319
八幡　34, 35, 40
馬場信意　243
林信允　320
林羅山　318
班固　210
範俊　150, 194, 195

【ひ】

東恩納寛惇　247, 254, 261
兵衛内侍　323

【ふ】

ファン・フ・ティエン　335
武王（周）　34
不空　175, 182
藤原顕季　293
藤原有家　324
藤原家隆　323, 324
藤原家衡　323
藤原公経　324
藤原清輔　292
藤原定家（明静）　321 ～ 324
藤原定頼　301
藤原実氏　324
藤原実方　310
藤原竴子　324
藤原菅根　296
藤原忠定　323
藤原為家　321, 324
藤原俊成　288, 289, 293, 307, 308, 324
藤原俊成女（俊成卿女）　323
藤原知家　323, 324
藤原子高　132
藤原教長　288
藤原範宗　323
藤原秀衡母　200, 201, 211
藤原道家（行恵・光明峯寺殿）　195, 324
藤原康光　323
藤原行能　323
藤原良経　323

【へ】

ペリー　6
遍昭　310

【ほ】

法経　112
法蓮　137
房玄　163, 165, 176, 177
北条政子　51, 55
祝部成仲　295
細川清氏（相模守）　224
堀正意　243
堀河院　209, 219
本明　129

【ま】

松田道之　251, 252, 258, 261, 262
松若　51, 55 ～ 57
摩尼王　46, 50 ～ 53, 55 ～ 57, 61, 63, 65, 67
間宮永好　287
万里小路藤房　220
万里小路秀房　220, 222
丸山元純　138
満済（満斉）　163, 173, 180, 186
満財　126

【み】

南方熊楠　265, 266, 268 ～ 270, 272 ～ 276, 278, 281, 282, 283, 284
南方熊弥（ヒキ六）　5
源顕仲　301
源重之　293
源孝通　297

源経信　291, 294, 301
源俊重　313
源義経　239
源頼朝（右大将殿）　50, 51, 54 ～ 57, 66, 67, 235
源頼光　6, 31, 35 ～ 41, 292, 307
壬生忠岑　309
宮子姫（髪長姫）　85
宮武省三　275, 283
宮本小一　251, 252
弥勒　127

【む】

夢窓疎石　326
宗良親王　324, 325

【も】

毛利太万之助　135
目連　126
桃井直常　225
森鴎外　5
森祐順　5, 6, 10, 13, 26
師成親王　325
文海　192
文観（弘真）　183, 184
文武天皇　81, 100

【や】

屋代弘賢　87
矢代操　8
安綱　32, 37, 39
安原貞室　281
柳田國男　266
柳原資定　220, 222
山鹿素行　315
山崎闇斎　318
山崎図書　315
山上憶良　305

【ゆ】

祐快　198
宥徳　161
宥弁　161, 162, 165, 199

【よ】

永嘉玄覚　131
栄然　195
養由　33, 37, 39
横山重　247, 248, 250, 251, 253, 254, 262, 265 ～ 268, 270, 273 ～ 276, 278, 281 ～ 284
吉川惟足　315
慶滋保胤　204

【ら】

頼印（遍照院）　173
頼賢（意教）　166, 178, 193, 194
頼瑜　155, 172, 178

【り】

隆円（宝幢院）　198
隆源（隆深）　163, 181, 185
隆舜　181, 183
隆勝　181 ～ 183
劉洪（慎独斎）　320
劉邦（漢高祖・沛公）　34, 35, 37, 308
龍神　32
良印　155
良勝　195, 196
良雅　194, 195
良傳　162, 165

【れ】

レイ・クイ・ドン　333
冷泉為秀　326

【わ】

若狭局（大江局） 235
若林玵蔵 5, 6
渡辺温 4

作品・資料名索引

【あ】

赤染衛門集 298
阿含経 292
愛宕地蔵之物語 285
厚草紙 187, 188
安珍清姫繪入縁起 85
安珍清姫絵巻 73
天草軍記 243
あまくさ物がたり 243

【い】

彙書詳註 317
伊勢灌頂 154, 155
伊勢集 309
伊勢物語 291, 294, 299, 310, 321
いそざき（磯崎） 277 ～ 281, 283
一字抄 305
一乗拾玉抄 314
今川氏親書状 216 ～ 218, 221, 226 ～ 228
印度紀行釈尊墓況 説話筆記 4, 5, 7, 9 ～ 11, 13

【う】

宇治拾遺物語（宇治拾遺） 307
薄草紙 188
宇津保物語 307
雲笈七籤 210

【え】

詠歌一体 321, 324
栄花物語 301
永久四年次郎百首（永久百首・次郎百首） 287, 293, 301
詠名所百首和歌（建保三年名所和歌） 323

蝦夷軍記　231, 232, 234, 236, 243
蝦夷志　233
蝦夷談筆記　233
越後名寄　135
越音詩集　335, 342
越南史略　340, 341
絵本天草軍記　234, 236
絵本朝鮮軍記　233, 234, 236
絵本琉球軍記　233, 234, 236
厭触太平楽記　240, 241

【お】

王芝堂談薈　279
応神紀　309
大橋の中将　46, 47 ～ 50, 52, 54 ～ 58
　赤木文庫本　49, 50
　大谷大学本　48 ～ 50
　小野幸本　48 ～ 50, 55, 57
　国文学研究資料館本　47 ～ 50, 54 ～ 56, 58
　沢井耐三本　49, 50, 54 ～ 56
　東京大学国文学研究室本　47, 49, 50, 52, 58
　Ｙ家所蔵本　47, 56 ～ 58
沖縄志（琉球志）　255
乙宝寺縁起（乙寺縁起）　136
おもろさうし　260

【か】

怪談牡丹灯籠　5
開目抄　137
学問所御蔵書員数目録　316
神楽譜　292
蜻蛉日記　303
花月百首　323, 324
兼輔集　308
兼盛集　297, 305, 308
加茂保憲女集　292
菅家文集　291
韓非子　301
漢武内伝　309
寛文拾年狄蜂起集書　233
驩州風土記　338
漢書　210, 297
漢訳伊蘇普譚　4
翰林葫蘆集　229

【き】

北畠道龍師印度紀行　8
儀式帳　309
金棺経　113, 119
球陽　247, 255, 256
堯空（三条西実隆）書状　220
経律異相　134
御歌書　320 ～ 322, 324, 326
玉屑集　281
清輔集　308, 312
魏略　310
金葉和歌集（金葉）　289, 291, 294, 296, 298, 305, 306, 311

【く】

公卿補任　220
愚秘抄　321, 322
熊野縁起　275
熊野の本地　275 ～ 277
群書類従　286, 318
軍中詞命集　334

【け】

稽古館蔵書目録　316
血脈鈔　161 ～ 163, 166
賢愚経　134
玄々集　295
元亨釈書　132, 133, 135
源氏物語（源氏）　293, 313
建春門院北面歌合　321, 324
顕昭注　307
建保記　178
兼名苑　312

【こ】

皇越詩選　342
皇閣遺文　333
孝経　316
幸心鈔　169, 176
皇朝与明人往復詩集　338
江都督納言願文集　209, 210, 214
蚕飼養法記　315
後漢書　289
古今和歌集（古今・古今集）　289 ～ 292, 294, 296, 298, 299, 302 ～ 304, 306, 307, 309 ～ 312
古今和歌集序（古今序）　295
古今和歌六帖（古今六帖・六帖）　293, 300, 303, 306, 311, 312
後拾遺和歌集（後拾遺）　299
国姓爺合戦　233, 237 ～ 239
国姓爺後日合戦　233
古今著聞集　132, 133, 135
古事記　294, 308
後拾遺和歌集（後拾・後拾遺）　289, 290, 292, 294, 303,
古浄瑠璃正本集　265, 272
御撰大坂記　240
後撰和歌集（後撰）　292, 299, 311
後鳥羽院御集　321
御遺告（空海）　182
御遺告（後宇多院）　182
小町集　321
金剛三昧院奉納和歌　321, 325
今昔物語集　125 ～ 127, 132 ～ 135, 282
混効験集　260
言泉集　212

【さ】

西湖誌　338
撮壌集　313
催馬楽　297, 306, 309, 313
作文集　212
作文大体　203, 209, 212
ささやき竹　277, 281, 282
定頼集　305
雑々集　321
薩州内乱記　240, 241, 244
雑念集　212
雑秘抄　188
薩摩宰相殿御藩中附留　235
薩琉軍記　231 ～ 236, 238 ～ 243
薩琉軍談　235, 237 ～ 239
實賢流／三寶院大事　156
更級日記　294, 313
山家集（西行山家集）　287, 321
三国志　241
三国伝記　134
三拾六人集　320, 321
散木奇歌集（散木）　286 ～ 288

【し】

詞花和歌集（詞花）　293, 295
史記　309
詩経　316
字鏡集　287
地獄の記　5
下草　221
実帰抄（月抄）　176
十訓抄　293, 294
島原天草軍記　231, 232, 234, 236, 243
島原記　233, 234, 243
釈門秘鑰　212
拾遺記　309
拾遺和歌集（拾遺）　290, 292, 298, 299, 300, 307, 310, 311
衆経目録　112
拾玉集　287
十三経　318
十三経註疏　319
袖中抄　297, 304
十二支考　266, 270, 274, 275
沙石集　159
出観集　287
受法用心集　156

遵行録　318
章仇禹生造経像碑　113, 114, 119, 120
尚書　316, 318
上文詞　305
初学抄（清輔初学抄）　289, 293
諸社口決　139 ～ 143, 147 ～ 159
諸社大事　151 ～ 156
上素帖　212
証道歌　131
書物捜索　284
諸流灌頂秘蔵鈔　155
神祇秘抄　156
新曲　56
新古今和歌集（新古今）　297, 302, 312
真言付法纂要抄（付法纂要・付法伝纂要・小野纂要）　162, 185, 196
晋書　296
新撰字鏡　308, 313
神仙伝　210, 214
新撰朗詠集（新撰朗詠）　210, 290, 293, 297, 312
神道関白流雑部　151
神道切紙　143
神道集　272
新編古今事文類聚　317
神武紀　305
新葉和歌集　321, 324, 325

【す】

住吉社三百六十番歌合　325
住吉物語　321
諏訪の本地　276, 277
駿国雑志　235

【せ】

征韓録　233, 243
成務紀　298
西洋列女伝　5
せつきやうかるかや　59
説経正本集　265, 272
全越詩録　333, 338, 340, 342
千載和歌集（千載）　299, 311

【そ】

草庵和歌集　321
草根集　287
荘子　312
捜神記　299
続高僧伝　137
続詞花和歌集（続詞花）　296, 301, 310, 313
曽丹集　287, 291
尊卑分脈　132

【た】

大越史記　338, 339
大越史記前篇　339
大越史記続篇　334
大越史記全書　343
大学　316
大学集録　319
太閤記　233, 243
大荘厳論経　134
大織冠　56
大神宮啓白文　157
大神宮宀一長谷秘決　140, 158
大清会典　255
大祖皇帝実録　344
大智度論　134
大南一統誌　334
太平記　215 ～ 222, 225 ～ 228, 236
太平記抜書（太平記抜書一巻）　223, 225, 226
太平公記　214
泰平新話　6
大宝積経（宝積経）　209, 213, 326
大明一統志　318
内裏百番歌合　325
内裏名所百首　322, 323
たかたち　59
五経大全　318
武田物語　285

多識録　319
為忠家両度百首　287
為忠初度百首　296
為朝が島廻　233

【ち】

仲哀記　301
注好選　134
中山国使略　234
中山伝信録　233, 234, 255
中山世鑑　247 ～ 249, 251 ～ 256, 258 ～ 263
中山世譜　247, 256, 260, 262
中朝事実　315
中殿御会　219, 220
中右記　309
澄印草等　212
長恨歌　295
朝鮮軍記　231, 232, 234, 243
朝鮮軍記大全　233
朝鮮征伐記　233, 243
朝鮮太平記　243
椿説弓張月　233

【つ】

津軽古文書　315
月次御屏風十二帖和歌　323, 324
月詣和歌集（月詣）　292, 295
土蜘蛛　29, 31, 36 ～ 43
　赤木文庫本　36
　慶應義塾図書館本　31, 36 ～ 41
　東京国立博物館本　36
　黎明館寄託本　29, 36 ～ 43
　国立歴史民俗博物館本　43
通航一覧　235
通俗伊蘇普物語　4
通俗三国志　241
通志　318
通典　318, 319
経衡集　288
貫之集　291, 297

【て】

汀印明　142
定家百首　321 ～ 324
天喜二年蔵人所歌合　289
天竺行路次所見　9
天授千首　325
田夫愛染法　155, 156
転法輪鈔　202, 203, 212
転法輪鈔目録　202, 204

【と】

道成寺絵巻　85
道成寺縁起　73 ～ 78, 80 ～ 86
　サントリー美術館本　83
　千年祭本　83
　道成寺本　74 ～ 76, 78, 80, 81, 84, 86
　立教大学本　73 ～ 78, 80 ～ 86
道成寺縁起絵とき手文　74 ～ 81, 84
道成寺縁起絵巻　85, 87
独楽徒然集　315
土去抄　168, 176
土佐日記　321, 322
俊頼抄　290, 299
俊頼髄脳　287

【な】

長能集　295
難波戦記　240
浪合記　46
南史演音　340, 341
南条殿御返事　46
南総里見八犬伝　281
難太平記　215, 217, 218, 226 ～ 228
南朝五百番歌合　325
南島志　233
南浦文集　233

【に】

二十一史　319
二中歴　132
日本外史　235
日本記三輪流　154
日本紀略　298
日本後紀　310
日本書紀（日本紀）　294, 302
日本得名　140, 156 〜 158
日本文徳実録（文徳実録）　291
日本霊異記　157, 293
如意輪講式　200 〜 205, 211, 212
如来在金棺囑累経　114
如来在金棺囑累清浄荘厳敬福経　112, 114, 115, 118
仁賢紀　305
仁徳紀　291

【ね】

涅槃経　292

【の】

能因歌枕　297, 304
のせざる草紙　282
宣胤卿記　216 〜 219, 221, 225, 228

【は】

俳諧之註　281
俳諧百韵之抄　281
白氏文集　210, 293, 295, 311, 312
白痴物語　4
八幡講式　204
八幡の本地　276, 277
蛤の草紙　277, 278, 283

【ひ】
秘抄　188
百因縁集　125 〜 128, 131 〜 138
百座法談聞書集　213
表百集　212
貧道集　288, 293, 295,

【ふ】

武教全書　315
武教要録　315
武家物語絵巻　28, 29
袋草紙（袋草子・袋冊子）　290, 302
藤袋の草子　282
扶桑略記　304
仏説巨力長者所問大乗経　209
仏説菩薩本行経　134
夫木和歌集（夫木）　287, 296, 307, 312
夫木和歌抄（夫木抄）　318, 293
武烈紀　297
文献通考　318 〜 320, 326

【へ】

平家物語　236
遍口鈔（日抄）　167, 176, 189

【ほ】

法苑珠林　114
鳳光抄　212
保昌物語　285
法蓮抄　137
法華経　46, 50 〜 52, 55, 62, 67, 74, 78 〜 80, 108, 109, 111, 127, 129, 131 〜 133, 135 〜 137
　方便品　79, 80, 111
　提婆達多品　51, 127, 137
　薬王菩薩本事品　51
　観世音菩薩普門品　51, 52, 62
法華経釈　212
菩提心論　160
法華験記　132 〜 136
堀河院百首　296
本覚讃　153, 154

本朝三国志　233, 239
本朝盛衰記　241
本朝文粋　214

【ま】

毎月抄　321, 322
摩訶止観（止観）　299
枕草子春曙抄　313
増鏡　221, 222
松前蝦夷軍記　233
万葉集（万・万葉）　290 ～ 295, 297 ～ 300, 302 ～ 307, 309 ～ 312

【み】

密宗血脈鈔　161, 164
南方閑話　275
南方熊楠日記　5
南方随筆　270
明訓一班抄　318
明律　318

【む】

無名抄（長明無名抄）　312
牟婁口碑集　275
室町時代物語集　265, 266, 270, 272, 274, 275, 278, 282 ～ 284

【め】

明治十四年上期、又ハ中期ノ作ナルベキ歟　6
名所三百首聞書（名所百首和歌聞書・建保名所三百首抄）　321 ～ 323
明文奇章　318

【も】

孟子　316
毛詩　295
物語草子目録　279, 281 ～ 283
問刑条例　318
文選　310

【や】

八雲御抄　293
山城名勝志　291
大和物語　295, 313

【ゆ】

幽怪録　282
遊女記（匡房遊女記）　301
酉陽雑俎　281, 282
瑜祇経　153
百合若大臣野守鏡　233

【よ】

抑斎遺集　334
横山重自伝（自伝）　266

【ら】

礼記　316
礼記集説大全　318
楽郊記聞　4

【り】

李花集　325
李・陳詩文　333, 334, 342, 343
琉球うみすずめ　233
琉球王国評定書文書　258
琉球国旧記　254
琉球史料叢書　247, 248, 253, 256, 260, 262
琉球神道記　233
琉球属和録　233
琉球入貢紀略　233, 234, 235
琉球年代記　233
琉球談　233

琉球談伝真記　233
琉球聘使略　234
琉球国志略　233
林間録　129 ～ 131, 136, 137

【る】

類聚名義抄　153, 287, 289

【れ】

黎史纂要　339
黎朝与明人往復書集　333, 338
嶺南摭怪　338
礼部則例　255
歴朝憲章類誌　334

【ろ】

論語　312

【わ】

和歌童蒙抄（童蒙抄）　290
和漢三才図会　318
和漢朗詠集（朗詠）　292, 312
和名抄（和名・和名鈔）　291, 294, 295 ～ 298, 300, 301, 303, 304, 306, 308 ～ 311, 313

シリーズ　日本文学の展望を拓く

第五巻

資料学の現在

［監修者］

小峯和明（こみね・かずあき）

1947年生まれ。立教大学名誉教授、中国人民大学高端外国専家、早稲田大学客員上級研究員、放送大学客員教授。早稲田大学大学院修了。日本中世文学、東アジア比較説話専攻。物語、説話、絵巻、琉球文学、法会文学など。著作に『説話の森』（岩波現代文庫）、『説話の声』（新曜社）、『説話の言説』（森話社）、『今昔物語集の世界』（岩波ジュニア新書）、『野馬台詩の謎』（岩波書店）、『中世日本の予言書』（岩波新書）、『今昔物語集の形成と構造』『院政期文学論』『中世法会文芸論』（笠間書院）、『東洋文庫 809　新羅殊異伝』（共編訳）、『東洋文庫 875　海東高僧伝』（共編訳）など、編著に、『東アジアの仏伝文学』（勉誠出版）、『東アジアの女性と仏教と文学　アジア遊学 207』（勉誠出版）、『日本文学史』（吉川弘文館）、『日本文学史─古代・中世編』（ミネルヴァ書房）、『東アジアの今昔物語集─翻訳・変成・予言』（勉誠出版）ほか多数。

［編者］

目黒将史（めぐろ・まさし）

立教大学兼任講師。日本中世、近世軍記。「〈薩琉軍記〉の歴史叙述─異国言説の学問的伝承─」（『文学』16巻 2号、岩波書店、2015年 3月）、「蝦夷、琉球をめぐる異国合戦言説の展開と方法」（『立教大学日本学研究所年報』13、2015年 8月）、「武人言説の再生と沖縄─為朝渡琉譚を起点に─」（『軍記と語り物』52号、2016年 3月）など。

［執筆者］

鈴木　彰／目黒将史／小峯和明／粂　汐里／大貫真実／蔡　穗玲／中根千絵／
高橋悠介／渡辺匡一／柴　佳世乃／和田琢磨／小此木敏明／伊藤慎吾／
山田洋嗣／渡辺麻里子／グエン・ティ・オワイン

2017（平成 29）年 11 月 10 日　初版第一刷発行

発行者
池田圭子
装　丁
笠間書院装丁室
発行所

笠間書院

〒 101-0064　東京都千代田区猿楽町 2-2-3　電話　03-3295-1331　Fax 03-3294-0996　振替　00110-1-56002

ISBN978-4-305-70885-4 C0095

モリモト印刷　印刷・製本

［監修］小峯和明　　本体価格：各九、〇〇〇円（税別）

シリーズ　日本文学の展望を拓く

第一巻　東アジアの文学圏　金　英順編

第二巻　絵画・イメージの回廊　出口久徳編

第三巻　宗教文芸の言説と環境　原　克昭編

第四巻　文学史の時空　宮腰直人編

第五巻　資料学の現在　目黒将史編